U0439013

丰子恺集

第七卷　艺术评论

人民文学出版社

作者像

约 1936 年在杭州与次女林先

约 1937 年初与幼女一吟在缘缘堂前院合影

与钱君匋、马公愚、邱祖铭、曹辛汉等

目 录

/ 漫画的描法

第一章　漫画的意义＿＿3

第二章　漫画的由来＿＿6

第三章　漫画的种类＿＿15

第四章　漫画的学程＿＿26

第五章　写实法＿＿32

第六章　比喻法＿＿36

第七章　夸张法＿＿40

第八章　假象法＿＿45

第九章　点睛法＿＿49

第十章　象征法＿＿52

/ 余　篇

图画教授谈＿＿59

画家之生命＿＿62

忠实之写生＿＿66

素描＿＿72

艺术教育的原理___78
美的世界与女性___84
　　——宁波女子师范讲演稿___84
现代艺术潮流
　　——在上海专科师范讲演稿___89
白马读书录（一）___98
画圣米叶的人格及其艺术___102
小学生底描画能力及其开发指导___117
白马读书录（二）___138
白马读书录（三）___142
西洋美术底根源___149
印象派以后___152
曲线与直线的对照美___157
白马读书录（四）___161
构图上的均衡___165
关于绘画的根本知识___168
直到世界末
　　——上海艺术师范五周纪念___172
艺术的创作与鉴赏___176
都会艺术___189
各国音乐底特征___194
《子恺漫画》题卷首___208
漫画浅说___212
《音乐的常识》序___216
《音乐入门》序___218

音乐与文学的握手___219
中国画与西洋画___262
中国画的特色
　　——画中有诗___269
工艺实用品与美感___288
美术的照相
　　——给自己会照相的朋友们___300
裴德芬谈话三则___312
无学校的教育___319
《中文名歌五十曲》序___340
告母性
　　——代序___341
乡愁与艺术
　　——对一个南洋华侨学生的谈话___347
西洋画的看法___358
我对于陶元庆的绘画的感想___375
《艺术概论》译者序言___377
一般人的音乐
　　——序黄涵秋《口琴吹奏法》___378
艺术的亲和力
　　——《艺术概论》译后随笔之一___390
答询问口琴吹奏法诸君并TY君___393
《现代艺术十二讲》序言___397
修裴尔德百年祭过后___399
《近代二大乐圣的生涯与艺术》序言___407

《生活与音乐》译者序言___408

《谷诃生活》序___411

看展览会用的眼镜

　　——告一般入场者___413

看展览会场的壁

　　——告一般入场者___417

《音乐的听法》序言___423

眼与手___426

《世界大音乐家与名曲》序言___433

《最新口琴吹奏法》序___434

《作曲法初步》序___436

告音乐初步者___438

关于儿童教育___452

《艺术教育》序言___476

关于学校中的艺术科

　　——读《教育艺术论》___477

为妇女们谈绘画的看法___488

《近代艺术纲要》自序___518

《音乐入门》九版序言___519

维多利亚女皇的害怕

　　——唱歌的话___520

《儿童生活漫画》序言___532

为中学生谈艺术科学习法___533

《续口琴吹奏法》序___560

漫画的描法 [1]

---

[1] 开明书店,1943 年 8 月初版,据 1948 年 12 月第 5 版收入。

子愷

第一章　漫画的意义

甚样的叫做漫画？漫画的定义如何？这是开卷第一个问题。要解答这问题，先要略说世间绘画的种类。

世间的绘画，种类极多，但可从形式及内容上把它们分类。先从形式方面看，世间的绘画可分为二大类：一类是工笔的，一类是简笔的。譬如古来的仕女画，脸上的须眉根根清楚，身上的锦绣同真的一样，外加亭台楼阁，窗户几案，一一细描。这种画描一幅要费数天或数月，就叫做工笔画。又如水墨山水，有的寥寥数笔。描个圈就算是人的头，点几点就算是树的叶，写个介字就算是一个亭子，写个且字就算是一只帆船。这种画描一幅只消数十分或数分钟，就叫做简笔画。不独中国画如此，西洋画亦可分这二大类：十八世纪以前的大多是工笔画。十九世纪印象派以后，也有简笔的油画。

次从内容方面看，世间的绘画也可分为二大类：一类是注重画的意义的，一类是注重画的形象的。譬如《归去来图》，描写陶渊明辞官还乡，将近到家时的神情，家中僮仆欢迎，稚子候门的状态，以及清流孤松等背景。《赤壁泛舟图》，描写苏东坡同黄庭坚、佛印三人坐在船里酌酒的神情，以及山高月小水落石出的夜景。前者描写隐遁之趣，后者描写遨游之乐。我们看这种画，不但欣赏其人物风景的形象之美，又被告诉一段故事，一种意思。这就是注重意义的画。又如画梅兰竹菊，只是描写梅的孤高，兰的妩媚，竹的劲秀，菊的清丽的姿态。画石头，只是描写自然物的玲珑奇怪的姿态。此外并不告诉我们什么意思。我们看这种画，只是欣赏其形状、色彩、笔法、布局等形象之美，不须探索其他意义。这就是注重形象的画。不独中国画如此，西洋画亦可分这二大类：文艺复兴期以来描写圣书中故事的画，都是注重意义的。印象派以后的风景写生，静物写生，都是注重形象的。

这样说来，绘画从形式上可分工笔的与简笔的二大类，从内容上可分为注重形象的与注重意义的二大类。现在把这四大类错综起来，便可得到漫画的定义：

工笔而注重形象的——像双钩的花卉图，细致的翎毛图，以及东西洋各种图案画等便是。

工笔而注重意义的——像细致的历史画，故事画，中世纪的西洋画，以及大多数的插画等便是。

简笔而注重形象的——像古人的即兴画，急就画，西洋的习作（sketch）等便是。

简笔而注重意义的——便是漫画。

这样，我们便可下定义："漫画是简笔而注重意义的一种绘画。"

漫画这个"漫"字，同漫笔、漫谈等的"漫"字用意相同。漫笔、漫谈，在文体中便是一种随笔或小品文，大都随意取材，篇幅短小，而内容精粹。漫画在画体中也可说是一种随笔或小品画，也正是随意取材，画幅短小，而内容精粹的一种绘画。随意取材，画幅短小，故宜于"简笔"。内容精粹，故必"注重意义"。故"简笔"与"注重内容"，是漫画的两个条件。

譬如《红楼梦》《水浒》等的绣像插图，每幅描出故事的一幕，都是注重意义的。然而不便称为"漫画"。因为它们都用工笔细细地描，不合于"漫"字之义。所以只能称为"绣像插图"。可知"简笔"是漫画的第一条件。

又如速写画，一幅白纸上，寥寥数笔，描出一洋装青年与一乡老头子走路的姿态，称为漫画也不够格。因为它除了告诉我们"这是人物"之外，并不表示任何更复杂的意义。它的主要目的是表示这些人的形状、姿态、线条等的美观，是注重形式而不注重内容意义的。所以只能称为速写画（即 sketch）。倘在其上加题"某父子"三字，如第一图，就含有丰富的意思，而成为一幅漫画。故可知"注重意义"是漫画的第二条件。

由此便可知道：要学漫画，必须练习简笔画，并且练习思想。这两句话可以包括这一册漫画的描法。

第二章　漫画的由来

别人都说：在中国，漫画是由我创始的。我自己不承认这句话。只是在十六七年前，大约民国十一二年之间[1]，我的画最初发表在《文学周报》上，编者特称之为"漫画"。"漫画"之名，也许在这时候初见于中国。但漫画之实，我知道决不是由我创始的。大约是前清末年，上海刊行的《太平洋报》上，有陈师曾先生的即兴之作，小形，着墨不多，而诗趣横溢。可惜年代过去太久，刊物散失，无法收集实例来给读者看。但记得郑振铎先生所辑的《北平笺谱》中，有陈师曾先生所作的类于漫画的作品。看了这些画笺，也可想象他的作风。但我在《太平洋报》上看见陈先生的作品的时候，年纪还小，现已不能回忆。我最初注意漫画，是二十年前在日本的时候。日本是漫画流行的国家。"漫画"二字，实在是日本最初创用，后来跟了其他种种新名词一同传入中国的。日本最初用"漫画"二字的，叫做葛饰北斋。其人生于德川时代，约合我们中国的清初，距今已有三百余年。所以"北斋漫画"为日本漫画的开山老祖。现在须把日本的漫画史略叙一下：

---

[1] 作者在《文学周报》上初次发表漫画，是在1925年。

在日本,"漫画"之名始见于三百余年前的葛饰北斋;但漫画之实在八百年前早已存在。世界任何民族,漫画的发达都不及她早。大约日本国民的气质,对于此道特别相近。那身披古装,足登草履,而在风光明媚的小岛上的画屏低窗之间讲究茶道与盆栽的日本人,对于生活趣味特别善于享乐,对于人生现象特别善于洞察。这种国民性反映于艺术上,在文学为俳句,在绘画即为漫画。

　　八百年前,日本的藤原时代,约当中国的宋朝,美术最初从中国输入日本的时候,绘画全是佛菩萨的画像。当时有一位画家,名叫鸟羽僧正的,开始用中国画的笔法来描写现实生活,其画含有多量的滑稽趣味。这便是日本漫画的远源。故鸟羽僧正是日本漫画之始祖。其作品多滑稽味,例如第二图所示。他的长篇作品有两种,第一种叫做《鸟兽戏画》,所描写的,例如猴子和兔子在溪中竞赛游泳,青蛙扮作佛,兔子去拜佛,猴子念经等,据日本的鉴赏家说,是暗中讽刺当时的贵族的游荡生活的。又如野马、獏,各种动物斗争的状态,是讽刺当时社会政治的倾轧的。第二种作品叫做《贵志山缘起》,所描写的是贵志山僧莲朋的逸事。其事是这样:莲朋在贵志山修行多年,有法术,能使其钵自己飞到山上的富人的门前来乞米。富人认识

这是莲朋的钵,把米放在钵中,钵自能飞回山去。每天如此,习以为常。有一天,富人偶然疏忽,将钵遗忘在米仓中,而把米仓锁闭了。这一晚,米仓的屋瓦忽然洞开,仓中所有的米,由钵领导,飞上山去。富人大窘,上山向莲朋讨情。莲朋作法,米又飞回仓中,仅留一钵米在山上。自后富人不敢怠慢云。——这些画通称为"鸟羽绘"。

鸟羽僧正之后,入镰仓时代,"绘卷"在日本大肆流行。绘卷者,犹之现今的连续漫画也。所描写的大都是现世生活,其画派称为"大和绘"。这就是"漫画"的前身。当时有名画家二人,即藤原长光与信实。前者绘有《伴大纳言绘卷》,描写一件放火的故事。后者绘有《绘师草纸》,描写一个穷画家的现实暴露。他们的作风,都是在严肃中含有滑稽,在嬉笑中隐藏讽刺。故令人开卷必笑。这作风正是承继鸟羽僧正的。

入室町时代,也有两个有名的漫画家,即土佐光行与土佐光信。前者有绘卷作品曰《天狗草纸》。后者有绘卷作品曰《福富草纸》。《天狗草纸》中描写天狗星的出现。天狗星共有七个,在日本被视为不祥之兆。凡天狗出现,世间必有动乱。这画是讽刺当时的七大寺院的僧侣的横行的。盖自镰仓时代以来,东大寺、兴福寺、三井寺、延喜寺、东寺、醍醐寺、高野山七个寺院势力甚大,寺僧骄慢无耻。画家就用七个天狗星来比拟他们,讽刺他们为不祥之兆。其次,《福富草纸》,所描写的,是一个放屁的故事。甚为不雅,然而日本人视为大作。有一个名叫福富织部的人,没有别的本领,但善于放屁。其所放之屁,有异音异香,故闻者非但不嫌,反而心生欢喜。朝廷王公贵人慕其名，大家敦聘他去演习放屁。结果大得贵人称赞，得重赏而归。此人既富且贵，荣名满乡。邻人有藤太者，家贫，妻妒悍，绰号"鬼婆"。鬼婆闻知福富以放屁得富贵，艳羡不止。就使她的丈夫以邻人之谊，向福富叩求放屁的秘法。福富给他一包泻药，骗他道："吃了这包药便能放五色五香之屁。"藤太信以为真，回家将药吞下，即赴贵人处自荐，请演习放屁。这时鬼婆以为富贵立刻就来，遂将旧衣裤悉数烧毁，裸体伏室中，等候丈夫荣归买新衣穿。谁知藤太在贵人前，不能放屁，而大撒烂屙[1]，被贵人驱逐，归家便患痢疾。于是鬼婆大愤，裸体闯入邻家，捉福富而咬其体。——这故事戏谑为虐，甚不雅致。但其讽刺意甚刻毒。盖谓世间爵禄富厚大都从放屁得来。其用意与《孟子》"齐人有一妻一妾"章相同，不过技法之高下，意趣之雅俗相悬殊耳。

室町时代之后，桃山时代无漫画。至德川时代，便是"漫画"正式命名的时代，其隆盛达于顶点。德川时代有八大漫画家，漫画之名乃由八大家之一的葛饰北斋奠定。

德川时代漫画发达的原因，一则由于时势太平，上下共乐。二则由于木版画的流行。第三个重要的原因，是"浮世绘"的发达。所谓浮世绘，是描写世态人情的一种民众艺术。前面说过，美术初从中国输入日本时，尽是佛菩萨的图像，即所谓宗教艺术。浮世绘便是宗教艺术的反动。全以人生日常琐屑生活为画材，故最能受一般民众的欣赏。浮世绘所以异于

---

[1] 撒烂屙，作者家乡话，意即拉稀的大便。

漫画者，即前者多工笔而必含有讽刺或滑稽味。后者则用简笔而含有讽刺或滑稽。然界限很不清楚。浮世绘中有一部分称为"大津绘"的，就是漫画。故大津绘可说是漫画的别名，或前身。

大津绘又称为"追分绘"。因为最初是大津、追分两地方产生的。又称为"鸟羽绘"，因为其画法是鸟羽僧正之余流。德川八大漫画家中，最先二人便是大津绘二名家。其一人曰松屋耳鸟斋，有作品曰《古鸟图贺比》，描写种种人间相。另一人曰近松门左卫门。其作品曰《净琉璃》，描写世态，皆可使人发笑。

耳鸟斋、左卫门二大家之后，便是漫画正式命名的时代。共有六大家，即英一蝶、葛饰北斋、锹形蕙斋、歌川芳国、大石真虎，和禅宗僧仙厓。是谓德川八大漫画家。

英一蝶初年所作多儿童恶戏画。例如描写私塾学童踢球，球打先生之面，先生抱头呼痛。这犹如我们学生间所谓"吃皮蛋"一类的事。又如描写二人着围棋，一孩子以物置其中一人之头上，其人方热中于棋，全不知觉。后年专事讽刺，有作品曰《百人男》，描写当时权贵的相貌，夸张过甚，形容难看，又题讽刺文字于其上。以此触怒权贵，下狱。不久出狱，又作《百人女》，内有一幅讽刺当时的将军纲吉及其爱妾御传，又下狱，流放三宅岛十二年。刑满归乡，画名益高，依旧从事讽刺画，直至七十三岁寿终。死后又出遗作集。

葛饰北斋自称其画集曰《北斋漫画》。漫画之名由此诞生。此人十九岁学画，直至九十岁寿终，其间七十一年中，未尝停止画笔。故其一生所作漫画甚多。他的画大都是小幅的。有人讥笑他只会作小画，不会作大画。北斋愤怒，为护国寺作画，用一百二十纸连接起来，描一达摩祖师像。又在同样大的纸上画一匹大马。远望，各部尺寸比例皆极准确，观者无不折服。随后又在一粒白米上画两麻雀，笔画清楚。见者无不惊叹。

锹形蕙斋专作有诙谐味的简笔画。有画卷曰《职人尽》。其中描写各种社会的风俗，各种职业人的生活，各种俚谚，皆曲尽其妙。全德川时代的漫画作品，当以此《职人尽》为镇卷。

歌川国芳是蕙斋的承继者。他在七八岁时读蕙斋的《职人尽》，就立志为漫画家。其构图非常奇拔，其画就同变戏法一样：描五个儿童，可以看成十个儿童。描许多儿童打堆，可以看成一个大头。描一个笑的颜貌，倒转来看却是一个哭的颜貌。其代表作曰《荷宝藏壁无驮书》，都是优俳的肖像画，相貌奇怪，但一望而知为某人。

大石真虎专门研究工人职员的生活，其画多深刻的写实。其名作有《百人一首一夕话》等，皆描写社会生活，四时行乐等种种世相，多幽默趣，亦可说是蕙斋的余流。

仙厓是一位禅宗的和尚，住在博多的圣福寺中。其作画草率而自然，寥寥数笔，曲尽妙趣。自鸟羽僧正以来，各家所作漫画多工笔似绣像者。至

(3)

仙厓而任意挥毫，新辟一种活泼有生气的画风。第三图示其一例。后来的日本漫画家多宗奉之。仙厓曾自言："世之画皆有法，仙厓之画无法。佛曰，法本无法。"

以上便是德川时代八大漫画家，为日本漫画的隆盛时代。其后衰沉。至明治时代，西洋美术入日本，漫画复兴。直至今日，非常热闹。但作风与前不同，少有纯粹的日本漫画，大都含有西洋画风。著名的漫画家有河锅晓斋、竹久梦二、北泽乐天、冈本一平、池部钧、柳濑正梦、望月桂等。

晓斋是明治时代漫画家的先锋，原名"狂斋"，善于讽刺。当时日本有书画大会。集画家于一堂，畅谈痛饮。兴酣落笔，云烟满纸。晓斋嗜酒，有一次在书画会大醉，作画毁谤官吏。当场被捕下狱。出狱后大悔，改名晓斋。

竹久梦二是现存的老翁。他的画风，熔化东西洋画法于一炉：构图是西洋的，画趣是东洋的。形体是西洋的，笔法是东洋的。非常调和，有如天衣无缝。还有一点更大的特色，是诗趣的丰富。以前的漫画家，差不多全以诙谐、滑稽、讽刺、游戏为主题。梦二先生屏除此种浅近趣味，而专写深刻严肃的人生滋味。使人看了如同读一首绝诗一样，余味无穷。他的作品，主要者有《春》《夏》《秋》《冬》四集。第四图略示其笔调。

北泽乐天比梦二时代稍后，其画采用西法更多，有几幅竟全是西洋画。因此笔情墨趣，远不及梦二之丰富，画意亦远不及梦二之深远。但在另一方面，用切实的写实笔法，描写现代社会的种种纠纷，其努力也是可佩的。数年前曾有《乐天全集》出版，期以十二册完成。后来不知何故，出了七册就停止了。

冈本一平、池部钧，皆用简笔，似仙厓，所写多讽刺现代社会之作。望月桂、柳濑正梦思想最新，所谓革命的漫画家。前者曾为大杉荣的政治批评文作插画。后者以漫画讽刺本国政治外交及现代社会的阶级相，笔力强于刀枪。

以上的叙述，可以表明日本漫画的发达，及"漫画"二字之来源。

漫画在西洋，相当于 cartoon 及 caricature。前者的意思是"讽刺画"，即关于人生社会相的漫画。后者的意思是"似颜画"，即关于肖像的漫画。西洋漫画的由来亦甚久远。据西洋漫画史家自称，在四千年前已有漫画。其实例就是古代的地下礼拜堂（catacomb）的壁上所描的民众生活的壁画。但此说未免把漫画的范围放得太广。照此说法，我们东洋古代的简笔的绘画都可称为漫画了。实际，西洋画中明显地含有讽刺意味的，最初见于十六世纪。当时意大利文艺复兴期三大美术家之一的辽拿特·达·文西〔列奥纳多·达·芬奇〕（Leonardo da Vinci）因为要描他的大作《最后的晚餐》，拿了速写簿到处描写人的颜貌，以供大作的参考。有时他把颜貌的特点扩张，描得使人看了发笑。这便是 caricature 的起源，即西洋漫画的发端。其后关于人生社会的漫画也相继而兴。在教权时代，有漫画家作画讽刺僧侣。画中描写赴天国的入场券的发卖处。有钱的僧侣买了入场券而赴天国，没有钱的僧侣束手旁观，不得入天国。拿破仑时代，法国女子盛行高髻，便有漫画家夸张其事而作讽刺画。描写一个丈夫，爬上梯子去为其妻助妆。这仿佛我国古谣所描写："城中好高髻，四方高一尺，城中好大袖，四方全匹帛。城中好广眉，四方且半额。"这可说是西洋漫画的初期。入十九世纪，法国画家独米哀〔杜米埃〕（Daumier）出世，漫画方始盛行。独米哀是写实派画家之一。他的写实，含有讽刺意味。今日西洋漫画的繁荣，实发轫于此。最初有 *Punch*〔《笨拙》〕杂志，为漫画家用武之地。其后漫画家蜂起，欧美的报志，几乎没有一种不刊载漫画。实因此物短小精悍，一目了然，印象甚深，比文章力强得多。所以能盛行于生存竞争激烈的现世。美国有谚曰："漫画以笑语叱咤世间。"欧洲上次大战中，各国皆用漫画作宣传，有"漫画强于弹丸"之说。俄罗斯革命，借 poster 的宣传力甚多。poster 就是漫画的标语。我国近年来漫画亦甚发达，大都受西洋的影响。故多模仿西洋画风，少有保住中国画趣味者。日本明治以来的漫画，虽然也受西洋画的影响，但处处流露日本腔调，一望而知为日本人的作品。有许多中国留日的美术学生，讥笑他们"模仿得不像，一股日本气"！这是日本人的长处，又是日本人的短处。盖若得其当，则不作生吞活剥的模仿，而能在文化艺术中保住其国民性与民族精神，便是长处。若不得其当，则国民个性倔强，气量狭小，眼光短浅，必不能成大事，便是短处。

第三章　漫画的种类

漫画是画中之随笔，画法可以自由创造，作风人人各异。故要分种类，只能不顾表面形式，而从内容思想上着眼。表面形式，无论其为毛笔画或钢笔画，写实画或写意画，关系并不重要，可以不论。初学者往往对于用具很注目，以为毛笔画有毛笔画的画法，钢笔画又另有钢笔画的画法，须得一一学习。这看法不对。学漫画不可拘泥于形式，必须从内容思想上着眼。所以漫画的种类与效用，也必依照内容思想而分述。

漫画可大别为三种。即感想漫画，讽刺漫画，与宣传漫画。

"感想漫画"是最艺术的一种漫画。吾人见闻思想所及，觉得某景象显示着一种人生相或世间相，心中感动不已，就用笔描出这景象，以舒展自己的胸怀。这叫做感想漫画。作这种画，由于感情，出于自然，并不像作讽刺漫画地为欲发表批评意见，也不像作宣传漫画地预计描成后的效用。但因为人心必有"同然"，如孟子所说："心之所同然者何也？理也，义也。"故倘其情感合乎理与义，则必能在看者的心中引起同样的感动，而使心与心相共鸣。今举三个实例如下：

例如第五图[1]所示：描着一个兵士伏在草地上休息。手中拿着一朵小花。他正在欣赏这花。题曰《战争与花》。这幅漫画表面上平淡得很。除了"一个兵看花"以外，并不告诉我们其他意思。但看者倘深于情感，就会在这寥寥数笔中发见人世间一大矛盾相。战争与花！这是丑与美的相会，残惨与和平的对比，死与生的争执，人事与天心的大冲突！又如第六图所示：描写都会的一角，洋台楼上有一人倚栏闲眺。栏外屋宇毗连，尘嚣满目。天空中露出一只纸鸢。题曰《都会之春》。这是我自己的作品，见《子恺漫画全集》。这是我往年住在上海时，

---

[1] 图五为作者所作，可能受到竹久梦二的启发。

春日所见的景象。日历已经撕到"明日清明",身上已经穿上白袷轻衫,而目前都是钢铁、水泥、玻璃,与电线,毫无半点绿色与生趣。大地上无限的春意,全部通过了这一线而在那纸鸢上发泄。这个景象,令人看了心不得不感动,手不得不描写。

又如第七图所示:描写破墙的砖缝中,生出一株小草来。这也是我自己的作品,载在《护生画集》第五十一页。这是触目惊心的一种现象。天地的好生之心,如此周到。连破墙的砖缝中的一粒草籽也给以生长的机会。生物的贪生之心,如此强盛。不幸而托根于破墙的砖缝中,犹自努力挣扎,向上求生。区区小草,尚且如此,何况动物与人类?我看见这小草,大吃一惊。觉得这是可歌可泣,值得描写赞颂的景象。

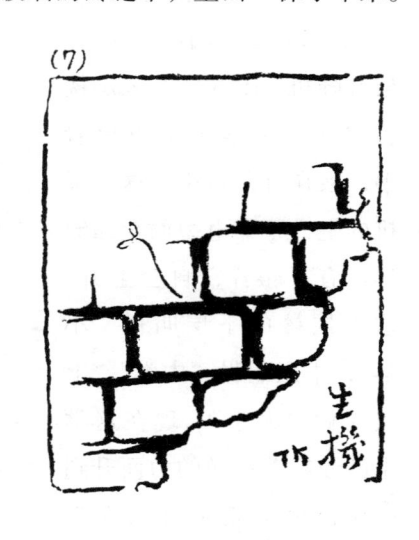

像上述一类的画,称为"感想漫画"。因为它们只是记录一种感想,暗示一种真理,而并无其他作用。因此,这种画表面都平淡,浅率的人看了毫无兴味,深于情感的人始能欣赏。所以说这是最艺术的一种漫画。

"讽刺漫画"是批评的漫画。对于人类社会的不合理发生反感,想加以批评;不用直言指斥,而想出一种适当的比喻来,或者找出一种适当的事象来,描成一幅漫画,以显示这不合理。这叫做讽刺漫画。自来的漫画中,讽刺漫画占大多数,且大都含滑稽味。故曰"漫画以笑语叱咤世间"。讽刺漫画与感想漫画有时界限似乎模糊。因为感想漫画有时也略含批评的意味。但其分别在于所描的形状上:形状自然或美观的,为感想漫画。形状怪异或丑恶的,为讽刺漫画。也举三个实例如下:

例如第八图:描写一架升降机,附在一个三层楼旁边。一个学生手里挟着书,乘在升降机中。这升降机的上升不靠电力而全靠银洋。有了银洋,自会上升。这三层楼的下层叫做"小学",中层叫做"中学",上层叫做"大学"。现在这学生已经靠着银洋的力而升到中学,不久就可升入大学了。这画的题目叫做《升学机》。这是我十余年前的旧作,后来收集在画集《人间相》中,抗战后又选入《子恺漫画全集》中。现在我自己看看,觉得讽刺得太刻毒。但书店常选出这幅画来,登在报志上作诱惑的广

告。大概可以代表讽刺漫画的，就取它为例。十余年前，社会上有这样的不合理事情。我就想出这比喻式的题材来，作画讽刺它。但今日这种不合理事恐已极少。希望我这幅画早已失却时效。

又如前面的第一图：描写一个洋装青年手携司的克〔手杖〕，昂然大踏步向前面走。一位农夫工人装束的老人提着衣包皮箱在后面跟。题曰《某父子》。这也是我自己的作品，载在《学生漫画》。现在也已收在《子恺漫画全集》中。这是我当年在社会上亲见的不合理相。不必像上例的设法比喻，只要照样描写，就可拿来讽刺。因为它形状丑恶，本身就是一幅讽刺漫画了。青年人不负载行李而拄拐杖，颁白者反而负载于道路，已经是怪现象。何况一个是儿子而一个是父亲呢！我并不如此直说，只是把这现象描出来，给大家看，给那洋装青年自己看。

再举一个连续漫画的例，如第九图，是最近某西洋人所作的连续讽刺漫画。地球是圆的，早已是群众肯定无疑之事。但倘有狂人登高大呼"地球是方的"，一而再，再而三，而四，而五，而六，则群众之心也会渐渐地被其移易，受其麻醉，终于确信地球是方的而攻击地圆说。此与吾国古语"三人成虎"及"曾参杀人"的故事（曾参是大孝子。其母织布，有人骗她说："曾参杀人。"其母管自织布。又来一人骗她，其母仍不顾。第三人来骗她，其母投杼，逾墙而逃。）同理，而更加荒唐可笑。人类社会的荒唐可笑，竟有类于此画者。

像上述一类的画,称为"讽刺漫画"。这类漫画,表面大都滑稽可笑,而内面隐藏着一种非难指斥的意思。所以说是批评的漫画。自来的漫画中,讽刺漫画占大多数。故说起"漫画"容易使人立刻联想到"讽刺"。这并非偶然。古人云:"世间不可与庄语。"又曰:"谈言微中,亦可以解纷。"所以漫画宜于讽刺,讽刺漫画自有其特殊的价值。

"宣传漫画"是怂恿的漫画。先有一种意见或主张,欲宣告或劝诱他人;于是想出或找出一种适当的比喻或事象来,描成一幅漫画,使人一见就信受他的意思,或蒙受他的感化。这类漫画,在争斗的社会里特别发达。其故有二:一者,宣传漫画可以代替文章,而比文章效力大。因为读一篇文章要费许多时光和力；看一幅漫画只费数秒钟，有兴味而不吃力。二者，宣传漫画可以代替标语，而比标语效力大。因为标语是抽象的，给人印象浅；漫画是具象的，给人印象甚深。宣传漫画因有这二点妙用，所以在争斗的社会里特别发达。再举三个实例如下：

例如第十图：描许多人共乘一船，水上风浪险恶。而其中有一个人用锤子和凿子在船底上凿洞，希望它覆没。题曰《汉奸》。这是我在桂林某处壁上看见的，忘其作者，今背摹其大意。这是想要把汉奸的害群宣告于民众，使大家都知道汉奸对我们的害处，群起而消灭之。于是想出一种比喻来，用船比方国家，凿船底比方通敌。这比喻切当而明了，使人一见就痛感汉奸之危险性与可恶，脑中永远保留强明的印象。设想，若不用画，而用文章宣说："汉奸是私通敌国的人。国家有了这种人，必致灭亡。国家灭亡，四万万同胞大家遭殃。所以我们大家应

该防止汉奸,消灭汉奸……"如是云云地宣说,原也说得明白。然而多周折,费思索,远不及看画的一目了然。所以我说宣传漫画的效果比文章大。

又如第十一图:描一个人正在埋葬一个死尸。后面还有两个人又抬一个死尸来埋葬。题曰《他们埋的是种子,不是死尸》。这是最近西班牙被侵略[1]时,其国的画家卡斯德洛(Castelao)所作的。侵略军到处杀人,惨无人道。西班牙民众一致愤慨,誓死抗战。目前身虽被害,然而精神不死。这些愤慨堆积在残生的群众的心里,与日俱增,将来终有一天爆发出来,歼灭暴徒,恢复国家,重振人道。画家卡斯德洛胸中起了

---

[1] 指第二次世界大战期间,1938—1939年德国伙同意大利武装干涉西班牙内战。

这样的感想,设法要把这感想宣告众人。就选取埋死尸这个事象来作为表现的手段。加上一个有力的题目:《他们埋的是种子,不是死尸》。表明这些被害者的冤屈有人伸雪,遗志有人继承,其埋葬正同埋种子一样,将来总有一天像种子一样地发芽,抽条,开花,结果的!这幅画的魄力全在题目上。假使没有这题目,就变光是埋葬死尸的一幅画,毫无宣传力了。

最后一例,如第十二图:描写一个人站在地球上,右手掩鼻,左手持长钳,挟住一个大肚皮的洋装人物,正要把他丢向地球外面去。这是日本漫画家望月桂所作的。望月氏与日本政治革命者大杉荣相友善,曾与大杉荣合作漫文漫画一册。这画就是该书中的一幅。他的画笔与大杉的文笔一样力强。后来大杉被人杀害,望月的画笔也就停顿。但看这幅,要把世界上的臭货抛出地球之外,其思想与技术都可惊人。

像上述一类的画,称为"宣传漫画"。在今日,宣传漫画比讽刺漫画更为发达。因为争斗过于激烈,讽刺失其效力,大家竞用漫画为主义的辩护者,枪炮的代用品。故今日的漫画,几乎全是宣传的了。美国的辛克莱[1]有一句话:"凡艺术都是宣传。"在这句话的掩护之下,漫画的注重宣传,是极正当的。自古以来,艺术常被别的事业所利用,作别的事业的装饰。例如在古代,艺术被利用在宫殿上,作为政治的装饰。在中世纪,被利用在寺院、仪式上,作为宗教的装饰。在近世,被利用在工厂、商店上,作为商业的装饰。十九世纪以前,西洋艺术一向"为他人作嫁衣裳",不曾独立过。十九世纪自然主义勃兴,画家提倡印象派,音乐家提倡纯音乐,共谋艺术的独立。不久被人斥为"象牙塔里的艺术",立刻把它赶下塔来,要它走向"人生"。于是艺术又被"人生"所利用,成为争斗的工具。辛克莱所谓"宣传",大约指此。但他没有顾到中国艺术。在中国,艺术早已独立。例如绘画,自唐以来,早就脱离实用的羁绊,而独立为一种陶冶性灵的纯艺术。若说凡艺术皆宣传,则八大的山水宣传什么?南田的花卉宣传什么?难道这些水山花卉都非艺术么?可知艺术决不全是宣传,即漫画决不专重宣传。惟漫画形状小巧,用笔简明,取材精锐,动人深刻。因此最容易被利用为争斗的宣传工具。争斗日益激烈,宣传漫画日益风行。人就忘记了漫画的艺术的本体,而以为"凡漫画皆宣传"。这是循流忘源,逐末忘本。盖争斗是人类生活的一种变

---

[1] 辛克莱(Upton Sinclair,1878—1968),美国小说家,"社会丑事揭发派"作家。

态，不是常态。人类的理想与企图，总是和平幸福，共存同荣的生活。谁愿长在争斗中生活呢？别人侵略我，我为欲抵抗，惩诫，消弭而同他争斗，是不得已的，是以争斗消弭争斗。这好比医生以毒攻毒；等到毒攻下了，必须照常给以滋补。可知争斗是人类生活的变态，即宣传漫画是漫画的变态。我们不妨为正义人道而作宣传漫画，但必须知道这不是漫画的本体。漫画的本体，应该是艺术的。

第四章　漫画的学程

开卷说过:"漫画是注重意义的一种简笔画。"故制作漫画,必须先立意,后用笔。换言之,即学习漫画,第一要修养思想,第二要修养技术。

十年来,我曾收到不少学生,相识,或读者的来信,问我漫画如何描法。每次复信,总是这样的一番话,至今已重复得厌倦:"学习漫画,须作两种修养:第一是练习手腕,使能自由描写人生自然各种物象的形态。这便是图画练习,其学习法与普通学校的图画科无大异。大概先学写生,即描写眼前所见的东西;后学背摹,即凭回想及记忆而描写曾经见过的东西。学到曾经见过的各种物象都会描写了,第一种修养即已完成。第二是练习思想。这种练习范围很广泛。非但我这封信中说不尽,就是洋洋数十万言的一册书,也无法说尽。因为凡清晰的头脑,锐敏的眼光,丰富的经历,广博的知识,精明的判断,卓越的见解等,都属思想练习的范围。这范围岂不广泛?所以这方面的练习,超乎画法之外,非函牍书册所能授,现在无从说起。"

每次写这样的复信时,常想编一册漫画的描法,免得一一作复。然而过后即忘,迄未动笔。直到去年夏天,因广西全省中学艺术教师暑期训练班的学员的怂恿，方才粗定目录及大纲。训练班散后，我又把此事搁置，直到今日方才动笔。虽称为《漫画的描法》，其实只是加长的一封复信，关于漫画学习的第一种修养（思想），仍是无从说起。只能说些关于漫画的见闻与制作经验，聊供有志此道者的参考而已。

制作漫画，必须先立意，后用笔。换言之，即学习漫画，第一要修养思想，第二要修养技术。这两种修养，缺一不可。盖缺乏第一种修养，即思想不敏，没有见解，不能立意，即使画术很精，其人只是一位普通画工，不能为漫画家。倘缺乏第二种修养，即技术不精，没有画才，不能用笔，即使思想很敏，其人只是一位普通论者，也不能称为漫画家。现在请举实例以说明漫画的立意与用笔。

就用最近时事漫画为例：第十三图，《日本的长期侵略》，是 The Nation〔《民族》〕报上所载某西洋人的作品。现在我们来推想作者制成此画的经过。这可分为四个步骤如下：

一、作者看见日本侵略中国，最初以为中国不会抵抗，只要开一炮，中国就会求和的。谁知中国实行长期抗战。于是日本成了骑虎难下之势，只得迫令全国人民减衣缩食，以供给每天二千万元之侵略军费。战线越弄越长，军费越弄越大，人民的生活越弄越苦。作者看见这般情形，觉得日本这个国家可笑可怜，想拿画笔来讽刺她一下。——这是第一步工作，叫做"拈题"。

二、上述的见地，即"侵略愈久，人民愈苦"这一点，怎样用画表出来呢？作者就用心考虑："久"是时间的，无形可睹。

"苦"是生活各方面的,没有定形。如何能用简单的形象来表出呢?他想了又想,希望想出一种可以表现"久"与"苦"的形象来。他终于想出了:久不久,可以用发炮的多少来表现。炮是有形之物,可以描出。苦不苦,可以用吃饭的多少和人的肥瘦来表现。吃饭与肥瘦也是有形之物,可以描出。但侵略军的开炮是在中国地方的,人民的饿肚皮是在日本国内的,这两件事分离在两处,相隔很远,决不能把它们拉拢在一块。于是他决定在一幅画内分描左右两图,使之相对照。他起初想在左面画许多日本炮正在开发,在右面画许多日本人饿得很瘦。后来一想,这样还欠明显。看画的人倘不曾见过日本人,以为日本人本来是瘦的(他们听人说过,日本人是矮小的。矮小与瘦,

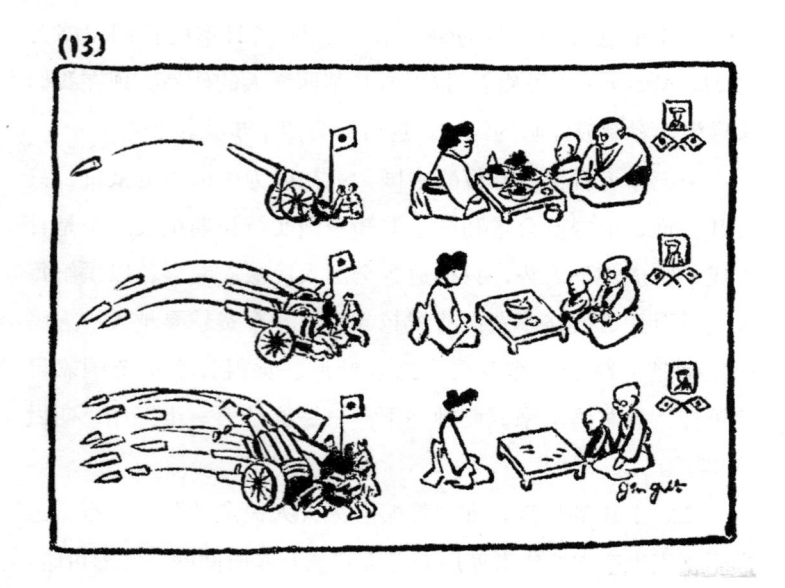

容易混杂）。那么，一边许多日本炮正在开发，一边许多日本人站着，怎能表出他的立意呢？于是他打消这计划，再加考虑。忽然他想出了：既然左右两图相对，不妨上下三图相续，以表出时间的经过。即先在左边画一个炮，右边画肥胖的人吃丰盛的饭。次在左边多画几个炮，右边画较瘦的人吃较苦的饭。最后在左边画许多炮，右边画很瘦的人吃很苦的饭。这样，这画的表现很明显，而且有趣味，使人看了发笑。于是他决定了画的材料。——这是第二步工作，叫做"选材"。

三、已经决定：用炮的多少来表示侵略的久暂，用人的肥瘦与饭的丰歉来表示民生的乐苦。材料已经有了。但怎样布置呢？作者先用铅笔把纸分作上中下三层，每层分左右二块。于是在每块里用铅笔构图。先画上层：左方画一个炮，正在发一个弹。背后立一面国旗，表示这是日本侵略军。右方画日本家庭夫妇二人及一小孩相对吃饭的光景。人要画得胖，矮桌上的菜要画得多。背后最好再画一幅天皇肖像和两面交叉的国旗，表示这地点是日本国内。次画第二层：左方画三个炮。右方画三个人，都瘦了一半。矮桌上只有一碗菜。最后画第三层：左方画许多炮。右方画三个人，又瘦了一半，几同枯骨一样。矮桌上一碗菜也没有。他审察这铅笔草稿，觉得上下顺序很好，左右对照很显。于是草稿完成。——这是第三步工作叫做"构图"。

四、以后的工作较为轻便了：只要根据铅笔稿，正式用墨笔加详描写。然而并非依样画葫芦，也要用心：一、这回是要正式发表的了，不可一笔苟且，必须笔笔有用，繁简适当，使形象显著。二、构图时只描骨子，现在要加皮肉。凡炮的装置，弹的势力，杯盘矮桌的形状，人的相貌，服装，与姿态，皆须一一描写，使各物皆活现。三、不但求其活现而已，最好带些滑稽风，使人看了有兴趣。日本人的神气，特点最多。只要捉住特点而夸张之，其形态必然滑稽可笑。这西洋作者大约到过日本，其描写颇得真相。譬如席地而坐的姿势，日本男人的头，女人的髻，都有一股日本腔调，令人发笑。最可笑的是矮桌上加上几点墨，不知算是什么东西。有人说，大约是肉骨头或鱼骨头。有人说，不然，这时候他们早已没得鱼肉吃，哪里来骨头？据我看来，这也许是日本人常吃的几条萝卜干吧！——这是第四步工作，叫做"着墨"。

这样，一幅漫画就完成了。作者便在下面写明题目，叫做《日本的长期侵略》，发表在报纸上。

漫画的制作，大都必须经过上述的四个步骤。这可说是"漫画创作的四阶段"。前两段属于立意，后两段属于用笔。列表以明之：

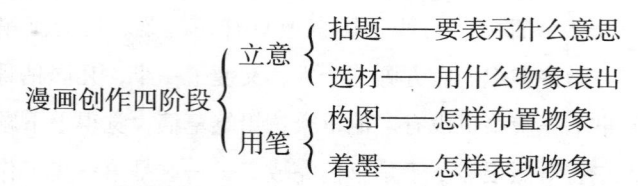

漫画创作四阶段 { 立意 { 拈题——要表示什么意思 / 选材——用什么物象表出 } 用笔 { 构图——怎样布置物象 / 着墨——怎样表现物象 } }

再拣点其他的例：如第八图，《升学机》，其立意是要表出教育制度不良，没有学问的人只要有钱便能升学，好比前代的卖官鬻爵。但此事无形可睹，故从空想中选材，创造出这样的一架机器来表出这意思。于是布置画面，用笔描写，遂成一幅讽刺漫画。

又如第十图,《汉奸》,其立意是要将汉奸危害群众的性状表示出来,使群众知道可怕而协力防御。此事本身无定形可睹,于是向比喻中选材,结果想出船底凿洞这一件有定形而可画的事象来。于是布置船的位置,支配乘船的人物,最要紧的是把凿洞的一个人(画中的主角)放在最惹目的地位。布置既妥,然后用墨描写,描写时要注意笔法及明暗,务求背景能衬托画的主角,使之显出。此法详见第六章的衬托法中,现在暂时不讲。

有的漫画,似乎并不先拈题而后选材,却是先得材料而后拈题作画的。例如前揭的第六图《都会之春》,及第七图《生机》皆是。因为前者是作者看见了尘嚣中的纸鸢,方才取作材料而描画的。后者是作者看见了破墙的砖缝中的小草,方才取作材料而描画的。但这是表面的看法。倘进一步想,仍是先拈题而后选材的。因为作者倘不先有"都会不见春色"的感想,见了纸鸢不会触目惊心而选作画材。倘不先有"天地好生之德无微不至"的感想,见了砖缝中的小草也不会触目惊心而选作画材。不过这些画材不是有意选取而是无意中偶然碰到的,故表面上看似先有画材而后有画题耳。

第五章 写 实 法

中国画有六法，漫画也有六法，（一）写实法，（二）比喻法，（三）夸张法，（四）假象法，（五）点睛法，（六）象征法。本章先述写实法。

漫画家在日常见闻中，选取富有意义的现象，把它如实描写，使看者能在小中见大，个中见全。这叫做写实法。这种漫画表面上看来，与普通画没有什么分别，其所以异于普通画者，就是普通写生画等不注重内容意义而注重形状色彩的美，漫画则以含有丰富的内容意义为第一要件，形状色彩的美却在其次。换言之，前者重视觉，后者重思想。前者只在看画时眼睛觉得快美，后者看后脑中留着余味。

举一个实例，如第十四图《邻人》（也是《子恺漫画全集》中所收的）。这是我住在上海时，在天通庵车站附近所见

的实景。一把很大的铁扇骨，装在两份人家交界的壁上。每根铁扇骨的头上有很尖锐的枪头，分明是防止邻人逾墙的。我觉得这件东西很触目。这是人类的羞耻的象征，人类的罪恶的铁证。因此取作漫画的题材。这画的作法与普通写生画等没有什么分别。如果你欢喜写实，不妨拿速写簿走到那地方去对景写生，而仍不失为漫画。其所以异于普通写生画者，就是含有讽刺人类社会的一点。换言之，就是"选材"的时候有"用意"。可写实的风景很多，为什么偏偏要选这景象？偏偏要选这景象者，正为有所用意。以前所举第一图《某父子》，也是写实的。这二幅漫画作法全同。第五图梦二作的《战争与花》，也是用这种作法的。我的漫画全集中，此类作品不少。记忆所及，如《诸亲好友，概不赊欠》《接婴》等，都是属于这类的。前者描写一个劳动者站在饭店柜外吃饭，柜上大书"诸亲好友，概不赊欠"八个字。后者描写一贫民抱了婴孩，正要放进育婴堂的接婴的大抽斗里去，墙下恰有一只母狗正在哺乳它的一群小狗。这种画材，都是现成的，不须想象构成，只要"选取"。所以写实漫画最容易作——只要你有眼光去选取。

　　写实漫画题材现成，似乎最容易作。其实"选取"也不很容易。这与作绝诗的方法有点相同。胡适论绝诗，说绝诗是用最经济的手法的一种文学的表现。他说这好比向大树干上截取一片横断面，从这薄薄的一片中，可以由年轮看出大树的年龄，因而想象出大树的根干的深大，枝叶的繁茂的状态来。这便是前面所谓"小中见大""个中见全"。作写实漫画，正与作绝诗情形相似，而比较的更难一点。因为诗可说无形的事，可以说过去现在未来三时的事;而画只限于写有形之物,只限于写一时间可见之物。譬如"寥落古行宫,宫花寂寞红。白头宫女在,闲坐说玄宗。"寥寥二十个字,只说古行宫中老宫女讲旧时的一件小事,便可使人由此想见唐明皇杨贵妃一时之盛,与人间兴衰无常之理。这可说是精彩的诗材;但不能作为画材。因为古行宫,老宫女,讲旧事等事,都无明确的形象,不宜用画笔表现。又如"打起黄莺儿,莫教枝上啼。啼时惊妾梦,不得到辽西。"寥寥二十个字,只说有一天早上一个思妇欲打走啼莺以便继续她的好梦的一段小事,便可使人由此想见人间离别之苦与战争的不幸。这也是精彩的诗材;但也不能作为画材。因为打黄莺,惊梦,梦到辽西等事,不是一瞬间可见之物,也不宜用画笔表现。可知诗的选材,范围比画为广。画的选材,限于有明确形象的,又限于一瞬间可见的,范围狭小,所以更难。漫画大都是讽刺人生社会的。人生社会的种种问题,往往隐藏在无形中,难得露出形迹来。漫画家要在森罗万象中捉取这种形迹,原是不易多得的。像前述的铁扇骨、某父子等,是人生社会的罪恶与羞耻的偶露形迹,便成为

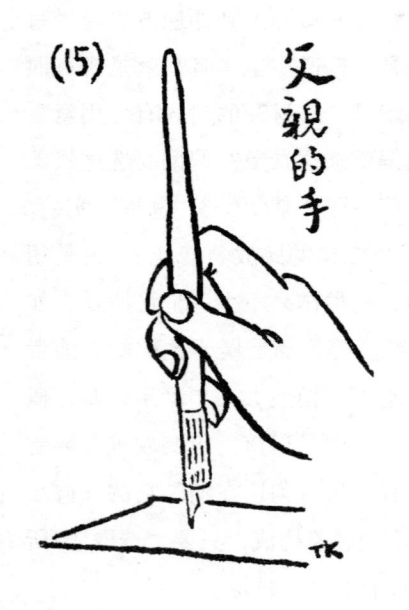

漫画的好题材。

　　写实漫画不限于讽刺。用小中见大，个中见全的表现法，有时也可作富有趣味的表现。我曾作《父亲的手》《九十一度》《炮弹作花瓶》等画（均见《漫画全集》）。其一，写一只手，用执毛笔的姿势执着钢笔而写字。这画作于民国十二三年间。那时候的父亲的手大都如此。其二，写一只狗伸出舌头，舌尖上滴下水来。其三，写莲花莲叶插在一个炮弹壳里。这都是我在日常生活偶然看到，而如实描写的。故知写实漫画不限于讽刺，也可作诗趣的表现。

第六章 比 喻 法

漫画家对于人生社会的某种问题，欲加以批评或描写；而此问题是抽象的，难于用画表现；乃描写另一具体的东西，以比喻这问题而表示对这问题的意见。这叫做比喻法。

比喻法与后述的象征法大同而小异。所同者，二者都是不写本物而另写他物。所异者，比喻法不写本物，而标本题；象征法则不写本物，亦不标本题。比喻法是用题字点明的；象征法则全不说破，任读者自己会悟。

举一个例，又是我自己作的，如第十六图《教育》。这里画着一个人正在塑造泥人，而题目叫做《教育》。初看觉得不配，或将疑心我画错或题错了。仔细一想，才知道这是比喻，拿塑泥人来比喻教育。因为在某时代某地方，励行刻板的教育。蔑视青年的个性，束缚人性的自由，而用高压力实行专制的教育法。于是毕业出来的

人，个个一样，没有个性，没有趣味，呆板的，机械的，全不像一个"人"。我觉得这种教育法可恶，这班青年可怜。于是对这问题想下一个批评。然而这问题，复杂而又抽象，要用画来描出，是不可能的。除非做一篇文章，洋洋数千言，方才说得明白。但用漫画的比喻法，也可用寥寥数笔来说明。造泥人，是用模型的。把一块烂泥装进模型里，用力压它一下，拿出来就是一个泥人。许多烂泥经过同一模型，就造成完全同样的许多泥人。不但长短大小一样，连眉目口鼻也都一样。那种教育之下产生出来的人才，真同一群泥人一样。发见了这个比喻，就不须描写本题（教育），只要描写塑造泥人，而加上本题"教育"两字，就可发表关于这问题的批评意见了。

再举一例，如第十七图《东邻吊罢西邻贺》，也是用比喻法的。九一八国耻纪念之后，中国外患日逼，而双十节依旧举行庆祝。九月十八日下半旗，茹素，集会游行，贴标语，散传单，痛哭讲演，之后三个星期，再来一个欢庆大会，提灯，结彩，演剧，宴会……和三星期以前的情形作成极端的对比。这现象很可注目。但要用文艺表现，只有作文赋诗能够表达得出。因为这事件很复杂，而且有许多抽象的分子，决非图画所能表出。如欲用图画表出，只有用比喻法。龚定庵的诗中有"东邻吊罢西邻贺"一句。我索性描写这一句：画一个老人，比方"时间"。画一所茅屋，比方九一八国耻纪念。画一座亭子，比方双十国庆纪念，就用那句诗作题目，这幅画与前幅稍异：连画题也是比喻的。只有茅屋上"九一八"的额，与亭子上"十十"的额，及时间老人衣裾上的"TIME"〔"时间"〕，是点明本题的。这幅画不是讽刺,只是描写。国耻应该痛切纪念,国庆应该欢腾祝颂,并无可讽刺,亦不该讽刺。只是这两件相反的事继续演出,很不谐调,故可入漫画,使读者想起:怎样可以避免这不谐调?只有设法拆去这茅屋。但茅屋拆去了,根本没有漫画可作。抗战便是要拆去这茅屋。所以抗战以后,这幅漫画已失去时效,只能当作比喻法的例子罢了。

我的漫画中,用比喻法的还有不少。例如《失学者》一幅,画中并不描写失学的贫苦青年的状态,但写一只鸟被关闭在鸟笼里,笼底下注着"POVERTY"〔"贫穷"〕一字,上面再画几只鸟飞翔在青云之上。又如《年级制》,亦不画学校的状态,但写并列的三个儿童,相邻的两只脚都用绳子捆住,作"三人四足"的游戏。右边一儿童跑得最快,但他的左脚捆住在中央的儿童的右脚上，不得前进。左边一儿童跑得最慢，但他的右脚捆住在中央的儿童的左脚上，被他拖着前进，因而跌倒在地上。用这状态来比喻年级制的缺陷——高才生被阻碍进步，低能儿赶不上去。即"过之者俯而就之，不及者跂而望之"。

前面我讲写实法的漫画，曾说这作法与作绝诗法相似。现在所讲的比喻法也与诗文的作法相通。《文心雕龙》曰："比显而兴隐。"比是点明的，兴是暗示的。在漫画法中，后述的象征法相当于"兴"，今述的比喻法相当于"比"。作诗文时，用具体的比喻来说抽象的事理，容易显明。《文心雕龙》举例云："焱焱纷纷，若尘埃之间白云"，"优柔温润，如慈父之畜子也"。焱焱纷纷，与优柔温润，都是抽象的；用具体的尘埃之间白云和慈父之畜子来比喻，就明显而易于理解。漫画的用比喻，其作用也如此。如前举例，机械的教育，国耻与国庆，皆抽象之物。用塑泥人与吊贺作比喻，其理就显明。况且画中的具体物的形态，又可在读者脑中保住深刻的印象，故画的用比，比诗文的用比效用更大。

第七章　夸　张　法

漫画家为欲增大作品的效果，常常把主题的特点加以夸张，使成滑稽可笑之状，使读者欢喜信受。这叫做夸张法。

夸张，在平常是一件不好的事；但在艺术创作上是特许的。不但特许，而且是制作上一种重要的技法。夸张有一个限度，超过限度的夸张是不许的；限度以内夸张，不但许可，而且是可贵的。高尔基论艺术创作，曾经有这样的话：作文宜有适度的夸张。好比画家，描写长鼻子，往往画得过分长一点，以表出他的特色。但倘夸张过甚，失去真相，则又不宜。——原文不记，大意如此。《文心雕龙》也有夸饰一篇。内云："言峻则嵩高极天。论狭则河不容舫。说多则子孙千亿。称少则民靡孑遗。……辞虽已甚，其义无害也。"这样的夸饰，原是寻常讲话的习惯。要极言其高，便说"碰着天"。要极言其狭，便说"头发粗细"。要极言其多，便说"无数""无限"。要极言其少，便说"半个也没有"。……话虽然夸张得过甚，在意义上却并无妨碍。文学和寻常讲话都盛用夸张。漫画中自然必须有夸张法。

漫画的夸张，可分内容的和外形的两方面。内容的夸张，就是把所表示的意见说得过分厉害，使成荒唐可笑之状。因为荒唐可笑，故读者明明知道不是写实，不会误信为真，即所谓"其义无害也"。要举实例，前述的法国人作品，丈夫登梯为妻助妆，便是其一。当时法国盛行高髻，妇女盲从流行，髻梳得越高越好。好比现今中国妇女界盛行耸肩的外衣，肩耸得越高越好。于是漫画家作一幅画来讽刺她们。描一个摩登女子，髻高数丈，她的丈夫爬到梯子上去帮她理妆。当然不会有这样的事实。然而不妨有这样的漫画。又一例，有一时西洋妇女盛行养狗。衣丰食足而闲暇无事的女人，都养一头洋狗，行坐与俱（飞机载洋狗正是此风的东渐）。于是漫画家又来一个讽刺。画一位夫人，一只像人一样两脚立地的洋狗，和一位像狗一样四肢落地而项颈里缚着一根链条的丈夫。夫人一手挽着洋狗的前肢，一手牵着丈夫项颈上的链条，在马路上昂然行走。这幅画比前更加荒唐可笑。似乎戏谑而近于虐。然而因为当时的妇人宠狗的习气太甚，所以讽刺她们对狗比对丈夫看得更重，也是"其义无害也"。这幅画我以前在外国杂志中看到，曾经剪下来收藏。现在早被炮火毁坏，又无法默写出来，只得从略。我在日本时，看见日本漫画家冈本一平发表讽刺恋爱的漫画。写日本女子热心精选丈夫，极其可笑。有的扮装为女乞丐，到恋人的后门头去讨饭，借以试验他的慈悲心。有的同恋人走过桥上，故意把钗环投入河中，要求恋人从桥上跳入河中去打捞，借以试验他的忠诚心。更有的拿了一支米突〔米（metre）〕尺，一个量角器，测量恋人的五官，是否合于美学的定律。诸如此类，都是用夸张法描写的，好比中国诗人的名句："易求无价宝，难得有情郎。"——以上是说内容的夸张。

外形的夸张,就是形状的特点的夸张的描写。即如前述高尔基所说,画长鼻头,画得过分长些。西洋漫画盛用此法,有一种专门画人像的漫画,叫做 caricature(似颜画)。其法大都是捉住相貌的特点而加以夸张。使看者觉得很像,同时又觉得可笑。举实例,最近法国漫画家哀弗尔〔埃费尔〕(Jean Effel)以似颜画著名。他画墨索里尼的相貌,变化百出,而无不肖似且可笑。第十八图是其一例。第十九图又是一例。第十九图中,把墨索里尼的姿态极度夸张,竟画成一只猫。又把希特勒的姿态极度夸张,竟画成一只狗。然而看者一望即知道是那两家伙的肖像。图中盆子里的点心,上面写明着西班牙。点心的形状便是西班

牙的地形。读者一看此图,便知道这两家伙想吃西班牙,猫已经动手,狗坐着吞唾涎。

似颜画的夸张描写,有时为一般人所不理解,认为漫画家伤害他人。譬如画得太丑陋了,被画的人就认为毁坏。美国曾经有一位女伶,相貌颇不平凡。某漫画家为她作似颜画,发表在报纸上。看的人一望而知是这女伶,而且大家看了要笑。那女伶自己看到了,竟怒火中烧,以为这漫画家把她的相貌画得如此丑恶,是有意毁伤她名誉,竟向法庭起诉。这件案子哄动一时,直到最高法庭,罗斯福总统亲自来劝慰这女伶,方始解决。罗斯福总统对那女伶说:"你的相貌被人家描入画图,在你是最大的光荣!"女伶这才心平气和地撤回诉讼。罗斯福真是一位贤明的总统。他对于艺术的见解是很高的。原来世俗所谓"美丑",与艺术上的"美丑"标准不同。世俗所谓美,大约是眉清目秀,俏眼儿,小白脸之类。这在艺术上不一定为美。反之世俗所谓丑,在艺术上也不一定是丑。尽有世俗认为美而在艺术上是很不美的(例如我国曾经流行的时装美女月份牌上的画等)。也尽有世俗认为丑而在艺术上是很美的。那女伶的肖像便是一例。而在漫画艺术上,这种情形最多。世俗所谓美人,用漫画的眼睛看来大都不美;而世俗所谓丑陋,用漫画的眼睛看来有时是很美的。

前面说过,漫画的夸张有一个限度,超过限度的夸张是不许的。这限度如何,很难说定,勉强要说,只能说以"近人情"为限度。夸张过甚,不近人情,便失其效力。西洋漫画盛用夸张法,有的画家变本加厉,作超过限度的夸张,其效果最多只是浅薄的滑稽,徒然引人发笑而已。第二十图即是一例。这是最近英国一位漫画家彭纳脱(Compton Bennett)所作的。这里描写一个大鼻子的绅士,把鼻子夸张过甚,超过限度。使人初见时不认识这是鼻子,要仔细认辨一番,方才知道这是鼻子。这一点便是所谓不近人情。试拿这画来同第十八图比较,近人情与不近人情的分别就判然。第十八图,也是十分夸张的,墨索里尼的个子决不会长得这么矮胖,他的下巴决不会生得这么阔大。但是一望即认识是一个人,而且是一个墨索里尼。第二十图不但鼻子夸张超过限度,身子的弯曲等也都超过限度。无法无天地夸张,便使人一时不易认识,而成为不近人情的不健全的漫画作品。

第八章　假　象　法

假设一种世间所罕有或不能有的现象,用以表明漫画家所要说的事理,叫做假象法。这就是使无形的事理有形化,所以画面上大都奇怪荒唐。讽刺漫画常用此法。因为人生社会的问题,大都是无形的,不可描表,漫画家要批评议论,自然要用假象。

举实例来说,如前第八图《升学机》,第十二图《大扫除》便是适例。漫画家看见教育腐败,有钱无才的都能自由升学,有才无钱的不得出头,想作画来讽刺。但这问题不能用画描出。于是捉住这问题的机纽,而创造一种现象出来表示它。机纽在何处?就在"有钱可升学"这一点上。于是想出一架升降机,因钱的重力而使机高升的升降机。钱越多,越重,学升得越快,越高。反转来,钱越少,越轻,学升得越慢越低,甚至永远停留在小学。然而这架机器,是世间所没有的,不能有的。所以前面说,这种画的画面上大都奇怪荒唐。《大扫除》荒唐更甚。岂有这么小的地球,这么大的人,与这么荒唐的事实?然而漫画家意见已由此而力强地雄辩地表出了。

西班牙最近的漫画家卡斯德洛(Castelao)在其祖国被侵略的时候,作许多有力的讽刺画与宣传画。其中有一幅,题曰

《这就是法西斯上帝》。画中描写一个裸体巨人,岸然镇坐,两手拉开自己的肚皮,肚皮里露出许多髑髅来。他的脚下陈列着许多军队。他的面貌正是墨索里尼。这也是假象法的一例。

日本最近的漫画家柳濑正梦,也有笔如刀。讽刺日本政治,直言无忌。有一幅写傀儡戏。戏台上两个傀儡,一个穿军装,表示军阀,一个穿大礼服,表示政阀。这两个木头人正在手舞足蹈地演戏。而他们的手上和足上,都缚着线。这些线的那一端,操在台上背景布后面的一个胖子手中。这胖子身穿洋装,口衔雪茄,手上还戴着许多钻戒,半个大肚皮露出在背景布的上端。显然表明是个财阀。他正在拉线,舞台上两个人的一举一动,都由他作主。还有一幅是连续漫画,共分五图。第一图中画地上生出一株草,一个军人正在拔草。他弯着腰,两手拉住草头,用力地拔。他的背后一个穿大礼服的日本人(政阀),两手抱住军人的腰向后拉,帮他用力拔草。这人的背后,还有一个穿洋装,衔雪茄,戴钻戒的大肚皮人(财阀),两手抱住穿大礼服者的腰向后拉,也帮他用力拔草。这是第一图。第二图一切照旧,只是那株草已拔起了些,地面上露出一个半圆形的东西来,好像萝卜,不知究竟是什么。第三图大体还是照旧,只是拔草的三个人大家向后仰,因为草已经拔起很多,地面上露出的那半圆形已经变成圆形。圆形的是什么?原来是一个人头,那草正是他的头发!第四图,三个人几成仰卧的姿势;那人头底下露出一个强壮的汉子的上半身来。第五图,那汉子全部出世,一拳一脚,把那三个人弄死。——这些都是用假象法的漫画的例子。

以上数例,原画我曾从杂志上剪留;但都损失了;默写出来又嫌失真。只得空谈一会,任读者自去想象。末了再从我自己的作品中举个实例,如第二十一图,《用功》。有一时代,学校极重分数,用分数压迫学生作无理的用功。有一班学生,尤其是女学生,对于学科毫无研究兴味,专为欲得分数而用功。

这情形很不合理,生吞活剥,而且残忍。因此我作这漫画来讽刺。分数的权威,无形可睹,于是假想出一个怪物来代表。一个女学生伏案用功,案上陈列着字典、三角板、米突〔米（metre）〕尺、笔和书。看似真心好学,其实全是一个怪物压迫着的。我还有一幅漫画,写一本古书和一本洋装书,许多小人,有的穿长袍,有的穿洋装,大家努力钻进书里去。有的正在书缝里乱钻,想钻进去;有的半身已经钻进;有的全身钻进,而且已经出头,但已戴着眼镜,生着胡子了。但他们只是端坐在书的蛀洞里,无所事事。因为那时有一班读死书的人,好比蠹鱼,白白地把一生消磨在书本子里。我为他们作这幅画。——凡此诸例,画面上所表现的,都是世间所罕有或不能有的奇怪荒唐的现象,而借这现象,可以表明一种意见。这都叫作假象法的漫画。

第九章　点　睛　法

描写一种值得注意的现象,而加以警拔的题目,使画因题目而忽然生色,好比画龙点睛,叫做点睛法。

点睛法与前述的写实法大体相同;所异者,写实法靠画本身表现,并不全靠题目;点睛法则全靠题目。没有了题目,画就失却精采。

前面的第一图《某父子》,第十一图《他们埋的是种子,不是死尸》,便是点睛法的实例。试把第一图的题目除去,只剩一幅画,一个乡下老头子提着皮箱和包裹,跟着一个洋装青年走路,这画就平凡得很,全无精采。但一加上题目,《某父子》,看的人就吃一惊,跟着发生许多思想。又试想,埋葬的那幅画倘不写题目,我们只看见许多人在埋葬尸体,虽然可哀,却很平凡,此画亦不精采。但一加上题目"他们埋的是种子",底下再续一句"不是死尸"。看的人闭目一想,其哀情就变为愤怒,愤怒又立刻沉着起来,变成一种努力。

凡是全靠题字而醒目的漫画,都是用点睛法的。但须注意,不是用文字来代替图画,是用文字来点明画意。故题目的文字,务求简洁而有力。倘是噜哩噜苏的一篇说明,那就失却"点睛"二字的本意。古人画人物,眼睛只画眶子,等到人物全体完成，最后才拿起笔来点睛。有的画家，画好了人物，数年不点睛。有的画家，画龙始终不点睛，说点睛便欲飞去。足见点睛的郑重。漫画的点睛，也要郑重，务求简洁而有力，大忌噜苏的注解。

　　再举一二实例：第廿二图与第廿三图，都是我自己的作品。我故意不写题目，先请读者看画。第廿二图，一个卖香蕉橘子的小贩，坐在一株枯而小的树下守候生意。两个小学生背着书包走来，其中一个伸手指点那小贩，另一个看着，似乎都在笑。如果真无题目，这幅画太平凡乏味。至多，令人想起这两个小学生想买香蕉橘子吃。但一写题目，这画就忽然意义丰富起来。题目是什么？是《去年的先生》。去年小学里当先生的，今年已改做小贩，挑着担子卖水果。因为那时候，小学教师待遇太薄，竟有年俸大洋二十元膳食自理的小学教师。于是小学里的先生都不

能生活，纷纷改业。有攀援的人，改入商界、交易所、银行、公司。无可攀援的，只得做小贩，挑着担子卖水果。做小贩虽然苦，比做小学教师好得多。我当时曾目击一个事实，所以作这幅画。

第廿三图，也没有写题目，但描着一个人在那里喂一头猪。这也是极平凡的现象。倘真无题目，这只能说是速写，不能称为漫画。但有题目，它就立刻变成一幅漫画。题目是《间接的自喂》。这幅画载在佛教会刊行的《护生画集》中。但意义并不专为护生。却象征着世间许多事情。世间有许多行为，看似利人，实为利己，可称为"间接的自利"。这样看来，这幅画不但用点睛法，又属于后述的象征法。

第十章　象　征　法

漫画家对于人生社会的某种事象，欲发表自己的感想，而这事无形可描，或不便于明言直说，乃另描一种性状相同的他事象，拿来象征所欲说的事象。这样隐藏的画法，叫做象征法。前文说过：比喻法与象征法大同而小异。所同者，二者都是不写本物而另写他物的。所异者，比喻法不写本物，而标本题；象征法则不写本物，亦不标本题。比喻法是用题目点明的，象征法则全不说破，任读者自己会悟。《文心雕龙》云"比显而兴隐"。比喻法相当于文学上的比，象征法相当于文学上的兴。象征法的漫画，用意最隐藏，含蓄最丰富，诗趣最多，艺术的价值最高。所以最后说述。

欲举实例，我先想起某古人的一幅画。画着一株大树，树上筑着鸟巢，有许多鸟儿生息于其中。树下有许多人，拿着斧斤，想斩伐这株树。这画在古代当然不称为漫画，其实正是幅象征法的漫画。象征什么呢？世间类于此的事很多，不必说破，还是任读者自己自由想象为妙。广义地看来，中国古画中，有许多可称为象征漫画。例如写竹的"虚心坚节"，写兰的"不以无人而不芳"等，都含有象征的意味。只是中国画家大多数墨守旧法，沿袭传统，老是写竹，写兰，……不解举一反三，推陈出新。所以现在倘要把兰竹归入漫画，大家都不以为然。其实，最初取"虚心坚节"的意义而画的竹，最初取"不以无人而不芳"的意义而画的兰，正是象征法的漫画。

在这最后一节中，又只得举我自己的作品为例。因为描这类漫画的人很少，我简直没有看见过别人的此类作品。第二十四图，画一株大树，被斩伐了半株；但根干上枝叶蓬蓬勃勃地丛生，眼见得不久可以恢复他的原状。这是我目击实物而写生的。最初题上"新生"二字。后来改题了一首诗，被人当作抗战画拿去出版。这象征抗战固好，但也不可如此限定。世间不屈不挠，百折不回的事，都可以此为象征。

第二十五图，画着一辆汽车，机器损坏了，或者是油用完

了，不能开走。全靠人力推挽，方能移动。题曰《病车》。它原来不止一日千里，人们看见它都要让避的。如今因为失势，一步也走不动，反靠人们去推动它。倘以为这幅画是专为这状态的稀奇而描写的，那么这便等于小学生的图画成绩，不配在此列举。所以列举在此者，因为这现象可以象征人事，可以引起读者的遐想。有一次我到某地，途遇某艺术机关中的人，一路同我谈话。谈到漫画，其中有一人对我说："我们这地方漫画材料很少；只是有一个二三尺高的老人，常在街上讨饭，先生看见过否？"我听了这话，不知所云。他的意思，这二三尺高的老人是漫画的好题材。在他心目中，以为漫画是专写稀奇的东西的。倘请他看这幅《病车》，他一定觉得很有意思。但他所谓有意思，只是为了"汽车要人推挽"这一点稀奇相上。他不能梦见这画的象征的意味。

象征的漫画，是用意最隐藏的画。因为隐藏，故鉴赏的时候容易误解曲解。原来象征漫画虽然隐藏，决非暧昧，用意仍是昭然的。但倘读者头脑歪曲，神经过敏，便会咬文嚼字，穿凿附会，对象征漫画发生误解曲解。有一件事实可作证例：前年我作一幅夕暮的山水风景画，题曰《江山如画日西斜》，全是写实，毫无寓意的。然而鉴赏者对于此画发生种种误解。有一人访问我家，看见壁上挂着这画，他看了又看，想了又想。到后来似乎豁然贯通，得意地对我说："我理解你的画的用意了。这是讽刺敌人的。我们的江山美丽如画，而日本行将灭亡。对不对？"我决然地否认。诚恳地对他说明，我毫无此意，只为了爱好弘一法师这词句，故取作画题（弘一法师未出家时，作

《喝火令》一曲，内有此句）。他意识中的爱国热忱，我也很赞佩。只是此画的确与爱国无关，我决不可掠美，故非决然地否认不可。过了几天，另一个人访问我家，看见这画，也看了又看，想了又想，最后恍然大悟似地对我说："我理解你的画的用意了。这是讽刺中国政府的。江山如画，意思是说江山沦陷，未曾收复，同画一样虚假。日西斜，意思是说青天白日的政府只得偏安蜀都。对不对？"我愕然地否认，严厉地指斥他：你胡说乱道，诬妄我的作品。你，头脑这样歪曲，神经这样过敏的人，没有鉴赏艺术的资格！——上述两人，可为漫画鉴赏的鉴戒。要知象征漫画虽然隐藏，决非暧昧，用意仍是昭然的。

最后附一声明：我在本书中常用自己的作品为例，是全为方便起见。因为抗战以后，以前收藏的图画尽行毁损。现在编这部书，例画大都是凭记忆默写出来的。记忆之中，也有可供举例的别人的作品；但默写起来，笔迹全非，反而对不起作者。不如自己作品，默写出来总还是自己的笔迹。我所以多举自己作品为例者，全是为此。我的漫画，不过自有一种作风，决不是标准的。当作描法的例子则可，当作模范则决不可。画家都应该有个性表现，自成一种作风，切不可刻意模仿他人。

余 篇

子愷

图画教授谈 [1]

普通学校设图画科，用西洋画，而不用中国画。因西洋画重实物写生，可磨练其描写自然物之目力及腕力，且养成其对于自然物之美感也。中国画与西洋画同为艺术，然中国画只可为专门之艺术，西洋画则专门艺术之外，又可为普通之艺术。因其基于实物写生，可养成抚写自然美之能力，故可用之于普通学校也。

夫宇宙万物，各有其美，曰自然美。描写此美，即为艺术。其研究之深奥者，即为专门艺术；粗是抚写观察之能力者，即为普通艺术。普通艺术，为人生必须之知识，故普通学校必设图画科，且必以西洋画为主也。

是以普通学校图画科之目的，乃使学生能用其目力腕力，直接描写自然物之状态，且识别自然物之美恶也。故普通学校图画教授法，必以写生为主，且必为忠实缜密之写生，方可达其目的也。

夫自然物在吾人目中所表示之状态，各各不同，故吾人

---

[1] 本篇原载 1919 年 12 月《东亚体育学校校刊》第 1 期，署名：丰子顗。标点系编者所加，原文为句读。

得以一望而识别为何物。原万物状态之构成，不外"形色"二事，"形色"二者，千差万别，而自然物之状态，亦千差万别。吾人所以能一见而识别其异同者，因其物之"形色"，必有可识别之点，学画即将此点描出，则见画则见实物矣。

故教授图画，须先使研究"形色"二事。然物之色，因阴阳背向之关系，生种种变化。例如白色之物，若在阴黑之面则视如黑色；深蓝之色，若在阳光之面，则反视如白色。阴阳之背向效力，大于色之效力。此阴阳背向之关系，西洋画中名曰"调子"，故初学宜先研究"形"及"调子"二事。盖"色彩"包含在"调子"内，故"调子"研究有素，进而研究"色彩"犹反掌矣。

"形"及"调子"二事，既为学画基本，即宜多加练习，基本练习之画材，即"静物"或"石膏模型"之铅笔木炭写生也。因铅笔木炭皆易描"调子"，而"静物石膏模型"可以静置，易于描写也。初学务多描基本练习，使其眼有明确观察"万物之形"及"调子"之能力，然后可谓有图画之技能，到处可以自由描写。即凡可见之物，无不可作画，且能择"形"及"调子"美者，以构图，此学画之目的也。

寻常学校，多授临画。学生临写名人画稿，灿烂可观，而描写实物之技能，全然未有。是使学生事工匠之事，则具抄写他人已就之画之技能，全无创造之能力，是背图画教授之目的矣。

寻常学校，喜示成绩，故好用临画。盖写生非多基本练习不可，岁月淹久。临画只要细心，便可依样画葫芦，即趣味高深之画，亦可描写，装入镜壳，以示成绩，见者莫不赞美也。不知临画愈工者，依赖性愈富，全无倡造之能力，徒费其光阴耳。不如以此时间从事基本练习，所得虽少，必获寸进，不致虚掷。是犹贫者不知殖产，而窃效富翁，终是虚名，不如归而力作，积之既久，亦成小康之家也。不佞有感于近今之图画教授，敢宣其陋见。

画家之生命[1]

乙卯〔1915年〕予从李叔同先生学西洋画,写木炭基本练习数年,窃悟其学之深邃高远,遂益励之,愿终身学焉。戊午〔1918年〕五月,先生披剃入山,所业几废。自度于美术所造未深,今乃滥竽教授,非始愿也。惟念吾师学识宏正,予负笈门墙数年,受益甚多。兹不揣谫陋,述其鄙见如次。

绘事非寻常学问可拟也。研究之法,因之与他事不同。凡寻常学问,若能聪明加以勤勉,未有不济者。独于学画则不可概论。天资、学力二者固不可缺,然重于此者尚多。盖一画之成,非仅模仿自然,必加以画家之感兴,而后能遗貌取神。故画者以自然物之状态,由画家之头脑画化之,即为所成之艺术品也。是以同一自然物也,各人所画趣味悬殊。因各人之头脑不同,即各人之感兴不同,故其结果亦遂不同也。

由是言之,无画家之感兴,不可云画。感兴者何?盖别有修养之方在也,可名之曰画家之生命。

画家之感兴为画家最宝贵之物。修养之法,最宜注意。西

---

[1] 本篇原载1920年4月《美育》杂志第1期,署名:丰子顗。标点系编者所加,原文为句读。

人尝有言之者矣。爰本前人之旨而加以愚见，述之如下，未必当也。

（一）意志之自由：意志自由，则心所欲为，无不如愿。故其心境常宽，神情常逸，因而美术思想无束缚之虞矣。虽古代大家有赤贫而衣食不给者，其意志未得自由，而杰作则流传甚众，此天才也，古今一二人而已，不可援为通例。巴黎美术学校无校规，无监学，一任学生放纵，怪状百出，不少加禁，亦此故也。虽然，此不免太甚。世之意志完全自由者有几人欤？不过意志之不自由，皆自作之。画者当自慎其行，使意志不趋于不自由之地步可耳。

（二）身体之自由：身体自由，精神乃可快活。故美术家不拘严肃之礼仪，行止自由，饮食自由，都不肯注意于经济便宜礼貌等事，亦都不肯事生产作业之事。缘此皆妨其身体之自由也。故美术家宜为游荡之生活，无时间之拘束乃可。巴黎美术学校学生，每日下午自由行动。关心游骋，争逐饮食者有之，亦不之戒。即基本练习时间，亦无察察之监督者。学生之不到者听之，辍课业而事游遨者亦听之云。

（三）嗜好之不可遏：美术家有怪癖之嗜好，必须培之，不可力遏之。力遏之即妨其意志之自由、身体之自由矣。画家之癖甚多。昔日本洋画家大野隆德来杭州时，吾师已为僧，因余略解日语，命引导之，因得聆其言论。忆一夕在西湖旅馆，谈及画家怪癖之嗜好，据云近今日本洋画家巨擘黑田清辉（即吾师之师）喜猿，即泥塑木刻之假猿亦宝之。人赠以物，上绘一猿，则欣然受之。又严谷小波（即洋画家严谷一六之子）喜马，杉浦非水喜虎，皆怪癖之嗜好也。究其故，嗜好亦习惯也。其初必有不知何来之原因使其喜猿喜马，于是非猿非马不能博其大快，习久成嗜好矣。尝闻西洋文豪某，必置烂苹果于案，文始若流，否则不能下笔。亦有必置泥菩萨于案而作文者。中国昔时诗人亦有怪癖，有必卧床而成诗者，有必蹲坑而成诗者。诗文与美术类，皆必培其嗜好，乃可促进其思潮也。

　　此种嗜好，犹其无累者也。即饮酒、吸烟等嗜好亦不可强行禁绝。非画家必饮酒、吸烟，不饮不吸尤佳。惟既成习惯者，易则戒之，难则宁不戒也。二者虽曰有毒，妨害脑筋，然其已成癖者，苟力遏之，则精神必受不快之感，竟有不能作事者，不若顺之可也。故烟酒虽曰害，或曰能助思想，不无原因。中国古称烟曰钓诗钩，亦以此也。闻巴黎美术学校学生，几无人不吸烟者。基本练习教室中，雪茄烟管三四十支，同时燃吸，烟气为之迷漫云。又其学生常出痛饮，座前后酒瓶如林，爱食之物必大嚼之，尽量而止云。

　　（四）时间之无束缚：习画不似习他科，不可规定其执业之时间。故时间不可有束缚。巴黎美术学校虽有规定毕业年限，而留级者甚多，甚至数十年犹未毕业者。学习之中，尤不可规定时间，须听其自由。一画不限其作成之时间，学画者不可有他事，如家务应酬等项，以掣制其时间。学画者须以一生付之，作一画须以完全时间予之，例如画一风景，须同一季候、同一时间、同一天气、同一地位，方可恣意研究，以得美满之结果。故一画费数月者甚多，甚至有费数年者（古人十年作赋，与此同意）。若束缚其时间，则局促而不能肆其技巧矣。

（五）趣味之独立：意志、身体、时间既能自由矣，若无独立之趣味，则或流于卑下。趣味即画家之感兴也。一画家之感兴，不当与凡众相同。此虽属抽象之语，实系最紧要之事，关于技术上之影响甚巨。学画而无独立趣味，虽研究数十年，一老匠耳。己未〔1919年〕年底，《时事新报》记载关于美术文数篇，有署名竹子者，其论中国洋画家之歧途，语极痛快。余深引为同调。所谓中国之洋画家者，皆逞其模仿之本领，负依赖之性质，不识独立之趣味为何物，直一照相器耳（有远近法、位置法等都不顾到者，则反不如照相器），岂可谓之画家哉！予不敢自命画家，但自信未入歧途。久怀疑于所谓中国洋画家者，用敢直陈之。

画家之修养当注意右之数端[1]。故谓之画家之生命。然予尚有欲言者：画家之生活既如是，就表形而观，恐有指为放荡游惰者焉。其实非也。画家修养既富，则制作日趋高雅，而导其心性于高尚之位置。故虽不以道德为目的，而其终点仍归于道德也。敢质之大雅。

---

[1] 作者初发表此文时版式为直排，故称"右之数端"。现作横排，则指"上之数端"。

忠实之写生[1]

西洋画者，研究宇宙间自然之美者也。写生画者，按自然美而描写之者也。故学西洋画而不习写生，皆非真正研究美术，是习画匠者也。乃中国画店，有小学中学师范画学临本之发行，而学校沿用之，以为习画必用范本。积习已久，未闻有人开说以示反对者。推其原故，一因临画易动人目，人见五色灿烂，皆以为美，而竟叹其进步之速；二因中国之教育家大都藐视图画一科为虚文而莫之措意，此皆吾国美育不讲之故也。试问一般学校之执图画教授者，若专用临本，则欲画临本未收之物，当如何？且今临摹他人之画，而他人作此画时，试思何所依据？若曰创造，则学生亦可创造也。自然之美

---

[1] 本篇原载 1920 年 5 月《美育》杂志第 2 期，署名：丰子顗。标点系编者所加，原文为句读。

盈前，取之无禁，用之不竭，何自苦而必欲临摹他人之作耶？

近年教育日新月异，图画教授亦渐有改革之倾向，提议废止临画者亦甚众，各专门学校尤为踊跃，是非可喜之事耶？第见其所谓写生，罕有忠实者，是仍不能表自然之美，所谓藐视自然者也。藐视自然，其弊与临摹等。敢决言之。

夫一草一木，皆存有委曲之自然美。画者正宜委曲描出之，则写生之效显，而写生之滋味深长也。

尝见写石膏模型者，往往一头像二小时，一胸像三小时，耳、目、口、鼻、筋肉、骨胳中有无穷之人体美，皆忽略而未充分描出，即以为脱稿。余曾记幼时写法兰西农夫头像至十小时，而吾师犹责为草率。后画 Venus〔维纳斯〕头像，乃历十七小时告终，虽不得谓为尽佳，然尽吾技，亦无愧矣。今之写生者，不肯尽其技，一味以速成是期，实非忠实之道也。

绘画之种类，可分人间界、器世界两种。人间界如历史画、风俗画、肖像画。器世界如风景画、动物画、静物画。其间虽有属于应用者，但无论何种，必以写生为基本练习，且必以忠实写生为基本练习。能以忠实写生巩固其基本，则作历史、风俗及图案等应用画，无往而不宜矣。故有志真正之美术者，必当以忠实写生为要务。彼画近顷流行之时妆美女者，背摹而出者，亦属于风俗画、历史画之类。而稍有图画知识者，莫不知其为卑下，亦因无忠实写生之素养故也。忠实写生者对自然物必描得十分精密，尽心力而为之，其形、其调子、其色彩必十分稳妥，方可停笔。苟自己眼光尚看得出有不妥之处，必须修改至技尽为度。如是反可状出自然之美，而成为高贵之画。兹录余平素对于写生之经验于下。

画形　形为西洋画所最重者，务求其十分正确。自然物之在吾人目中，因位置之殊异，及远近之关系，故其形千差万别。描写之时，当将自然物看作一块之平面形，此为最佳之法。例如画杯时，若画者之目比杯口略高，则所见之杯口为椭圆形，其状甚扁。而初学者每画作甚广，盖因其心目中常念此杯之口为浑圆。虽明明自己望见其前后二缘距离甚近，而终以为此中当甚宽广，不敢遽信为极扁。此因其不将此杯看作平面形之故也。推而言之，画人头时亦当视为一已印好之照相片，按其各线之长短、距离及状态而描之，切不可念及鼻系高起，鼻孔系略浑圆（所见甚少而初学者必画一孔），目系橄榄形（稍圆之目，一头尖一头平，初学者每不察之），耳系阿剌伯〔阿拉伯〕3字形（每有习见中国画像之耳形如如意，因描之于西洋画者）。总之，能丝毫不加想象，斯可矣。

初学画形，必须用杆测量。久之，目力渐强，乃可渐渐试用目测。入手时，每形须反复测量二三次乃已。久之，则先用目测，后再用杆量过，以检目测者之确否。渐次可以脱离测量。至画人体诸线，屈曲无定，无所施其测量，只可全恃目测，故目测不可不充分练习。

余幼时不知自爱，凡所写模型，先生不及见者（如野外写生及静物之花木果物等），往往不肯为忠实写生。其形或忽略，或改删，以图便利。日后始知痛悔。世之学画者，幸毋蹈吾之覆辙也。

久视一形，目力生倦，不可不少休息，闲顾他物以调节之。或遇屡画不整、最难解决之时,则有二良法:(一)离坐位侧其首而观之,或竟倒悬其首而观之。(二)将画并置于模型左右,立远处观之,其弊自见。

画调子[1]　调子状物,最要之事也。随光线而变化。位置得宜时,调子美不可言。如裸体人立在一面射入之光线中,其身体各部之调子,如腰际、臂上、腿上,各部优美圆稳,妙不可喻,实不亚于线之美。余常为此言,而初学者每不之信,即目睹亦不见其美。是因一则尚乏鉴赏之能力,一则无忠实写生之基本故也。盖鉴赏力与忠实写生并进,倘能忠实描写,则久而久之自能见其为美矣。

看调子之法,最好微合其目。因张目则调子之细微处毕见,大调子易模糊。微合其目,则细微之调子不见,而大调子显矣。大调子既整,则细处纵有忽略,亦无碍也。

描一画之调子,必先详察其各调子中何处最黑,何处次之,何处又次之,何处最明。先分定阶级,然后落笔。又大调子部分中之小调子,最宜注意其明暗之程度如何。初学者每不顾大调子,而喜于小处细细描写,往往妨害大调子。盖因大调子之黑部分中虽有小白块,亦非绝对之白(然为绝对之白亦有),乃黑部分中比较之白也。反之,白部分中虽有小黑块,亦比较之黑也。石膏模型之须发上,此种调子最多。

反映光之调子,最宜忠实描写。每有视反映光为可忽略者,或竟有略去者,决不可也。反映光可使调子玲珑生动,其

---

[1] 调子,美术术语,指画面不同的明暗层次。

妙处甚多，必宜忠实描写之。写生之时，人每存半面明半面暗之心，遂至忘其暗部分中之反映光。故作画万万不可以意度而杜撰之也。

调子镜不可滥用，滥用则目力逊。当知调子镜为作画时审察其调子美恶而置，非恃以辨别调子也。

色彩 基本练习无须注意色彩。唯水彩画、油画则色彩甚重要。描色彩之当注意者，切不可以普通人之见解定其色彩。当以画家之眼光定之。所谓普通人之见解者，墙知其为白，水知其为绿，山知其为青，人面知其为赭。而画家则不然，物之色彩，不可预知，因光线及地位而变动。故非忠实观察，不可见。粉墙在日光中，其色橙黄；在绿荫中，其色为蓝；在夕阳中，其色为红；旁无他物，且在阴天，方微见白色。山水则变化尤多，不可以简单之色彩名之。至人体则五色皆备，焉能纯用赭色（色彩各人所见不同，上仅就大致而言，不可拘泥）。以上为画家之色彩观，初学者每不信是言，亦因无基本故也。

辨别色彩之法，第一要无存心。无存心者，心中不可先有此物为何色之见解，全由观察而定。初学观察色彩，可用指团成一洞，自洞中辨之。心中宜将此洞中所现之景物视为一小画片，如是自能辨别其真正之色彩。

宇宙间之一切物体，皆备红、黄、蓝三种原色。故色彩切忌单纯。如吾国近来流行之时妆美女，人人皆知其色彩之单纯，不中不西，不伦不类，固无足论已。然余尝见吾国某西画家，其色彩非常复杂，甚至一桥之石，块块作五色，如宝石嵌成者。又画西湖台榭殿宇，红红绿绿，累累然大类行喜事之结绫彩(某日余骤见一西湖公园门前之图,初疑为公园中不知某大官员借行喜事,或值大纪念日、大庆典,故如此结彩。既而细辨之,乃见画庙宇亦然,方知是用色之故)。其徒宗之,竞尚是派,鄙见甚以为非忠实之道,岂色彩之过于复杂而失真耶,抑未来派后西洋画之新派耶,何以未见于传记也,其或此大家所独创欤?色彩固随各画家之头脑而人各不同,然余以为不致若是其甚,而彼师徒数十人,岂共一头脑也耶!吾见甚小,但必劝学者勿舍忠实而学歧道,宁见嗤为井底之蛙也。综上三端而结之曰:写生者,当知世间只有形、调子、色彩,不当知有山水、草木、禽兽、人物、花卉、果品、器具、什物也。吾人观模型,只知其为如何形,如何调子,如何色彩,不可念其如何物。即有不知之物,亦正不必求知其为何物。故画家之眼光,与众不同。普观万物,可谓一视同仁,其视人与犬与草木一如也。仿佛此灿烂之世界,专以供此画家一人之观赏描摹,除彼一人外若无人者。非慢也,苟不作如是观,不能为忠实之写生耳。

素 描[1]

绘画之中有素描与彩画二者,彩画固属绘画之主体,而素描亦自有重大之功用。

作画有时以逼近实际为忌者,例如变怪之形,若施用酷似之色彩,却无趣味,而反以素描为胜,此其大者。又印刷上言之,素描较彩画轻便甚多,虽印刷术昌明,而图画上欲全用色彩之印刷品,其价格甚昂,亦多不便,素描较为易得。

素描者,一切画之基本练习也。画者之意匠,能于素描中完全表现。故学画之目的,虽在油画水画等之彩色画,而入手必习素描,若不熟练素描,其所画决不能自然。

素描之练习,学画者,必由之路也。初学者,宜学写生。写生之时,须极注意于自然物形态之要点而充分描出之,乃属有益。初学者,每喜购阅素描之临本而临摹之,实属徒劳。故坊间所鬻图画临本,实与学者以恶癖,故凡临本最不可用,即欲用之,亦须得教师之评定方可。

---

[1] 本篇原载 1920 年 11 月《东亚体育学校校刊》第 2 期。日本久米桂一郎著,丰子顗节译并注。原文为句读。

按：中国各书坊所出画临本，鄙意以为适用者甚少，大致可使学者得恶癖者。惟以画为偶习之娱乐品者，则不妨用之；若有志专门之美术，决不可用，因用之非徒无益，而有大害也。沪上学校用临画者甚多，专门学校亦有未免，殊属可怪；函授学校全用临本邮寄往返者，尤属不解。

然则写生为习画之门径无疑矣。写生之材料为何，人头是也。初学描写自然物，以人头为最佳。其方法画者对于模型（即指人头），先定相宜之位置，使形态光线均得宜，然后画者对此人头，从大体上观察出其固有之特相。特相者，即肖像之肖与不肖之交也。（备此特相则肖，否则不肖。）又此人头之姿势亦须描写出之，若画者善捉取其特相，即各部大体之关系自定而不难得肖似之结果也。

按：颜面之表情，千差万别，是以万万人类，而其面固未尝有同者焉。即此可知颜面形态变化极多，画者能一一捉其特相，则一切自然物之特相皆不难捉取矣。故学画者，须首先研究人之颜面也。

画者作画时，将心目中所有大体之形态，写出于纸上。虽因技巧之熟否而有高下之别，然必可得肖似之结果。反之，不知从大体着眼而从局部细处落笔，则其结果必不能肖似，而成似是而非之物。因大体不肖似而小部分间或肖似，故其形态似是而非也。彼娴熟之艺术家，一瞥便能下笔，数笔便能肖似，盖能从大处捉得其固有之特相也。

初学者每喜从局部细处着眼。例如画头颜喜先画眉毛、眼眶、口、鼻、须等，画花喜先画瓣纹、叶脉，故每忘却大体之形态以致结果不肖。善捉取特相者，先画大体，从大处着眼。例如画头，先定头之方向斜度外廓之形，眉眼口鼻之大体位置，及调子之大体、明暗如何区分是也。换言之，即须于同一时间目力注视模型之全体，使模型全体同时吸收于画者之目中，即所谓大处着眼也。

初学者画人头不用生人，可用石膏模型。如石膏之手及足及颜面，均可描写。颜面则古代雕刻，或自生人取得之石膏型均可。自生人取得之石膏型，使受适当之光线而描写之，得无[1]生人无异。且石膏型不似生人之易生变化运动，又无复杂之色彩，易分别其阴阳面，故于初学者极为便利。惟描画之时，所最紧要不可忘者，即须从大体着眼，而由粗笔渐及于细笔。

由粗笔渐及细笔者，先画粗略之大轮廓，及五官大致之位置，用笔宜粗。既见其大体已正确，乃渐渐修改各部分及于细处。

---

[1] 似应为"与"。

无论描写何物，心中常须将其形相及明暗，视为在平面上之物而描之，则能得正确之轮廓及适宜之调子。

　　　将模型视为平面一语，描形唯一之良法也。初学者对于复杂之形，茫然无所措手，若能看作平面，便易描写。所难者立体之物，心目中常观其为立体，一时不易看作平面。例如眼比桌高一二寸而见桌上之书，其面之所见甚少，几与其厚相似。初学者每不信之，其描书面，必较书之厚甚阔，实由于心中早知书面之甚宽，不克依所见而当作平面看也。余曾进而言之曰，画者对于模型，只当知某形某调子，不当知为何物，且不求知其为何物。

　　素描不教授描写之方法，否则必陷学者于恶癖。盖素描之技巧，必从自己经验得来，即自己描写，自己观得之形相乃佳。最可恶者，近今流行之石板画本，观者多染其恶习。此种画本，因其欲邀人之注意，故其线多捏造，遂不充分表现其自身所感得之形态而描写之也。

　　　按：人各有天才，即各有个性，研究美术，应各发展其个性，不可依附他人，没却自己之天才也。吾师尝谓："西洋画教师授课时，每不授描法，其故有二。（一）画法非由自己经验得来者，断难十分适用。教师所知之画法，皆由十数年或数十年之实地练习经验得来，学生无此常期之经验,骤语以画法,必不能十分了解。即能了解矣,亦不能得心应手,挥写如意。故教师评画时,仅曰孰善孰恶,或曰调子不整,或曰肌肤稍硬,至其所以改正之法,教师决不道及。学生当此时,宜竭其思力加意研究,经种种之失败,必有豁然贯通之一日,而巧妙之画法乃发见。绘画之技术亦因之日进靡已。(二)人之性质,各有特长,学绘画者,必有性质相近,学之乃有效果。又绘画之中,亦各有流派,如雄壮、婉丽、强烈、温和、豪放、细腻之类是。长于绘画者,万不能兼擅各派,为即自己性之所长者习之,乃能完发挥其固有之画才。若必刻意模仿他人,没却自己之所长,其结果必至失败。教师不能强学生画学己之画派,学生亦不必专模仿教师之画派。教师与学生,画才不同,程度亦异,若必强合为一致,是埋没学生之天才矣。故教师为学生评画时,必不授以规定之画法,且不执笔添削。"余甚崇此言。夫写生时改笔,其弊且如此;彼用临本者,及函授西洋画者,不知又如何?

写生上复当忌避者,即不可注意于形之周围而用笔,致使形之周围线不自然,而其物成扁平之形。凡写生时当先求其物之面,而努力描出其阴阳面,若留心于形之周围,而冒昧用笔,则其画无生气矣。

按:写生者,描写自然之美也。美存于自然物中,不轻易以示人,惟力求者乃可得见之,能充分观察自然物而忠实描写之，即力求而可得见其美矣。彼不忠实者，藐视自然，恣捏意造，虽习十年，犹未闻也。盖其画未得自然之美，此所以无生气也。

　　写生最宜注意者，面也。面者，自然物受光后。因其部分地位之不同，而明暗之程度差异，遂分多数之面也。观察此面，初学者甚困难，因其对于自然物研究尚未有素也。久之久之，即能判别其面，而能充分描出其阴阳面，于是平面上之物生动，即所谓有生气矣。

艺术教育的原理 [1]

我是一个图画教师,我曾担任过好几个普通学校的图画科,觉得中国现在普通学校的艺术科,都不能奏它的效果。这恐是因为办学人和艺术科教师对于艺术科的误解的缘故。不要说内地,就是通都大邑的普通学校的艺术科,也大半是误解着。

图画科是艺术科的中心点,决不可让它误解过去;而现在一般普通学校的艺术科,对于图画科的误解尤加多,我因此想把平日的见闻和研究拉集拢来做一篇文章,讨论一下。

我看来中国一大部分的人,是科学所养成的机械的人;他们以为世间只有科学是阐明宇宙的真相的,艺术没有多大的用途,不过为科学的补助罢了,这一点是大误解。这种误解的证据我有几个实例:我从前曾在两个有体操专科的学校担任图画科,主任者聘我的时光对我说道:画材要选择体操用具或动作姿势的,可以使学生得着实用。这样宗旨,不是图画科,却是"体操插图画法"了;还有一个学校要我用博物标本当画材,说道可以使学生得着实用;还有一个学校,主任先生看见学生

---

[1] 本篇原载 1922 年 4 月《美育》杂志第 7 期。

画的木炭画，说道这龌龊的东西，有什么好处？又说道这种画一文也不值，它的纸倒费去七八分大洋。就我所感受到的三个证据，可以推想一般主持教育者都有把艺术科想作科学的补助品的误解的；不但图画，手工科的误解也不少。我曾听见说：有人参观某校，这校中的会客室中的椅子都是学生们木工课内自制的，便赏赞不已；这种观念都是艺术科的误解。要订正这种误解，须要使得明白艺术教育的原理；要明白艺术教育的原理，请先讨论艺术与科学的分别和艺术教育的意义。

科学固然说是给我们人类幸福的，又是阐明宇宙真相的，然而所谓真相两个字，非常难讲，到底怎么样可叫做真相，还是一个问题。科学都是从假定（presupposition）上立论的：譬如物理学者，一定先假定世间确有分子的物质的存在，然后可以立脚得住，实行他的研究。这基本的假定一动摇，物理学全部便推翻了；他如研究历史的，也必先假定人类是大皆有意识（consciousness）的，他们看见了人的表情的变化，以为这种物的现象的背面，确有意识存在；又如研究社会学者，使人们勤职务，计幸福，他们假定幸福确是可企图的，尽自己的义务确是有价值的。这种假定是否正确，还是一个问题，就是科学者所谓宇宙的真相，到底是不是真相也是一个问题。

科学是根据了一种假定来阐明宇宙的真相的，艺术却是不根基于假定来阐明宇宙的真相的：譬如一张海的画，这是用艺术的方法来说明海的真相。但科学者却不以为然，一定说要把海水蒸发了变成盐分和水分等，或又把波浪的运动用物理的方法说明起来，然后说是海的真相。又如一块石，艺术者画了一块石,表示石的真相。科学者定要把石打得粉碎,说明它含着云母长石……等成分,以为是石的真相。如今且看,到底画中的海和石是真相呢?还是水分盐分和长石云母是真相?这可以说科学的不是真相,因为一则科学所谓真相,是从假定上立脚的,假定的正确与否,还没晓得;二则科学把海水分作水分盐分,把石子分作云母长石,这时候不是表示海和石子的真相,是从海和石子移到了别种的东西盐分水分云母长石上去。艺术的画,倒是表示当时所看见的海和石子的真相的。

科学者看见海的画和石的画,说道这不是真相,只有科学所表示的是真相,艺术所表示的和实际的世界相去甚远,用这样偏见的头脑来排斥艺术,也是一个大误解。原来科学和艺术,是根本各异的对待的两样东西,艺术科的图画,有和各种科学一样重大的效用,决不是科学的补助品,决不可应用在植物标本画或体操姿势图上,同科学联关于实现的。原来艺术科有多大的独立的价值,可以证明如下:

凡事有没有真的价值,都要经过最高法庭的审判的,这最高法庭便是哲学。科学和艺术的争论,也要拿到这最高法庭去审判过。审判的结果,可以分明科学所示的,并不是事物的真相。譬如一块石,科学者把它打得粉碎,分出云母长石来,科学者以为是明示石的真相了,其实石是石,云母长石是云母长石,它们是两件事物,不过有关系的,决不是长石云母可以说明石的真相的;又如科学者依定理测知水是由汽变成的,水再冷将变冰的,这也不是水的真相,是水的未来和过去的变化或者水的原因结果。原来最高的真理,是在乎晓得物的自身,不在乎晓得它的关系或过去未来或原因结果，所以物的真相，便是事物现在映在吾人心头的状态，便是事物现在给与吾人心中的力和意义。

我们想求事物的真相，科学并不把事物的真相来示我们，却把这事物的关系或过去未来或原因结果来示我们。这非但不是向事物的真相走近来，却是把我们从事物的真相上拉远去，把我们拉到别的事物的身上去。

这样看来，科学者非但不示物的真相，而且遮蔽物的真相，可以断定一句：科学所示，不是物的真相。

然则宇宙的真相是怎么样的呢？依哲学的论究，是"最高的真理，是在晓得事物的自身，便是事物现在映于吾人心头的状态，现在给于吾人心中的力和意义"——这便是艺术，便是画。

因为艺术是舍过去未来的探求，单吸收一时的状态的，那时候只有这物映在画者的心头，其他的物，一件也不混进来，和世界一切脱离，这事物保住绝缘的（isolation）状态，这人安住（repose）在这事物中；同时又可觉得对于这事物十分满足，便是美的享乐，因为这物与他物脱离关系，纯粹的映在吾人的心头，就生出美来。

本了这理论来实施艺术教育的手段，便是要使学生了解艺术的绝缘的方法，譬如描写图画的模型 model，第一要使他们不可联想到实用上去，但使描出当时瞬间的印象。看画的时候，也要注意使心安住在画中，但赏画的美，绝不可问画中的路通哪里，画中的人姓甚，画中的花属何科，否则他们仍旧不算懂得艺术科。而且他们所描的画，所看的画，都值得一幅历史地理博物的插图，变了科学的一部分，还有什么艺术的价值呢？这个话似乎欲望太奢，又似太近理想，其实我仔细想来，非这样办法，不能满足地奏艺术教育的效果的。

艺术教育的疏忽的损失，似微而实大。美国是偏重实际的国家，专门在原因结果的系统中教育青年，结果使人民变了机械的枯燥的生活，影响到社会很大。近来觉悟了这弊害，提倡艺术教育的呼声甚高。中国的社会程度，根本远不如美国的坚实，艺术教育的疏忽却又甚于美国，实在是前途的危机，那末提倡艺术教育，当然是急务。

所以我们可以下一个断语，科学是有关系的（connection），艺术是绝缘的（isolation），这绝缘便是美的境地——吾人便达到哲学论究的最高点，因此可以认出知的世界和美的世界来。

以上的论证的结果，科学所示不是真相，艺术所示，确是真相，又生出一个美字来，因此我们就分了知的和美的两个世界。科学和艺术非但不相附属，而且是各一世界的，有关系的是知的世界，绝缘的是美的世界，所以我们看一幅风景画时候，完全的灌注精神在这画中，并不想起画以外的东西，画的镜框，简直是把人世隔绝的东西，我们但在画里鉴赏它的美，并不问画中的山路通哪处，画中的农夫是怎样的人，画中的山的背面有否住人，更不想这画的材料怎么样，值多少钱了。又我们作画时，眼前的风景，我们但感得它的形状、调子、色彩和表情，决不想到这地方是属何省何县的，这山有什么出产等关系的事体的，因为我们看画作画时，已迁居到另一个世界——美的世界——上去，这世界和别的世界完全断绝交通的。

概括艺术和科学的异同，可说：(1)科学是连带关系的，艺术是绝缘的；(2)科学是分析的，艺术是理解的；(3)科学所论的是事物的要素，艺术所论的是事物的意义；(4)科学是创造规则的，艺术是探求价值的；(5)科学是说明的，艺术是鉴赏的；(6)科学是知的，艺术是美的；(7)科学是研究手段的，艺术是研究价值的；(8)科学是实用的，艺术是享乐的；(9)科学是奋斗的，艺术是慰乐的。二者的性质绝对不同，并且同是人生修养上所不可偏废的。

把图画科看作其他科学的补助品，那么，艺术附属在科学里面去，学生的精神上，缺少了一项艺术的享乐的和安慰的供给，简直可说变成了不完全的残废人，不可称为真正的完全的人。因为这种艺术的安慰，实际上可以不绝地使我们增加作事上的努力。譬如图画、唱歌、游戏，不明白艺术教育的人都以为是模仿小孩子的嬉戏罢了，没有多大的价值，删除了这种功课，使他们专心攻究正课，看来好像得益的，其实损失多了。

艺术教育的原理是因为艺术是人生不可少的安慰，又是比社会大问题的真和科学知识的真更加完全的真，直接了解事物的真相，养成开豁胸襟的力量，确是社会极重要的事件。

美的世界与女性
——宁波女子师范讲演稿[1]

人对于宇宙的存在,可有三方面的看法:第一,用人的悟性认识宇宙,有品质,有理论,这是真。第二,用人的道德的意志力去实践,为仁为义,这是善。第三,用人的感官直接感觉事物,看见听得,这是美。科学是真,道德是善,艺术是美。用科学的眼光看宇宙。只看见真和伪。用道德的眼光看宇宙,只看见善和恶。用艺术的眼光看宇宙,只看见美和丑。不问真不真,不问善不善,但就其美不美上看去,在我们眼前的宇宙,好像和上两者不同。我与宇宙的一切关系,完全变更为一种新的关系。如像走进了一个别的世界。这是美的世界。

向来的教育,偏重真善,忘却了美。就是重视智识道德,看轻美育。科学昌明以来,对于知力修练更加注重。高唱科学万能。物质文明果然奏了急速的进步。从前所未有的机械,未有的交通,和便利于人生的东西,都在科学的腕下出产了。但是,唯理教育过偏重,教人天天在理知钻研中过生活。人与人的相对的态度,全是法庭的态度。人的眼中所见的,只有理实

---

[1] 本篇原载 1923 年 1 月 16 日《春晖》第 6 期。又载 1923 年 2 月 21 日《民国日报·妇女评论》第 80 期。

的追求，义务的压迫，利害的盘算。人的精神方面的感情、趣味，全然看得和没有一样了。对于人，只要每天有几小时的睡眠，有几餐饭吃，有相当的衣服穿，就是了。对于物，只求适用。眼前虽有一朵鲜妍的花，也只问有什么用，属什么科。虽到了一处山明水秀的地方，也只问是哪里，是何省何县。至于感情方面，全然忘却。这样的过于重视现实的结果，世界上的人都变成冷冰冰的，专讲利害的人了。社会变成一个荒凉的决斗场了。人在这现实的世界里，不见爱的只影，就要悲观。所以近来反抗从前的冷酷的唯理教育，提倡情育的艺术教育。援人们逃出了暗而冷的地狱似的知的世界，在人们面前开辟了一个光明的，温和的仙境似的美的世界。叫人们从美的世界里得到神圣的爱，为了人们的幸福。

凡人皆有情，有爱，所以各人应该有一个情爱的世界。大半的人们，被以前的教育困在知的世界里，竟放弃了美的世界，奋斗越过一生，牺牲了"生是享乐"。

我们对于日常生活，不可专用实利的眼光，应该于实在之外寻出别种趣味。譬如行路，倘目的专在走到所要到的地方，那时只觉得路的崎岖，足的疲劳。反之，加一种趣味于行路时，实在行路就是我们的生活。在这生活中自然可以寻出许多的愉快：远望见青的青草地，拂着丝丝的垂杨，转过小桥，又现出流水孤村，都可愉悦我们的耳目。能在这等上求享乐，就是在实现的世界以外寻到了美的世界。

走进美的世界，享乐美的时候，我们的主观的精神状态不是概念，也不是实用上的意。全然是无关心的，不批评的，陶然自适的状态，客观的美，也不是物体的本身，是本身之外浮现着的一种东西。例如一到嫩草萌动的春野，觉得在暂时之间自我泊入于这等青青的草色之中。此时我与这风景的美融合，便达到"无我"的境地。例如月明的秋夜，对月起神秘的遗世的想感。使人暂时脱离人境，与外界的接触完全断绝，把心融合于对月的想象中。这等时候，我们的精神内容与感觉对象融合。与这自然美同喜同悲，同歌同泣。就是美学上所谓"感情移入"的状态。

我们的前后左右，随处有这样的美的世界的入口。但世人往往过门而不入。只要能找到了这门户，自然觉得前途的光景一变，豁然开出一个光明的别一天地。所谓"舟相衔出洞窈，前望渺茫的大海，回顾琅玕洞的石门的细径"。从苦闷的实在的世界走到美的世界时，仿佛前后左右逼迫，无逃避的余地的狭路，一变而为四通八达的广衢，百花乱开的春野。

我们倘有情化一切自然物，拟人化一切自然物的时候，这等自然物，也会对我们有情，为我们作种种美的暗示。一花一木，也无时不对人细语，对人嫣笑。一件小艺术品，也无时不有灵魂，做我们的想象的伴侣（imaginary-mate），这种都是美的世界的窗户。一曲歌，一曲琴，会得到他的表情，听到神往的时候，也是美的世界的一个窗子。我们可向这窗子里见这美的陆地 beautiful land。

要之，美是直观的感情。美的修养，不要理智，不要分析，只要感情和趣味，使精神归束于"神圣之爱"。如今我要在美的世界里，赞美我们的优美的女性。

女子和男子，天赋的性质不同。以象征来讲：男子是黄色的，女子是青色的，男子是□的，女子是〇的，男子是 organ〔管风琴〕，女子是 piano〔钢琴〕，男子像 A、E 的声音，女子像 O、V 的声音。或者可说男子像山，女子像水。又可说男子像科学，女子像艺术。男子是知，女子是情。所以女子在天赋上有与美的世界接近的点，或者可说优美的女性的故乡，是美的世界，所以女性原不必求人引导到这美的世界去。有几个特点，可以证明女性是出于美的世界的：

（一）女性的哺育灵性。在天赋的资质能力上，男子主在智识的增进，女子主在灵性的哺育。所谓慈母，因为女子对于儿女是用感情哺育他们的灵性的。慈母爱子间的神圣的爱，就是艺术的境地。吾人的感情、趣味、优雅的情操等灵性，都是在慈母的怀中膝前收得的。教育学者说："入学以前在家庭所收得的教训，比入学以后至大学毕业之间所收得的教训更多，且是根本的。"因为灵性是人的根本，灵性的教育，主宰人生的气质和一切行为，比知识的教育更加重大。女性用优美的情感哺育子女的灵性，同时又用神圣的爱调和男性的感情和趣味。这是女性的美点。

（二）女性的直观情操。男性以智理的分野为己物，女子以直观的情操为要素。女子比男子富于感情。在日常生活中，可以看到：男子善讲理，往往先理智而后感情，愿牺牲情而存理。女子善讲情，往往先感情而后理义，愿牺牲理而存情。故女子大概多情，即多直观情操。因之男子实现正义，女子则实现优雅。理是法律的、冷酷的、机械的，就是用机械的方法处理人生。情是温暖的、有生气的、人所原有的。人对于理是遵守的,对于情是感服的。故情易感人,感于情的时候的心象的融和统一,是艺术的境地。

一切女性,皆是优美的。爱伦凯(Ellen Key)说:"Tanagr人像(Tanagrae 地方产的女子人形姿势很优美),比 Aphrodite 女神像指示我们更多的希腊古代妇人的优美姿态。"又说:"我们对于用了如花的温和的态度而扶我们向光明的世界去的无数的以前的女子,不可不感谢。"我要对于现代的女性赞美且祈祷:"一切女性皆优美。愿优美的女性,引导一切人们向美的世界去!"

现代艺术潮流
——在上海专科师范讲演稿[1]

在讲本文以前，先要讲几句题外的话。中国现在是艺术开始发达的期，这事在一般论文里可以窥见。而研究艺术的机关的日增月盛，也是表示中国人对艺术是渐加注意的。在研究者方面，居然有决心把一生皈依于艺术研究，而入专门美术学校的，也已不少。这都是中国的好现象。我有一层意见，想贡献于艺术研究者们，就是："单靠几个石膏模型，和几曲 piano pieces 是算不来艺术者的。"且中国所希望出的艺术者，也不是这等人，如果诸君听得惯，吾再说几句。

艺术科是情的方面的东西，是心的表露。用画来讲，描形，表调子，敷色彩，都是 techniqual〔技术〕方面的细事；主要的目的，却在画的情调。所以手腕极老练的壁上广告画的漆匠，算不来艺术家。大世界里纯熟的三弦奏戏的人，算不来音乐家。所以艺术，像某学者说，简直就是生命，就是人的心灵。有人调查美术学校里的学生们的进步，说是没有一定的关系于智力或勤惰的进步率的。进步的表示，很没有一定，很不可料。这是因为艺术的进化，是根据于心灵的。物质方面修养

---

[1] 本篇原载《民国日报·艺术评论》1923 年 5 月 21 日第 5 号、5 月 28 日第 6 号。

之外，还需一种更重要的修养，就是心的修养。

照相似的基本练习，断不是绘画的本身。只会描很正确的形和调子色彩的人，也不过使人见到一张极像实物的画，效用去照相相去不远，哪里能感动人心？所以现在中国的研究艺术的人，第一要想想："艺术的范围是很广大的，且各艺术是互相关联的。"如果只在局部用心力，总归不能浮出水平线上面来。

第一要在研究一种艺事时，了解这艺事在艺术范围内的位置和在人生的位置。因为真的艺术，一条线是心弦的震响，一点色是情绪的吐露。倘只在一局部攒研，成为一种工人，在人类也没有多大的供献，在一己也没有多大的享乐。

要之，艺术研究不是单独的。艺术创作是人格的完全的表现，断不是局部的匠人。

现在我节取一些简要的材料，略述现代艺术的潮流在下面，给诸君当作要目。仍望诸君再多看关于艺术的书籍。

现代生活的基调

现代生活的基调，是现代艺术所由起的。总括一句话，现代生活是偏于"精神生活"，指摘实利主义的。

古来，科学之外，原还有一个人间的精神领域存在。人间的物质上的事，受科学的指挥。而精神的事，全靠这领域供给。勿但中国，西洋比较的近代，也还是偏重实利生活，把这领域闲却着的。后来苦于生存竞争，厌于人间实在生活的苦恼，就争言艺术，就是所谓艺术化的人生。在法国，某批评家出版一册《科学的破产》（*Banqueroute de la Science*）□[1]□都歌咏人间生命的活动，崇尚"万物流转"□脱。"人的生活是不绝地流动的，决无□□。"

爱科学者所论："明日死者，总归明日要死；寿百年者，总归要活百年。这是早已先决的事。"像这样的宿命论，决不是真的人的相。人生决不是这样单纯的。

从前的人的生活，筑在板定的某调上面；现代的生活，立在"流动"的基调上。新艺术与旧艺术都是这样。从前的艺术是"死"，现代的艺术是"生"。从前的艺术是"静"，现代的艺术是"动"。在绘画、音乐、诗文、雕刻、建筑里，都可看出。"现代人"的生活态度，和从前人不同，艺术上也当然是这样。

现代艺术的诸倾向

希拉〔希腊〕时代，艺术的特色是高尚的灵魂，超越卑污的肉体。转入文艺复兴，艺术的特色是肉体的调和融合，就是形象艺术。复兴期隆盛极点时，非但求美，在美上又求活动。这是与近代艺术渐近的。virtue 当作"力"的意思。"强"就是美，这是当时的理想。至于现代艺术，有数特点：

（一）万物流转，动的艺术，"动"变成"不停滞"，不停

---

[1] 此字漫漶不清，下同。

滞变为"不安",这是现代人生活的通相。

（二）人间敬爱,结果表出"悲哀""疑惑",两种色彩。起了对于周围的"反抗"的态度,和对于崇高的生命的"渴望"。就是看一切人间都是有弱点,有缺陷的,不完全的病者。

俄罗斯艺术,最富此色彩。遍染欧洲,又及于中国。事物无论怎样恶俗,必有清处,必有神圣处。

（三）自然敬爱,是本于"怜"和"灭"而来的。对自然不但起快感,竟当作"生物"。我们喜的时候,自然也喜。我们悲的时候,自然也悲。人的魂与自然的灵"交通"。

（四）综合的艺术化,把艺术表现都归本于生命活动,绘画、音乐、诗文、雕刻、建筑、舞蹈、演剧,不各立门墙,综合而表演。像 Wagner〔瓦格纳〕的"乐剧",是合音乐、诗、绘画、舞蹈、雕塑、建筑的美在一处的。故今日的抒情诗,带音乐的色彩。在绘画是所谓"线的音乐""色的合奏"。

以上是现代艺术的特色的大要。归根到底,是由于现代人的神经锐敏的缘故。像托尔斯太〔托尔斯泰〕的《战争与和平》上描写某夫人,说道讲话时看见主人口上生着薄的毛。又某女子赴夜会,胸露出到乳边。又如近代诗人所谓"发黄色的声音",母音有色,黑、白、绿、青。……这等都是神经过敏状态,或者可说是"病的状态"。

为艺术的艺术

反对为人生的艺术,提倡"为艺术的艺术"。这也是趋向虚空，活动，玄妙的表示。

神圣的艺术，不是为改进那恶俗的政治、经济、宗教、道德等而设的器具。艺术另有独立的目的。这主张的极端，便是"艺术与人生毫无关系"。

随附时势的压迫，不如自己构成一个艺术的别天地，在这里面逍遥。感到了众议的压迫的苦痛。想起："在现世，我们艺术家的本统的生命和真的思想，怎样处置才好？"所以结果就宁可与政治、经济等人间一切活动毫无关系，独自立在美的天地里，恰像蚕作茧化蛹似地蛰伏。

天地，在艺术看来像牢狱。幸有白壁，可以吊起自己的画来，望了画便是幸福的生涯，可以享乐度日。这是主张为艺术的技术的"象牙塔"（tour d'vivoire）里的人们。他们不要看号泣于社会的风波里的群众，自以为俊杰，走进象牙塔中，醉乐于艺术美中。即所谓"艺术的天堂"（palace ab art）。这等人们，实在是一种极傲慢的态度。为人生的艺术，是蚕作茧似的艺术新生出来的蛾，即所谓"出象牙塔"。

这是现代的艺术的特色。就是现代人心的色彩。鼓吹者是易卜生，托尔斯太，屠格涅甫〔屠格涅夫〕，杜斯托以夫斯奇〔陀思妥耶夫斯基〕等。

现代画界概要

脱了浪漫派以后，深入人间精神的画出来了。代表者就是弥勒〔米勒〕与珂尔倍〔库尔贝〕（Courbet）。弥勒是主观的，珂尔倍是客观的。二人是浪漫派以后的"写实派"和"自然派"的代表者。

写实派进化而为"印象派"。时期约在十九世纪中叶。主要代表是马耐〔马奈〕（Manet）与莫耐〔莫奈〕（Monet）。所谓印象派，是主重光的分解，画漠然的印象的画派。用科学方法研究光，把光分析。

印象派与写实派相通之点，就是二者同是在客观真的里面求真。故印象派是科学地发展出来的画派。

由印象派再更甚地科学地发展起来，就生出"新印象派"。这是科学对于绘画的影响，在后面说。

印象派反对写实派，反对意法的折衷画派，反对复兴末期的 Gothic〔哥特式〕，反对不描光线的，黑暗的浪漫派，故又称"外光派"。

印象派发生的原因是这样的：普法之战时，Manet 等法国少年画家，皆避乱于英国。英国大画家 Turner〔透纳〕，首先描外光画，就传染于法国，在法国旺盛起来，波及全世界。故英国人是富于创造力的，Turner 是外光的始祖。

外光画的原理，是出发于科学上的。就是色不是独立存在，是因日光射角而异的。一切物都包含奈端七色轮上的七色，入人目而成为光线的 variation〔变化〕。他们奉这理论而用笔。结果，特相是这样：

（一）local color〔固有色〕，自然物不是有一定的某色的。

（二）local tone〔局部色调〕，因空气而变化调子。

（三）影的色，影与明度非性质上的差异故不用黑色。

（四）颜料不在 palette〔调色板〕上调匀，而在 canvas〔画布〕上调融。

（五）色不在 canvas 上融合而在眼中融合。

（六）接近音乐的绘画。

他的特长如下：

（一）表出现代情绪。

（二）以性格替代从前的 classic〔古典〕形式，表出个性。

（三）不重画题，而重技巧。

（四）绘画得独立的资格——不是用绘画说明文学、宗教等。

印象派的画家，最著名的是：

始祖 Manet，Degas〔德加〕，Monet，Renoir〔雷诺阿〕。

后继者 Pissarro〔毕沙罗〕，Sisley〔西斯莱〕等。

以上是前印象派。前印象派以后，是"新印象派"，就是科学的发展比前印象派更甚的画派。光之外，物理影响也应用于技巧。这派的首领是 Seurat〔修拉〕和 Signac〔西涅克〕。

充分研究光和色，用圆点作画，故又名"点画派"。这是物理学的。

新印象派的缺点，是过于机械的，缺乏感奋，脱出艺术境外。

一八九五年，"后印象派"发生了。前派以自然物为主；这派则以情调为本位，着重自己发挥，始祖是 Cézanne〔塞尚〕。

前派用力于空气和色彩；这派则用力于"力""线""形"，有东洋画的气魄。处处感到色彩与线条的音乐的奏合。后印象派以后是"Intimist 画派",首领是现在还在世的 Cariel〔卡利安尔〕。

这派画不尊外光,主重"内心的运动"。这是"从印象派到未来派的渡桥"。

此后是"立体派"。首领是 Picasso〔毕加索〕。他的近作《弹 mandoline 的男子》〔《弹曼陀林的男子》〕,全不见一物,是内心运动更甚的画派。所以用肉眼看去,竟不见物,须得用心眼赏识的。

他反对模仿自然,完全是主观艺术。作画用角,曲线面,浓淡,三角形,四角形。故又名"三角派"。

后印象派,还不脱去客观的要素;至于立体派,完全是主观情绪的描写,完全没有自然物的形在画里。

再后来的,是"未来派"。二十世纪初兴于意大利,首领是一个诗人,叫做 Marinetti〔马里内蒂〕。是他网罗许多画家、音乐家、文学家来共研究发明这画派。

与立体派所共通的一点,就是同是用现代人的感觉洞察自然。所异者,程度更高,肉眼更不用,心眼更重用。

未来派所描的画,不是 model〔模特儿〕,是画家对于 model 的精神状态。

未来派与立体派,还有可分别的点,就是立体派用几何面交错作画。未来派则表出运动。

未来派之后,还有俄国的 Compositionism〔构图派〕,更属主观的。把感情依了物质的形式而发表出来。作画不必提取与自然相似的形,与自然全没交涉。主要点是:

（一）与自然全没交涉。

（二）没有对象。

（三）像文字表示的色彩。

（四）是音乐。

（五）似作曲。

结　论

一切新画派不外韵律（rhythm）的节奏。rhythm 是艺术的本源。一切色、音、言语，皆归结于 rhythm。任凭是绘，是曲，是诗，是雕刻……都不过表现器械的变更，精神是同的。Boclin 的雕刻里，可以看见"雕刻之诗"，故现代艺术，可概括地说：是"综合艺术"，是"主观艺术"。

白马读书录(一)[1]

人与运命的纠缠,是终古如斯的问题。披览前人底历史,往往使人怒发冲冠,拍案顿足。然而那"运命"总是装着冷酷而凶险的脸,管自肆行他对人的威权,使人无可如何。

裴德文〔贝多芬〕底第五交响乐《运命》(Fate Symphony),描写着的是人与运命的纠缠,运命底虐人,末了是人底制胜运命。又他底第九交响乐,即《合唱交响乐》(Choral Symphony),是他晚年的,超越的作品。那时他已经全聋了。这制作便是他底超越,制胜运命。在超越的裴德文自己,果否得到超越,制胜运命的胜利和欢喜,我们无由晓得。但在凡俗的我们,总归确也共伤裴德文底不幸。听说裴德文临死时,自己曾这样说:"唉!我只写得几个音符!……"他所写的音符,在我们颗颗是珍珠宝玉,粒粒是□人间底生命的泉水。假使天假以年,不知他在音乐里更有何等的珍贵的供献。或者假使他不聋,又不知在□□上有怎样的指教。真使人不可想像。有人说:孔孟不达,所以有经书的著述,成就其所以为孔孟。我们

---

[1] 本篇原载 1923 年 11 月 1 日《春晖》第 18 期,署名:子恺。原刊文字模糊无法辨认处,以"□"表示。

对于裴德文，也只有这样地自解□。

裴德文底失掉听觉，是音乐家底可悲的运命。同样的失掉重要的身体上的健康或精神上的健康的音乐家，在我所记得还有数人。德意志浪漫派作家修芒〔舒曼〕（Schumann），幼时专心学披雅娜〔钢琴〕，每天练琴七小时以上，正热狂的时候，练习太剧烈了，左手底指伤了筋，□不能动了。当时他何等失望！结果，只得改途，□志于作曲家。后来指伤虽渐渐好了，然究竟左手不健全了。故今日所传的修芒底披雅娜作品，在右手的指法上创意甚多，左手指法上没有甚发见。然而修芒披雅娜曲，如《蝴蝶》（*Papillon*），如□□□□等，何等秀丽，何等诗的而富于感情！假使他底左手指也健全，不知*Papillon*底低音部又如何生动。修芒后来又得狂病，曾投莱因河〔莱茵河〕求自杀，结果是颠狂死的。同样有名的，披雅娜家，就是作"夜乐"〔夜曲〕（nocturne）的波兰人晓邦〔肖邦〕（Chopin）。他是生肺病而短命死的。现代波海米亚〔波希米亚〕作家斯梅塔拿〔斯美塔那〕（Smetana），也得狂病，盛年死在监禁养育院。晓邦是近世浪漫派音乐家中底巨子，他给我们许多美丽的夜乐，我们讲起晓邦，便想到夜乐，听了夜乐便联想这死于病苦的天才晓邦。斯梅塔拿是十九世纪底音乐的先觉者。听到了他底杰作歌剧《交换新娘》〔《被出卖的新娘》〕（*Prodaná Nevěsta*），不禁痛惜彼底死在监禁养育院里的作者。波海米亚歌剧，就因了他底这首《交换新娘》而得到世界的地位的。

十八世纪作家，有庞大狂（jumbalism）的通病。十八世纪末的裴德文，也是一个庞大狂者。他们专重长章大篇的声乐曲、交响乐、奏鸣乐〔奏鸣曲〕（sonata），至于小品的 sketch，全然没有注意到。音乐上的 sketch，就是歌谣曲（lieder）。发见歌谣的伟大的，是修陪尔忒〔舒伯特〕（Schubert）。故修陪尔忒名为"歌曲之王"（King of Lieder）。

十八世纪的作家，只晓得象比黄莺儿魁伟，向日葵比可斯莫斯[1]高大。但不曾发见黄莺儿比象玲珑，可斯莫斯比向日葵优美。可怜发见这点的修陪尔忒，生前并不被人知名，全不受人崇敬的，穷苦里的人。修陪尔忒与裴德文同时代，但二人生前始终没有见面。裴德文直到临死时，始晓得世上有知音的修陪尔忒。修陪尔忒直到裴德文死后，始悔知音底失之交臂，就立刻追随他到地下，同葬在一个地方。江马修把这段历史做成一篇散文诗，使我读了流泪不已。这诗底大意译述在下面：

> 这样年轻的修陪尔忒，已崇拜那伟大的裴德文了，大家就是他所要保护的神明。但是修陪尔忒始终没有和裴德文相见。同时代的两个伟大的音乐家，又同住在一个地方，二人到底不得相会。他对于这样崇拜着的作曲家，当然是十分热望地想会见的。想是他底生来的孤僻性和对于大家的深挚的畏敬心，长久压住了他底难抑的热望，使他寂寞地笼闭在他自己的事业中。
>
> 后来恐防他是到了无论如何不能再抑制要见这稀世的

---

[1] 似指 cosmos，即大波斯菊。

天才的欲望了的时候了，他就拿了自己所作的曲，去立在裴德文底门前了。但主人不在，凑巧去散步了。于是他就留下了他底作曲的稿子，默默地回了去。

后来裴德文在病床上读了他底作曲，惊觉了这青年作曲家的天才，这样叫道：这里面有神明的闪光！

不久裴德文竟在重病的床上不再起来了。修陪尔忒听到了消息，这次他不能再踌躇了，他就跟了去描在死的床上的作曲家底肖像底友人，急忙来到了这悲哀的人家。于是他就立在那样热望会见的，稀世的人底近旁了！唉，但是裴德文已经失掉了意识了！已经不能晓得修陪尔忒底来了。于是两个伟大的灵魂，虽然这样相接近了，但在这世界里，到底没有交一言的情谊而长终了。

裴德文底举行葬式的时候，修陪尔忒当了持炬火的十二人中底一人，来送这逝世的魂。回来的时候他和几个友人到了一所酒馆里，说了这句话而尽杯："为现在席上最早死的人干杯！"

修陪尔忒竟抽着了这可悲的签，不久他也死了。他到了将近临终的时候，觉得自己已躺在墓穴了，说一句他底最后的话："这里没有裴德文睡着了！"

这便是世间两个大作曲家底运命。如今二人底铜像，在文纳〔维也纳〕底广场上并立着。

修陪尔忒死后九十五年忌辰后四天，在小杨柳屋。

画圣米叶的人格及其艺术 [1]

因了时代精神的变迁,十九世纪的画界厌弃浪漫主义,而要求更深入人间精神的、精密的、切于现实生活的绘画了。适应这欲求的人,就是世界所共知的名画《拾穗》(*The Gleaners*)的作者米叶(Millet),他所倡的画派,就是所谓"写实派"("realism")。"米叶的人格,是十九世纪法兰西的一个惊异";罗曼·罗兰(Romain Rolland)的米叶传开头这样说着,因为他的极伟大的人格,在十九世纪是一个稀有的明星。他不为因袭所支配,不知附世态,不知媚时势。只愿望自己生于久远、恒久的生命的本然中。却为了这缘故,为世所不容,为人所不认。被胁于迫害和残酷,落入贫穷和孤独中,然而最大的不幸,——最重大的眼疾——贫苦,孤独,到底不能灭没他的大天才。他所以灵动(inspire)的大的真实的力,到底战胜了这等一切的黑暗,奏最后的凯歌。米叶的真实的力,就是绝对信从额上流汗才能得生活的面包的人间的运命;顺受而安乐于一切悲哀、寂寥、苦痛和不幸;而有决不被害于世间的害恶

---

[1] 本篇选自《艺术丛话》。米叶今通译米勒。原载 1924 年 1 月 25 日《东方杂志》第 21 卷第 2 号。

的、镇静而深刻的、执拗的生命的智慧和慰安。在他的言行及制作中可以窥知。

一　米叶的生涯及制作

米叶（Jean François Millet）是诺尔曼〔诺曼底〕（Normandie）人。生于一八一四年十月四日。他是兄弟八人中的第二人。他的家族，有一种家族的特征。他的家族，是贫贱的法国民间所屡屡存在的一种强的道德力和崇高的思想的适切的例子。大概这是给他实际的伟大及英雄的性格的源泉。强健的肉体，道德的健康，行为的绝对的纯洁，强的宗教信仰，和严重的精神，都是米叶的近亲的显著的特征。他的父亲对他的教养，也有造成他的伟大天才的暗示；他的父亲尼古拉（Jean Louis Nicolas），是村里的教会里的唱歌队长，略有几分音乐的知识，又有些粗浅的艺术的本能，是一个温和的冥想的人物。他会用土塑造模型，用木雕刻，又欢喜观察动植物和人间，最初指示田野的美于这未来的大田园画家米叶的人，便是他的父亲。他的家族中最独创的，而给米叶以最深的印象的，要算他的祖母裘茉琅（Louise Jumelin）。她是一个有深厚的宗教信仰的老田舍妇人。米叶幼年时代的回想之一，是当他很小的时候他的祖母催他醒来时而说的："起来！富郎索亚！小鸟们已经歌唱着神明的恩宠好久了。"他小的时候，是很欢喜读书的。他早已爱读圣书。在二十岁的时候，已读过 Homer〔荷马〕, Shakespeare〔莎士比亚〕, Byron〔拜伦〕, Walter Scott〔瓦尔特·司各特〕

和Geothe〔歌德〕的*Faust*〔《浮士德》〕等，得到很深的铭感。但他决不眩惑于那时代的浪漫主义。他对于浪漫主义的刺激的作品，抱着嫌恶。他是依归于圣书，Homer，Virgil〔维吉尔〕等的。

比书籍更深地给印象于少年米叶的，是自然。他曾记录着被养育于纺丝车声，鹅鸟、鸡啼声，打谷的连枷声，教会的钟声，幽灵谈等中的他的幼年时代的追怀。他稍长了，就帮助他的父母耕田，刈枯草，和做各种工事，个人地能加入这等素朴的生活一切的活动中了。后来他就对于土地，特别对于他所最爱的诺尔曼的土地，深深地恋着了。他永不能忘记他自己的乡土，当他死的数年前再访故乡时，他这样记录着："唉，我真是属于故乡的啊！"

他的艺术的倾向，自幼发挥着。他幼时，当他的家中人们午睡着的时候，他就去画田野。有一天他拿一幅自记忆描出的老人的木炭画给他父亲看，他父亲认识了他的画才，就领他到显尔部尔〔瑟堡〕（Cherbourg）去见一个名叫谟显尔（Mouchel）的不十分有名的，农人心情的，达微特〔大卫〕（David）画派的画家。那时他带了自己创意的二幅画去给这画家看。一幅描着两个牧羊者，一幅记着《路加福音》中：

> 我告诉你们，虽不因他是朋友起来给他，但因他情词切迫的直求，就必起来照他所需用的给他。
>
> （《路加传》〔《路加福音》〕第十一章第八节）

几句话的，画着一个人夜中出门来分给面包。那画家看了，对他父亲这样说："你不能免了这样长久留闭这人的罪了。你的小孩子抱着好多的大艺术家的素质呢。"米叶的艺术的教育，才从这天开始。这时候他方才过二十岁。米叶正想在显尔部尔继续攻究，他的父亲忽然患脑充血死了。他就回家，不得不废了绘画，为家族劳动了。后来他的祖母仍旧遣他出来。入了画家浪格洛亚（Langlois）的研究室（studio）中。浪氏惊于米叶的天才，为他向县里请了四百法郎的每年补助费，遣他赴巴黎去。一八三七年他到了巴黎后，为了和祖母别离的悲叹，对于巴黎繁华的嫌恶，受了许多的悲苦。后来进了特拉洛修〔德拉罗什〕（Delaroche）的研究室。这时候极贫乏，为了生活，他不得不模写他所嫌恶的画，一幅卖五法郎至十法郎的代价。一八三九年，他的一幅自画像被录取于沙隆[1]（salon），就渐渐惹起人们的注目。

一八四一年，他和一个女子结婚了。但这在他又是新的残酷的悲哀。因为他的妻体质极弱，常常卧病。一八四二年，米叶的画为沙隆所拒却，于是又不得不日日为生存而争斗。一八四四年，妻死。一八四五年，他又和一个名叫卡弒利奴·勒梅尔（Catherine Lemaire）的女子结婚了。这女子对他极忠诚，全生涯是他的不离的友。

一八四八年，法国起了革命。米叶失了资力，又患了病，生活顿时贫困了。于是在工人、坑夫、乞丐等中间描写这等国

---

[1] 今译沙龙，指一年一度在巴黎举行的当代画家作品展览会。

民的典型，以练习手腕。他的人民生活描写的最初的大作《簸的人》（ The Winnower ），就在这时候发表了。这是在法兰西艺术上划一时期的制作。新政府特示恩惠，给他五百法郎。米叶的生活稍裕余了些。不久政党中阴谋爆发，他的贫乏又来了。他对于政治的嫌恶，顿时增加了。为了避去悲惨的印象，他就常常离去巴黎，到孟马忒尔〔蒙马特〕（Montmartre）或乌昂（Ouen）等平野去。记忆那地方的田舍的光景，归来描出这等印象来。在这不知不识之间，他就向了达到他的天才的完全的认识，而打破巴黎艺术的连环的最后的时期而奋进了。最后的时期，就是田园画家的米叶的时期。使他确立为田园画家的近因，是一个不相识的路人的一句话：米叶有一天在巴黎街中看见商店窗中吊着他的一幅裸体女子画的复制品，一个路过人指着了这画告诉他的友人说："这是那除了裸体美人以外什么都不绘的米叶的画。"米叶听了，以为最残酷的凌辱，就从此不复画裸体，而专研究田园了。

此后就是他在罢尔佩崇〔巴比松〕（Barbizon）定居的时代。罢尔佩崇定居时，米叶的妻已产下七八个小孩子。他的祖母不久就死。又给他一种悲哀。罢尔佩崇的居人中与米叶最投合的是画家罗索〔卢梭〕（Théodore Rousseau）。罢尔佩崇是极小的一个村落。教会、墓地、邮局、学校、市场、店铺，一点都没有。他们的生活，只是沉默，梦想，深思，听树声，察自然的形相，享乐对于自然的狂喜（ecstasy）。米叶于一八四九年移居罢尔佩崇，竟长住了二十七年，直到他死。其间生涯的大部分是这环象内的消遣，他的作品和贫乏的不绝的争斗。

一八五〇年，米叶作《播种者》（*The Sower*）和《束枯草的人》（*Binders of Hay*），送到沙隆。这穿赤短衣和青裤的粗暴的壮年男子在田中撒种的《播种者》，是评家所视为革命的暗示的。同时期米叶又作《缝纫的女子》（*Young Woman Sewing*），又作《路士和部亚士》（*Ruth and Boaz*）。

一八五三年，米叶在沙隆得二等赏。他的作品是《割稻者的会食》（*The Reapers' Meal*），《路士和部亚士》，《牧羊者》，及《剪羊毛的女子》（*The Woman Shearing Sheep*）。此后的作品，对于住在巴黎和罢尔佩崇之间的英国和美国的殖民有特别的引力。英、美人购买米叶的画的甚多。米叶的生活就勉强维持下去。一八五四年，他的作品有《接木的农夫》（*Peasant Grafting a Tree*）。在这画中可窥见米叶自身描写的一面。罗索见了这画，感动到流泪。他在这画中看出默默地为了家族而消耗着生命的父的象征。他曾经这样说："是了。米叶为了他的家人劳作着。他消耗他自己，好比一株树产出了过多的花和果子。他为了他的孩子们的生活而疲劳了他自己。他接植开花的木的枝在粗刚的野生的干上，而像浮琪尔〔维吉尔〕（Virgil）似地说道：Insere，Daphni，Pyros；Carpent tux poma nepates。"（"接你的梨树，达富尼！你的儿孙将吃你的梨。"）此后他作《饲雏的女子》（*The Woman feeding the Chickens*）。有好事者出二千法郎买了。这在米叶实在是一笔大款了。他就领了孩子们到故乡，作了四个月的旅行。自一八五六年至五七年间，是他的最大杰作的产期，即《夜中在槛里的牧者》（*Shepherd in the Flock at Night*），《日没时驱群羊归家的牧者》(*Shepherd Bringing Home his Flock at Sunset*),《倚杖立着的牧牛人》(*Cowherd Standing and Leaning on his Staff*),都是他对于田舍景象的最深刻神秘的印象。冥想的农夫、牧者,大牧场的诗的寂寥,眠在斜阳里的广漠的平野;或浸在冷的月光中的牧场的水蒸气,上升的温暖的蒸气在空中浮动的夜景,是这几幅杰作中最得意的描写。

一八五七年作《拾穗》(*The Gleaners*)。三个人弯着腰,热诚地在地上拾集遗落的穗。评家指这画为"愤怒的叫"。又以为这画有政治的意义,即对于民众的贫穷的诉说,实在是极误谬而肤浅的见解。了解这幅画的"严肃的单纯"的趣味的,只有哀独孟·亚抱〔埃德蒙·阿布〕(Edmond About)一人。一八五九年,作的是有名的《晚钟》(*Angélus*),这是全世界

米叶:《晚钟》

有名的绘画,复制品达数百万。评家有攻击这画的地平线太高,人物姿势太板滞等构图上的过误的。实在这画别有特独的音乐的魅力的长处。米叶要因这画使人听见田舍的傍晚的声响,和远处的钟声的音阶。与《晚钟》同时,他送一幅剧的绘画《死和樵夫》(*Death and the Woodcutter*),到沙隆,被拒绝了。这拒绝起了一大骚动。这时候已有多数人认明米叶的艺术的和道德的势力,为他辩护的人很多。一八六二年的名作,是《持锄的男子》(*The Man with the Hoe*)。这也是一幅剧的绘画。他自己对于这画说是在魅力以上更见到无限的眩耀(ecstasy)。多岩的硗角的地上立着一个疲竭的男子,剧的光彩围绕着。一八六九年的沙隆出品,是一幅不亚于《持锄的男子》的《杀豚者》(*The Pigkillers*)。这是野蛮的写实主义的作品。在对于这大的生的肉块的剧烈的利己的人间的争斗中,在围着大的黑壁的,阴郁的灰色的天空下面的,农家的院子里所行的这争斗中,人间旧有的一切兽性都再现出来了。米叶自己说"这是一幕剧"。

一八七〇年战争起了,米叶去罢尔佩崇,又经一番颠沛,明年始复故居。此后他的身体日衰,他就在他的生涯的最后的舞台上做了小儿画家了。直至一八七三年,他全用慈母似的纤细温柔的感情描写。应时期所出的作品是《初步》(*The First Step*),《病的小儿》(*The Sick Child*),《睡儿年轻的母亲》(*The Young Mother putting her Child to S1eep*)。这等画都是欧洲和美洲人所视为珍宝而争购的。自此以后国家始认识米叶。然这时候,他的身体已全然衰败,头痛,眼病,神经昏乱,几乎不能离病床了。后来又吐血。竟于一八七五年一月二十日留下了他的制作在这世界上而长逝。这样便是画家米叶的一生。

米叶的艺术的发展,可看出主要的路径。他的灵感的源泉,有两条路:一是日常生活的自然的光景,一是圣书。他给他的父亲看的最初描的画,描着一个衰老的曲着腰的老人。后来拿到显尔部尔的教师那里去的两幅素描,一是《路加福音》的一注解,一是牧场的光景。在特拉洛修处时,他所专心的是《富郎西斯一世的家庭》(Holy Family of François)的描写,及古画模写。后来渐次贫困起来,他不得不作十八世纪的流行画家的模仿。这班人原是他所不好的,但这强制的模写,至少给他熟练笔致的效果。他后来自己从特拉洛修的黑的阴暗影解放了。他曾研究可莱局〔柯勒乔〕(Correggio)。到了一八四四年,他的艺术的最显著的特质是色。他喜用灰色及桃色。这时代他的作品的代表作,是《六岁时小昂多牙耐忒·福尔代的肖像》(Portrait of Little Antoinette Feualdès at Six Years)。这女孩的头上掩着桃色的绢巾,在一面镜子前赤足跪着,自己眺望着自己,颜面上略带些颦蹙的神气。米叶再婚以后至一八四七年之间,多作官能的、内发的、富于热情的作品。经过几次画风改进之后,到一八四八年,他研究巴黎的工人状态和巴黎的近郊,作了《簸的人》,就开了他的伟大朴素的画风的端。《簸的人》就成为他的一切大作的先驱者。

此后他就猛然地舍去了一切因袭的技巧。到一八四九年,他已明确地委身于田舍研究。他用非常的大决心埋头在他的研究中。初在罢尔佩崇卜居时,常每日继续数小时描写素朴的田舍光景。像《播种者》,便是由于他当时对于田舍研究的猛烈的冲动而描的。在罢尔佩崇时一切初期的制作,均可由猛烈和固确的特点来区别。在这时候，米叶自己还没有满足。不过他自己批评，和别的批评家不同。当时评家对于《簸的人》，大家指为手法粗杂，和他自己的意见正相反对。他自己并不以手法粗杂为弱点，且企图使这特点更明显起来。故当时他自己全不满足于他自己的手法的刚强。他曾这样说："我自己觉得好像一个人歌着真实，但声音太微弱，几乎不能被人听见。"此后再进一步的发展，是罗索的影响。这时候他和罗索十分亲密，受罗索许多忠告，浴于罗索的伟大的感化。就扩大了他的手法，即在一八五六年时达到了《拾穗》《晚钟》的画风。这是注集的，真确的，单纯的，严肃的画风。此后他的画风还有两个转捩，始达到老年的小儿画家的地步。这两个转捩，一是作《持锄的男子》，一是澳佛尔尼〔奥弗涅〕（Auvergne）旅行的结果。作《持锄的男子》以前，他曾作一幅《死和樵夫》。这画被沙隆拒却了，就唤起了他的挑战的本能。《持锄的男子》是对于这被拒却的挑战的报答。此后画风，渐倾向于写实主义。直到一八六六年到过澳佛尔尼后，又得到新的印象，他用更复杂的方法来表现自然，对于田园描写更深刻而透彻了。此后就入老年时代，他的心情和年纪同趋于纯洁、柔和。他的田园生活的暗的幻影，迎从了他的生活的向晚而贯彻在更静的感情和家庭的缓和中。特别在他的小儿画中明白表出着这倾向。

二　米叶制作的道德的特质

米叶的赞仰者和诽谤者，对于真的米叶都是误解的。他的赞仰者，以为他是新民主主义的大胆而忠厚的注释者而赞仰他。他的诽谤者，以为他是将苦恼的劳动者的乐剧的绘画给支配的中流阶级的人们看的，煽动社会主义者而诽谤他。批评家在他的一切作品中看出政治的暗示来。以为《播种者》是威吓人民的暗示，以为《拾穗》是三个败残者的运命，在他的作品中处处找觅政治的或社会的题目，否则找寻剧的效果。实在，这样的见解，和米叶的精神相去太远了。米叶嫌恶剧的绘画，无关心于政治，摈斥社会主义。

米叶决不能了解他的批评者所指说他的宣言的意义。他曾经说："我想，我的批评者们，原是富于趣味的教养深厚的人们。但我不能被隐覆在他们的外衣中，在我的生涯中，除原野以外，什么都不看见。所以我只愿望把我所见的物事单纯地，又尽己力所能地告诉出来。"又他对于当时的艺术的演剧的倾向，和对于演剧，也是十分嫌恶的。他曾说："卢森蒲尔〔卢森堡〕美术馆（Luxembourg Gallery），使我生了对于演剧的反感。我对于男女俳优的夸张、虚伪等，抱有强固的憎恶心。"又说："如果要制作真的自然的艺术，非避去演剧不可。"他对于他的友人和敌手等把他看做社会主义的徒党，曾激烈地反抗。他和一八四八年的革命时代的许多法兰西艺术家同样地对于人民有亲善的同情，但要晓得他们大多数是不适应当时的人民的一般的要求的。他不但是风景画家，他是用了这不灭的写实主义而表现的农民画家。所以评家加以社会主义者的名目，是他所要竭全力来抗议的。他曾说自己是"农民中的农民"。他的意见是："艺术的使命是爱，不是憎。即使表现贫者苦恼时，也不是以刺激对于富的阶级的羡望为目的的。"所以他决不有对于富者的怨恨，反而感到怜悯。在他的心灵内，深刻着物的永远和不动的观念。故革命的观念或政治的观念，实在无从起来。

这等误谬的源泉是米叶所抱异常的厌世主义，是他悲哀的异常的紧密。米叶的悲哀苦恼，大家都看见，大家都感动，就大家都误解了。因为法兰西一切艺术，差不多一世纪之间和基督教远离着。从全体讲，实在可说是反基督教的。所以视苦难为一法则，为一善的基督的见解，差不多不能被承认了。所以当时的人们，都不能了解米叶在痛苦中用他严肃而见到宗教的欢喜。他们看那疲极的野兽似地弯腰在地上的《拾穗》和《持锄的男子》时，也没有一个懂得作这画的画家的苦痛是道德的，故自然，故善；是善的，故美。

米叶的思想和他的艺术的究极的目的物，是和劳作的痛苦同时表现在这等痛苦中的、人生的一切的诗，和一切的美。他曾经说："我的纲领（program）是劳作。一切人间，都被课着肉体的刑罚。'你必流汗满面，才得糊口能得食。'几千年的往古已这样说着。这实在是决不变更的不动的运命。"人生是悲哀的，但米叶竟顺受这悲哀而爱这悲哀。悲哀，在他差不多是生的必要。他曾经说："唉，野原和山的悲哀！不看见你，损失何等大！"又说："我是被建立在忧郁的基础上的。"所以凡晓得他的人，都怪道他幼年时代怎样得到的忧郁的性质。他村中的一个老僧曾这样说："啊，可哀的孩儿！你具有给你许多苦痛的苦劳性。你不懂得怎样使你苦。"他又说他自己是不晓得欢喜的。他说："欢喜方面的，在我决不会表出来。我全然没有见过欢喜。我所晓得的最愉乐的事,是静寂和沉默。"

和他同时代的法兰西画家,特别像伟大的风景画家的生活,编着一部可悲的殉教史。他们大多数为了穷乏、贫苦、饥饿、疲劳,和其他种种的不幸而受残酷的苦痛的。他的好友,伟大的罗索(Théodore Rousseau),生活的大部分在可怕的贫困和寂寞中。德洛亚容(Troyon)是发狂死的。马利拉(Marilhat)也是发狂死的。特康〔德康〕(Decamps)自苦了一生,没有朋友,他的死也是悲剧的。保尔·尤哀〔于埃〕(Paul Huet)差不多饿死,为了不得食而损害健康。谛亚〔迪亚兹〕(Diaz)也饱尝黑的贫困和肉体的苦恼。所以米叶算不得例外的遭逢非运。而他自己也绝不这样想。他说:"我不能骗人说我自己是比别人更不幸的。"又说:"我对于无论何事不感到愤怒。我不想起我自己是比别的恼着的人们牺牲更大。"

米叶的贫苦,时时濒于赤贫。他屡次断绝供给的途。面包店断绝他面包了,商人遭执法吏来了,有一次他的囊中只有两个法郎。那时他的再三的信的重荷是:"叫我怎样得到每月的用费呢?因为最要的是小儿们必须得食。"作《拾穗》的一八五七年,贫困几乎使他自杀。但他的良心恐怖了,自杀思想就退缩了。作《晚钟》的一八五九年的仲冬他写着:"我们只有支持二三日的薪了。此后不晓得怎样得到薪。妻来月要产了,我只有空手等待着。"他虽有农民的强顽的体格,然被为了生而不得不受的苦生活所坏,屡屡为病魔所袭。他曾经有好几次濒于死。一八三八年,病得危笃了。一八四八年,一个月间不省人事。一八五九年几乎失明,后来又吐血。他又常常患可怕的头痛，眼痛。但他对于这样苦的运，毫没有一句怨言，绝对不怨。他差不多束手无策的时候，有一天一个朋友拿了从政府抽出来的一些的布施金来给他，看见米叶家中火也没有，光也没有，他好像被寒所困似地耸了肩俯坐在箱箧上。他得了布施金，但这样说："谢谢，来得正好。我们已经两天不食了。第一小孩们得不苦了，是最好的事体。他们没得吃直到现在了。"就出去买薪，此外他毫不说什么。对于自己的生活状态也绝不说什么。悲哀是他的最良的良友。悲哀可说是给他严肃的欢喜的。他曾经这样说："艺术不是助兴的，艺术是争斗，是粉碎人间的错综。我不是哲学者，我不要除去苦痛，也不想找到使我不以苦乐为意（stoical），无关心于事物的样式（formula）。苦痛，恐防是给艺术家最强的表现力的。"

米叶的不思议的隐遁主义中，和他身上的苦难的引力中，可以看出基督教思想的强大的印象。米叶的心灵里是宗教的，这实在是在同辈中的他的道德的独创的根本的理由。他的宗教的思想，是从他祖母处得来的。他最初辞家乡，出巴黎的时候，心头受到最大的感化力的，是他祖母的几句话。这话是"我与其看见你违背神的训诫而为不忠实，宁可看见你死"。后来他再赴巴黎时，他祖母再唤起他的心，说道："牢牢记着！富郎索亚！你成画家以前，先做基督者！勿溺于卑野！……为永远而画！"凡这等宗教的训诫，完全和米叶的感情相一致。他幼时就长育于敬虔的书物，教会的教父们，十七世纪的说教者，和他所最宝重的称为"画家的书"的圣书等中。他常常在圣书中找觅可以说明他自己的思想、状态的话。又把这话翻译做绘画。一八四六年，他表现巴黎恶魔的引力在他所作的《圣亚洛谟〔圣热罗姆〕的诱惑》(*Temptation of Saint Jérôme*)中。一八四八年，他从他母亲和近亲的追放，灵动（inspire）了《巴比伦的虏囚》(*Babylonish Captivity*)和《在荒野中的哈葛尔和伊士美尔》(*Hagar and Isemael*)[1]）。他的精神，充满着圣典。他屡屡引用圣典。到了晚年时代，他常常为了他家族而通夜读圣典。圣典中有他绘画的说明，有不绝的人间和他的争斗。他作这等画，从来没有倦时。又决不是含有政治的或社会的意义的，而是宗教的。米叶所反复不厌的，是创世纪中数节。就是他生活和制作的标语：

> 地必为你的缘故受咒诅。……地必给你长出荆棘和蒺藜来，你也要吃田间的菜蔬。你必汗流满面才得糊口。
> 　　　　　　　　《创世记》第三章第十七、十八、十九节

这宗教的及道德的独创，使十九世纪法兰西艺术界让给米叶特殊的位置。

为《东方杂志》作

---

[1] 夏甲和以实玛利，见《圣经·创世记》。

小学生底描画能力及其开发指导 [1]

近代新科学之一的"儿童学"进步以来，小学校底艺术教育底发达过程上受了一个新的刺激；在图画教授上特别发生新现象，就是生起了儿童底描画活动关联于儿童心理的一个问题。图画与文字同是表现人类底思想感情的记号。图画用原来的形状色彩作为符号，文字则用加约束的一种记号，两者底作用全然相同。用文字表示的思想感情，换用图画来表示，或换用言语来表示，在根本上毫无差异。所以小学生底图画，当然与小学生底心理，即思想感情底发达相关联，而占有与文字文章同样的位置。

中国向来受了科举底遗习，在学校里也有注重文字文章而轻描画的倾向。在根本上想来，语言、文字与图画，在小学生应该有同样效用和同样必要。人类底精神界，可分为两区域：可用言语发表的区域，名为"知"；不能用言语发表的领域，名为"识"。知属于理会判断，识属于观察知觉。言语是适应这知界的发表的方便，图画是适应这识界的发表的方便。换句话说：人类生活底内容，有两方面：一是观念的、知识的、间接

---

[1] 本篇原载 1924 年 2 月 20 日《教育杂志》第 16 卷第 2 号。

的动作，例如各种知识思想等抽象的思考；一是实际的、具体的、直接的动作，例如直观事物、表现事物、作造事物的直感的思考。这两方面相对立，造成人类生活底内容。代表这抽象的思考的是言语；代表直感的思考的是图画。言语和图画，是人类所固有的，是从儿童时代就自然地发达着的。所以儿童先天地具有一种描画能力，恰和言语能力同样。不但如此，儿童底直感的思考，是比抽象的思考早发达的。因为儿童堕地后，不久就睁开眼睛，渐渐能认识母亲底颜面，或乳母底颜面；直到后来，才能理解言语。儿童初握笔时，或能用笔描成形象时，必最初是象形的画；直到后来才能暗记文字的符号。识先于知而发达，即描画能力先于写字能力而发达。儿童底直感的思考日渐发达起来，描画能力随了大起来。入学校后，直感的思考的练习便是图画。故在教育上以儿童底描画能力为本体而考察所谓图画底真的意义时，应该是这样：图画并不但是纸面画着的"图画的形象"。真的意义的图画，必定包含着"因直观作用而受纳在脑里，整顿在脑里的视觉表象或感情状态，由图画表彰出来的心理的活动的过程"的意义。即图画非静的；是心理的活动的。如果不然，图画在教育上就毫无深刻的意义了。从这一点上看来，小学校里的图画指导者，当然有研究儿童描画能力的必要；而图画与语言文字，当然是有同样效用，和同样必要的学科。英国教育部所宣告的小学校图画教育要旨中，有"图画与文字言语有同样的价值；宜同样注重"等语。这当然是极合理的办法。依儿童年龄而考察他们底描画能力和指导的方法，作为小学校描画指导的方针，当然是小学校形象艺术科指导者底正当的办法。本篇所述，大部分依据关卫著的《普通教育上的艺术的陶冶》中所报告的德国及美国底小学校图画教授研究的结果。

一　儿童底美的判断力及其指导要点

儿童对于艺术品的趣味底标准，即儿童底美的判断力的研究，是属于儿童心理学范围内的。这美的判断力，与儿童底描画能力有极密切的关系。据儿童心理学者底研究结果：（一）儿童大概没有和成人同性质的美的理解力；（二）成人所爱好的艺术品，未必为儿童所爱好；（三）儿童底美的理解力发达极徐缓。但这里所谓儿童，是泛指自七岁至十八岁的年龄的。据说自七岁至十八岁之间的儿童在绘画鉴赏时，对于"形式的要素"觉悟的人极稀。他们底判断，大都是依据绘画底"内容"的。因之儿童对于艺术品的判断，大都在非美的内容上判断，纯粹的美的判断极稀。小学生年龄时代，对于"情调画"（Stimmungsbild）完全不能理解。迨年龄渐长，始渐渐能辨画底情调。小学生对于画底情调鉴赏时，就用他们所实际经验过的事物底印象来比喻。例如对风景画，也当作实际的景色而判断，决不会当作艺术的描写而判断。所以儿童底美的判断，决不是对于艺术品的判断，只是对于绘画中所描着的内容的判断。因此儿童描画时，也着眼于事物底内容，而不能顾到绘画底"形式的要素"。

下面举几个德国教育家对于儿童底美的判断的测验底

报告：

（一）穆勒（Müller）氏曾在一室内陈列许多画，召集许多儿童来批判。研究儿童对于绘画中描着的事物的内容的判断，和对于绘画底直接的要素的描写方法、远近法、画家的技巧、构图等一切形式的要素的美的判断从几岁起可以区别。他用适当的发问，使儿童底注意向绘画底形式的方面去。看他们对于绘画底形式的要素有何等的觉悟。结果被验儿童百人中五十五人注意于绘画中所描着的事物，五十五人中有二十六人纯粹以内容为判断构成底唯一标准。又百人中之十七人对于色彩下判断，但这判断也是极一般的。又百人中二十九人称赞艺术家底色彩的选择。但注意于色彩底调和，因光线和远近而起的色彩的变化等的儿童极少。在绘画底直接的形式的方面注目于事物配置底巧拙而构成判断的，只有十六人。注意于构图的儿童只有十三人，但大部仍旧是在内容上生兴味的。利用艺术家底人格、名望而定判断的儿童有十二人。

（二）派因德（Peintner）集许多六岁至十四岁之间的儿童，挂六幅画，从最美的顺次排列，使儿童批判，以检验他们底美的鉴赏力。这六幅画底艺术的价值顺次如下：

A. 画着水车的彩色印刷品。

B. 最美的水彩画水车。

C. 美的水彩画水车。

D. 稍美的水彩画水车。

E. 稍拙劣的水彩画水车，然淡红色与黄色描得很鲜明。

F. 拙劣的水彩画水车，比 E 彩色粗劣。

因为内容同是水车,故儿童底批判不得全在画底直接的形式的要素上。派氏又行这实验于八十三个大学生。所得结果如下表所示,即美丑的选择,因年龄而有很大的差异。六幅画中美的价值最高的 B,为六岁儿童所最嫌。而十二岁儿童则有与成人(大学生)差不多相同的好恶。又如美的价值最低的 E 画,因为色彩鲜明的缘故,为六岁儿童所最欢喜。随年龄底发达而逐渐嫌弃,可在下表中察知。(表中第一是最欢喜,第六是最嫌恶,顺次排列。)

年龄 好恶	六岁	七岁	八岁	九岁	十岁	十一岁	十二岁	十三岁	十四岁	成人
第一	E	A	A	A	A	A	A	A	A	A
第二	A	E	E	E	B	C	B	B	B	B
第三	D	F	B	D	D	B	D	D	D	D
第四	C	D	D	B	C	D	C	C	C	C
第五	F	B	C	C	F	E	E	E	F	E
第六	B	C	F	F	E	F	F	F	E	F

据上面的儿童底美的判断的测验,教师对于他们底美的鉴赏力的开发指导上可有下列两项要注意的事:即(一)十岁以前的儿童,绝少自发的审美的判断,都是纯然在内容上下批判的。所以小学教师应当顾到他们底注目于内容内的一点。凡示画时,必取形式美而内容也可以惹起他们底兴味的画。换言之,即教师应当利用他们底注目于内容的一点,渐渐导进他们于美的鉴赏上去。(二)十岁、十一岁时,是儿童底艺术的评价力大发展的时期;教师须在这时期内留意指导他们正当的路径,使不堕于非正当的好尚中。凡观美的画时,宜在可能的范围内用美的理法说述画底所以美的原因。

二 儿童底描画能力底发达

儿童底画,本来是文字底代用品,即广义的言语底一种。后来发达起来,有了装饰的意义,和美的意识的满足的意义,就归入造形艺术中,这是发达后的事。在从言语底一种的儿童画发达到造形艺术的绘画的过程中,可分许多阶段。小学校学生占有这等阶段底大部分。

先考察儿童底描画发达底机能的条件,可有三事:即视觉心象、筋觉心象和运动心象。儿童描一物时,必有一个对象(或现在目前,或由记忆)藏在心中,这名为"视觉心象"。又当描画时,自己底手怎样移动,可描怎样的线来,必有筋觉的知觉,这是"筋觉心象"。又他自己底手指究竟怎样地移动,描着怎样的形状,自己必能看出,这是"运动心象"。这三条件底调和发达,就是儿童图画才能底发达。然而儿童底图画才能底发达,决不是普遍的。有的经过了一定时期后非常发达了,有的反之,一物都不能描了。在下面论述这发达过程中的状况。

要论儿童画发达的阶级,须从儿童底最初考察起。儿童底描画动作底最初出现,是在生后二十六个月。(这是日本人底测验报告)这时候的画,并看不出甚么客观形体,只是错杂的线条的块团。这名为"错画"(gekritzel)。这时代名为"错画时代"或"乱涂期"。这时候的画,全然是冲动的动作,并不预期结果的动笔,实在可说是一种划线条的团块的游戏。错画时代中也可分为二期,即:第一是毫无目的的错画;第二是有目的的错画。从第一移入第二的经过,是儿童弄笔底结果,偶然在自己所画的混沌无形的错画中发见自己底观念界中所已有的人、猫、犬、帽子等类似形状，就依想像作用而加以种种命名，就渐次能有意地描出物体，即有目的的错画。以上的错画时代，大概是从生后二十六月起至四五岁之间。

从四岁底后半期起，对于人物画的位置和构成的要素渐渐明了起来。即对于画底对象底大小、位置、部分等渐发露明了的观念了。这时期假定名为"位置排列时代"，或称为"过渡时代"。这阶段就是从乱涂期到最后的能明白描现事物底大小、位置、关系的形体的描写的自然的发达的所谓"形象时代"的过渡期。

到了六、七岁，描画能力更加发达，作更加有意的、有目的的描写了。即用粗拙的线条，作象征的描写；或认识实在界某种对象事物底类似，作构成的描出。这就是所谓"形象时代初期"。启发儿童底描画能力的，教育者的努力底幕，到这时候揭开了。因为这时期的儿童，运动及发语已能自由。故这时候儿童的小的心中所思的事物，在手指的技巧上也试行绘画的发表。他们在随意游戏中极美地发现描画动作。他们在个人的游戏中，在自己经验界的范围内作种种的想像，营他们底艺术的活动。这样发达起来，就入"描画活动全盛期"。

在心理学上儿童底想像全盛期，是四岁至九岁之间。过了这想像全盛期，自十岁至十二岁的时代，名为"描画活动全盛期"。经过了这绘画的发表活动底最旺盛的时期，到了十三岁至十五岁的时代，因为儿童底观察力底发达、知能底增加，及美的鉴赏力底进步的缘故，忽然使儿童自己觉悟他自己所作的画是贫乏的描写,就失了从前的独创的魔力,描画的发表活动起了衰退的征候。这就到了所谓"衰退期"了。然这是一般的状态;对绘画有特殊的天才的儿童,到这时候并不衰退,反而是愈加发挥他底画才,惹起人底注目的时期。

"衰退期"在教育上是描画能力发挥底危机。但发达底停滞,实在就是继起的描画能力大进步的前兆。所以在这时候,教育者不可不尽力奖励劝勉,使他们底描画能力正确地再现出来。

衰退期,大半已属中学生时代了。然衰退期底初期,多数是在小学时代。初期是全期中最危险的时代。所以小学校底高年级生底图画教育,是比较的最重要的一事。开始衰退的原因,在于这时候儿童已经年龄较大,渐渐深知实现的世间和人类生活的内幕。八九岁以前的自由的想像,不会再振翼飞入无边际的空想界去。因此他们对于自己从前所欢喜而满足的儿童生活,渐渐怀疑,渐渐不满足起来。同时从前所满足的画,在现在也自己觉得是贫乏的描写了。但一方面,手腕和目力没有经过锻炼,就变成所谓"眼高手低"的状态。这是衰退底主要原因。所以小学高学年生,必须注重目力及腕力底练习;养成能正确地观察事物底形状色彩,正确地描出事物底形状色彩的能力。一方面又因为年龄究竟还幼稚,故又不可不伴以兴味。故小学校高年级生底画课,应添加写生画,而并用自由画、想像画等。

自此以后,都属于中学以上的范围了。即到了十七岁时,身体已发达到与成人相近的地步了,脑量也可与成人相匹敌了，脑细胞愈加发达，大脑底表皮上生出无数的纤维来了。这身体成熟底结果，一切的知识能力都成熟，判断力更正确，注意力和观察力更进步，美的鉴赏力也充分增加了，高等的情操也充分发达了，对于技能的成果的欲望和对于社会的赏赞的欲望也高升了，执意作用也进步了，希望底柔嫩的青叶也渐渐繁茂了。这时候底描画动作，不但是有兴味的事物，也不但是一时的发表手段；现在的绘画，始变为真的意义的技术，而著作的兴味惹起完成的兴味了。以前他们底描画兴味，全在于道程上，没有置主眼于完成点；现在则他们底注意向着努力底成果了。这时期名为"技能复活期"。

三　形象时代的儿童画及其开发指导

前已述过，儿童自六、七岁起，绘画始入"形象时代"。到了十岁，又脱了形象时代而入"描画活动全盛时代"。所以小学校学生底绘画，大部分属于形象时代。形象时代可分四阶段，分述如下。

形象时代底初期，可说是"概念的特质描出的阶段"。在这阶段的儿童，因为他们底概念还没有充分构成，所以他们底绘画，是把事物外观的，用分离的形象描出的。即用许多事物集合时所得的概念的表象的。虽然他们所画的形象粗笨而雏形的，但在儿童自身是完全看作实际，看作实物的。这阶段中的儿童，大抵不能分别描出动物底雌雄，或人类底两性。但稍发达后，在表示妇人的人物画中就会描发，以表示女性的象征。

他们不描没有头的人，也决不描没有屋梁的房子，没有瓣的花，和没有足的马。在这点上看来，我们可以得到形象时代初期的儿童底描画的发表上的很重要的要点：就是形象时代初期的儿童，能注意于构成艺术的表出底本质的表征；能不忘却对象底本质底描现的一事。故描出对象底雏形，即概念的表征的形象时代初期的阶段，在儿童画研究上称为"雏形式的描画阶段"，是形象时代中第一阶段。

从这雏形的描出的状态再进化，或受了画帖等的影响，就不单描概念的内容，进而描形式的结合了。这雏形与形式底混合，现出儿童描画技能底自立发达底第二阶段来。换言之，第二阶段就是从第一的雏形式到第三的假象式的移行。因此，第二阶段的绘画，一方面纯粹的雏形的部依旧存在，他方面形态渐渐整饬起来。这阶段名为"线及形的初发阶段"。是形象时代底第二阶段。

再渐渐发达起来，就入第三的"假象式的描画阶段"。这时候雏形的全然没有了。事物描写的形态也整顿起来了。故换句话说，这可说是"影像或轮廓的阶段"。因为在这时期，儿童还没有具备完全地在平面上描表空间的能力，故只是影响或轮廓的描表。到了这时期，儿童虽没有关于透视的理论的教授，已能把简单的工艺的对象物透视地描出；已能描菱形当作桌子底面。这是图画的表现力昂进的时期。

最后是能充分表现空间的表象的阶段，即"形态表出的描画阶段"，是形象时代底第四阶段。入了这时期，儿童能把物底形象依据了适当的光线阴影底区分和适切的表面的线而作画。但这极不容易，倘非有合理的教授或特殊的禀赋，不易达到。其不能达到的，往往描出毫无远近法的、平面的、像地图的画。（例如画鱼，画室中桌椅，都是像从上面望下来的图。）但男子到了九岁，女子到了十二岁，虽不完全，也总可有空间底图画的发表的能力。此后到了十五岁，就达最高的阶段，即完全透视的描出空间的阶段。但在人物描写，与别的事物不同，不易得完全的描写力。但一方面，人物却又是一般儿童所最喜欢描写的材料。所以现在要把形象时代的儿童画中底人物画特别提出来说说。

德国学者曾使四千余小学生描以人物为对象的记忆画，研究结果如下表所示。

（表中加 * 的表示多数）

以人物为对象的记忆画成绩（男童）								
学年别	1	2	3	4	5	6	7	8
年龄别	七岁	八岁	九岁	十岁	十一岁	十二岁	十三岁	十四岁
混沌无形的错画	—	—	—	—	—	—	—	—
雏形式的描画	*98%	*90%	*18%	*59%	*48%	16%	7%	3%
混合式的描画	2%	10%	*21%	*36%	*46%	*59%	*52%	*44%
假象式的描画	—	—	1%	5%	6%	18%	*28%	*33%
形态式的描画	—	—	—	—	—	7%	13%	*21%

以人物为对象的记忆画成绩（女童）								
学年别	1	2	3	4	5	6	7	8
年龄别	七岁	八岁	九岁	十岁	十一岁	十二岁	十三岁	十四岁
混沌无形的错画	—	—	—	—	—	—	—	—
雏形式的描画	*28%	*98%	*95%	*87%	*79%	*66%	*52%	*57%
混合式的描画	2%	2%	5%	11%	19%	*31%	*38%	*35%
假象式的描画	—	—	—	2%	2%	3%	7%	8%
形态式的描画	—	—	—	—	—	—	3%	—

在表中一看，占有大部分的是雏形式的描画和混合式的描画；假象式和形态式二阶段极少。即男童自七岁至十一岁，绘画全体是雏形式；自九岁至十四岁都是混合式；随了雏形式底减少而在十二岁现出多数的假象式。女童则七岁至十四岁的小学儿童雏形式最多，混合式也在十二岁而稍多。

又集小学儿童三千七百人，使描人物为对象的写生画，前后使描三回，结果如下表所示。

以人物为对象的写生画成绩（男童）								
学年别	1	2	3	4	5	6	7	8
年龄别	七岁	八岁	九岁	十岁	十一岁	十二岁	十三岁	十四岁
混沌无形的错画	*51%	*40%	*25%	13.3%	3%	2%	1.3%	0.3%
雏形式的描画	*47.3%	*55.7%	*63%	*61.3%	*54.3%	*35.7%	*21.3%	3.7%
混合式的描画	1.7%	3.3%	8.7%	17%	*25%	*35.7%	*33.3%	16.7%

以人物为对象的写生画成绩（男童）								
学年别	1	2	3	4	5	6	7	8
年龄别	七岁	八岁	九岁	十岁	十一岁	十二岁	十三岁	十四岁
假象式的描画	—	0.3%	3%	8%	15%	*21%	*30.3%	*35%
形态式的描画	—	—	—	0.3%	2.7%	5.6%	3.3%	*44.3%

以人物为对象的写生画成绩（女童）								
学年别	1	2	3	4	5	6	7	8
年龄别	七岁	八岁	九岁	十岁	十一岁	十二岁	十三岁	十四岁
混沌无形的错画	*60%	*51%	*36%	*30%	13%	9.7%	4.7%	2.3%
雏形式的描画	*39.7%	*48.7%	*56%	*65%	*68.3%	*70.3%	*58%	*50.3%
混合式的描画	0.3%	0.3%	5%	2%	16.3%	16.7%	*30.7%	*31.7%
假象式的描画	—	—	3%	3%	2.4%	3.3%	6.7%	11%
形态式的描画	—	—	—	—	—	—	0.6%	4.7%

大体与记忆画没有甚么大差别。这测验，第一回是使描一儿童底立像，第二回是一儿童底坐像，第三回是一个持伞的儿童的立像。研究目的是儿童观察能力底发达，就是儿童底描画能力自六、七岁至十三、四岁有何等进步，和能否把他们所观察的事物在图画上发表。但测验结果，男女童都是记忆比写生结果良好。试比较参照两表，在写生画的表中有记忆画的表中所没有的混沌无形的错画不少。所以使我们得到结果，便是写生画成绩中男童九岁以前，女童十岁以前，有相当的百分比的混沌无形的错画；记忆画则全无。

据这两表，我们可以推知错画时代底中心年龄是学龄前四五年的时候。又错画时代以后，即形象时代的各描画阶段，也各有中心学年，可在这等表中看出。即男童雏形式底中心时期是第一、二、三学年；混合式中心时期是第五、六学年；假象式及形态式底中心时期可置于高等第一、二、三学年（依德国学制）。女童则中心学年大概比男童劣两年；又女童一般多不明的画，形态表示完全的极少；假象及形态底中心时期，在小学时代内还没有出现。这样考察来，描画能力女童劣于男童，是明了的情形。

依上面的研究结果，在小学校的图画教授中，空间底图画的描出或立体的描出底高尚的要求是不可能的。但我们对于上面的研究，可得到很重要的两个要点：即（一）描出雏形的，即不考虑实形态的概念的表征的描画，支配着第五学年以上的（即十一岁以前）儿童全部。（二）第五学年以前，还没有达到把住实形态，至少人体底形态底力底成熟期。这样，在小学图画教授上就有大要注意的事项：即儿童底知觉观念，受过去经验所再生的记忆观念底影响甚大。所以如果在图画教授上强要学生正确观察现在眼前底实形而照样描出，结果他们只有因这对象而想像地使自己底记忆观念再生，在画面上表现出了。这时候眼前的实形态，只有供他们参考的效用；甚至只当作暗示画题的刺激的对象。所以如果强要儿童正确地写生，结果定是减杀儿童对于描画的兴味，反而使他们底描画能力萎缩。所以儿童描画的个人的典型，可有两种：（一）有的儿童，有仔细观察物体而写取实形态的倾向；（二）有的儿童有不正确地观察实形态，而以自己底思想来补充的倾向。属于前者的儿童，对于外物的注意的集中力强，这类的儿童多属高年生；属于后者的儿童，多注意的集中力动摇的状态，这类的儿童多属低年生。从这点看来，那强要儿童正确地描写眼前实形态的描画教授（特别如写生画），对于低学年的儿童（至少对于第四学年的儿童）是效果极微的。反之，对于低学年的儿童，从自己底观念思想出来的图画比依据实形态的图画有效得多。所以在小学校描画教授上，记忆画及想像画当然占着相当的位置。无论何等高等的写生画、考察画，彼等底初发时代均当与儿童底有兴味的自由的记忆（想像）画相联络，且从此出发。

四　儿童画底材料与描写

从性的关系上观察，女童大概欢喜选取适于表现"感情和情调"的材料；男童大概欢喜选取如"格斗"的关于活动实况的材料。又女子一般比男子表现能力缺乏，且取材底范围也狭。然情感和情调底表现，是女子底长处。又幼稚园及小学校低学年的儿童，描画时大概欢喜事件底生动和发展的状态。他们因为还没有使时间统一，构成一幅画的能力，因此描了一瞬间的事件，又同时描次瞬间的事件，故终至纵横涂抹。他们又有描现别人所不能企及的事物的小野心。但到了小学校中学年的时代，因为受图画教授的结果，故选择画题时就渐知与自己能力底适合了。至于高学年的儿童，取材的范围也扩大，加用远近的配合，又知配置背景。但他们描画时缺乏取舍景物的观念，故往往在一画面上描过多的事物，因之画面失却中心，陷于支离灭裂。凡这等情形，都是因为儿童对于事物的观念不彻底，只漠然的知许多事物，故表现时就生迷乱的态度。所以小学校底图画教授上，不可取复杂的材料。

从儿童画底发达方面观察，儿童画底材料上，可有"单画"与"复画"两种。复画中更可分为"集物画"与"构成画"两种。儿童画底自立的发达的诸阶段中，第一期的错画时代末顷的绘画，就是单画。第二期的位置排列时代的绘画，大概是无意义排列的集物画。到了第三期的形象时代，儿童底精神发达，观念丰富了，画面上所描的个个物像之间，自然要求一种联络的关系，就是构成画了。

在儿童画与对象的关系上，可考得四个阶段：（一）个个物体单独描表的单画，最为幼稚。（二）稍进步以人物为主体，旁边配以他物。（三）再进步，以他物为本体，配以人物。（四）全然与人物脱离，完全以他物为本体，为最进步的式样。详言之，在第一阶段，例如从单独的错画的混沌无形的线团中现出人物的颜面的绘画来。最初只有近于圆形的轮廓。渐次在其中加画口、目、眉、鼻、耳等。更从这圆形的轮廓旁生出手、足、指等活动的部分来。又渐渐描出发、胸、腹等来，于是成就了一个人物画。到了第二阶段，绘画中的人物戴帽子了，着衣服了，或挂着一把剑了，或手中持旗了。再到了第三阶段，例如描房屋、火车、船舶，就以这等为本位，附加以人物，例如屋中描人，火车窗中描人，船上载着人，都以人为客位的配合点缀品。到了第四阶段，则完全不描人物。例如树木上附以鸟，房屋旁附以树木，山上附以云之类皆是。以上四阶段底发达过程，与儿童底年龄底发达略相一致。

儿童画底描写，形象极简单而不完全。因为儿童底通常的心理状态，原不要求这以上的精密描写的。这虽然原是为了儿童底描画上练习没有充分的缘故，但主要原因，仍是在于儿童底精神发育底不完备和心象底不完全。即不但对于外物的认识易于错误，而他们底记忆、判断，也是多错误的。像前面所述过的，儿童底知觉观念受过去经验所再生的记忆观念底影响甚大。因之儿童对于正确观察描写眼前的实物，还（不如）描出从记忆再生的想像画为容易。观察检点对象底实在形态，是儿童所怠为的事体。所以儿童画底描写，特别是形象时代底儿童画底描写，必多误谬。这名为"儿童画底误写"。

据德国某学者研究，儿童画底误写有四种：

（一）形象的误写。例如海中的鱼，误描在天空中；又如人底足描得很短，手反而很长。

（二）同化的误写。儿童往往将前后两观念同化，以致两观念相混淆而生误写。例如描人物时，忽然在犬身体上描人头；又如在鸟底身体下面描一双人足；描竹，上面附以树木的叶；侧向的颜面上，把鼻描在正中央了，把两耳描在左右两面了。

（三）脱落及添加的误写。例如人面中没有鼻子；描人体忘却描头；描五个以上的手指；描发到颊边。

（四）位置转换的误写。例如在耳底上部描出手腕等。

日本图画教育者白滨征所著《图画教授资料》一书中，曾举出儿童底十种误写。即（一）乏透视观念而起的误写；（二）不依轮廓描写底正当顺序而起的误写；（三）对于物体位置及大小的失败；（四）从先入为主的观念生出来的误谬；（五）从粗杂的观念或观察生出来的误谬；（六）从眼及手底习惯生出来的误谬；（七）观察物体时，不顾物体底各部分底配置而生的误谬；（八）物体底一部分在他物体后面而不被看见时，对于不看见的部分全然不考虑而起的误谬；（九）取轮廓忽略而起的误谬；（十）怠于描画上基础的知识及练习而起的误谬。

这等误谬的描写，主因于儿童底记忆及判断底谬误。然儿童底心理的倾向，于描画上有切实的关系。即儿童往往对于自己兴味所在的一部分周密描写，且对于此点大加夸张地表现，就生出不顾其他一切部分的结果。他们因为不拘束于实对象的形相、色彩，而受既有观念底主宰，因此低学年的描画指导上，倘疏远记忆画而欲以实物观念描写启发他们底描画能力，结局非失败不可。因实物观察、描写而收得描画教授上的成功的，总非相当的年龄不可。不但实物描写，即绘画上底布置排列的教授，也非到了相当的发达时期无效。

要之，儿童底自然的描画活动中，实在包含着吾人在描画教育上所要求的一切要素底萌发。故儿童画必以记忆画为主。这记忆画是很有价值的描画教育底发端。教育者应当这样诱导儿童：即从记忆画而考案画，从记忆画而写生画；更从写生画向考案画与记忆画。

五　小学图画指导底二要点

关于小学校的描画能力开发指导，有二个重要点，即（一）透写力底抚育，（二）立体的描写与暗示的表现的指导。分述于下。

（一）透写力的抚育。对于儿童底描画，要区别何时属记忆画，何时属想像画，是不可能的事体。不过可说凡属于这想像画时期的儿童底绘画，大概有缺乏坚固的感觉的一个特征，和为了便宜而透明似地描写物体的一种感觉。例如田野中的树木，无论怎样观察，总不能看见地下的树根，故当然不描树根；但儿童往往连地下的根都描出。又或于描烟囱里喷出的黑烟时，往往透过烟囱底壁，连烟囱内部的黑烟都描现出来。又在房屋内部的人物，也透过了墙壁而描现出来。盖着被寝着的人体，透过了棉被及衣服而现出身体来。因为从儿童底热烈的幻想上看来，地面、墙壁，都是无基础的构造物。换言之，儿童逞了他底活泼的透写能力，把不见的物象毫不感到苦闷地描出；虽然他底表现方法极拙劣，但表现这不看见的物象的透写能力，正是将来支配艺术的领土的，理解科学的大能力底萌芽。所以教育者宜抚育助长这透写能力，使存在到儿童成人的时候。

形象时代上半期，是透写力发现的中心时期。在学年上算来，正是初级小学的时期。初级小学的图画指导者，更应当注意于透写力抚育的一事。往往有以矫正儿童底误谬为正当的教授法的教师，实在于儿童损害甚大。因为初级小学时代的儿童底描画课，主要的是想像力，即思想感情发表的练习。教师所应当称赞鼓励的，是描画动作底活泼，和自由发挥，即想像力底高扬。儿童自由发挥想像力时，就大胆地落笔，不复顾及实际状态，就生出透写结果来。故换句话讲，透写是儿童想像力发旺底表示。当这时候，倘指斥他底透写底误谬，结果就摧残他底想像力底嫩芽。故教育者不可不慎。

（二）立体的描写与暗示的表现。前面所谓注重想像画，并非可以忽视立体的描写的意思。要完全地达到图画教育底目的，应该是从想像画进而研究立体物底形相色彩，使练习远近凹凸的描法。

凡小学校儿童，对于远近法的规则、平线、消点，及其专门的术语等，固然没有学习的必要；但是描写立体物时，例如横面、正面、远近等底描出，是不可不练习的。像植物底广的叶片、扁平的书籍、圆筒状的物体，必使充分观察，描出位置、远近等变化。例如：扁平面愈斜时，所见面愈狭；圆筒上端斜看是椭圆形；正方形底左右两边底线，不相平行而在远处相交于一点；同大物体愈远愈小等皆属于应该教授的。再进，使他们晓得图画有物体、地面、背景的三要素。物体在纸面如何位置，留下如何大小形状的背景和地面，可以美观，即纸面上位置排列的美的法则，也须使儿童练习。每当写生的时候，可用儿童所描的画与实物并置，使他们远望，是否与实物相似；倘有不像，使他们找求应当如何改正的方法。这是立体的描写上很有益的练习。

还有一重要的问题，即"暗示的表现"。凡要适切地表现物体底性质，单用这物体表面的形状、凹凸、远近等描写是不足用的。因为单就物体表面的描写，只是理知的问题；绘画成立的本源的要素，是比理知更重要的所谓"感情"的描现。譬如春日的田野中的嫩绿的草，有一种难说的柔软的趣味；岸边的石，有一种粗而坚的趣味；树底干，有一种圆而实的趣味；流着的水，有一种活动而滑的趣味。这是我们从自然观察所得的感情。在绘画上把这感情暗示地描现出来，是一件必要的事。这等感情可由技巧暗示出来，可因表现的方法而描出来。一切物体描写底目的，是视的能力的发达；即用心底眼明了观看通常的形姿，发挥忠实描写物体的能力。故虽然程度低的人，倘有观察事物性质底眼力，就可对于图画发生兴味。教师对于小学生，倘只以理知的，形状大小、高低、远近、凹凸等为唯一练习事项，而不指导他们事物性质底描表法，结果儿童对于图画底兴味枯燥，易生厌倦。所谓事物性质描表的指导，实在就是鉴赏力练习的指导。要先使儿童有观察事物底表情的眼力，然后练习在纸上描表出来的技巧。指导底要点，在于观察。各种花底性质，例如菊花清秀，玫瑰花浓艳，桃李花华丽，藕花清爽等，是练习情调观察的最良的标本。

白马读书录（二）[1]

最力强的、最雄辩的音乐，要算管弦乐 orchestra 了。在表面上，管弦乐是网罗一切种类的乐器的，所以音色最复杂，表情的变化最富。在内容上，管弦乐所奏的是交响乐（symphonie），交响乐是最进步、最长大的乐曲形式。所以演奏交响乐的管弦合奏，为现代音乐底最高水准，即所谓"Crystal Palace of Symphonie"（交响乐的水晶宫）。

近代所谓管弦乐，即 orchestra 的一个名词，意义已和这词底起源大异了。查 orchestra 一个名词，本源是希腊底剧场里最近民众的舞台底一部分，合唱队（choir）所歌舞的场所底名称。后来歌剧（opera）兴了，就称歌剧底伴奏者团体所住的场所为 orchestra。地点在听众与舞台之间，即舞台最前方，近着听众的地方。歌剧发达以来，orchestra 的一个名词底意义也推广起来，后来连在这场所的演奏者也名为 orchestra 了。orchestra 为泛指管弦合奏的名称，从这时候起。然以前的管弦乐都是伴奏的性质。到了近代器乐发达以后，始有独立演奏管弦乐。

---

[1] 本篇原载 1924 年 3 月 1 日《春晖》第 24 期，署名：子恺。

近代普通管弦乐所用乐器底个数,大致约一百左右的为最多。乐器底种类大约二十种左右为最普通。然用乐器特别多的也有,像陪辽士〔柏辽兹〕(Berlioz,1803—1869)底交响乐,需用乐器至数百。乐器数的多寡,原须视乐曲底性质和指挥者底意见而定。用器多少,只是管弦乐底体裁大小的问题罢了。然所用的乐器底性质,在各时代略有差异,倒是一件可研究的事。从罕顿〔海顿〕(Haydn,1732—1809)裴德芬〔贝多芬〕(Beethoven,1770—1827)时代以来,管弦乐中所用乐器,大概有日趋新奇的倾向。到了最近,几乎把噪音用入管弦乐中,而博得听者底好评。这也是近代人心理底一种表现。绘图上爱用不调和的色彩,不合透视法的形,正和音乐上使用噪音的心理相同。

历史地观察起来,orchestra 可分三种。所用各乐器的音色、调子,都渐趋于新奇。第一种,"小管弦乐"(small orchestra),所用的乐器是第一怀娥铃〔小提琴〕(1st violin)、第二怀娥铃(2nd violin)、微渥拉〔中提琴〕(viola)、赛洛〔大提琴〕(cello)、弗抑式〔长笛〕(flute)、克拉理耐式〔单簧管〕(clarinet)、罢诵〔大管〕(bassoon)、忒浪湃忒〔小号〕(trumpet)、丁帕尼〔定音鼓〕(tympani)等。每乐器用二个以上。像莫扎尔忒〔莫扎特〕(Mozart,1756—1791)底交响乐,都是用这形式的。第二种,"大管弦乐"(large orchestra)在以上所用的乐器以外,又添用两个杭〔法国号〕(horn)、两个忒隆蓬〔长号〕(trombone)、两三个披可洛〔短笛〕(piccolo)。把形式名为"交响乐的管弦乐"(symphonic orchestra）。罕顿、裴德芬、修芒〔舒曼〕（Schumann，1810—1856）、勃拉姆士〔勃拉姆斯〕（Brahms，1833—1897）等都用这形式。音量宏大，音色也较为复杂。第三种，"近代管弦乐"（modern orchestra）取用乐器特别多。因了近代歌剧底勃兴，标题乐（program music）和音诗（symphonic poem）发达，就特别扩大管弦乐底形式，改变管弦乐底色彩。即在大管弦乐所用的乐器以外，又添用音量更宏，音色更变化的诸乐器，如英吉利杭〔英国管〕（English horn）、罢斯克拉理耐忒〔低音单簧管〕（bass clarinet）、孔德拉法各忒〔低音大管〕（contrafagotto）、罢斯邱罢〔低音大号〕（bass tuba）、哈泼〔竖琴〕（harp）、大小鼓（drum，large and small）、德来昂格尔〔三角铁〕（triangle），又用风琴。自此再进步，到了最近，愈加复杂。德国现代乐派大家马来尔〔马勒〕（Mahler，1860—1911）所作的管弦乐中，曾用发大炮似的噪音的乐器。这样使用新奇的乐器是否合理，姑且不论。今后管弦乐用器更将日趋新奇的倾向，因此可以预知。

山田耕作拿建筑物来比方管弦乐。他说："近代管弦乐，关系极复杂，难于比喻。在裴德芬时代的古典音乐，乐器简单，直可用普通的建筑物来譬喻。按乐器底特性来比方建筑物时，孔德拉罢斯〔低音提琴〕（contrabass）是基石。赛洛（cello）是上面的石床。在近代乐，则是施华丽的意匠的石床；在古典乐，则是和基石同样的粗石床。微渥拉（viola）是各处建立着的柱子。地位虽小却负着重要的任务。第二怀娥铃（2nd violin）是建筑物底内壁，第一怀娥铃（1st violin）是外壁。在近代乐,内外壁透明,光线流通,故内外不易分别。哈泼(harp)是各处饰着的缀锦。打乐器〔打击乐器〕是调节音乐底步调的,可比方建筑物上各处的钉或键。金管乐器〔铜管乐器〕(brass orchestra)是建筑物内部的规划,木管乐器(wood wind)是建筑物外部的点缀。故管弦乐是一所流动的建筑物。"爱听管弦乐的人,必然晓得这譬喻底适切。

一九二四,二,二

白马读书录（三）[1]

十六世纪以前，并不曾有独立的管弦乐。管弦乐成为独立的器乐样式，是意大利歌剧勃兴底结果。一千五百九十七年，意大利歌剧家悲李〔佩里〕（Peri，1560—1630）所作的歌剧 *Daphne*〔《达芙妮》〕告成。这是意大利歌剧底先声。也可说是全世界的音乐剧底始祖。此后歌剧就风行意大利全土。就中拿破利〔那不勒斯〕地方唱歌法大发达，凡尼西亚〔威尼斯〕地方器乐伴奏大发达，就渐渐酝造出管弦乐的新艺术来。凡尼西亚乐派伟人蒙台凡第〔蒙特威尔第〕（Monteverde，1567—1643，意）始在他所作的歌剧中用怀娥铃〔小提琴〕，效果颇大。从此器乐就不仅为伴奏用，而常常独立了演奏歌剧底序曲（overture）了。后来这风潮入德国，于是始有完全独立的管弦乐队的组织出世。

但这原始的管弦乐，实在比不来近世的管弦乐。德国初期的管弦乐，只有弦乐器较多，此外的乐器不过二三件。例如罢哈〔巴赫〕（Sebastian Bach，1685—1750）底作品，虽然最大的器乐曲，也不过在弦乐器之外用两个弗柳忒〔长笛〕（flute）、

---

[1] 本篇原载《春晖》1924年3月16日第25期、4月1日第26期，署名：子恺。

两个渥薄〔双簧管〕（oboe）、一个法各忒〔大管〕（fagotto）、两个杭〔法国号〕（horn）、三四个忒隆蓬〔长号〕（trombone），和一对丁帕尼〔定音鼓〕（tympani）。后来莫札尔忒〔莫扎特〕（Mozart，1756—1791，墺〔奥地利〕）始在管弦乐中加用克拉理耐忒〔单簧管〕（clarinet）。然这都仿佛是在弦乐底素描上加了些淡彩。

裴德芬〔贝多芬〕（Beethoven，1770—1827，德）在音乐史上，是从古典乐派到近代乐派的桥梁。但他对于用器法，墨守旧制，并未踏出莫札尔忒一步。不过在他底《第五交响乐》（*Symphony no. 5*）中新添了三个忒隆蓬。再下去，修芒〔舒曼〕（Schumann，1810—1856，德）、孟檀尔仲〔门德尔松〕（Mendelssohn，1809—1847，德），修陪尔忒〔舒伯特〕（Schubert，1797—1828，德）等，也不过蹈袭裴德芬底旧制，只有修芒底作品中添用了一个有瓣的杭。直到了陪辽士〔柏辽兹〕（Berlioz，1803—1869，法），管弦乐底规模方始宏大。

陪辽士底作品中，例如作品第四《李尔王》底序曲（Op. 4，*Overture of King lear*）和作品第九《罗马谢肉祭》〔《罗马狂欢节》〕（Op. 9，*Le carnaval romain*）等，原并没有甚么特异。到了作品第十四《幻想交响乐》（Op. 14，*Symphony Fantasia*），始完全打破后来的管弦乐法而别开新面目。那曲中所用的乐器如下：

string（弦乐）	1st violin	十五个以上
	2nd violin	十五个以上
	viola	十个以上
	cello	十一个以上
	contrabass〔低音提琴〕	九个以上
	1st harp	二个以上
	2nd harp	二个以上
wood wind（木管）	flute	二个
	oboe	二个
	clarinet	二个
	fagotto	四个
brass（金管〔铜管〕）	horn	四个
	cornet〔短号〕	二个
	trumpet	二个
	trombone	三个
	tuba〔大号〕	二个
percussion（打乐〔打击乐〕）	tympani	二对
	cymbal〔钹〕	一个
	large drum〔大鼓〕	一个

其中有几部分，第一，第二怀娥铃又各分为三部，微渥拉〔中提琴〕又各分为二部。

又如他底作品第十六《在意大利的哈洛尔特》（Op. 16,

Harold en Italie）中，加用英吉利杭〔英国管〕（English horn）和微渥拉独奏。又作品第十七《洛梅渥和周理安典》〔《罗密欧与朱丽叶》〕（Op. 17, *Romeo et Juliette*）中，用披可洛〔短笛〕（piccolo），又仿裴德芬的《第九交响乐》，用声乐合唱。他底伟大，在于构成这庞大的管弦乐时不蹈袭旧有的用器法，而从全然独倡的立场上成功。所以从陪辽士出世以后，管弦乐始能实在收得立体的效果。

此后使管弦乐再进步的，是华葛拿〔瓦格纳〕（Wagner, 1831—1883，德）。华葛拿，实在是受陪辽士底影响的。他底个性表现后的后期诸作品，明明显示着管弦乐用器法底进步。像有名的歌剧《忒理斯当和伊索尔摈》〔特里斯坦与伊索尔德〕（*Tristan und Isolde*）中，弦乐群全由第一流的名手组成，其他各群底组织是：

wood wind（木管）
- flute…………三个（第三兼 piccolo）
- oboe…………二个
- English horn…………一个
- clarinet…………二个
- bass clarinet…………一个
- fagotto…………三个

brass（金管）
- horn…………四个
- trumpet…………三个
- trombone…………三个
- bass tuba…………三个

$$\text{percussion (打乐)} \begin{cases} \text{tympani} \\ \text{triangle} \\ \text{cymbal} \end{cases}$$

又在《莱因的黄金》中，用八个杭、六个恰泼〔竖琴〕、一个孔德拉法各忒〔低音大管〕（contrafagotto）和一个孔德拉罢斯邱罢〔低音大号〕（contrabass tuba）等乐器。华葛拿是用这乐器法把他底乐剧底内容音乐化的。所以他底乐器法，名为"戏曲的管弦乐法"。

还有，俄国底代表的管弦乐作家却伊可甫斯奇〔柴科夫斯基〕（Tschaikovski，1840—1893）底用器法，精妙不亚于前述的二人。例如第二怀娥铃，又分二群。其中一群和第一怀娥铃音程相同，别的一群和微渥拉音程相同。这样，就保住音程底均衡（balance），实在可说是极纤细的用器法。俄罗斯近代管弦乐，大概受他底影响。他底用器法底长处，不在于乐器底多样，而在于配合法底精妙。故在音乐上特名他底用器法为"mosaique的用器法"。（mosaique是嵌细工，本来是造形艺术上的名词。现在用以形容用器法，就是说这用器法精致如嵌细工。）

晚近管弦乐界底革命儿，是德国底许德洛斯〔施特劳斯〕（Strauss，1864—〔1899〕），他袭取陪辽士和华葛拿底管弦乐法，而规模比他们的更大。他所作的有名的歌剧《札拉图斯忒拉这样说》〔《查拉图斯特拉如是说》〕（*Also Sprach Zarathustra*）底用器法是：

$$
\begin{cases}
\text{string} \\
\text{(弦乐)}
\end{cases}
\begin{cases}
\text{1st violin}\cdots\cdots\text{十六个} \\
\text{2nd violin}\cdots\cdots\text{十六个} \\
\text{viola}\cdots\cdots\text{十二个} \\
\text{cello}\cdots\cdots\text{十二个} \\
\text{contrabass}\cdots\cdots\text{八个} \\
\text{harp}\cdots\cdots\text{二个}
\end{cases}
$$

$$
\begin{cases}
\text{wood wind} \\
\text{(木管)}
\end{cases}
\begin{cases}
\text{piccolo}\cdots\cdots\text{一个} \\
\text{flute}\cdots\cdots\text{三个（第三兼 piccolo）} \\
\text{oboe}\cdots\cdots\text{三个} \\
\text{English horn}\cdots\cdots\text{一个} \\
\text{clarinet}\cdots\cdots{}^{b}\text{E 一个 }{}^{b}\text{B 两个} \\
\text{bass clarinet}\cdots\cdots\text{一个} \\
\text{fagotto}\cdots\cdots\text{三个} \\
\text{contrafagotto}\cdots\cdots\text{一个}
\end{cases}
$$

$$
\begin{cases}
\text{brass} \\
\text{(金管)}
\end{cases}
\begin{cases}
\text{horn}\cdots\cdots\text{六个} \\
\text{trumpet}\cdots\cdots\text{四个} \\
\text{trombone}\cdots\cdots\text{三个} \\
\text{bass}\cdots\cdots\text{二个}
\end{cases}
$$

$$
\begin{cases}
\text{percussion} \\
\text{(打乐)}
\end{cases}
\begin{cases}
\text{tympani}\cdots\cdots\text{一个} \\
\text{large drum}\cdots\cdots\text{一个} \\
\text{cymbal}\cdots\cdots\text{一个} \\
\text{triangle〔三角铁〕}\cdots\cdots\text{一个} \\
\text{glockenspiel〔钟琴〕}\cdots\cdots\text{一个} \\
\text{bell〔铃铛〕}\cdots\cdots\text{一个}
\end{cases}
$$

从这等作家底用器法看来，可知近代乐所以异于古典乐的，不仅在乐器底种类和个数底多寡，而又在乎各乐器底地位不同。古典乐以弦乐器为器乐底基础，管乐器等只供修饰之用。十八世纪以后，各乐器立于对等的地位，全无主从之分。连打乐器也不复立于附从的地位了。结果，近代的音乐越变成多彩的，又立体的。而管弦乐竟变成"各乐器底立体的流动"的意义了。

一九二四，三，一一

西洋美术底根源[1]

西洋美术底源流，出于希腊。古代希腊美术，就是一切西洋美术底源流，古代希腊美术，是专用大理石雕像代表的。然时代隔远，遗物极少。今日所保留着的，最完全的希腊古代雕刻，要算巴黎罗佛尔〔卢浮〕美术馆（Musée du Louvre）所藏的《米洛岛底凡妮司》（Venus de Milo）〔米罗岛的维纳斯〕就是希腊神话里所谓美之神。Venus 是一千八百二十年在希腊群岛上一个 Milo 岛底海边发掘出来的，是希腊雕塑最盛期的作品，据说是前四世纪希腊雕刻名家斯可派斯（Scopas）〔斯科巴斯〕底雕刻。但此说真伪莫辨，有人说作者不明。这 Venus，就是希腊神话里的阿富洛谛脱（Aphrodite），雕工极佳，清婉而端严，不是卑俗的恋爱的女神，是掌天地万物底繁英的，极高尚的恋爱的象征，十分表出 Aphrodite 底胜利的神格。

---

[1] 本篇原载 1924 年 3 月 31 日《民国日报·艺术评论》第 49 号。

Venus 埋在土中数千年，大理石面毫不受腐蚀，不过两腕失掉了。这两腕究竟原作是如何生注的，已经近世许多美术家种种地研究过，到底不能得确定的意见。现在原像珍藏在 Louvre 美术馆，原像比真的人体略大些，仿造的石膏像，有大小各种，在各国美术品店里都有得发售，又造有头像，及胸像，专供美术学生模写及研究之用。

Venus 像，在美术上是美底最高标准。一千八百年普法战争时，法人预先把这像深深地埋藏在地中。这一次的欧战，也用铁箱秘藏在地下室中，所以战后得无伤害。因 Venus 是美术上最高标准，故历来都注意保护。

除 Venus 以外希腊古代雕刻中第二名高的，就是希腊底雅典底派尔推侬（Parthenon）〔帕提农〕神殿所装饰的群像。Parthenon 神殿，是纪元前五世纪为了 Athena Parthenon 女神祭而建的殿堂，建筑备极壮丽，全部用世界上所出最上等的大理石造成，堂内有用金和象牙造成的 Athena Parthenon 女神底立像，全部工程经四百三十八年方始告成，今日所遗，只有几个殿内装饰的神像，现在保藏在伦敦大英美术院（British Museum）内。这几个像，被潮雨浸蚀，表面生斑点如砾石，且手及头失掉的也有，这几个雕像，确是希腊古代美术的真迹，故除 Venus 以外，要算最可宝贵了。

西洋美术底源流,是希腊古代雕刻,故希腊古代美术,是美术史上很重要的部分。希腊以后,美术界忽然衰退,直至十六世纪后,始有 Raphael〔拉斐尔〕,Gothic〔哥特式〕,Donatello〔多纳泰罗〕等起来,建设"文艺复兴"即所谓"Renaissance"是。

印象派以后[1]

印象派以后诸画派，最重的是新印象派、后期印象派、未来派和立体派。分述于下：

新印象派（Neoimpressionism of Pointilism）是由 Monet〔莫奈〕、Manet〔马奈〕所倡的前印象派更进一层的科学的制作，首领是 Sura（修拉）和 Signac（西捏克）〔西涅克〕。新印象派与前印象派同是受物理学的影响，而应用于制作底技巧上的。Monet 等所倡的前印象派，是在画布上用色时用所谓 touch（笔触）即佛语 touche 的方法，在适当的距离看时，就很融和地在眼中综合了。至于新印象派的人们，touche 的时候，不用纵横的色彩等，而用一种圆的色点。他们是从物理学上计算来这方法的色底分解和色底综合是适当的。所以新印象派一名为点画派（Pointilism）。所以看这等人底风景画时，恰如有许多砾石似的大点撒布在画布上；而在一定距离看望时，就十分融合，并成一种近于天然的色彩。然 Pointilist 底办法，有一个缺点：太流于机械的了，不免有不自然之感。即乏于一种感旧，终于使绘画脱出了艺术的境外。故 Pointilism 底极端是不快的。

---

[1] 本篇原载 1924 年 4 月 21 日《民国日报·艺术评论》第 52 期。

后期印象派（Post-impressionism）看来似乎是印象派底进化的，其实大不然，主张完全相反对，根本的立脚地也不同。前述的前期印象派、新印象派，都是以自然为主，到处服从自然的；后期印象派的画家则是以情调为本位的，当时曾大骚扰伦敦一班画家。后期印象派是有现代的意义的绘画，即合于现代人底精神状态的艺术，故即使不属此派的画家，也必有采用此派底技巧的倾向。这派不限于法国与英国，盛行于欧洲大陆及美洲，今日的最有生命的各画风，就是蹈袭这画派底系统的。

后期印象派底先觉者为Cézanne（塞珊）〔塞尚〕。同时大将有Gauguin（果庚）〔高更〕，Gaogh（谷诃）〔梵高〕，Dani（独尼）等。前期印象派及新印象派，迷于光线、空气、色底分解等描写，这派是彼等的反动，置重力、线、形底势，势。这派不努力于模仿自然底形似，就用色彩、线条作为画家底言语，使主观的感情当面结晶。这等现象，完全是从东洋画家取出的作画态度，故后期印象派，是从东洋绘画得到暗示的。从来西洋画，都是汲汲于描写自然底形似底美的，东洋画反之，全是把自己的情绪，即主观的感情描出在纸上或绢上的，完全是不受自然底形似底束缚的。故用形用色，都奇异而离于实际，远近法更不拘泥。观察和描现，都不从事于局部，只示一端就使人想像全体的，故东洋的绘画，全是一种符号，或象征，是超越物众而创造别的一种美的。换言之：东洋画实在是色彩和线条底音乐的合奏，所以后期印象派出发于东洋画，实在并非过言。

印象派以后诸画派，有一派叫做 Intimists。这派底宗旨，是反对今日画家底尊外光，重明了，而注重人间的底内心运动底描写。首领是卡利安尔（Cariel）同派的人，现在有许多正在活动着。这派虽然还不曾树立明了的旗帜，但可决定是将来很有力的画派，因为这派是混合现代各方面反射来的宗教、道德等思想为内容，而以印象派的技巧为外饰的。所以从技巧上论，虽说属印象派的，而内容有智力及理想的活动。这样，这派的画就是一种象征艺术。在历史上观，Intimists 是从印象派移到将来的新画派的桥梁。

近来在巴里〔巴黎〕新兴的"立体派"（Cubism），也是新画派之一。首领是报卡索（Picasso）〔毕加索〕，他底主张是反对印象派和后期印象派底光线本位和色本位，而表示自然底感觉时，不求自然底形似，纯粹用形和色，即各种的角、曲线、面、浓淡，（特别多三角、四角形等几何形体）等来表示感情，所以又称"三角派"。后期印象派虽然主重内心运动而以情调为本位，但终还执着于自然底形似；立体派则主张和客观的要素（即自然的外观）全然绝缘。所以立体派，是全不拘束于自然底形似，而描写从自然得来的主观的情绪的，这确是极彻底的写实主义。又新印象派等是把光分解了描现的，立体派则把形分解，支离灭裂地分解自然底形，使这元为形底单位，而描在画上。Picasso 有名的作品是《抱曼独铃（mandoline）的男子》，但这画中并不见 mandoline，但见直线、曲线、三角形、四角形纵横交错着。要之，立体画，是把后期印象派画推进一层，达后期印象派底画论底极点的。

二十世纪初，在伊大利〔意大利〕又起一"未来派"（Futurism）。这运动不但在造形美术；文学、音乐等都受这影响。主动者是一个诗人，名为马利耐典（Marinetti）〔马利奈蒂〕的，和许多画家及音乐家、文学家。主张是须得用更新的感觉——现代人的感觉——来洞察自然，这点和立体派共通。所异者，从来的绘画都是静的，无论描何等活动的形象，结果终不过是表示一瞬间；未来派则相反，把时间描进画中去。例如画走马，脚可描数十只，表示动的感觉。未来派视一切物体为半明的，他们在描出肉眼中所映的以外，又描心眼中所映的。所以凡和画的主物存直观的关系的，都描进去。例如《在窗中眺望的女子》的画题，普通总是描一个女子、窗、窗帘、窗外景子、射入的光等肉眼所见的事物的。但未来派不然，未来派的办法是要把这女子底内的状态描出来。这女子正在看望街里的人家、烟囱、广告、路上的行人等时，就把这等物象和对于这等物象的这女子底精神描出来。立体派和未来派在理论上分别很困难；在实际上分别，可说：几何形体纵横交错的是立体派，现出运动来的是未来派。

最近的画派俄国画家康缔斯奇（Kandinsky）〔康定斯基〕所创设的构图派（Compositionism）。主张是艺术底目的，不在写自然，是用艺术家底主观，即内的生活而来发表；更适切地适合，是使艺术家底感情用物质的形式来发表。故在绘画，应该用纯粹的形状色彩传达画家底感情于观者。所以毫无捉到自然底形似的必要。因为绘画中倘然用了自然的形似，观者对之就生起智的活动而妨害感情底发生了。所以真的艺术，没有借自然形似的必要。这样，构图派的绘画和自然界的形相色彩全然没交涉，全然用没有对象的，纯粹的，画家头脑中表现出来的，像文字似的"色彩的音乐"。仿佛作曲似地全然从主观描出，这是近代最进步的画派。

曲线与直线的对照美 [1]

曲线与直线底对照美,是绘画美中最根本的一个条件。单用直线,或单用曲线,原也有一种美;但这美是单调的,故名为单纯美。

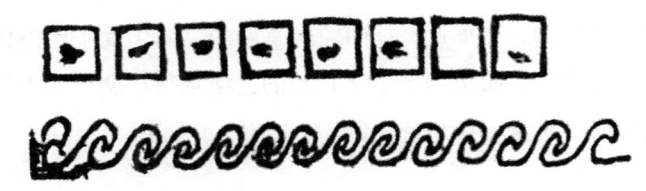

A 图

单纯美并非不进步的,用得得当时,比复杂美更美的也有。我们现在所论,只在普通作画时的美的规则,即曲线与直线底对照美。

普通作画,单用直线不易得美,并用直线与曲线易得良好结果。如 B 图不及 C 图底安稳满足。

---

[1] 本篇原载 1924 年 4 月 21 日《民国日报·艺术评论》第 52 期。

B 图　　　　　　　C 图

作画时，画底外廓是于内容有很大的影响的。B 图画底外廓是方的，画中画底直线与外廓底直线同性质，觉得单调。倘用一个圆线如 C 底扇，就觉得全幅生动，便是曲直线底对照美底效力。

在人物画，也如此。D 图轮廓是圆的，画中女子底肉体底眼都是柔软的，所执的扇子又是圆的，便觉得单调。如果把扇换做折扇，就因为两方底直线而生对照美。如 E。

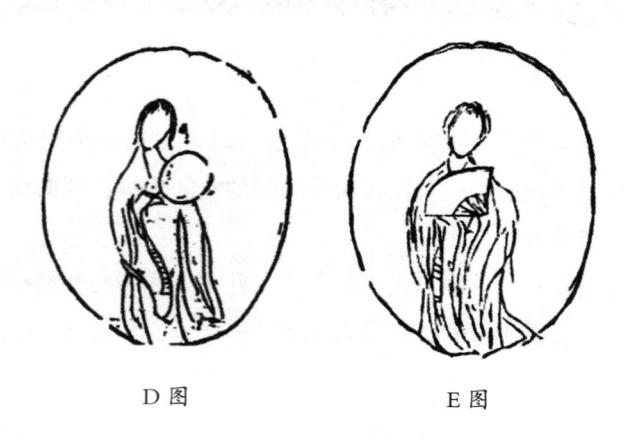

D 图　　　　　　　E 图

在风景画，这点更显著。例如 F 图单独看时，也没有十分坏处，但拿来与 G 比，就觉得 F 是缺陷的。

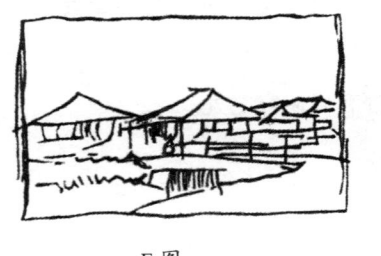

F 图　　　　　　　　　　G 图

这等底理由，不外打破单调的作用，就是变化底作用。不但绘画如此，在雕塑建筑，也都要服从这规则，就是日常一切设备布置中，也有应用这原理的地方。

种花本是打破建筑物两旁的垂直线的好方法。H 图底屋底两旁的直线与画底外廓相并行，觉得很板滞，倘加花木，打破一边底并行线，就觉得美观。

H 图　　　　　　　　　　I 图

室内所用画额，方额不可太多，有一个圆额最佳。公园别墅等中，开圆洞门最要审慎，如果用得得当，原是新颖的，如果徒好新奇而不合理，反而难看。

室内布置，案头陈设，都有可研究之处。

白马读书录（四）[1]

sonata〔奏鸣曲〕和 sonata form〔奏鸣曲形式〕，名目好像相差甚微，其实大不相同，可分别，比较如下：

器乐曲形式中最进步的，是"朔拿大形式"〔奏鸣曲形式〕（sonata form）。sonata 这一词，原来是 sounding pieces 的意义。所以译作"奏鸣乐"。但是"奏鸣乐"和"奏鸣乐形式"，意义完全不同。简单地说，"奏鸣乐"是三四个乐曲组成的一个长大的器乐曲底名目。这大乐曲底内容，由三四个较小的乐曲组合而成。各较小的乐曲名为"乐章"（movement）。就中第一乐章，特名为"奏鸣乐形式"。换言之，"奏鸣乐形式"不是乐曲的名称，是乐曲形式的名称。且奏鸣乐形式并不一定应用在奏鸣乐内。例如序曲（overture），是用奏鸣乐形式的，但不称为奏鸣乐而称为序曲。

"奏鸣乐形式"，由前中后三部立。前部有两主题，第一主题是在主音上的，第二主题是在主音底第五度上的。（例如主音是 Do，主音底第五度是 Sol。在和声乐上，第五度音名为属音，与主音有表里的关系，故由主音转调于第五度音，对比的效果

---

[1] 本篇原载 1924 年 5 月 1 日《春晖》第 28 期，署名：子恺。

最著。）两主题反复二回。（要使两主题底印象深切，放反复两次。）中部用"主题展开"（development）的方法演成。所谓主题展开，就是听作者以前部两主题为根据而自由发展。这中部的作曲，要富兴味，最要技俩。曲底价值，也全在这部分。后部仍由第一、第二两主题组成，但不如前部的重复，又后部的两主题都是在主音上的。今把奏鸣乐形式底组织列表如下：

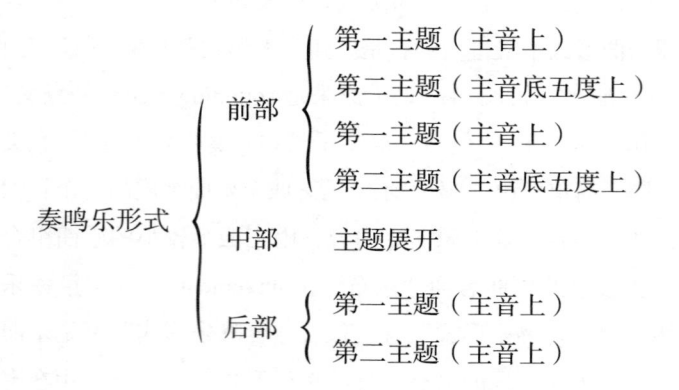

$$
\text{奏鸣乐形式} \begin{cases} \text{前部} \begin{cases} \text{第一主题（主音上）} \\ \text{第二主题（主音底五度上）} \\ \text{第一主题（主音上）} \\ \text{第二主题（主音底五度上）} \end{cases} \\ \text{中部} \quad \text{主题展开} \\ \text{后部} \begin{cases} \text{第一主题（主音上）} \\ \text{第二主题（主音上）} \end{cases} \end{cases}
$$

奏鸣乐形式为最高等的乐曲形式。因为彼底组织最为完备，最为巧妙。就内容上说来，前部是问题，中部是解释，后部是回答。先用互相对比的两个主题为问题，在中部详细解释一番，解释的结果就是后部的答案。这顺序最有层次，最合理，故为最高等的乐曲形式。

长大的器乐曲中，有一种名为组曲（suite）。组曲本来是联合数个舞曲而成的。后来发达起来，就变成最高等的大乐曲"朔拿大"，即"奏鸣乐"。

"奏鸣乐"由四个较小的乐曲（乐章）联结而成。

第一乐章——奏鸣乐形式（前画所述的）。

第二乐章——歌谣形式，即三部或复三部形式。徐缓而抒情的。故通常名这乐章为"徐缓章"〔"慢乐章"〕（slow movement）。

第三乐章——古风舞踏曲。梅奴哀〔小步舞曲〕（menuet），斯慨尔作〔谐谑曲〕（scherzo）等轻快调。

第四乐章——旋转调形式〔回旋曲形式〕（rondo form）或奏鸣乐形式。通常用急速的拍子。

这配列也是以对比（contrast）和均衡（balance）为基础的。即在繁重的小奏鸣乐形式的，快拍子的第一乐章之后，继以单纯的、抒情的徐缓章。又第三乐章须和第二乐章对比，故用轻快的舞曲。第四乐章是总括一切的，故须用兴奋的急拍子。但经过了长时间的演奏，听者已稍稍疲倦，故第四乐章大都不取繁重的奏鸣乐形式，而用单纯的旋转调形式。

奏鸣乐并不一定由四乐章组成。略去第三乐章，单用第一、第二、第四乐章的很多。自裴德芬〔贝多芬〕（Beethoven）以来，奏鸣乐组织法没有一定，全然因作家而异。到了现代，形式更加不拘，渐渐生出重内容表现的倾向。十九世纪第一流作曲家修陪尔忒〔舒伯特〕（Schubert）所作的 B 调短音阶〔B 小调〕交响乐（symphony，就是奏鸣乐，不过用的乐器很多），只有第一、第二两乐章。因为作了一半修陪尔忒就死了。这未完成的曲，就被认为一种乐曲形式，名为《未完成交响乐》（*Unfinished Symphony*）。又目下还生存的俄国音乐家，即前年曾到东京旅行演奏的布罗柯费夫〔普罗科菲耶夫〕（Sergei Prokofiev，1891生），曾发表过一曲只有第一乐章的披雅娜〔钢琴〕奏鸣乐，为世人所承认。

一九二四，四，二九

构图上的均衡 [1]

在秤上，均衡有两种形式，即如 A 与 B。绘画底构图上，也要均衡，但不取 A 而取 B。因为第一种是没有变化的，而第二种是有变化的。□构图 (Composition) 上的均衡，如 C 不可，D 可。

如果有质地相同的东西，大者近支点，而小者远支点时，在秤上就是"重□物与支点的距离"必相等。譬如一个大果子放在图的一端要用别的一个小果子放在他端，此小果子非远距

---

[1] 本篇原载 1924 年 5 月 5 日《民国日报·艺术评论》第 54 期。

离不可。如 E 与 F。

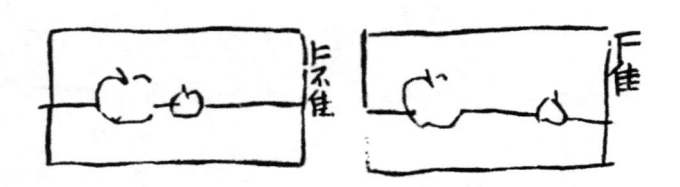

绘画上物底重量，另有一种标准。人最重，动物与人略同，有时稍轻，家屋次之，树林又次之，山水又次之，云霞最轻。如 G，一端有小人，必在他端配大屋和树，方才觉得均衡。如果如 H，只用小屋小木，便觉得打不住人底重量。家屋比树木重，故一方大林木，他方只要小屋，如 I，云比树木更轻，故一方千里黄云，他方只要一株小树就平稳，如 J。

人最重，所以构图上人底位置，最要讲究。除描写群众的画之外，大概人不画在最边上。又构图上如果边上要画人，其

人往往不许向外走，而取用向中央迈行的态度。因为向外走的人，牵引看画者底心，向画外去，故不取，如 K 与 L。

构图上物体底轻重，大概这样分别：活动的东西重，机变的东西重，无生命的东西轻，少机巧的东西轻。例如犬与人，人活动，犬较为不活动，故人重犬轻；树与屋，树少机变，屋多机变，故树轻屋重。更仔细分辨起来，墨水瓶比石板重，茶壶比缸重……

大凡画中主体总是重的，附属物总是轻的。所以做点景好东西，不宜用重物。画中所谓重，是惹人注意的意思，并不是实际上的轻重。我们看同类的人、犬等，容易惹起注意，所以觉得重，至于云霞等，我们看作天然的背景，便觉得最轻了。

关于绘画的根本知识[1]

绘画上所应用的学问，有"远近法""解剖学"及"权衡法""风俗人情""颜料的研究"等。

远近法（perspective）又名透视画法，就是正确描写事物因位置而起的形相的变化底法则。现在先举一二个例来简单地说明，譬如画静物，画一块立方体物时，与画面垂直的各线必传于远方一点，反背了这法则就谬误，如 A。建筑底窗与门，远近各有规则，否则就不合理，如 B。人物点景（accessories）的风景，人愈远愈小，否则就是谬误，如 C。人物画中俯下的头，眉眼口鼻各线都应该两角弯向上方，肩线及耳，位置皆高，不照这规则，就成奇形怪态，如 D。关于远近法，另有专书，在建筑物及风景画中，远近法更加重要。

解剖学，就是正确描写人体，使无谬误的方法。原来人体是自然界最美的东西，故专修绘画者，必定要用功描写人体，以为绘画底基本练习。人体最美，同时又是难描写的，譬如肉体的轮廓线，筋肉凹凸底调子，及肉体底色彩，比起一切静物、风景等底线、调子、色彩来，在描表上困难得多。所以描

---

[1] 本篇原载 1924 年 5 月 12 日《民国日报・艺术评论》第 55 期。

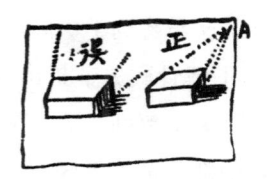

人体者，必须研究人体解剖学，绘画上所用的人体解剖学，名为"艺用解剖"（anatomy for art student），与生理学所用解剖所异的，就是生理所用解剖学注目在人体底内部的组织和作用等；艺用解剖则专注目在人体外部所表出的形相，对于人体底内部构造、物质、作用等，全然不问。艺用解剖中所说及的筋肉、骨格等，都是表现于外部的，或与人体运动等有关系的。既不表出到外部，又不与人体运动等速度有关系的，如肠、胃、肺、腑等，概不说及。

专攻绘画者，不可不先研究裸体画；描人物画者，更不可不研究裸体画。不从事专攻的人，也应该略知人体筋肉骨格与外部形态的关系，如是在作画时不致陷于误谬。关于艺用解剖，也另有专书详述。

与人体解剖相关联的一种学问，叫做权衡法（proportion）。解剖学是专研究人体底筋肉骨格底形相的，权衡法是研究人体各部分底长短大小的比例的。就是人体画法（figure drawing），这种学问，与解剖学相关联，而性质又与解剖学不同。举简单的例，譬如屈臂时，因为上膊骨与下膊骨底关节扩出在外方，故臂底外轮廓线成尖锐的锐角形，是关于解剖学的；又如普通人底眼睛底高低，必定位在头底正中部，是关于权衡法的。例如 E，F 两图。

风俗人情，就是关于古来的风俗衣器底沿革的知识。此项学识，在普通习绘画的人没有多大的需要，只在作历史画时有用。譬如各地方古代风俗习惯如何，人物服装如何，器具建筑等如何等。

颜料的研究，于绘画技巧上也有利益，譬如颜料制造底成分，颜料底性状，颜料与画面的关系等，都是值得画家底研究的。不过在普通学画的人，比较的不十分需要。

美学（esthétique）、美术史（histoire de l'art），不是直接有益于绘画底技巧的。美学研究美的理由、美的条件、美的心理等，画家不致昧于理而入迷途，染恶风或为无益之劳。又使知艺术底真价，真伪底分别，不为非理的批评所动。美术史是记述古来的美术家、作品、派别等，使画家得鉴赏前人的遗迹，又使得正当地选用蓝本。这等学问，也是画家所不可不知的。

不过前举数种是直接关于绘画技巧的；后举数种是属于美术的趣味修养和阅历的，美学的纲要，美术史的大概，又是普通人都应该修得的知识。

直到世界末
——上海艺术师范五周纪念[1]

我脱却了学生的制服,便到上海艺术师范学校做教师。他是我的旧交。光阴度得真快,转瞬是他的五周纪念!像别人从《诗经》《尚书》里摘取"万寿无疆""永锡难老"等文句学称颂似地,我也从现在美国老诗人马冈《画圣米勒的名画〈持锄的男子〉》的诗中取点意义,称"直到世界末"以表示祝意。容我在下文解释米勒的《持锄的男子》的画和马冈咏这画的诗。

十九世纪的奇迹的米勒的伟大人格,大概已为我国艺术者所共知了。

米勒的画,都是深入人间精神的作品。其中最伟大的,暗示他的人生观和他对于人间的苦闷的作品,便是那幅《持锄的男子》。画中描着一个焦黄、劳倦、如兽的农夫,持锄佝偻着,大意如图。

《持锄的男子》作于

---

[1] 本篇原载 1924 年 7 月 14 日《民国日报·艺术评论》第 63 期。

一八六二，明年发表于沙隆。当时曾受一般人的攻击，批评说他故意描写丑物。其实他们所见甚浅，还不能赏识这画的伟大。这画倘只用低级的、理智的眼光看时，不过一幅劳农的画像，并无何等的伟大。但米勒的画，决不是这样浅薄的。他的艺术的所以伟大，因为他的制作中，暗示着无限的意义和情操。

他并非故意描写丑物。因为他觉得焦黄、劳倦、野兽似的，为劳动所伤的农夫，给他最深的印象，最铭感他的心。把心中所最铭感的现象率直地描写出来，他认为是真正的、有价值的、伟大的艺术创作。故当时一般人反对他时，他曾这样回答他们：

"人们对于我的《持锄的男子》的批评，在我觉得很奇怪。看见了命定的非汗流满面不能生活的人时，把心中所起的感想率直地描写出来，难道是不行的么？有人说我反乡村美，实在我在乡村所发见的，比美更大——无限的光荣……"（罗曼罗浪[1] 著《米勒传》）

所以鉴赏艺术，不可单用低级的理智作用，应该用情绪、情操，发见作品背面潜伏着的心理，才能体验作者的情调，才算是真的艺术鉴赏。在资本制度下面非汗流满面不能生活的农夫，最激起米勒的同情。劳动的压迫把上帝照神像而造的人间残虐到这地步，使灵的动物的人类中现出这样可怕的、无智蒙昧的、野兽似的怪物来。岂非大悖神意的人间罪恶？这是米勒作这

---

[1] 现通译为"罗曼·罗兰"。

画的用意。像现今的世界,正是需要像米勒的艺术家的时候!

美国现在老诗人马冈见了这幅描写劳农的辛酸的画,他的诗想的琴弦起共鸣了。他推测米勒作这画时的理想,合于他自己的社会主义的思想,他就为这画作了一篇诗。现在我把这诗的大意解释在下面。

大意——他弯身在数百年的苦劳的重压下面,凭在他的锄上,注视着地上。他脸上表出着数百年来无智蒙昧的虚空。他背上负着世界的重担。谁使他对于欢乐和失望全无感觉?谁把他造成一个全没有悲愁,全没有希望的动物?使他愚昧而痴钝,仿佛牛的同类?谁放下他那兽类似的颚?(兽类的颚放下,和头骨几乎脱离。)谁使他的额倾斜后方?(兽类的脑倾斜后方。)谁吹散了他脑中的智慧的光明?

大意——这便是神明造出来的,使主治海和陆,使测星辰,使从天上探求智慧的力,使感得永远不朽的(即灵性的)人间么?这便是造星辰的,放光明在苍穹的神明所理想到的理想(dream 指人间)么?从地狱的极端,直到终极的最深的渊里,总找不到如此可怕的形。总找不到如此锐利的,责骂世间的盲目的贪婪的舌,如此充满于灵魂的征证和凶兆的事,如此满载着对于宇宙的威吓的事物。(造成像这持锄的男子的可怕的形,是人间的罪恶。故这形是最锐利的詈世的舌,是灵魂的凶兆,是威吓宇宙的。)

大意——他和天使之间,隔着何等远的深渊!劳锄的车轮的奴隶(指这男子,神话里说,Ixion 犯了罪,被系在车轮上转着),深玄的柏拉图哲学和天上的星宿的摇,在他是一无所知的。诗歌的连绵的山岭，晓光的破露，蔷薇花的红，在他也一些不解。辛酸劳苦的世代，可在这可怕的形中看出。"时"的悲剧，画在这苦痛的佝偻中。通过了这可怕的形，被欺的、被夺的、被污的、被贱的（disinherited，即剥夺人间的资格）人道鸣诉于审判这世界的神明前。这鸣诉又是一个预言。（即预卜将来定有公正地审判人间一切功罪的一日。）

　　大意——各国的主人们、君主们，和治人者们！这妖怪似的、奇形的、灵火消灭的怪物，便是你们手制的，给上帝的献物么？你们将怎样使这压在数百年的苦劳的重压下一个佝偻形再伸直来？你们将怎样使他再接触永远不死的灵气？你们将怎样再给他向上的精神和智慧的光明？你们将怎样在这里面再筑起诗歌音乐的美趣和理想 dream 来？你们怎样除去这永远不灭的耻辱，这虚伪的恶害，这难消灭的悲痛？（这都是世间的 Lords and Rulers 所应负的责任。）

　　大意——各国的主人们、君主们，和治人者们！"未来"将怎样处置这持锄的男子？当骚乱的旋风震撼这世界的时候（圣书里说，世界末日喇叭鸣时，天地大混乱），神明按问他"谁给你造成这样无智的禽兽似的形状？"时，教他如何回答？这默默不语的可怖的人沉默了几千万年之后到了世界末的审判的座前，神明问他"谁造成你这样？"他老实回答了真话的时候，那班作成这形状的王国和王者们，应该被如何处罚？

一九二四，六，一九

在小杨柳屋梅雨声中

艺术的创作与鉴赏 [1]

刚要准备这讲话的时候,举眼看见纱窗上写着一首五言绝诗,就抄录出来当作一个前奏曲(prelude)。

木末芙蓉花,
山中发红萼。
涧户寂无人,
纷纷开且落。

我们就拿诗来当作说明艺术的创作与鉴赏的例吧。

实在,无论何种艺术,创作的心理都出于同一的根源。只因发表手段的不同,或用运动,或用线形、色彩,或用声音,或用文字的记号,就变成演剧、舞蹈、绘图、雕塑、建筑、音乐、诗文等艺术来。我们只要明白了根本的一点,一切外形的变化就都不成问题。现在先用诗为说明艺术的创作与鉴赏的主例,由此推及于绘画音乐等一切艺术。

---

[1] 本篇原载 1924 年 9 月 16 日春晖中学校刊第 32 期,冠有"五夜讲话"的总标题。署名:子恺。

上揭的一首绝诗，如果当它是开着的一笔账目，或者报告事实的一个专电看时，只是"芙蓉花在山中开，又落"的一件事，毫不惊人，毫不使人感到诗的美。把这干燥的事实化成四句五言诗，教人朗诵起来，就流露出无限的诗美，使人刹那间陶然若醉，沉浸在诗美的世界里。因此晓得我们鉴赏诗文时，决不能用实利的态度，把诗文的记录当作一笔账或一封电报文看的。不然，诗美就全然失却，你就永远不能梦见真的诗美了。再举一个例，譬如我和你们在英文课中读过的 Longfellow〔朗费罗〕的咏夏夜的落月的一首有名的小诗。

> Moon of the summer night,
>   Far down yon western steeps,
> Sink, sink in silver light!
>   She sleeps!
> My lady sleeps!
>   She sleeps！[1]

在这首诗里面，如果问它讲什么事，只是说夏夜的月亮向西山落下去，好像一个美人睡了的一件事。而且后面的三行重用了三个 sleeps 和两个 she。如果只用理智的眼光看去，说两三遍"她睡了""她睡了"，有什么意义呢？如果有当它一个报告

---

[1] 小诗的大意是：夏天夜晚的月亮，沿着西边遥远的悬崖，在一片银光中落下！落下！她睡了！我的小姑娘睡了！她睡了！

事实的电报文读的人,定然要说"一个 sleeps 够了,何必浪费许多电报费"。然而稍有艺术鉴赏力的人,读了这首小诗,定然要赞叹。更进一步的人,定然晓得后半的重复的 sleeps 是妙的,决不是可省的敷衍文。

那么诗的所以为艺术,究竟有什么理由?我们因上述的两个例,可以发见诗的音节的妙处。例如第一首诗,按五言绝诗的自然的平仄声规则,又"萼"字和"落"字同母音,读的时候使人感到 rhythm〔韵律〕的美。细玩起来,芙蓉、红萼、纷纷等字,都富于音乐的要素,所以读时便感到愉快。至于第二例,night 与 light,steeps 与 sleeps 都是押韵的。细玩起来,后半的 sink,silver,she,sleeps 的 alliteration(同首音法[1])都是助成这诗的美的。

更深入一步研究,这诗所以使人起美感的,不仅在音节上。我们读了第一首诗之后,想象到在荒山中自开自落的花的情状。读了第二首诗,想象到盛夏之夜,月沉人悄的光景。仿佛幅幅的画图浮现出在眼前。再深入一步用更敏的头脑研究时,诗的美又不仅在乎音节和眼前浮现的光景上。第一首诗不但是咏一朵花,实在暗示着一种别的更高尚的意义。作者见了芙蓉在荒山中开颜发艳,无人欣赏而自开自落,联想到世间的埋没的哲人,或不求人知的高士,或隐于贫贱的,或盛年处空房的美人。第二首诗不但是咏夏夜的落月,我们读了一遍,诗中所咏的光景浮现在眼前了,我们便可推知作者于欣赏这落

---

[1] 今译"头韵法"。

月的沉静的光景，实在寓意于女性赞美。这纯洁的、幽雅的、gentle〔温柔〕的自然界现象，是一个优美的、可爱的淑女临睡时的天真烂漫的姿态的象征。这样，才是深刻的知诗，才是真的艺术鉴赏。一切艺术，都应该这样地被鉴赏。

从真的艺术创作到真的艺术鉴赏，创作者与鉴赏者二人的心理过程该是这样。作者无意识地生起一种高远的思想感情，把这思想感情化作一个心象（image），再把这心象用某种理智的工具（例如或用文字，或用形、线、色彩，或用声音等）描出，成为一个象征化的艺术品（例如一首诗，一幅画，或一首曲）。鉴赏者对这艺术品，先由理智的工具会通了意义（例如读文字，辨别形、线、色彩，或读音符等），然后使这意义的情景浮现在眼前，在心中造成了一个心象（image），于是也无意识地感到作者最初心中生起的高远的思想感情。

由真的艺术创作到真的艺术鉴赏的图说如下：

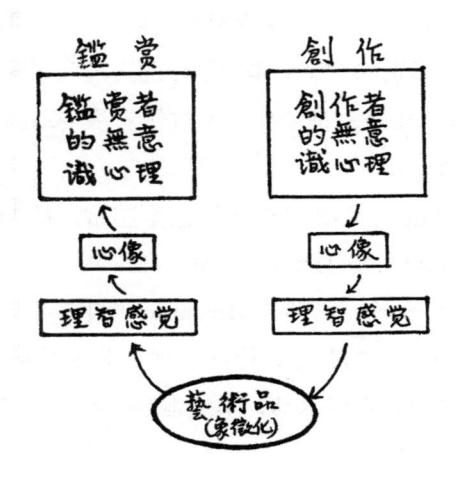

```
    鑑賞              創作
 ┌────────┐        ┌────────┐
 │鑑賞者   │        │創作者  │
 │的無意   │        │的無意  │
 │識心理   │        │識心理  │
 └────────┘        └────────┘
      ↑                ↓
   ┌────┐          ┌────┐
   │心像│          │心像│
   └────┘          └────┘
      ↑                ↓
 ┌────────┐        ┌────────┐
 │理智感覺│        │理智感覺│
 └────────┘        └────────┘
         ↖        ↙
          ╱藝術品╲
         （象徵化）
```

Ruskin〔罗斯金〕的诗的定义是"the suggestion, by the imagination, of noble grounds for the noble emotions（*Modern Painter* vol.Ⅲ）"（用想象力暗示生起高尚情绪的高尚的根据——《近世画家》第三卷）。与上文所述的真的艺术创作同理。

Tolstoy〔托尔斯泰〕对于艺术的创作与鉴赏的意见是"To look in oneself a feeling one has once experienced, and having looked it in oneself, then, by means of movements, lines, colors, sounds, or forms expressed in words , so to transmit that feeling that others may experience the same feeling—this is the activity of art."（*What is Art?*）（先在胸中唤起一个自己所经验过的感情。既唤起了，然后用运动，或线，或色彩，或音响，或由言语表出的形状，传达于他人，使他人也得经验同样的感情——这便是艺术的活动。——《艺术论》）

作者和鉴赏者的思想感情相共鸣。作者的心底最深处的一种震动（vibration），一直传达到鉴赏者的心底最深处。所以艺术鉴赏，在真正的意义上是"创作的再现"（the reappear of creation）。或者也是一种创作，不过作者是主动的创作，鉴赏者是受动的创作。

因了这真的艺术创作和真的艺术鉴赏，故 Milton〔弥尔顿〕，Shakespeare〔莎士比亚〕，Michelangelo〔米开朗琪罗〕，Millet〔米勒〕，Bach〔巴赫〕，Beethoven〔贝多芬〕等生前的心的震动（vibration）的状态，得托了他的艺术品而依原样保存到百年后的今日，直到永劫，不绝地唤起后人的心弦的共鸣。

* * *

根据上述的理论而单研究鉴赏方面的心理的过程时，可分四个阶段如下：

（1）理智作用。这是艺术鉴赏的最初的阶段。在这阶段内纯粹是理智（intellect）的活动。在鉴赏诗文，就是理解文句的意义，探寻所述的内容的梗概等事（假如在绘画，就是识别画中所描表着的事物，色彩、形、线、构图等。在音乐，就是认识谱表中的音符等。以后都可例推）。然这是鉴赏艺术的最初经过的阶段。只要理智的活动的诗文画图也很多，但都是浅薄的、通俗的下等文艺。一般的低级的文学，大概都是单凭理智使人发生兴味的。例如冒险小说、侦探小说、义侠小说，都是可以满足人的理智的好奇心的。但是除了满足人们的理智的好奇心以外，不更使人发生别的高尚的思想感情，所以是下等的。乡下地方茶肆里的说书，一切说明画似的图画，都是这类的东西。在鉴赏真的艺术品时，这理智的作用也必须经过，不过通过了第一的理智作用以后，还可达到更高远的境域。

（2）感觉作用。感觉作用，就是我们的视觉听觉等所感到的感觉。例如诗文的音节，绘画的色彩，给我们的视觉或听觉一种美感，前面也已讲起过了。英诗人中抒情诗人 Keats 〔济慈〕的作品，最富于音节的美。中国的词调中，有数曲特别长于音节。印象派、外光派的画，特别长于色彩。我们按文字了解诗文的内容，因形象晓得了画中的事物以后，又感到诗文中的音节美，画中的构图美、线美、色彩美。前后分明是两种作用。前者便是理智的，后者便是感觉的。在绘画中、音乐中，凡悦耳悦目的，都是属于感觉作用的部分。在诗中，就是所谓诗的音乐的要素。近代抒情诗,特别长于音乐的分子。法兰西近代象征派诗人,视诗的音乐尤重。据说法国诗人 Catulle Mandes〔卡蒂尔·芒德〕,曾作一首抒情诗,诗中把一个美女的名字写了五十行以上。这原是极端的例,然诗中重复二三次的写法,屡屡有之。不过五十余行的美女名字是特别扩张的罢了。例如"Home, home, sweet, sweet home"〔"家,家,可爱的,可爱的家"〕[1],又如 Poe〔爱伦·坡〕的 *Annabel Lee*〔《安娜贝尔·李》〕的诗中,前后共说了十余次"my beautiful Annabel Lee"〔"我的美丽的安娜贝尔·李"〕。又如李清照的《声声慢》中,用"寻寻觅觅冷冷清清凄凄惨惨戚戚……到黄昏点点滴滴"。因此我们可以确信诗中用字的重复,是增加诗的音乐的要素的,即增加读者的感觉美的。

(3)感觉的心象。鉴赏艺术时,除感觉作用以外,又起一种想象作用。感觉作用只是诗句或色彩、形、线等直接印于吾人脑中的一种感觉。想象作用则是因了诗句或画图而在眼前浮现出活跃的实景来的一种活动。这现象名为感觉的心象(sensory image)。即经过了第一的理智作用,第二的感觉作用以后,诗中或图中所描写的事物的姿态、音容,活跃于心中,仿佛于眼前。所谓"诗中有画,画中有诗",便是感觉的心象的作用。杰作的名画,往往使观者觉得好像身入画境,或好像听见画中人的吐息。演奏名曲的音乐会座上,听者的脸色都惨白,眼睛都停滞,因为他们

---

[1] 此句出自歌曲《可爱的家》。这里是按原文直译。

的心逐了这乐流漂泊着,便是感觉的心象的活动。凡表现得活现的诗文句,都是使人发生心象的。例如归有光的《项脊轩记》中,"庭中有枇杷树,吾妻死之年所手植也,今已亭亭如盖矣。"又如吴君特的《声声慢》中,"帘半卷,带黄花,人在小楼。"又如李重光的《相见欢》中,"无言独上西楼,月如钩,寂寞梧桐深院锁清秋。"等都是描写得情景逼真的。寥寥数字,在读者眼前暗示个个的如画的光景,此我所以为高尚的艺术。又如我们所读过的英诗,Allen Poe〔爱伦·坡〕的 *Annabel Lee* 中,屡屡提出"in this kingdom by the sea"〔"在这海边的王国〕,末了又说"by the sounding sea"〔"在这咆哮的海边"〕,生长在海边,埋葬在海边的 my beautiful Annabel Lee〔我的美丽的安娜贝尔·李〕,咆哮的海,海边的墓,历历如在目前。又如 Byron〔拜伦〕诗,"Thousand feet depth below, The massy waters meet and flow."〔"千尺悬崖深水,惊涛骇浪奔腾。"〕使人想见悬崖绝壁,奔涛骇浪。然心象和感觉,常常相伴而互相发生效力,当然不是截然分离的。

　　对作品能见到心象的暗示,比较的已算深造了。但是还没有达到艺术鉴赏的最高点。因为上述的理智作用,感觉作用,及感觉的心象,只是从作品的技巧的方面受得的,仅不过在意识的表面的部分活动。换言之,以上三作用,不过是象征的外形,不过是读者心里所起的梦幻。这三种作用,并不曾超乎理论、物质,和感觉的世界之外。须得超越了理论、物质和感觉,更深深地沁透读者的胸奥中的无意识心理,使一种刺激的暗示力触动生命的内容，而唤起共鸣共感时，始成立为完全的真的艺术鉴赏。这便是触动读者的情绪、思想、精神、情调，便是艺术作品鉴赏的最后的过程。

（4）情绪、思想、精神、情调，象征化的艺术品的暗示，到此达最后的目的。读者得通过了作品，而体验作者的无意识心理的内容，唤起读者胸奥中的琴线的反响。即读者对于作品发生情绪、思想、精神、情调的活动，而体验作者的人生观、社会观、自然观，或宗教信念。

第四关包含人间一切意义，故这第四关的内容的复杂，与人间生命的内容的复杂相等。决不是在这里可说明的。美学里的所谓优美（beautiful）、崇高（sublime）、滑稽（humor）等情调，便是从这第四阶段的鉴赏眼上辨别出来的。

这四阶段，因艺术的性质而有轻重之差。像音乐，第二的感觉作用特别重要。往往由感觉作用直接唤起第四的情绪主观的震动（vibration）。即在"描写音乐"（"descriptive music"），"标题音乐"（"program music"）第三阶段的作用也很轻。Beethoven 的《牧场交响乐》〔《田园交响曲》〕（*Symphony Pastoral*）并非单使人唤起牧场的情景的心象的。在真的鉴赏上，仍是由感觉直诉于情绪主观的震动的。不过借用牧场的平静和熙的大气而已。只有低级的描写音乐——只可说是下等的模写音乐，则专置重于心象的描现。至于绘画，第三阶段当然是不必要的。理智的作用也很轻。第二的感觉作用特别重。观照了绘画的线、形、色、调子、气象，便直接唤起情绪主观的震动。绘画与音乐略同，不过在音乐，理智作用比在绘画更轻。

在文学，比较的是四者平均置重的。但其中也生许多差异。古典派的作品特重第一的理智。反之，浪漫派的作品理智作用最轻。近代象征派的作品，第一、第三，均甚轻，第二的感觉作用特别置重。近代抒情诗这倾向更甚。大都从感觉直接唤起情绪主观的震动。在这点上，可知近代象征派的抒情诗中音乐的分子最重，诗和音乐的距离最近。至于散文小说，以及一切客观地描写的自然派小说，或纯粹的叙景诗（例如上面所引用的写景的词句等），第三以下的三阶段都特别重要。

因了鉴赏者的敏感与否，这四阶段的轻重又不同。又因鉴赏者的性格的关系，这四阶段的轻重又不同。故对于同一作品，各读者观者所感得的各异。譬如读莫泊三〔莫泊桑〕的《项圈》（Necklace），只重理智的人所得的只是一件笑话。反之，能在作品的背面看出意义来的人便会因此了解莫泊三的人生观。关于 Necklace，现在乘机在下面讲一讲。

*　　　　*　　　　*

Necklace 的英译文，我已和 B 组英文班里的人讲过了。现在把这小说的梗概在这里再略述一下："某夫人向友借了一个金刚石项圈，戴了去赴夜会。在归途中把项圈失去了。于是不得已借笔大款子买了一个新的去还友人。夫妇力作了十年来赔偿这项圈的代价。到了十年终了，债方还清，夫妇都老丑了。有一天这夫人遇见她的友人，对她说明了十年前的事。方才晓得所借的项圈只值五百元。"

你们已读过这小说的人从这小说所感得的是否只有像我

现在所述的一件新闻？如果这样，请对于我今天的"五夜讲话"特别留意一下，因为你的鉴赏只是上述的第一阶段！这不过是一个笑话。但是要晓得，艺术创作的所以有价值，原来不因所描写的事象如何而定。大画家 Cézanne〔塞尚〕，Gogh〔凡·高〕的名作，画材只是两三个苹果，和一只杯子。Shakespeare 的三十七篇戏曲，所描写的都是众庶的事象。作品中所描写的事象是事实还是造作的？是作家的直接经验还是间接经验？是简单的还是复杂的？是现实的还是梦幻的？这等事在文艺的本质上都不成问题。所成问题的，是这象征物含有多少的刺激的暗示力，作者以这事象为材料的用意何在，在作者的无意识心理的底奥里有什么意义潜在。

莫泊三这篇文字，是暗示刹那的生命现象的。表面上只是现实的描写，内部潜伏着人生的可笑的悲剧（ironical tragedy）。他的人生观，以为人生都是徒然的，盲目的，可笑又可悲的。劳劳碌碌地送过了十年的辛酸，结果只值得五百元。但是人尽管这样做去，到了看破终局的价值时，Madame Loisel〔罗瓦赛尔太太〕已经 aged and ugly〔年老而丑陋〕，已经送过了人生的 most delicate part〔最精彩的部分〕了。这人世的可笑的悲剧，引起了莫泊三的苦闷，他的无意识心理就借这件事象作为暗示他心中的苦闷的工具，创作出这人间苦闷的象征的 Necklace 来。通过了第四阶段而挑拨读者的心弦的共鸣共感。勾引读者进于梦到人生苦闷的行境里。这样一想，他作这篇笑话儿原来是当作暗示人生象征的工具的。倘然只是一篇肤浅的笑话儿，那么世间莫泊三决不止只有一个。

我曾经把这篇故事讲给好几个友人听。有一个友人诘问:"难道金刚石真的假的辨不出么?"又有个人听了,末了说,"那末要 Madame Forestier〔福雷斯蒂埃太太〕找还她钱就是了。"我没有话对付他们。

还有点要注意。这篇作品,不但是一个 allegory (讽喻),或者 maxim (格言)。这作品的艺术的价值的高远,在于全是现实的描写,一句不落讽喻或格言的体裁。在描写现实的夫妇二人的生活苦痛的背面隐伏着对于人生的讥刺。这是这篇作品所以成为伟大艺术的胜点。咏红豆的"开盒愁将红豆数,滋味应知带苦",胡适之的"几度细思量,情愿相思苦",古诗的"甘瓜抱苦蒂,美枣生荆棘",虽然也是示人生的一种真相的,但流于概念的哲理,即流于 allegory 或 maxim 的格调。在艺术品中,终不如一句不着概念的哲理而纯粹描写现实事象的 Necklace 为高。试读下揭的 Necklace 里的一节描写,谁不为人生挥一掬的热泪?

Madame Loisel seemed aged now. She had become the woman of impoverished households, ——strong and hard and rough, with hair half combed, with skirts awry, and reddened hands, she talked loud as she washed the floor with great swashes of water. But sometimes, when her husband was at the office, she sat down near the window and thought of that evening at the ball so long ago, when she had been so beautiful and so admired.[1]

座上有当作笑话儿读 *Necklace* 的人么？倘然有，请照我现在所说的态度再去重读一遍！

一九二四，六，二一
在小杨柳屋梅雨声中

---

[1] 译文如下："罗瓦赛尔太太现在看上去是老了，她变成了穷苦家庭里的敢做敢当的女人，又坚强，又粗暴。头发从不梳光，裙子歪系着，两手通红，高嗓门说话，大盆水洗地板。不过有几次当她丈夫还在办公室办公的时候，她一坐到窗前，总还不免想起当年那一次晚会，在那次舞会上她曾经是那么美丽，那么受人欢迎。"（据人民文学出版社 1981 年出版的《莫泊桑中短篇小说选》中赵少侯翻译的《项链》。）

都会艺术[1]

说起"画",容易使人立刻联想到风景楼台;说起"诗",容易使人立刻联想到风花雪月,尤其是我们中国人如此。因为中国以前的绘画、诗歌,都是取自然风景为题材,以清高幽雅为标准的。批阅中国古画,可以见到大都是山水花卉,美人高士;翻开中国古诗词来,可以见到没有一个披旗(page)〔页〕上没有"花""月"等字,因此现在的学画中国画的中国人,往往都先学花卉、山水,或翎毛、仕女;或是买本《芥子园画谱》来临,或是买册名画来读。学做旧诗的人,也有还遵守着"熟读唐诗三百首,不会吟诗也会吟"的明训,而尽力于古代的模仿的。

风、花、雪、月等自然美,原是最好的艺术上的题材。因为通过这等神秘的自然界现象,我们可以认识宇宙的意志,窥见永远的面影。又风、花、雪、月、山、水等自然现象,在无论何时代,客观的总是终古如斯地对着人们。所以自然现象,在艺术上可说是一种普遍的题材,在任何时代,任何民族的艺术都可有这等题材。

艺术上,除了自然现象的普遍题材以外,还有相对的特殊

---

[1] 本篇原载 1925 年 3 月 31 日《心之窗》第 2 号,署名:子恺。

题材。特殊题材，因时代状态、社会状态而异。因为一时代的艺术的表现，当然要以一时代的精神为背景，方才这艺术品的在这时代中有存在的位置与价值。而一时代的艺术品中的自然现象的普遍的题材，也一定蒙着这时代的精神与色彩，决不是他时代的模仿。故刻板地模仿过去时代的作品，是死的事业，是奴隶根性的态度。前世纪，——十九世纪，在人类文化生活上是一个极奇异的非常的世纪，科学的昌明，物质文明的急进，使人类的生存竞争愈趋于激烈险恶，在文化生活的艺术上就添了一层奇异的现代的色彩，出现了新奇的现代艺术。十九世纪以前，时代精神的变更当然也是有的；但回顾前数千年中的艺术潮流的变迁，都不及十九世纪的变化的剧烈。所以考察起现世纪的艺术品中所表现的特殊题材来，使我感到非常的兴味。

代表的现代艺术，可说是"都会艺术"。在现代，除了荒陬中的蛮人和幽闭在庭院深深的富贵之家的幸福者（？）以外，都要受紧张的近代物质生活的教训，谁都要受万能的近代物质文明的诱惑。虽在远离都会的市镇乡村，只要有交通的可能，也必处处受到都会生活的余波。故现代人，可说是个个受着都会生活的洗礼，而皈依都会生活的教训的。是故都会人的艺术，所表现的内容自然不外乎近代生活的激烈的奋斗，近代生活的不安定，近代生活的悲哀与幻灭；所表现的题材自然要取用都会的动乱与骚扰，都会的日常生活，和一切的强烈的"动"与"刺激"。因为艺术是生的表现，即生活的反映。在艺术品中描写当人当时的实生活，好比在晚上梦见白昼所遭遇的事件或人物，全是自然的趋势。所以纯粹的审美的花月的描写,在现代人觉得刺激不强,缺乏兴味;又与生活无关,故不会描写。仿佛南极探险的人,对于平凡琐屑的事觉得无兴味,晚上不会做平凡琐屑的梦,都会生活与都会艺术中要是有花月,定是三层楼屋脊窗中的瓶花,密布的电线间的淡月。

十九世纪的物质文明与生存竞争及于文艺的题材上的影响,显著的有二点,即(一)日常生活的题材的取用,与(二)"动"的描写。这两种可说是现代都会艺术的艺术。现代都会艺术的潮流,发源于印象派,澎湃于未来派。其间像法国的bourgeoisie〔资产阶级〕艺术,英国的gypsy〔吉卜赛〕艺术,都会的色彩尤著。

十九世纪的艺术主义,共通地表现着近代的意义。像浪漫主义的诗人画家Rossetti〔罗赛蒂〕的作品,已可说是近代的神经与官能的实现化,他的画,更是近代生活的,即所谓Native Realism。到了千八百七十年以后,印象派勃兴,近代都会艺术的色彩更浓。其中最显著的是Renoir〔雷诺阿〕的艺术。他的画,大多数的题材是巴里〔巴黎〕少女,现代都会的卑陋生活,以及寻常菜饭的细事。他能在紧张的,压迫的,疲劳的现代都会生活内看出诗趣,在日常生活的一茶一饭中寻出艺术的题材来。故他的艺术,在技巧方面是外光的,在内容方面是都会的,即现代生活的表现。

在都会生活中寻出诗趣画意,是Renoir的艺术的最伟大的一点。因为艺术对于人类的最大的福音,是生活与艺术的融合,即生活的艺术化。过去时代的艺术,例如严正的古典主义,耽美的浪漫主义,在过去的时代中原也有相当的意义与价值,但与时代精神生活状况全然变更的现代，已经全然乖隔了。在组织复杂而刺激强烈的现代都会中度生活的人们，对于清闲的隐遁生活，原始质朴的农村生活，因为与自身的生活状态相去太远，而不发生兴味，不被感动了。虽然也有因了目前的紧张生活的反动而有意关心于反对方面的原始质朴的趣味的，例如后期印象派画家Gauguin〔高更〕的嫌恶都会文明而逃避到半开民族的岛上，然而这究竟是特例。一般人的喜欢古风，是为了不能不在目前的生活中找出艺术趣味来的缘故。实在，最有意义最有价值的艺术，是以目前的实际生活为背景的艺术。以目前的实际生活为背景的艺术是普遍的，是民众的。譬如小酒店里的酒，又廉价，又多量，又刺激适于一般酒徒的享乐。艺术虽然不是全为民众的，但在人类文化进步的意义上看来，民众艺术恐要算最有价值了，印象派以后的艺术的所以伟大，正是因为适于民众运动的旨趣的缘故。

现代巴里画界的主势，是bourgeoisie艺术。bourgeoisie是"中产阶级的""中流的""平凡的"的意义。这艺术主义的主张，以为bourgeoisie阶级的安易平凡的日常生活的感觉的愉乐是最有艺术的价值的。这派的画家的作品，用印象派的明快的色调，后期印象派的单纯化的技巧。题材差不多全是都会的市民生活，充分描出都会的市民生活的爽快的诗趣，实在可赞为"平民的伟大"。其中像Vuiltard[1]，Guerin等最为都会艺术的大画家。在英国，也有同样的艺术运动，即gypsy艺术。所描写的题材大部取自gypsy，即江湖生活，游浪生活等，而表现出一种壮大

---

[1] 似应为"Vuillard"〔维亚尔〕。

的野趣。例如 Augustus John 的工作品描出着 gypsy 生活中的英雄的要素，可说是贱民生活的圣化。还有同派的画家 Brunguign 作品的题材大都是劳动生活及产业生活。在粗俗的产业社会中看出画趣，使劳动者在艺术中永久化，是这画家的伟业。

最彻底的民众运动的艺术是 Marinetti〔马里内蒂〕的未来派。未来派创于千九百零九年。其主义的中心思想，出发于现代的过激社党思想。反抗一切的传统与过去，厌恶一切过去的艺术与情调；赞美现代的悲惨的物质文明，例如疾走的火车，铁工场的机械，车站中的骚音，飞机的推进器（propeller），大铁桥的光辉，战舰的黑烟等。未来派的主张，以为生命是不绝地运动的，静止的只有"死"。运动使物象的定形破碎，破碎的物象分解为许多的线与面。这等线与面同时表出着空间与时间，即运动的无限的进行。描人有三四个手，描马有二十只足，就是运动的表现法，即时间的表现法。故未来派艺术的二特色便是都会的题材与动的表出。时代潮流由静趋动，由简单趋复杂，是文化史上的昭著的现象。所以我们所生存的世界，已是流转不绝的世界；我们的头脑，已受着"动"的洗礼。所以未来派的艺术最适合于现代的时代精神最具有民众的意义。未来派以后，俄国 Kandinsky〔康定斯基〕的构图派（Compositionism），及最近 Tristan Tzara〔特里斯坦·查拉〕的达达派（Dadaism），都是由未来派更展进更彻底的艺术主义。

一九二五年寒食之夜

各国音乐底特征[1]

人间感情的直接的表现的音乐,仿佛是一种世界语,可不须翻译而被理解于一切的人类。然操这种世界语的人类,因为各处土地状况风俗习惯的不同,其发音与语调也有差异。即因为一地方的音乐中,必直接地反映着一方的人类的生活状况与精神思想。各地的人类底生活状况与精神思想各不相同,其音乐也各有特征。

欧洲的音乐与亚洲的音乐不同;法国的音乐与英国的音乐又不同;同在英国,爱尔兰音乐与苏格兰音乐又不同。详细辨别起来,一邑的音乐与其邻邑的音乐也各有细微的特征。这是当然的结果。因音乐是人民的生活样式的反映跟了人民的生活样式而差异。各处的民族、历史、地势、气候,都不相同,造成各种的不同的生活样式,就产生各种不同的音乐来。

今根据日本音乐者门马直卫著的《各国音乐的特征》底区分法及大意,就亚、欧、美三洲的诸文明先进国底音乐的特征依次叙述于下。分为八区,即亚细亚,中欧,北欧,斯干的纳维亚〔斯堪的纳维亚〕,英国,南欧,东欧,与美国。

---

[1] 本篇原载 1925 年 6 月《立达》季刊第 1 卷第 1 期。

一　亚细亚地方的音乐

亚洲音乐足供考察者，有中国、日本、印度、阿剌伯〔阿拉伯〕四处的音乐。亚细亚地方的音乐底一般的特征，约有五端：即一，亚细亚音乐底音阶（scale）与西洋的不同；二，因之旋律与和声也有特别的构造；三，亚细亚音乐都以旋律（melody）为主；四，亚细亚音乐的旋律上多装饰；五，亚细亚音乐有特殊的节奏（rhythm）。故亚细亚音乐，一切与西洋音乐不同，西洋音乐有科学的进步的技巧，东洋音乐多庄严或华丽的情趣。西洋音乐以和声（harmony）为优点，东洋音乐以旋律为特色。

（甲）中国的音乐。中国古代音乐，曾经非常发达，且理论非常精详，远胜于洋乐。翻阅律历志及关于律吕的古籍，就可想象当初的盛况。不过因为没有继续研究，次第失势。到了今日，所谓"韶武"，只当作文学上的一种古典；所谓"京房六十律""钱乐之三百六十律"只当作乐理上的一种古董了。古代中国音乐，在今日已差不多影迹快没有了。古乐既无乐谱保留，古乐器及演奏法也已几乎失传。因此要考究中国音乐的特征非常困难。无已，只好向遗下来的关于律吕即音乐理论的书籍而探索。检阅中国古代的关于律吕的书籍可知中国的音阶的构造是很有特色的。而其构造的理论也极为复杂精细，为西洋音乐所不逮。今略述之如下。

中国古代音乐的音阶，是五段音阶。其阶名即宫商角徵羽。这五段音阶的构造有二种：一，主用于正乐的，大体相当于西洋的 do，re，mi，sol，la。二，主用于俗乐的，大体相当于西洋的 do，re，fa，sol，la。后来五声觉得不够用，就改为七声。即角徵之间与羽宫之间相距太广，故加变徵于角徵之间，又加变宫于羽宫之间，使成七音。这七音的音程，大体与西洋的 do，re，mi，fa，sol，la，si 相近似。其音名为黄钟，太簇，姑洗，蕤宾，林钟，南吕，应钟。（相当于西洋的 c，d，e，f，g，a，b。）其构成法，先在主音"宫"上取上方第五度的一音，名之为徵，次取徵上方第五度的一音，名之为商，再取商上方第五音，名之为羽，再取羽上方五度音，名之为角，再取角上方五度音，为变宫，最后得变徵。又因这音阶不便在各音上移调，故在音间增设半音，成为十二律，即黄钟，大吕，太簇，夹钟，姑洗，仲吕，蕤宾，林钟，夷则，南吕，无射，应钟。然乐理上的十二律，距离不等，不便于移调。于是明朝的朱载堉发明十二平均律，以便"还相为宫"。这十二平均律与现在西洋的十二平均律（即洋风琴〔钢琴〕上的七白键与五黑键）相似。法国音乐理论家拉莫（Rameau）发明洋琴风琴上的平均律以前数百年，在中国早有朱载堉发明这平均律。这可为中国音乐理发达的夸点。惜乎在东洋，作曲法与理论不相一致，即理论与实技不相符合，故朱氏的平均律，只成一种拘于算数的理论，而不供实用。Rameau 的平均律，直接施行于洋风琴上，沿用至今。此外，宋蔡元定有十八律（详见所著《律吕新书》）。汉京房有六十律（详见《后汉书·律历志》及《隋书·律历志》）。宋钱乐之有三百六十律（详见《隋书·律历志》）。有的在当时曾供实用，然到现在都成为拘泥于算数的空论了。故偏重理论，是中国音乐的一种特征。

中国在四千年前，音乐发达。汉末与西域大月氏交通，中央亚细亚及印度的音乐输入中国，与中国固有音乐相融合，成为六朝音乐，更精炼进步，成为隋唐音乐。所用乐器甚多，合奏规模甚大。惜其后渐渐衰退，至今而几乎灭没。隋唐音乐的精华传入日本，成为日本的雅乐，发达极盛。

（乙）日本的音乐。日本音乐底根本理论从中国输入。日本的音阶，完全是中国音阶的模仿。中国的正乐的五声，在日本名吕旋；俗乐的五声，在日本名律旋。吕旋大体相当于洋乐的 do，re，mi，sol，la，律旋大体相当于西洋的 do，re，fa，sol，la。后来废去吕旋，主用律旋，发达而成为七音的所谓"俗乐律旋"，即在律旋的五声上加婴商及婴羽两音而成的七音。其十二律也与中国的构造全同，但异其名称，即壹越，断金，平调，胜绝，下无，双调，凫钟，黄钟，鸾镜，盘涉，神仙，上无。其中实际上最常用的为壹越调，平调，双调，黄钟调，盘涉调等，余者不甚多用。日本乐器中特别有名而沿用于今日的，是尺八、琴与三味线的三种。这三种乐器在现在的日本音乐上颇有位置，研究也很有进步。日本人自命为世界的乐器。尺八是开五孔的直笛，音域虽简单而音色甚美。琴有十三弦，日本人呼为"Koto"，或用琴字，或用筝字。三味线是一种三弦，也是一种普遍的乐器。日本音乐底第一个特色是旋律美。像意大利、苏格兰，有旋律国之名，但比起日本来，总较为和声的。旋律是东洋音乐的特色，而在东洋音乐中，日本音乐更为旋律的。日本最高等的音乐为平安朝的雅乐。雅乐源出于中国的隋唐音乐。故日本的音乐，在乐理上、乐风上，都与中国有密切的关系。

（丙）印度的音乐。印度是古国之一，其音乐也极早发达。今日所残留的，只有流行的通俗歌及舞踏乐。自英领以后，西洋音乐渐盛。今日的印度几乎全用西洋音乐，固有的印度音乐日渐衰颓。今但就古印度音乐二三特征而论之。印度的音阶大体与西洋音阶同。其名称为 sa，ri，ga，ma，pa，da，ni，相当于西洋的 do，re，mi，fa，sol，la，si。然印度的 sa，大体相当于西洋的 A 音，故印度的音阶的音程大致为 A，B，$^{\#}$C，D，E，$^{\#}$F，$^{\#}$G，A。又印度音阶，有许多种类，理论也甚复杂。但实际用的，其构造如上述，印度音乐的实例，可选俄乐家李谟斯奇－可萨可夫〔里姆斯基－科萨科夫〕（Rimsky-Korsakov）的作曲《印度之歌》。这曲的节奏，旋律，都是印度风的。

（丁）阿剌伯的音乐。阿剌伯音乐发达也极早。其音乐输入西班牙，给西洋音乐以多大影响。故阿剌伯音乐的研究，是音乐史家的颇饶兴趣的事。阿剌伯音乐是把八度音分为十七小音的。每一小音相当于洋乐的全音底三分之一。此十七音中最常用的只有七音。故与七段音阶相似。但阿剌伯的音阶，共约有十八种。其最主要的音阶，与洋乐的长音阶〔大调音阶〕大同小异。不过第七音与第八音之内不用半音而用全音，即大体相当于 c，d，e，f，g，a，b，c。半音阶在三四音与第六七音之间。从纯理论上说来，这阿剌伯音阶是正确而可以有良好的效果的，比西洋的音乐优。惜乎阿剌伯人不会巧用他们的音阶，故不曾产出良好的音乐。阿剌伯旋律甚美，有东方的色的。第二，德国的舞曲，最为艺术的。例如 Bach〔巴赫〕底 chaconne〔恰空舞曲〕, Mozart〔莫扎特〕底 menuet〔小步舞曲〕, Beethoven〔贝多芬〕底 scherzo〔谐谑曲〕皆是。第三，德国的歌谣曲 Lieder〔利德〕为世界第一。Karl Loewe〔卡尔·勒韦〕底谭歌〔叙事曲〕（ballad）, Schubert〔舒伯特〕底歌谣曲，为世界绝伦。流行的恋爱歌、军歌、酒歌、学生歌，皆富于健全的诗情。第四，德国的歌剧（opera）为世界第一。Mozart, Beethoven 初作意大利歌剧, Marschner〔马斯纳〕加以德风，至 Wagner〔瓦格纳〕而起大革命，创成深刻的综合艺术"乐剧"（Musikdrama）。故德国的音乐，过去，现在，都位于世界音乐的最高位。

（乙）法国的音乐。法兰西，在气候上、地理上，是适于艺术的国家。绘画、雕刻、文学，都有特彩；只有音乐自古不盛。Franck〔弗兰克〕, Debussy〔德彪西〕等作家，虽是天才，然未足称为世界一等。法人大概缺乏纯高级的独创力；而善于用他们底高尚典雅的手腕去模仿德人意人所已创造出的东西，使之洗练，使之完成，例如 Berlioz〔柏辽兹〕底标题乐（program music），全无惊人的创造；法国的大歌剧（grand opera），也全是意大利的模仿。但法国音乐，也有二个长所：即一、民谣，是法国音乐上底名品。中世纪艺游乐人 Jongleur〔戎格勒〕与 Troubadour〔游吟诗人〕，在音乐史上在文化史上都是很重要的研究材料。二、舞乐，也是法国的特产。法国舞蹈盛行，有舞蹈国之称。现今所用的 gavot〔加伏特舞〕, menuet〔小步舞〕, saraband〔萨拉班德舞〕, loure〔卢尔舞〕,

current〔流行舞〕等,都是法国所盛行的舞曲。旋律典雅,节奏快美,为他国所不及。

三 北欧地方的音乐

北欧由俄罗斯、波海米亚〔波希米亚〕、波兰代表。这等地方因为国力地势气候的关系,其音乐与他国全异,含着无限的忧愁与悲痛。造成一种斯拉夫人种的北国的特色。最近北欧艺术引起世人的注目。文学上、绘画上,都产出不少的名家。北欧的音乐也放异彩,引起音乐研究者底注目。

(甲) 俄罗斯的音乐。斯拉夫人种天生是音乐的。无论农民与贵族,对于音乐都有强大的感受性。俄国位于欧洲东北部,所受西欧文明的影响极微,故音乐上特有一种纯粹的、粗朴的民谣。俄国向行专制政治,对于人民采抑压主义。其人民缺乏反抗性,而隐忍忧郁。又亚细亚地方的俄罗斯,屡受蛮人的侵凌,故俄国人民的感情概属悲观的。俄国民谣,富于一种绝望的热情、忧愁的色彩,毫无东方的气味,造成一种特独的乐风。现今俄国大音乐家 Rubinstein〔鲁宾什坦〕曾谓"俄国的民谣是特别的"。

俄国音乐是最近发达的,故其乐坛有种种特别的现象。其最著的例,是俄国作曲家都是有别业的 amateur〔业余爱好者〕。例如 César Cui〔凯撒·居伊〕与 Tschaikowsky〔柴科夫斯基〕是法律家,Borodin〔鲍罗丁〕是医生,Rimsky-Korsakov〔里姆斯基-科萨科夫〕是海军军人,Moussorgsky〔莫索尔斯基〕

是官僚。使俄罗斯音乐发达的人都是有别业的 amateur，是值得人注目的一种特别现状。

（乙）波海米亚的音乐。波海米亚是澳〔奥地利〕国的一州，但其人种不是德国人，而也是斯拉夫人。所以音乐也多斯拉夫风的柔顺可怜的情调。波海米亚多流浪乐人。故普通所谓"bohemian"，是指说流浪乐人的意思。波海米亚有"弹 harp 者与市中音乐家的国"的名称。国中到处优待流浪乐人。故波海米亚音乐的特征是优秀的民谣。

波海米亚乐派的始祖为交响乐作家 Smetana〔斯美塔那〕。后来出了 Dvořák〔德沃夏克〕，波海米亚音乐始得到固确世界的位置。

（丙）波兰的音乐。波兰本是独立国，十八世纪顷被分割于法国与墺〔奥地利〕国。屡谋独立，屡遭失败。直至此次欧洲大战的结果而渐渐得到独立国的待遇。在波兰的音乐中，显现着这等历史。波兰的音乐，一方面有俄罗斯的柔和风，一方面因受压迫而有悲痛忧郁的情调。此外又带着热情的、反抗的、革命的色彩，又歌咏着往昔的繁荣。这等都是波兰的音乐底特征。

波兰音乐主属器乐的。舞乐非常洗练，其中以 Polonaise〔波罗涅兹〕和 Mazurka〔马祖卡〕为最有名。抒情的器乐作家 Chopin〔肖邦〕，为世界有名的波兰音乐家。

四 斯干的纳维亚的音乐

挪威、瑞典、丹麦、芬兰，在音乐上可以并论。四国都是北欧的，然与俄罗斯乐风又不同。在音乐上最重的是挪威与瑞典。二国地虽甚近，音乐却大异。今略述于下。

（甲）挪威的音乐。挪威国内多茂林、广场、高山、峻岭。故其民间交通不便，永久保存着向来的民谣。又其地势与他国不同，故其民谣也有特色。挪威从前有一种游历诗人叫做skalds的，专在市中步歌神秘的传说。故挪威民谣多传说的。挪威有名的乐家，有 Ole Bull〔奥勒·布尔〕与 Halfdan Kjerulf〔哈夫丹·夏鲁夫〕。前者是 violinist〔小提琴家〕，后者是歌谣作者。还有世界的大乐家 Grieg〔格里格〕，Svendsen〔史温森〕，Sinding〔辛丁〕。所作都具有挪威风的特征。

（乙）瑞典的音乐。瑞典音乐完全受法、德的影响，以模仿为事，并无固有的特色。当十七世纪初的三十年战争时，瑞典王 Adolf〔阿道夫〕有"北方狮子王"之称，曾侵入俄、德、法诸国，与欧洲大陆久有交通，尽行吸收了法兰西的文明。大陆国音乐输入，瑞典就失却了自己固有的音乐，故瑞典音乐，特征不著。

丹麦音乐似瑞典，而固有的趣味较浓。有大家 Gade〔盖德〕，为现代国民乐派之祖。

芬兰富于美丽的古民谣。有名家 Sibelius〔西贝柳斯〕，为世人所共知。

五　英国的音乐

今日英国底音乐，差不多已全然失却古昔风而变成大陆风了，故特征很少。其中只有苏格兰还保存着一点特殊的音乐。

（甲）爱尔兰音乐。爱尔兰在四州中开化最早。音乐也最古。唯今日的爱尔兰音乐，因为地方的音乐都已变成英伦风，被阻碍了发达。又近代的爱尔兰，非常受压迫，常常盼望着独立的机会。故音乐也有忧愁悲惧的情趣，又常有讥讽的笑骂，即使最愉快的酒歌中，也表现着无限的悲与苦恼。爱尔兰特有的舞踏名曰 gig〔吉格舞曲〕。

（乙）惠尔士〔威尔士〕的音乐。惠尔士也有游历诗人（band）。但这等游历诗人都受教育于爱尔兰。故乐风大半是爱尔兰的。十三四世纪时，惠尔士游历诗人非常得势，英王爱德华一世虑其放任，宣布禁止游历诗人的法律。后来到了亨利四世的时候，有 Owen Gayndwe 者，指挥游历诗人，发起革命，终于失败。游历诗人势力次第衰微。代起者有音乐竞技会（eisteddfod），为音乐史上重要的事实。然惠尔士固有的音乐，今日残留的极少；即有残留的，也没有多大的特征了。

（丙）苏格兰的音乐。苏格兰所保留的固有的音乐，在英国为最美。特别是旋律与节奏的无匹。此国有名诗人 Robert Burns〔罗伯特·彭斯〕，曾作许多美丽的诗，以合于古来的民谣的旋律上，使之流行。例如 *Bonnie Doon*, *Comin' Thro' the Rye* 等便是。还有诗人 Walter Scot〔沃尔特·司各特〕，作《湖上美人》（*Lady of The Lake*）及其他各诗，合音乐为歌谣。苏格兰有特别乐器叫做"风笛"（bag pipe）。风笛有一风袋，四管，及一吹口，荷袋于肩而吹奏。发音很简单，只能出无半音的五段音阶（pentatonic）即只有 do，re，mi，sol，la 五音。用五段音阶而作的歌谣曲，例如名曲 *Auld Lang Syne*〔《友谊地久天长》〕便是。

（丁）英格兰的音乐。英格兰自昔为政治中心地，与德、法、意诸国交通甚数；又时受外国侵略，故其音乐也都受法、意、德的影响，已差不多没有自己的特征了。勉强找求，谭歌（ballad）底盛行算是英格兰音乐的特征。又爱国的歌也不少，例如有名的 *God Save the king*〔《天佑吾王》〕，及准国歌 *Rule Britania*〔《不列颠万岁》〕等是。

六　南欧的音乐

南欧的意大利与西班牙音乐，是充满热情的南国音乐。像 mandoline，guitar 等感伤的乐器，特别适合于南国音乐。然同是南国，意大利音乐与西班牙的又不同。意大利音乐发源西洋，西班牙音乐多从他国（尤其是东洋）输入。意大利音乐是旋律的，西班牙音乐是节奏（尤其是东洋风的节奏）的。意大利音乐是抒情的，西班牙音乐是叙事的。意大利音乐是歌的音乐，西班牙音乐是舞的音乐。

（甲）意大利的音乐。富有阳光与美与传统的意大利，当然是世俗音乐盛行的国土。世俗音乐重旋律。故意大利音乐是旋律的音乐。在音乐上，节奏是男性的，则旋律可说是女性的。故意大利音乐可说是女性的。意大利的歌，大概是阳光、美、女、兴的抒情的旋律。女性的、旋律的，又抒情的意大利音乐当然要以歌剧（opera）为主。意大利歌剧，也全是旋律本位的、华丽的、sentimental〔感伤〕的音乐。故歌剧是意大利的特产。还有，serenade〔小夜曲〕与barcarolle〔船歌〕两种小曲也是意大利底特产。serenade即小夜曲，大都是夜间在恋人的窗下歌唱的音乐。例如 *Maria Mari*，便是代表的。barcarolle即棹歌，例如gondola〔贡多拉〕船歌，是特别有名的。

（乙）西班牙的音乐。西班牙地处交通要路，与各国的交通往来频繁，故其音乐中混合着各种地方的特色，其中最著的是东洋的色彩。音乐上所谓东洋的色彩，东洋的音阶与西洋的不同；东洋音乐多华丽的装饰与特异的节奏。西班牙音乐底多华丽的装饰与特异的节奏，在世界可称第一。

西班牙乐器，以guitar为最有名。其乐曲以舞曲为最多。例如jota〔霍塔舞曲〕，bolero〔波莱罗舞曲〕，seguidilla〔塞吉迪亚舞曲〕，fandango〔凡丹戈舞曲〕，habanera〔哈巴涅拉舞曲〕等，都是有名的舞曲。

七　东欧的音乐

东欧只有匈牙利一国，匈牙利，普通看作和奥国并在一块的，但在音乐上，却全然独立，因为奥国差不多是全由德国人组成的；匈牙利由六七种人种混合而成。故其音乐有特别异的性质，和奥国全然不同。匈牙利本是亚洲人侵入欧洲而建设的。故匈牙利音乐中，也混着一种东洋的色彩的分子，与西班牙相似。匈牙利音乐一方面是亚细亚式的技工的装饰的，同时他方面又是非常的近代的。

匈牙利的音乐的特产，有所谓Gypsy band〔吉卜赛乐队〕

的游艺乐人的团体。这团体在匈国到处皆有。其所用乐器为 violin 和 combalon（打节奏的乐器）。

匈牙利音乐大家甚多。其最有名的，为 Liszt〔李斯特〕。Liszt 底杰作《匈牙利狂想曲》(*Ungarische Rhapsodien*) 就是匈牙利音乐底艺术品化。

八　美国的音乐

美国是新造国，故特殊的音乐完全没有。强求其特征，只有美洲土人的民谣及黑人的歌。然而也无何等的特征可言。故美国，从音乐上看来完全是很幼稚的。惟可注意的，美国因为很有钱，故世界有名的歌手和演奏者，皆集于其地。美国人以此为夸。舍此以外，美国在音乐一无所长。连他们自己的民歌国歌都是他国人作的。例如 *Yankee Doodle*〔《扬基歌》〕是德国人所作，*Hail Columbia*〔《嗨！哥伦比亚》〕是英国人所作。

故美国的音乐，只有土人的民谣勉强可说是其特征。美国的作家，知名的只有一人，即 MacDowell〔麦克道威尔〕。从波海米亚来美的作曲家 Dvořák 所作的《新世纪交响乐》〔《新世界交响乐》〕(*New World Somphony*)，和美国作家 MacDowell 所作的《从印度人之舍》(*From an Indian Lodge*)，就是把美国土人的民谣取入艺术的作品中的。

一九二五年五月在乐盛里四号

《子恺漫画》[1] 题卷首

一九二〇年春[2],我搭了"山城丸"赴日本的时候,自己满望着做了画家而归国的。到了东京窥见了些西洋美术的面影,回顾自己的贫乏的才力与境遇,渐渐感到画家的难做,不觉心灰意懒起来。每天上午在某洋画学校里当 model〔模特儿〕休息的时候,总是无聊地燃起一支"敷岛"[3],反复思量生活的前程,有时窃疑 model 与 canvas〔画布〕究竟是否达到画家的唯一的途径。

愈疑虑不安,愈懒散无聊。后来上午的课常常闲却,而把大部分的时光消磨在浅草的 opera〔歌剧〕馆,神田的旧书店,或银座的夜摊里了。"尽管描也无益,还是听听看看想想好。"每晚只是这样地自慰。

金尽了,只好归国。归国以后,为了生活的压迫,不得不做教师。在飘浪生活中过长久了,疏懒放荡,要板起脸来做先

---

[1] 《子恺漫画》系 1925 年上海《文学周报》社出版(后又由上海开明书店于 1926 年 1 月出版)。

[2] 应作 1921 年春。

[3] 日本一种香烟牌子名。

生，实在着力得很。我常常萦心在人生自然的琐事细故，校务课务，反不十分关心。每当开校务会议的时候，我往往对于他们所郑重提出的议案茫无头绪，弄得举手表决时张皇失措。有一次会议，我也不懂得所议的是什么。头脑中所有的只是那垂头拱手而伏在议席上的各同事的倦怠的姿态，这印象至散会后犹未忘却，就用了毛笔在一条长纸上接连画成一个校务会议的模样。又恐被学生见了不好，把它贴在门的背后。

校长经亨颐 　　　夏丏尊 　　　丰子恺

朱自清 　　　匡互生

刘薰宇　　　　　冯三味

这画惹了我的兴味，使我得把我平常所萦心的琐事细故描出，而得到和产母产子后所感到的同样的欢喜。

于是包皮纸、旧讲义纸、香烟簏的反面，都成了我的canvas，有毛笔的地方，就都是我的studio〔画室〕了。因为设备极简便，七捞八捞，有时把平日所信口低吟的古诗句词句也试译出来。七零八落地揭在壁上。有一次，住在我隔壁的夏丏尊先生偶然吃饱了老酒，叫着"子恺！子恺！"踱进我家来，看了墙上的画，嘘地一笑，"好！再画！再画！"我心中私下欢喜，以后描的时候就觉得更胆大了。

我的画最初在《我们》[1]上发表。今春又屡载在《文学周报》上。现在又从了友人的劝，出版了这小册子。没有画的素养而单从"听听看看想想"而作的画，究竟成不成东西，我自己也不懂，只好静待大雅之教。在这里，对于这等画的赏识者

---

[1] 指上海亚东图书馆 1924 年 7 月出版的《我们的七月》。

奖励者及保护者的我的先生夏丏尊,友人郑振铎、朱佩弦〔朱自清〕、俞平伯、刘薰宇、方光焘、丁衍镛诸君,谨表私心感谢之意。

一九二五年黄花时节,子恺在江湾

漫画浅说[1]

近来西洋画界中有"漫画"的一种新流行,特别盛行在法兰西艺苑中,虽未被确认为现代艺术底一种代表物,但因为他有一种魅人的力,充盈在画面上,牵惹观者底心目,故在西洋画坛上竟占有一个特殊的地位而别开一新面目。最近此风已蔓延及日本,新起的漫画家甚众,社会对于漫画的评判甚好。漫画底表现,漫画底艺术的价值,及在绘画界的位置,究竟如何?自然是我们现在最有兴味的一种研究了。

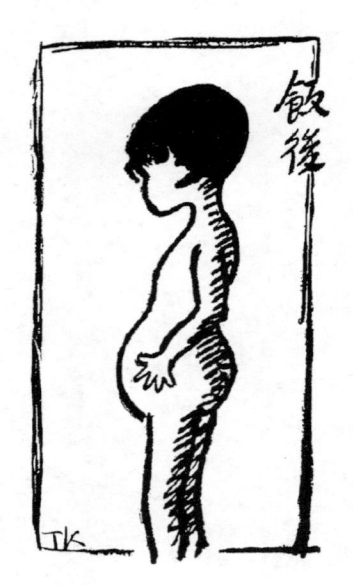

漫画是白和黑(white and black)的画,表现的工具很简单。不要长时间,不要颜料及画布,也不要别的复杂特别的设备。只要一片纸,一管笔,费几分钟的时光,用聊聊

---

[1] 本篇原载 1925 年 10 月 13 日《申报》,原文为句读,标点符号系本书编者所加;又载 1925 年 11 月 10 日《小说月报》第 16 卷第 11 号,附漫画三幅。

数笔来表现自然人生的一种活跃姿态。力强、明晰、潇洒、即兴的表现,诗的趣味,实为庞大的油画水彩画等所不能致。看了法国 André Rouveyre 的漫画肖像,Félix Vallotton 底漫画现代描写,日本竹久梦二的抒情小品,使人胸襟为之一畅,仿佛苦热中的一杯冷咖啡。漫画给我的憧憬比一切艺术给我多,假使不妨以自己的好恶为艺术批评的标准,我定要说漫画是现代艺术的最精彩的产物。

从来西洋画底共通的特色,是写实风的剧的趣味,而其缺点便是写实的分子底过甚。东洋画以诗趣胜,贵逸致,然其缺点也便是疏阔之过甚。剧的分子过甚的艺术品使人发生苦重之感,同时疏阔过甚的艺术品也有空虚的缺陷。漫画则以西洋画的布局为基,而施用东洋画的直截明白的办法,兼有二者之长。漫画虽然是黑白两色的简单的绘画,但其根本筑在这样的一个特殊的基础上面,故能在画坛上占有特殊的位置。漫画底艺术的真价,请略述如下:

黑白分明,是漫画的特殊的表现手段,不用别种颜色,单以黑白两色为表现工具,结果漫画所描取的必是强烈明显的大调子。换言之,即人生自然的强明的印象,彼色彩复杂的油画,调子周详的木炭画,所表现的固然精到,但在"力强"与

"直截明白"的点上,终不及黑白两色的简单的表现的漫画。黑白两色的描写,在油画木炭画仿佛是日本所谓"下涂"(ground work)或大调子,即最初起草的稿底,下涂或画稿,另有一种疏淡洒落的妙处,为已完成的画所不备,这是作画的人所常常感到的事实。因这理由,未完成的(unfinished)诗慨契〔速写〕(sketch)有特别的风味,在近代绘画上竟成了一种新的式样,而列入近代的绘画展览会,采取这点"未完成"的妙处而正式造成一种绘画样式的,就是漫画。我们在生活中,不断地感到人生的美与悲痛,把人生的美与悲痛,用力强的黑和白(white and black)来直截痛快地表出。在作者何等快慰,而在观者何等刺激与憧憬,艺术,(像 Taine 所说)是性格的追求,真艺术底特征,便是性格底描出,漫画底艺术的真价,就在于他能力强地描出自然人生的性格。

所以漫画之道,是用省笔法(simplification)来迅速地描写灵感(inspiration),仿佛莫泊三〔莫泊桑〕的短篇文,捉住对象的要点,描出对象的大轮廓,或只示对象底一部而任读者自己悟得其他部。这概略而迅速的省笔法,能使创作时的灵感直接地自然地表现,而产出"神来"的妙笔,一方又现省笔

的描写，凭观者想像其未画出的部分，故含蓄丰富，而画意更觉深邃。

  法国漫画家 Rouveyre 与 Vallotton，皆以善画人物性格表情著名。R 氏擅长漫画肖像，特别多画巴黎著名妇人，或女优之颜貌，观察敏锐，描写刻划，每一颜面必表出一种心状的象征。巴黎女子一经 R 氏之笔，无不变成奇物。V 氏善画群众，能用极简省的手法作表情不同的许多颜面，而各具有特殊的性格。日本漫画家竹久梦二与中村不折所作，富于诗趣，东洋的风味更为浓厚。关于各家作品的鉴赏，俟别的机会当再为读者论述之。

十四年〔1925〕双十节前晚在立达学园

《音乐的常识》序 [1]

音乐是感觉的艺术,似乎用不到理义的说明。但倘不具备像音的构造、曲的形式、演奏的方式、作家的历史等机械的知识,鉴赏与创作也就不行。这一点就是本书的价值,也就是本书对于读者的贡献。

翻阅这书的原稿的朋友,都说这"常识"的范围太广。是的!在音乐的黎明时代的我国,这书似乎是专门的了;在机械的分业制度的信徒,当然不会承认这是一般人的常识的。然而"人的生活"何等地高而且广!假使我们没有多方面的常识,何能全般领略这高泛的"人生"的趣味呢?近代生活日趋复杂,近代艺术益形综合。像组合绘画、建筑、演剧、舞蹈、文学、音乐而综合表现的,Wagner〔瓦格纳〕的乐剧(musikdrama),没有对于各种艺术的充分的常识的人就不得完全地赏鉴。从这点看,本书真不过是音乐知识的 ABC〔基础知识〕罢了,称为常识恐怕还是夸张的。我敢把这意见比这册书更热诚地奉献于我的读者。

---

[1] 本篇选自上海亚东图书馆《音乐的常识》1925 年 12 月初版本。原序名 *PRELUDE*。

本书之编成，有赖于田边尚雄、山田耕作、小松耕辅、大田黑元雄、前田三男、马场二郎、门马直卫诸君的音乐著述的地方实多，谨此志谢。又对于印行本书，为本书详细校勘的亚东图书馆诸君表示感激之意。

一九二五年岁晚著者在江湾立达学园

《音乐入门》序[1]

这原是我给立达学园初中一年生的音乐讲义。因为它在程度上是读《音乐的常识》(亚东图书馆出版)的准备,且在《音乐的常识》中曾经预告,故现在就把讲义稿子付印了。

这虽然是我给立达学生的讲义,因为我编《音乐的常识》时曾屡屡感到在音乐独习者应该有这样的一册书的必要,故说述上特别委细一点,取自修书的体裁。希望与《音乐的常识》先后衔接。一并装饰于我国爱好音乐的姑娘们与青年们的书案上。

开明书店执事人章锡琛先生的好意,为本书于学期开始即刻赶印,使我以后可免了每学期在油印的蜡纸上画插图的烦劳,而安然地敷衍我的钟点,私心感谢得很!谨志之于此。

子恺

一九二六年地藏诞[2],迁住缘寓[3]之次日

---

[1] 《音乐入门》系 1926 年 10 月上海开明书店初版。本篇据 1928 年 9 月第 4 版本。原序名 *PRELUDE*。

[2] 地藏诞为农历七月三十日,1926 年七月三十日即公历 9 月 6 日。

[3] 缘寓指上海江湾永义里住宅。缘缘堂名称得于 1927 年,可见此句是在 4 版本中加注的。

音乐与文学的握手 [1]

音乐在其诸姊妹艺术中,具有一种特性,即其表现的抽象性。别的艺术,如绘画、雕刻、文学、演剧等,必描写一种外界的事象,以为表现的手段,例如绘画与雕刻,必托形于风景人物的形色;文学与演剧,必假手于自然人生的事端。音乐则不然,可不假托外界的具体的事象,而用音本身来直接搅动我们的感情。绘画的内容有人物、山水等具体的物象,文学的内容有恋爱、复仇等具体的事件,音乐则除随了演奏而生起的感情以外,茫漠而无可捉摸,全是抽象的(舞蹈虽也有此特性,但因为表现的工具的关系,远不及音乐的雄辩)。其次的特性,例如音乐演奏后立即消失,不似造形美术或文学的可以永久存在。但这易消失性不是现在的论点所在。

音乐有这个抽象性,故近世以前的音乐,都是用纯粹的音来表现致密的感情,而不含有客观的描写的,这等音乐名为"纯音乐"("pure music"),或名为"绝对音乐"("absolute music")。绝对音乐盛行于裴德芬〔贝多芬〕(Beethoven)以前,当时所最讲究的宫廷音乐"室乐"〔室内乐〕("chamber

---

[1] 本篇选自《艺术丛话》。原载 1927 年 1 月 10 日《小说月报》第 18 卷第 1 号。

music"),就是最优秀的绝对音乐。

十九世纪中叶,裴德芬扶绝对音乐出了象牙塔,即企图用音来描写外界事象,使音乐能像文学地描写具体的物象,诉述具体的事件,这音乐名为"内容音乐"("content music")。其中最进步的,即所谓"标题音乐"("program music"),就是在乐曲上加以文学的题名,使听者因题名的暗示而在乐曲中听出像小说的叙述描写来,故又名"浪漫音乐"。这浪漫乐派由裴德芬始创之后,法兰西的陪辽士〔柏辽兹〕(Berlioz),匈牙利的李斯德〔李斯特〕(Liszt)接踵而起,努力研究音乐的人事描写,作出许多的"交响乐诗"。他们都是标题乐派的急先锋,中间人才辈出:像把贵推〔歌德〕(Goethe)的诗来音乐化的修陪尔德〔舒伯特〕(Schubert),作歌剧《中夏之夜的梦》〔《仲夏夜之梦》〕(*Midsummer Night's Dream*)的孟檀尔仲〔门德尔松〕(Mendelssohn),作《夜乐》〔《夜曲》〕的晓邦〔肖邦〕(Chopin),作歌剧《浮士德》(*Faust*)的修芒〔舒曼〕(Schumann),均是标题乐派的巨子。到了华葛拿〔瓦格纳〕(Wagner)的乐剧,就达音乐表现的最后的目的,歌剧曲能脱离歌词而有独立的价值,即音乐具有文学的表现力,能不借歌词而自己描写具体的物象,诉述具体的事件,故评家称内容音乐为"音乐与文学的握手"。

渺茫无痕迹的音怎样能像文学地描写物象,诉述事件呢?德国乐家许德洛斯〔施特劳斯〕(Strauss)曾经说,将来最进步的描写音乐定能明确地描出茶杯,使听者很容易区别于别的银杯或饭碗。这也许是奢望,但音乐的描写事象,确是有种种的方法的。我在习音乐的时候,也曾常常在乐曲中发见明确地描现事象的旋律句,即所谓"乐语"("music idiom, music language"),觉得真同读诗词一样,屡屡想综合起来,系统地考察音乐的文学的表现,即描写事象的方法,苦于材料与识见两俱贫乏,徒然怀着虚空的希望。近来读了日本牛山充的《音乐鉴赏的知识》,觉得其中有两章,论述音乐的感情与音乐的诉述的,详说着音乐描写的原理及方法,说理平易,绝少专门语,很适合于音乐爱好者的我的胃口,就节译出来,以供爱乐诸君之同好。这两章对于他章全然独立,而又互相密接,摘译之,似无割裂之憾。

牛山氏的《音乐鉴赏的知识》,据其序文中说,其说述顺序及大体材料是依据 D. Gregory Mason〔格雷戈里·梅森〕氏著的 *A Guide to Music*〔《音乐入门》〕(一九二三年纽约出版),又适应日本人的读者的程度而加以取舍的。原书我没有买到,但我读过牛山氏的许多音乐的著述,觉得都很好;又想音乐在西洋发达较早,原书或者还要专门一点,反而够不上我国一般人的理解,经过日本人牛山氏的删节的,倒是适合我国读者的胃口,也未可知。

在译述以前,我还有几句题外的话要说:我不是音乐家,也不是画家,但我欢喜弄音乐,看音乐的书,又欢喜作画。我近来的画,形式是白纸上的墨画,题材则多取平日所讽咏的古人的诗句词句。因而所作的画,不专重画面的形式的美多,而宁求题材的诗趣,即内容的美。后来摹日本竹久梦二的画法,也描写日常生活的意味,我的有几个研究文学的朋友欢喜我的画,称我的画为"漫画",我也自己承认为漫画。我的画虽然多偏重内容的意味,但也有专为画面的布局的美而作的。我的朋友,大多数欢喜带文学的风味的前者,而不欢喜纯粹绘画的后者。我自己似乎也如此,因为我欢喜教绘画与文学握手,正如我欢喜与我的朋友握手一样。以后我就自称我的画为"诗画"。

音乐与诗,为最亲近的姊妹艺术,其关系比绘画与诗的关系密切得多,这是无须疑议的,所以我觉得音乐美与文学美的综合,比绘画美与文学美的综合更为自然,更为美满。我欢喜描写贵推(Goethe)诗的修陪尔德的歌曲(Lieder),合上莫亚〔穆尔〕(Thomas Moore)诗的爱尔兰民谣,又欢喜描写神话、史迹、莎翁剧,以及人生自然的一切的浪漫音乐,因为接近这种音乐的时候,使我仿佛看见热情地牵着手,互相融合,而又各自争妍的一对姊妹的丽姿。

上　音乐的感情

诸君在音乐会席上,定然注意到演奏行进曲舞蹈曲等的时候听众有的摆头,有的动手,有的用皮鞋尖头在地板上轻轻按拍的状态,诸君自己或者也要不知不识地动作起来,而感到这规则的运动的愉快与昂奋。即使诸君中有极镇静的人装着威严而不动声色,或妇人们态度稳重,绝不使感情流露于外,但是诸君的心中,定是颤动着的吧!诸君因了与音乐发生同感,定然筋肉紧张或收缩,或竟要立起来跳跃,不过诸君都沉着郑重，故不起来跳舞而守着静肃，只是略略点头或用手指足尖轻轻按拍，无意识地表露一点心的颤动就算了。但诸君的心中仍是跳舞着，凝神于摇荡似的音乐的时候的舞蹈的愉快的昂奋之感，充满在诸君的心中。

就这种实例一想，就可了解一切音乐在我们的心里唤起种种感情时的方法，又可知道音乐与别的静止的艺术，例如绘画、雕刻等，诉及我们感情时的办法全然不同。除了像康定斯基（Kandinsky，1866—〔1944〕，俄国构图派画家首领）等的特殊的作品以外，普通的绘画与雕刻都是借了在我们的心以外的形而表现的，我们先就所画的或所雕的物象、物体——假定是一群兵士向敌阵突击之状——而着想。那物象所暗示的活动、勇气、冒险等感情，只是在看了、想了之后徐徐地在我们心头浮起来的。批评家名这种表现为"客体的"，即"客观的"表现。因为这是离开客体，即客观的对象而引导我们向这等对象所唤起的一切感情去的。

回头来看音乐，音乐并不指示我们以一种确定的事物。就是军队行进曲，也不描出某种特殊的战斗的光景。音乐全然向反对的方向动作，最初就立刻来搅动我们的感情，在我们还没有分晓怎样一回事或为什么原故的时候，已投给我们以一个强烈的心的印象，直接地动作及于我们。就是与绘画和雕刻的情形不同，而使"主体"的人受着作用。这"主体的"即"主观的"昂奋，再在我们的心中唤起确定的观念的也有。但这等观念，不是像在绘画雕刻地第一次就来，而是第二次来的，音乐的职能，必是"第一使我们心中感得妙味"。

要了解单纯的音响怎样力强地搅动我们的心而使之昂奋，只要一想从感情到运动的一步何等短小，及感情与运动因此而在我们的心中何等密切地联系着的二事就可明白。诸君中无论最年长的，又最沉着的，不易为物所动的人，也定然记得儿时闻得一种吉利的报知时的拍手或跳跃的欢喜。我们的喜悦的感情，是一定要找到这个叫做"身体的运动"的喷火口而发出的，即使找不到，这感情终是像塞住火口的火地濒于爆发，犹之所谓抑制强烈的感情，必致"胸膛破裂"。所以包藏孩子的心在成长的身体中的野蛮人，动辄跳跃舞蹈，活泼地运动他们的身体，以表现其喜悦的感情。舞蹈一事，在精力旺盛而健康完全时的人的运动上是极自然的感情表出的形式。从来社会的习惯以这样的赤裸裸而听其自然的感情表现为下品，为粗野，在大庭广众之中怕被人笑，所以即使在鲜丽晴明的春晨，看见花的笑、鸟的歌、蝶的舞、花的飞，也有人两脚胶着在地面，两手黏着在股旁，而雕像似地无表情地在花下运步。

在这意义上，运动倘是活泼愉快的感情及幸福的心地的极自然的伴侣，那末即使这等运动只是暗示而不曾实行，但这等感情如何在心中唤起，可以容易看出了。听了行进曲或 toe step〔足尖舞步〕的节奏（拍子）的音乐，我们感到几欲与音乐一同行进或跳舞的强烈的冲动。正在教室里上课的时候听得远方嘹亮地响着勇壮的行进喇叭，几欲立起来与他们合了步调而一同进行。在曾经军队生活的人，更觉得这冲动有强的诱惑的魅力而直迫向人来，又在旅馆中正在与远来的客人谈话之间，客堂中有结婚式的举行，发出美丽的乐音来，听到孟檀尔仲（Mendelssohn，十九世纪德国浪漫乐派作家）或华葛拿（Wagner，十九世纪中德国乐剧建设者）的《结婚进行曲》，或舞蹈场里的华丽的圆舞曲（waltz）及阳气的 toe step 把诱惑的声送到耳边来的时候，想同去跳舞的冲动就立刻要我们抬起头来。我们与这冲动相战，竭力做出平静来。真个不得已的时候就像前面所述地点头，或用指头轻轻按拍。就此一点行进及舞踊的运动的轻微的模仿，我们也已得拿联想这等运动的昂奋、精力，及生的欢喜等感情来充塞他们的心了。听舞蹈曲或行进曲，可使人得到与实际的舞蹈，实际的行进同样的昂奋之感，而起勇壮的心情。

　　反之，心中抱着悲哀的时候，我们急速的动作，活泼有力的运动都不为了。一种心的疲劳的悲哀，使我们的一切动作重浊起来，钝起来，不愉快起来。其结果我们在心中把这种徐缓的动作和悲哀连结起来，恰好与把急速的运动与喜悦连想同样。所以暗示缓慢的动作的音乐，例如送葬行进曲（funeral march），会立刻陷我们于哀伤的情调中。

　　然悲哀的感情，不仅表现于身体的运动，或主在身体的运动上表现，却多变了声的呻吟及号哭而表现。因此我们在音乐的表现上又得了别的一个要素。与喜悦的感情变了身体的运动而自然地表现同样，悲哀的情调变了号哭及哀泣而表现，原也是极自然的。谁也惯见的实例，是极幼小的婴儿的大声啼哭，及野蛮人的对于葬仪的单调的歌，指示音乐怎样暗示运动，比较起教人会得音乐怎样暗示这种号泣声来略为困难一点，但诸君热心地倾听力强的感动的音乐之后在咽喉中感到一种疼痛的疲劳,是常有的事吧。那末只要按卷一想,就可了解歌谣风的音乐的给我们以几欲自己歌唱的冲动,与舞蹈风的音乐的给我们以要自然地合了拍子跳舞的冲动是无异的。在无论哪一种情形之下我们都有想要模仿,或自己也照音乐所指示的去做的倾向,我们虽竭力防止其陷于模仿,但实际上怀抱与实行同样的"感觉",是无从禁止的。

以上所述的要点,摘录如下:

(一)音乐上的喜悦的表现,主由于用力强的 accent〔重音〕来暗示我们欢喜时所作的身体的运动。但

(二)这等身体的运动只是暗示,不是实行的。

(三)音乐上的悲哀的表现,主由于用音的抑扬来暗示我们的悲哀时所作的号泣。但

(四)这等号泣只是暗示,实际是不发的。

这喜悦的表现与悲哀的表现,是音乐的两种要素。前者可称为"舞蹈的要素",后者可称为"歌谣的要素"。兹再分述两种要素在乐曲中的表现方法,及用协和音或不协和音的表现方法于下。

一 舞蹈的要素

看到了音乐上这两个音乐的要素,又详知了音乐行于事实上的情形,以及音乐与使我们感到的感情之间的关系如何密接,我们就不得不惊叹了。例如极迅速的运动必使我们的心情

昂奋。因为极迅速的运动是非常的，故往往有听了突进似的 allegro vivace（疾迅快速调）之后，虽立刻保持平静的态度端坐在座上，而仍抱着气息郁结似的感情的。缓和、平等，堂堂的进行（拍子）给人以悠扬与沉着的感情，或充塞我们的心胸以壮大的感情。规则整齐的运动，即一切音长短相同，无论何物都不能抵抗似的步武堂堂的进行，例如却伊可甫斯奇〔柴科夫斯基〕（Tschaikowsky，俄罗斯现代乐派大家）的《悲怆交响乐》（Pathetic Symphony）的雄壮伟大达于极点处，给我们以一种压倒的势力的印象。徐徐地增加速度的所谓 accellerando（渐急），必是刺戟的，激励的，ritardando（渐缓）通例多镇静的，安息的。但须注意，有时运动的徐缓化是镇静的正反对的，颇有兴味。例如到了长的顶点的终了速度忽然悠扬，变成堂堂的态度。何以有这样的感觉？因为这样的悠扬不迫的态度，在极真挚的时候我们用了沉着和从容而临事，这悠扬的态度便是暗示平静与沉着的。

二 歌谣的要素

再考察表现的歌谣的要素时，先要晓得下面所述的一般的规则的事实：即我们用自己的声来发音时的必要的努力愈大，无论其音怎样发出，在我们的感情上就愈加昂奋而激励。所以强的音比弱的音愈加激励的，高的音比低的音愈加鼓舞的，何以故？因为大且强地歌唱，比微弱地歌唱需用更多的气息，故胸廓筋肉的活动的要求更多；又高歌时声带的紧缩必比低歌多，故牵动声带的筋肉的活动的要求也更多。弱声渐渐地加音量而使之强大起来的 crescendo（渐强唱或渐强奏），必泼剌而有鼓舞听者的精神的力；反之，力渐渐减小起来的 diminuendo（渐弱唱或渐弱奏），必有镇静人心的作用。通例顶点（climax）半用渐强唱（渐强奏），半用愈升腾愈高的旋律作成；反之，"沉下"半用渐弱唱（渐弱奏），半用渐次降低的旋律作成。

更进一步，旋律突然升腾或下沉，即飞跃，有比一度一度地徐徐上行或下行更强的表现力。所以循音阶而升降的旋律，没有像大步跳跃的进行那样的显著的表现力，而在我们心中唤起比后者更为静稳适度的感情。*Dixie*〔《迪克西》〕比 *Yankee Doodle*〔《扬基歌》〕（二者都是美国民歌并载在一般唱歌所通用的 *101 Best Songs*〔《101 首最佳歌曲》〕中）富于元气，法兰西国歌比英国国歌多含锐气，也全是这个理由。搜集许多性情各异的作家的旋律，来检验活泼的活动的气质的人到底是否比冥想的柔和的作曲家多用跳跃的旋律，定是很有兴味的事。恐怕拥着绝伦的气力与精力的裴德芬（Beethoven）必是多作大胆的轮廓的旋律的。在现代，据说许德洛斯（Richard Strauss，1864—〔1949〕，德国现代国民歌剧家）的旋律中飞跃之多，恰好比蚤虱。

三 表现方法的协和音与不协和音

二个或二个以上的音同时鸣出而能融合，听起来觉得滑润的，为"协和"（consonant）；反之，各音不能互相混和，粗硬、锐利、溷浊地响出的，为"不协和"（dissonant），do 与 mi 是协和的，do 与 re 是不协和的。普通音乐上常避去不协和音，但近代音乐上却很多地使用了。何以近代音乐多用不协和音？有种种的理由。其中一个理由就是为了要使表现力强大。

不协和音在哪一方面是表现的呢？大约可举下列的全然不同的二方面。第一，强的不协和音实际上都是刺痛我们的耳的，我们立刻在心中把它与苦痛的感情及思想连结，所以用不协和音，可使悲哀的音乐或悲剧的音乐非常雄辩起来，感动力强起来；在某种情调的时候，我们的耳不喜听协和音而反喜听不协和音，恰好与我们的心欢喜悲哀同样。因了这样的理由，所以裴德芬的《英雄交响乐》（*Symphony Eroica*）中最伟大的一处顶点用像下图所示的粗暴触耳的和弦来结束。

倘单奏这一段，使人只觉得不愉快，但放在英雄交响乐的激动的第一乐章中的正当的地方而演奏起来，就使人感到这音乐的激烈的热情用了别的一切所不及的强的力而闯入听者的胸臆来。

裴德芬作《英雄交响曲》

第二，倘能明白感得二个以上的旋律相并而自由进行而其结果自然地生出不协和音来，听者的注意就集中在这等旋律的差异上,其音乐的表现力就更强。举浅近的例来说,无论哪个家庭,任凭何等地琴瑟和谐,倘然夫妇之间或其家族的各方面都有个性,总不会有经常不断的完全的调和的,如果有绝对的和平永远继续下去,人生恐怕已平凡乏味得极了,乐曲好比一个家族,其中的旋律是各有特独的性癖的一员,故二个以上的旋律一同进行,是必然要起一点冲突的,这冲突名为"不协和音"。过于剧烈的冲突,自然不好,这点在家庭也如是,在音乐上也同理,但这不协和音稍粗暴一点的时候,就可使音乐的效果非常地强,这是什么原故呢?因为这不协和音能显出各旋律的独立性,使各旋律的特性——差不多可说是个人性——彼此对照而力强起来,这等不协和音有时在音乐中只添一点异味而使之有趣,有时又往往赋音乐以可惊叹的强与粗刚的力。

下面的图中含着一点妙味的不协和音。这是有名的歌剧《嘉尔曼》〔《卡门》〕(*Carmen*)的作者比才(Georges Bizet,1838—1875,现代法兰西歌剧家)的有名的管弦乐组曲《阿尔尔之女》〔《阿莱城姑娘》〕(*L'Arlésienne*)中的一节。

右手弹的（即上面一行）二个旋律，在管弦乐是用两个笛吹奏的，左手弹的（即下面一行）伴奏部，是用弦乐器演奏的。试先拿最上方的旋律来与伴奏一同弹奏，次拿第二个旋律来与伴奏一同弹奏，可以听出两种合奏都是很融合的。以后再拿两个旋律来与伴奏一同弹奏时，就听到在附星印＊的地方所起的不协和音非常粗硬触耳，但是要注意，这不协和不但是许可的，正因为有这不协和音，而两个旋律的差异点得更显著地分明地响出，在全体的效果上看来反而是有愉快的感觉的。比方起来，这犹之恋人间的口角，只是一刹那间的事。骤雨后的风光更加明媚似地，结局反而使想思的二人互相坚加其对于对手的爱与恋。

会议中的议员各重自己的职分，热心地主张自己所认为可的意见的时候，这会议就带生气，有时弥漫着杀气似的力。反之，像在有一种妇人会中所见，有的各作上品妇人的态度，没有主张自己的意见的热诚，有的没有怀抱着主张的意见（个性），只是举止闲雅，态度驯良而盲从别人的，骤见好像完全调和，其实是无人格的偶像的默从与盲从，生气当然没有，趣味也一点看不出。乐曲中的旋律的进行也与这同样。各自专念于自己的任务，用了非常的生气而前进的二个以上的声部的进行曲中自然地生起的不协和音，往往给音乐以有如动物的强大的力。这样效果在耳上听起来或者觉得苦，也未可知，但在心中是极刺激的。今从现代最大的作曲家之一人许德洛斯（Richard Strauss，1864—〔1949〕）的作品中摘取下图的一例，以明证这种效果。

许德浪斯的《英雄的生涯》

在惹起世人是非之议的，他的有名的交响乐诗《英雄的生涯》（*Ein Heldenleben*，1898）中的一个伟大雄壮的顶点（climax）的终结处，他把管弦乐分为三组，怀娥铃〔小提琴〕，微渥拉〔中提琴〕，弗柳忒〔长笛〕，渥薄〔双簧管〕，克拉里耐忒〔单簧管〕，及忒浪湃〔小号〕（violin, viola, flute, oboe, clarinet, and trumpet）诸乐器取如前图（a）所示的泼剌而生气横溢的上行音阶而进行，同时八个以上之多的法兰西杭〔圆号〕（French horn）大声地吹奏如（b）的下行音阶，又忒隆蓬〔长号〕与邱罢〔大号〕（trombone, tuba）皆奏（c）的和弦以为上两者的基础。要把这全体用洋琴〔钢琴〕（piano）弹

奏，是困难的。美逊〔梅森〕（D. Gregory Mason，即本篇所本的 A Guide to Music 的著者）用如（d）的结合形式在洋琴上弹奏，结果得到下列两个可注意的点：即第一，各旋律在许多地方互相"踏踵"，第二，一听懂了这旋律的移动的方法，就可了解因互相踏踵而起的粗杂味能使旋律更加泼刺，进行时的堂堂的威严更加强，而赋予这第一节以无比的光辉和力。

音乐的因了缓急、高低及粗滑等交替而在我们胸中唤起各式各样的同感的心的状态，以及其主要的方法，已在上文中约略研究过。这等心的状态，像上文所述，是不十分确定的。听了勇壮的行进曲而被唤起的力强的生活感时，我感到军队，你连想登山，他想到将军，也未可知。实验的结果，也是十人十色的。所以古来关于音乐执批评论述之笔的人们，大都要悲叹音乐的茫漠。其实，我们的音乐是正唯其有这空文漠漠而毫不示人以可捕捉的地方的不确定性，所以能逞其比别的一切姊妹艺术更强更深地摇动我们的心的奥处的神秘的伟力。别种艺术有特殊的强的表现力时之所以称为接近于音乐者，就是说这艺术失却他的本来的确定性，或确定性稀薄，也就是说接近了像音乐的本性的不确定性。这样的适例，在昔日的卫斯勒〔惠司勒〕（Whistler，1834—1903）的几张画中，近日的康定斯基（Kandinsky）的作画的"构图"中，德意志现代表现派作家的雕刻作品中，均可以看到。别的艺术是借外界的物象的形来表现的，是从外部向内部而作用的。音乐则与之正反对，全不借外界的形，直接从内部向外部而作用。故非"客观的"艺术而为"主观的"艺术。只因其直接诉及于我们的心，故能搅拌我们的一切的感情而使之沸腾，又使我们诚服地把全心身投入其中，与音乐生活，共呼吸，共相调和而营我们的存在。

下　音乐的诉述

音乐艺术的最高形式，是朔拿大〔奏鸣曲〕（sonata），三重奏曲（trio），四重奏曲（quartet）等所谓室乐〔室内乐〕（chamber music），及由交响乐（symphony）的管弦乐（orchestra）所成的纯音乐（pure music），这等当然是在音以外全不假借他物的援助与协力的。音乐所给人的至纯的欢喜，非由纯音乐则无从得到。为歌曲（Lied），则混入词诗（文学）的兴味；更进一步而为歌剧（opera）或乐剧（musikdrama），则在词诗以外又混入背景、舞台装置、优伶的动作、舞蹈、电光变化等分子，故音乐的力因之加强。但听者的注意大部分散在别的要素上，故其所给人的感兴虽可强烈一点，但决不是纯粹从音乐得来的了。所以听了歌曲，看了歌剧而感到欢喜的人倘以为这欢喜从音乐得来，是与吃了葡萄面包或虾仁面而赞赏面的滋味同样的。歌剧借助于歌词的力，剧情的兴味，背景的美，演技的熟练，电光变化的妙巧，仿佛面之借味于虾仁或葡萄；纯音乐则仿佛面的纯味，朴素而深长。

欲叩音乐鉴赏的深处的门而登其堂奥的人，务必向纯音乐而进取。故从纯音乐研究，是音乐鉴赏的向上的门。唯欲通过这向上之门，不是容易的事，不能强求之于一切的人们。又世间有种种的天赋的人，故纯粹的音（即音乐的形式）以外毫无一点依据的纯音乐，在有的人看来觉得像一片绝无岛屿可作标识的汪洋大海。对于这些人们，在朔拿大、四重奏曲、交响乐等形式上的一般的名称以外，有附着解释时作"依据"或"作标识的岛屿"的"标题"（"programme"）的音乐，及用音叙述事情的叙述音乐。但音乐的性质，与用文字、线条、形态来明确地描出事件，再现物体的文学、绘画、雕刻等艺术根本地不同。音乐是以不确定为本性的，故不能像用文字文章的文学那样明了地叙述事件，也不能像绘画雕刻等那样明了地再现事体。所以虽说给它定标题，使它叙述事情，但不能与诗歌或绘画、雕刻相竞技。即不是明了地描写叙述事情，而是因了标题或事情的梗概而用特独的手法来表现作家胸臆中所被唤起的情调、感想，及脑际所浮起的思想的。这样解释起来，这种音乐中也可发见不少的大可欣赏的杰作。但其所给人的感兴，因为不受束缚于标题或事件的梗概而自由听取的事在多数的人们是做不到的，故不能有像纯音乐所给人的感兴的纯粹。但这也是从大体上论定的，只要是纯音乐就都可为最高鉴赏的对象，都配得上严密的艺术上的批评，倒也未可概说。也有离去标题乐的标题，不问所描写的事件的梗概而当作一篇纯音乐听时，反而比真的纯音乐更为优秀的佳作。文学鉴赏家不因作家为 bourgeois〔资产阶级〕或为 proletariat〔无产阶级〕而动摇，不因主义、态度而决定，其作品的艺术的价值必常为决定的要素。在音乐，与在文学同样，鉴赏者也必是用自己的特独的鉴识眼，不，鉴识耳来从一切流派，一切倾向的作品中舍弃瓦砾而拾取珠玉的。

关于标题乐，评家间是是非非的声浪极高。现在只能择其尤者二三，试略述之，给读者诸君以"甚样叫做记述的音乐"的一个大体的概念而止。

在前面所例示的《英雄的生涯》中，许德洛斯用着想象为他的夫人，友朋与敌人的各式各样的新律（即主题）。故其中所指的"英雄"，不外是许德洛斯自己。许德洛斯夫人（Frau Strauss）只在用提琴演奏的一个长的独奏部中被描写着，其中用许多的装饰音符，以暗示夫人的婀娜的神态，作者许德洛斯是确信着在这一节中极明确地描出自己的妻的肖像的。听说他曾对某友人说："你还没有与我的妻会面过，现在（即听了这独奏部以后之意）你就可认识我的妻，你倘到柏林，就可晓得哪个是我的妻了。"许德洛斯又曾说他的别一作品中描写着红发的女子的绘画。前面论述音乐的不确定性时，曾说音乐与绘画雕刻等存在于空间的造形艺术根本地不同，表示艺术家的思想，感情时并不借用一点外界的事物的力，换言之，即音乐不描写外界的物体，也不能描写外界的物体。然许德洛斯却信为音乐的一种言语（即音语 tone language）现在是极确定的，他日一定可以明白地拿茶杯为题而作曲，使听众能区别于别的银的器皿或食器类，毫不感到一点困难。许德洛斯愚弄我们的吧？不会有这样的正反对的事。倘然不是愚弄，音乐真果能像前文所述地唤起种种感情以外又描写叙述物体，而能确信无疑的么？倘然他确信如此，关于这一点的他的思想在甚样的程度内是正确的呢？——这等疑问当然是要在聪明的读者的胸里唤起的吧。

在一种特别的听法的条件之下，及给听者以捕捉意义的一种标识的条件之下，音乐在某程度内确是能暗示外界的物体及事件的。但有二事不得不声明：即这种听法是很不自然的，又在音乐自身以外倘不给以一种标识，即仅用音乐，是不能明确地记述事件的。有了标识，意味就凝集，而能明确地暗示外界的物体；没有这标识，就没有意味，外界的物体或事件的暗示终不确定，今试举一例以说明这要点。

裴德芬的著名的《可辽拉奴斯序曲》〔《科里奥兰序曲》〕

（*Coriolanus Overture*），全曲差不多是由上图的两主题作成的。第一主题（a），是迅速的，不安定地动摇着。因了疾速的进行，与第三四两小节中的跳越的高度（pitch）的关系，这主题就自然地带了一种神经质的不安。不关如此，这力强的终结仍有精力与刚强。第二主题（b）反之，是柔和的，圆满的，温和的。不是朦胧的短调〔小调〕而为明快的长调〔大调〕。且旋律的柔和的弯曲，赋予一种好像诉于这主题的可亲的表现力。倘然我们全然不知关于这两主题的事，而听的时候，不过像前面所述地在我们心中唤起某种的心的状态罢了。而其表现，必定是所谓主观的。听的时候，在不安或憧憬一类的主观的感情以外要是还有他种更确定的东西进我们的心来，那就二人二样，十人十色，因人而各异，恐怕决不会在二人心中发生全同的感觉的。

但裴德芬给这曲定着《可辽拉奴斯》的标题，一晓得这个题，我们就被给了一种寄托我们心中所起的不安之念及莫可名状的可亲的憧憬之心的特殊的某物，不晓得可辽拉奴斯的事迹的人除外，凡晓得这事迹的人，就立刻会明确地推知哪处是表现可辽拉奴斯的，哪处是表现其妻的。可辽拉奴斯（意大利名为 Caio Marzio Coriolano）是沙翁悲剧（一六一〇）中人物之一的有名的罗马将军。以故永为罗马所追放，愤怒而约会敌人，誓扫罗马。举大军，自己亲立阵头指挥，直攻至距罗马五哩的地方，欲一举屠灭之。其母凡都丽亚（Veturia）与其妻伏伦尼亚（Volumnia）流泪谏止，可辽拉奴斯感于母子，夫妻之情而遂罢兵。——我们知道这样的故事。得了这个键，就可借此助力而在第一主题中想象可辽拉奴斯的激烈的复仇心,在第二主题中听出二女性的和泪的哀怨与愁诉。不但如此,通过了全序曲,又可在想象上正确地找出这故事的痕迹来;到了终结处,听到(a)主题速度愈缓,终于完全消失的时候,又可与观书所得几乎同样明确地得到可辽拉奴斯被母妻谏止而非本意地打消攻击罗马的决心的观念。

但现在要注意,单用音乐,是不能如数述出这故事的。即幸有这《可辽拉奴斯序曲》的标题,故得在这序曲中听出这特别的故事来的。假使裴德芬称这曲为《马嵬坡》时,我们将听到第一主题写着杨妃被缢时的凶恶的情景,第二主题写着玄宗辗转思怀时的哀伤的心情了。因为这样,所以说:音乐的最自然又最普通的效果,是在我们的心中唤起主观的情调及心的状态;在音乐中听出我们以外的外界的物体及事件,是由于标题或别的同样物的暗示而来的。虽然如此,但音乐在某范围内,确是能暗示物体,说述事件的。所以现在欲就这音乐表现上的客观的方面而研究之。

一 运动的暗示

据以上的研究,音乐能暗示身体的运动,能唤起与这等运动有联络的感情。与这同样,倘我们不把它结合于我们自身,而使它与外物关联,那时音乐就能暗示在外界的诸种的运动了。裴德芬在他的有名的《牧羊交响乐》〔《田园交响曲》〕的徐缓乐章(第二乐章)中记入"小川畔的风景",就是欲在曲中暗示水的有规则的涟波的运动，其对于旋律部的伴奏都用同长的音的波动华彩。所谓华彩[1]（figure），就是说屡次反复出现的结合的音符的形，有像衣服上的模样的效果，而主观于伴奏部，有时也现于旋律中。像摇篮曲及眠儿歌（berceuse）的伴奏中暗示摇篮的运动，欸乃曲〔船歌〕（barcarole），拱独拉歌（gondola，一种棹歌）中暗示波浪的打合，纺歌中暗示丝车的回转等，都是通曲用这华彩的。裴德芬的《牧羊交响乐》，也有缓慢摇荡的伴奏在第二乐章的大部分继续出现着。孟檀尔仲（Mendelssohn，德国近世浪漫乐派大家）在他的有名的序曲《希伯利地〔赫布里底〕群岛》（*Die Hebriden*，别名《芬格尔的琅玕洞》〔《芬格尔山洞》〕*Die Fingals höhle*，op.26）中，叙述着散在于苏格兰西海中的、以风光明媚见称于诗人墨客间的希伯利地群岛的山光水色，曲中模写着从容地高起来又落下去的洋中的大波。华葛拿（Wagner）在他的乐剧《莱因的黄金》（*Das Rheingold*）的序曲中描写莱因河的涟波，又在他的可惊叹的《火之音乐》中描写红莲的光焰的光景。

小犬或小猫要捕捉自己的尾巴而盘旋，这恐是谁也目击过的事吧。晓邦（Chopin，波兰人，浪漫乐派大家）有一天见了小犬这样回旋着，惹起了感兴，立刻把这运动翻成音乐，所作的就是有名的称为《小犬圆舞曲》（*Valse au Petit Chien*）的变D调〔降D调〕圆舞曲的主题。摘录其重要处如下。

---

[1] 应为固定音型。

旋律部中所现的由四个音作成的华彩的滑稽的效果,大概是谁也听得出的吧。拍子是四分之三的,故一小节内容以四分音符为单位的三拍,其华彩由四个八分音符作成,只相当于两拍,因为一个华彩不能充满一小节,又因为华彩的第一音(即强拍)出现于小节的第二拍(弱拍)之处,或第三拍之处,故发生一种异样的效果。德国作曲家修芝〔许茨〕(Heinrich Schütz, 1585—1672)是以罢哈〔巴赫〕(Bach)的先驱者著名的人,他在"und wälzet den stein"("然后转其石"之意)的歌上配音乐时,用像下图的写真的手法:

二　声音的暗示

我们"客观地"听音乐时，音乐中的歌谣的要素也能暗示他人的声音。似乎有人用话语告白着他的喜或悲地委细地暗示的乐句，常常可以听到。且有时竟可听出其语言的种种腔调。像前举的裴德芬作的《可辽拉奴斯序曲》的第二主题，便是一个好例。在那里面仿佛听到可敬爱的两女性顾念其子，其夫，以及神圣的罗马，而哀诉谏止的言语。注意倾听这如泣如诉的悲哀无极的旋律，似乎可以明白地听出二人的对于将来的希望和悬念。

这用乐句暗示实际谈话的样子的方法的大家，是裴德芬。例如在他的第四披雅娜竞奏曲〔钢琴协奏曲〕（*Piano Concerto op. 58*）的并步调〔行板〕（Andante con moto）中，作出着管弦乐与披雅娜之间的交互的对话又会话的样子。在这乐章中，管弦乐与披雅娜像剧中的登场人物似地各有一种判然的性格。其中管弦乐好像是眼中搜不出一滴泪的无慈悲又残酷执拗的，如鬼的暴君。其乐句是短小的，神经质的，态度是断乎的，好像是对于不许最后的控诉的死刑犯的严肃的宣告。在这等乐句中，似乎有一种可称为暗示人力以上的某力的傲然的高贵性。在披雅娜呢，恰好相反，有恐缩地说话，踌躇地开口的样子。

其和弦稀薄，在管弦乐的雷鸣的音响出之后，明明表出其怯弱无力，这不消说是哀怨、愁诉之声。仿佛是到了不能相比较的极伟大极强有力的超人面前而五体投地，不能举首的无力的人的声音。

再从裴德芬的空前绝后的大杰作《第九交响乐》中孔德拉罢斯〔低音提琴〕（Contrabass 或 double bass，一种弦乐器）与赛洛〔大提琴〕（Cello，一种弦乐器）所奏的有名的宣叙调（recitative）中举一个例看。宣叙调一名词，是出于意为"朗诵"的意大利语动词 recitare 的，其形容词为 recitative，后来在 movimento recitativo（朗诵的进行）或 pezzo recitativo（朗诵曲）上，把名词 movimento（进行）或 pezzo（曲）略去，拿形容词转用作名词。像法语的 recitatif，德语的 Recitativ，都是同义的。这对于歌唱是演说腔调，朗诵似地运行旋律，故用此名称。宣叙调的发生甚古，差不多是与歌剧发生同时的一种声乐上的形式。曲中依言语的自然的强弱而行旋律化与节奏化，本来是在歌剧或神剧〔清唱剧〕（oratorio）中与抒情调〔咏叹调〕（aria）并用的一种乐曲。朗诵一法，在表现上是很重要的，所以演奏者必舍弃严格的拍子上的规则，尽力模仿言语之际所用的自然的变化，强弱，和语气，而器乐曲的宣叙调，普通都配用像怀娥铃的有近于肉声的表现力的乐器。披雅娜曲中也有之，但往往把乐曲中的重要部分的旋律用那诨名不妨叫做"提琴的妖怪"的孔德拉罢斯（contrabass）的至难操纵的低音乐器来演奏。这考案真是极大胆的。裴德芬以前，所谓孔德拉罢斯的乐器，在管弦乐的乐座中一向司最微贱的职务，只是弹低音就满足了的。到了裴德芬,任何都是独创的,故对于孔德拉罢斯的用法也不肯墨守先人的旧法,而使它司独奏的重任。而实际上,在音乐的全野中,比用这困难的低音乐器来演奏的音乐的辩舌(宣叙剧)更多剧的效果的办法,实在很少。这大都从"终曲"("finale")即近于这交响乐的最终乐章的起首处开始,听来竟有用言语样明确地诉述事情的样子。裴德芬自己也曾说这地方必须好像有言语附着似地演奏。我们不解这主要的主题是什么,一直踌躇到终曲的地方,然后听到以前的三乐章的主题在这里一一顺次地用管弦乐暗示着。即先出现第一乐章的快速调(allegro)的主题,次为第二乐章的谐谑调(scherzo)的主题,后为第三乐章的徐缓章(adagio)的主题。不过因为是低音乐器,故态度侮蔑,又差不多粗暴,而都是中断的。这时候的低音乐器(即 contrabass)仿佛大声呼叱着:"哼,这个不行!这个不行!"无情义地骂倒一切,对于"徐缓调"的美丽的旋律虽不忍全然拒绝,也不得不一并拉倒。此后有一个以前所未有的新主题出现,即大家晓得的所谓《欢喜颂》〔《欢乐颂》〕。这在孔德拉罢斯的最后的辩舌中受热心的欢迎,而成为终曲的主题。在改写作披雅娜谱的李托尔甫版(Litolff Edition)中,这一节在三百十页。这节全体,出于巨匠的巨腕,音符竟差不多与人声同样明快地辩论着,真是现在的好例。

三 明暗的暗示

在我们胸中唤起诸种感情时,舞蹈的要素与歌谣是最重要的手段；同时要拿音乐来诉述事情的作曲家的最紧要的手段，是暗示运动，暗示辩舌，这是以上所略述的。但只是如此，还不能说充分。此外还有许多事件，譬如没有暗示其性质的方法，也就不行。但这方法真果有么？一仔细考究诸家的作品，就可晓得确是有种种的方法的，故所暗示的物象也可以很杂多。要一一分述，不胜其烦，故概括地称为明暗的暗示。像祸福、吉凶、清浊、霁昙、素玄、轻重等，都象征地包含在此中。现在择其外物暗示的手段中特别有论述的必要的二三项分述于下。

（一）用协和音及不协和音的暗示　协和音与不协和音的对照，可以用来暗示事物的快不快。在《英雄的生涯》中称为"英雄的好配"的部分中，许德洛斯用明快圆熟的和弦；而在"英雄的敌"的部分中，用很使人耳痛的不协和音。许德洛斯在这例中，是意识地运用这等和弦的；至于天才者，则能无意识地作同样的事，而使后世的研究者惊叹。莫札尔德〔莫扎特〕（Mozart，近世古典派大家，奥国人）在其名作《亚凡·凡伦·可尔拍斯》〔《圣体颂》〕（Ave Verum Corpus）中，关于悲哀，不幸等语句用不协和弦，其他用协和和弦。

（二）用音的高低的暗示　"高"，"轻"，"明"等的暗示，用高音；"低"，"重"，"暗"等的暗示，用低的音，是古来许多作家所通用的方法。但最有力地运用这方法的，要算华葛拿（Wagner）的歌剧《罗安格林》（Lohengrin）的前奏曲。这前奏曲只是名称为前奏曲而已，其性质与其他同名的乐曲不同，今略略说明之。前奏曲一语是从拉丁语 preludium 直译而来的。原文又从同国语动词 praeludere（prae 是前的意义，ludere 是演奏的意义）而来。法语之 prélude，英语之 prelude，意大利，西班牙语之 preludio，德语之 Präludium，都是直接或间接从这拉丁语生出来的。剧、诗，或事件等的所谓 prelude，有种种的意义，或者意思是短的歌章、动作、发生事项、状态，或者意思是别的动作、事件、状态等的序。但音乐上所用的前奏的意义及用法，最为接近于语源的原义。本来是短的、接席风的序奏，后来又为了本曲要使听者的耳准备，定了一种自由的形式。再来，虽非本曲的前奏，在同样有自由的即兴作的性质的，独立的短小乐曲上也应用这个名称了。其中最有名的，是晓邦的二十五首前奏曲。这二十五曲都是独立的乐曲，并非别的什么的前奏。李斯德（Liszt，匈牙利浪漫乐派作家），杜襃西〔德彪西〕（Debussy，法兰西现代乐派作家），史克里亚平〔斯克里亚宾〕（Scriabin，俄罗斯现代乐派作家）等也作有许多好的前奏曲。日本世界的音乐作家山田耕作也有几个佳作。罢哈（Bach）的名高的《平均律洋琴曲》〔《平均律钢琴曲集》〕（*Wohltemperierte Klavier*）中的四十八前奏曲，也可说是续于这等曲后面的遁走曲〔赋格〕（fugre）的前奏；也可说是全然独立的乐曲。以上是就器乐说的，至于歌剧，则称为 Präludium，或纯粹的德语 Vorspiel（前奏曲）。这与"序曲"（德 Ouverture，英 overture）须得明了区别，不可混同。"序曲"是全然独立的乐曲，前奏曲则是直接导入本曲的。最初用前奏曲于歌剧的，是格罗克〔格鲁克〕（Gluck，歌剧改革者，奥国人）。他的前奏曲，直接导入于歌剧的第一幕第一场，在某程度内又为了这前奏而准备。华葛拿的初期作品，像《黎安济》（Rienzi），《徬徨的荷兰人》〔《飘泊的荷兰人》〕（Der friegende Hollander），《汤诺伊硕》〔《汤豪舍》〕（Tannhäuser）等也用序曲。但自从他公表了歌剧中的音乐应该一贯继续的意见以后，他就舍弃那完全独立为别种音乐的"序曲"，而采用"前奏曲"，就从现在所要述的《罗安格林》开始实行。这是从一八四五年至一八四八年的作品。华葛拿的前奏曲，也无一定的形式，唯其方法常常用二三个明快的"导旋律"〔"主导动机"〕（"Leitmotif"）使美丽地展开。现在所要述的《罗安格林》的前奏曲，主由"孟撒尔伐特动机"构成。此歌剧所演的是孟撒尔伐特国的圣杯的传说，其前奏曲以神圣的孟撒尔伐特国的圣杯的行列为内容，故曰孟撒尔伐特动机。动机（即motif）主题在怀娥铃用稀薄又明快的音演奏的最高音域中出现，渐次低起来，递换以低音的乐器，通过了长明顶点后，增加音的充实及强大，次又徐徐地高升，好像渐渐升入了稀薄的高的天空中，终于在天空的一角像一抹白云似地消失了形影。试留意倾听这等一切手法，似可分明听出一群天使守护着圣杯降临大地，赐福给人间而供奉于基督之后（据华葛拿自己说），"再飞腾而升天"的故事。且实际地描出其光景，使人感到生彩跃如。

（三）由于乐器的特性的暗示　乐器，在音色上有阳性的及阴性的；在表现力上有女性的及男性的。管弦乐中所用的乐器，其特色的差异尤其分明。这等乐器的特性，正是智巧的作曲家所利用以纵横发挥其音画（Tonmalerei）的妙技灵腕的重要的手段。在近代乐家中称为"色彩家"（"colorist"）的人们的作品中，用音来达到巧妙的色彩的效果的颇多。

普通因为怀娥铃，弗柳忒（flute，笛），B调克拉理耐忒（B clarinet，一种木管）等，是可以自由奏出高音的乐器，故派它们当女性的职司；赛洛（cello，大形提琴），低音克拉理耐忒（bass clarinet），低音忒隆蓬（bass trombone，一种喇叭）等低的音域为其领域，故派它们当男性的职司。波海米亚〔波希米亚〕最大作曲家史梅塔拿〔斯美塔那〕（Smetana）曾在其杰作《我的祖国》（*Má Vlast*）中的"撒尔卡"（"Sarka"）中，用克拉理耐忒与赛洛来演奏撒尔卡与武将间的恋爱的二重曲。

又从大体分类起来，管弦乐器可依其材料与性质而分为管乐器与弦乐器二种。管乐器又可分为木管乐器与金管乐器〔铜管乐器〕。此外，还有称为打乐器〔打击乐器〕的钟鼓之类，但不是主要的。弦乐器，从其音色，又从其表情自由的严点看来，最近于人声。这类乐器有明快，圆熟的音色，长短强弱，自由自在，其弹奏方法差不多可以生出一切的效果来。其中柱琴〔竖琴〕（harp）用金属制的弦，其表情的力与提琴（怀娥铃）属的弦乐器略异。但在其明快，清朗，澄澈的一点上，有一种莫可名状的惝恍的特性。木管乐器均有柔和，优婉之感，大体是女性的。金管乐器的音太锐，只适用于野外乐。但其音能波及于很远的地方，高音者适于表现阔达，畅明之感；低音者适于表现雄伟、壮大、豪放、森严之感。属于高音部的金管乐器倘巧妙地使用弱音时，可唤起一种像木管乐器所发的优丽柔和的感情；强音地吹奏时，又可发生一种与属于低音部的乐器同样地表示男性的性格的一面，即粗野、粗暴，有时野蛮、残忍等的感情。格罗克（Gruck）曾利用这性质，在其所作的歌剧《渥尔费渥与猷礼地赞》〔《奥尔菲斯与尤丽狄茜》〕（*Orfeo ed Euridice*）中用金管乐器奏地狱的音乐，用弦乐器奏天国的音乐。

（四）由于旋律，进行，和声的暗示　音阶因了第一个半音的位置，而分长短两旋法（即长音阶〔大音阶〕旋律与短音阶〔小音阶〕旋律）。即长旋法在第三音（mi）与第四音（fa）之间有第一半音，主音（即第一音do）与第三音（mi）之间的距离（音程）为两个全音（即长三度）；短旋法则在第二音（si）与第三音（do）之间有第一半音，主音与第三音之间的距离为一全音与一半音（即短三度）。长旋法与短旋法二语，在英语用拉丁语形容词的大小比较级，名长旋法为 major（即较伟大），短旋法为 minor（即较弱小），这二名词只是表示出音程的大小的差别。在德语，长旋法用 Dur（即硬），短旋法用 Moll（即软），意即"硬调"与"软调"。这明明是为了第三音升高半音者有"硬"的感情，即阳性的、男性的感情；反之，第三音降低半音者有"软"的感情，即带着阴性的、女性的性质。又如，以音阶的各音为根音（即主音）而构成三和音〔三和弦〕（triad）时，可得长三和音与短三和音，前者为阳性的、男性的，后者为阴性的、女性的，也与长旋法短旋法无异。军队行进曲，凯旋行进曲，祝祭行进曲，结婚行进曲等，常以长调为主调而作曲；反之，送葬行进曲，哀伤曲，镇魂曲之类，必用短调，便是一例。性格倾向于悲观的却伊可夫斯奇〔柴可夫斯基〕（Tschaikowsky，俄罗斯现代大乐家）的有名的交响乐，第二，第四，第五，第六，都是用短旋法作曲的。《悲怆交响乐》（Symphony Pathetic）的第四乐章，即终曲，是"恸哭的徐缓调"，（"adagio lamentoso"），有"自杀音乐"之称，悲哀无极的绝望的声，恸哭的叫，无赖的哀泣的音，充满在全乐章。裴德芬的《悲怆朔拿大》（Sonata Pathetique），是 C 短调的。又裴德芬与基却尔第伯爵的女儿周丽爱德（Giulietta Giuccardi）之间的浪漫的悲恋的产物《月光曲》（Moonlight Sonata），是用升 C 短调（$^\#$C）作曲的。又他的拔群的送葬行进曲作品三十五的朔拿大，也是用变 B 调〔降 B 调〕（$^\flat$B）的。短音阶，短和弦的带哀愁调子，阴郁的情绪，实在是吾人预想之外的事！试就风琴或披雅娜一弹短三和音的琶音看（Arpeggio，即将和弦上各音神速地连奏，乐谱写法是在和弦旁加｛）。弹不到三遍，一向晴爽着的诸君的胸怀恐怕就要阴暗起来，睫毛里似乎要涌出无名的泪来。

又在旋律的进行上，有上行与下行之别。上行的表出生诞、向上、进取、希望、憧憬等，暗示物体的升腾、发扬、权威、势力的扶殖、伸长、兴隆。反之，下行的表出衰颓、退缩、绝望、消沉，暗示物体的坠落、下沉。突然的下行暗示放弃、灭亡；徐缓的下行暗示反省、威力的失坠等。又旋律在高声部的继续进行暗示雄飞、荣达、繁昌、得意等，有时又有轻佻浮华之感；反之，在低声部的继续进行，诉述雌伏、不遇、韬晦、失意等情，有时又有质实、沉着、隐忍之慨。

更进而至于和声，则疏开和声能表现淡泊、稀薄、轻微、晴朗，密集和声能暗示浓厚、重实、昙暗等。这犹之协和音能表快适、调和、秩序、清澄之感，而不协和音能表不快、不和、混沌、涸浊之感，依据了以上所列述的手段，作曲家得亘物心两界，跨主客两观而记述或描写几于凡百的事物。

四　自然音的模仿

在音乐中表现色彩，暗示运动，诉述外界的事件，必是用相类似的某物，而主由于用联想作用以间接达其目的的。至于声音的模仿或再现，则是与绘画，雕塑之模仿或再现物体的形状色彩同样，是本质的，又直接的。在这方面音乐与绘画雕刻同样，也有所谓"迫真"的事。即作曲家用乐器来实际地模仿外界的声音，因而演奏家得入妙技迫真的境地。外界的声音的模仿中最显著实例如，裴德芬在《牧羊交响乐》（*Symphony Pastoral*）用弗柳忒（flute），渥薄（oboe，一种木管），克拉理耐忒（clarinet）来模仿夜莺，鹑，及杜鹃的啼声；如孟檀尔仲（Mendelssohn）在《中夏之夜之梦》（*Midsummer Night's Dream*）中模仿驴子的鸣声；如裴辽士（Berlioz，法国交响乐诗人），在《狂想交响乐》〔《幻想交响曲》〕（*Symphony Fantastic*）的第三乐章《田园的光景》（*Scene aux Champs*）中用四个丁帕尼〔定音鼓〕（Timpani，有架的鼓）来模仿远雷的音。用鼓声模仿雷，在中国日本的演剧音乐中也是常有的。

在近代作家，单用乐器模仿已觉得不满足，故有采择非常极端的方法的人。拿破仑长驱攻莫斯科，将要在城下宣誓的时候为了猛火与寒气而终于败北，俄罗斯遂获大胜，正是千八百十二年的事。却伊可甫斯奇为庆祝此战捷而作的有名的《序曲千八百十二年》〔《一八一二年序曲》〕（Overture 1812），原是同国大乐家罗平许泰因〔鲁宾什坦〕（Rubinstein）劝他为莫斯科的基督教寺院的献堂式而作的《临时曲》（Piece d'occasion）。听说此曲中不用大的鼓（1arge drum）而竟发射实际的大炮。这原是因为第一回演奏在这大伽蓝前面的广场中用庞大的管弦乐举行，所以可用实际的大炮。又许德洛斯（Strauss）在他的交响乐诗《童·吉诃德》〔《堂吉诃德》〕（Don Quixote）的第七出中叙述童主从在空中飞行的荒唐的插话时，曾用一个哈泼〔竖琴〕（harp），一个丁帕尼（timpany），数管弗柳忒（flute）合组的，特别考察而作的"风声乐器"来作出风的效果。这等方法，也是程度问题，用得适当时实在很妙，不过总容易被滥用，故大都有走入极端之弊。马莱尔〔马勒〕（Mahler，德国现代歌剧家）在他的庞大的《第八交响乐》中，用百十以上的乐器，和几近千人（九百五十人）的大合唱队。听说第一次演奏时曾扛出好几座实物的钟。这等办法虽是近代管弦乐发达的极端的一面，然用实物的炮与钟，或依样模仿自然音，不过是徒喜其迫真，鹦鹉的效人同样，到底为艺术家所不取。真的艺术，决不是自然的模仿。高级的艺术品中，必含着余韵，宿着余情。音乐的自然音模仿，必以前述的暗示"战争"，描写"雷雨"的方法为度，过此就少情韵，只是真的自然音而非真的艺术了。

五　民族乐的地理的暗示

所谓某特殊的旋律表现草木花卉，某旋律诉述事件，只有用在特别制约之下的极狭小的范围里稍有效果——这事在具有对于音乐艺术的本性的洞察的人，是一定明知的。一切艺术，在其理想上是世界的，是万国的，现在这样的艺术很多；但其一方面，又决不可拒否其为民族的，国民的。正如在个人的尊重个性，一国民的个性，即国民性，当然也是极应该尊重的，所以某特殊的国民在其艺术上力强地发挥其迥异于他国的国民性，是可喜的事。故一方面出国际的作家，同时他方面出国民的艺术家，以其民族色彩浓厚的作品雄视一方。后者，即国民的作家，欢喜就民族的主题而述作，吟咏，描写，作曲，是东西一揆的。国民的作曲家用民谣的旋律，借国民的歌舞的节奏，又欢喜从民族的神话，地方的口碑，传说之类探求灵感之源泉，是古今同然的事。

节奏与旋律，自不必说；音阶的旋法等上所现出的民族性或地方性，与作家的个性同样地在其音乐上蒙着色彩，而宿着一种不可移易的风韵情趣。这好比民族的服装，居住，习惯等事与国语同样地在其国民生活上给予一种特独的审美的价值。

长袍大袖，是东方人服装所特有的美的表现。楼阁玲珑的东方建筑，在实用上，耐火的点上也许较洋房稍劣，但其审美的价值，是足以夸耀世界的。在规模雄大的点上，东方的丝竹不及洋乐，但旋律美的绝妙（中国音乐，日本音乐都是重旋律的），是西洋音乐所没有的。

民谣的旋律，民俗的舞蹈的节奏，及国民的乐器，或暗示特种的国土或地方的地理的表现力，其明了正确不劣于绘画上的服装，家屋，或动植物的地理的表现力。所以这方法成为古来许多作家所用的常套的手段。杜褒西（Debussy）的管弦乐《西班牙》组曲（*Iberia*），是用此方法描西班牙风景的。自来法国的作家，对于西班牙的风物感到异国的兴味而常常用以作曲。举最著的二三例，如比才（Bizet），夏勃理哀〔夏布里埃〕（Chabriel），喇凡尔〔拉威尔〕（Ravel）便是。比才的名高的歌剧《嘉尔曼》（*Carmen*）中，卡尔孟所歌唱的有名的《哈罢耐拉〔哈巴涅拉〕》（*Habanera*），是从西班牙的同名的舞曲取来的。夏勃理哀有《狂想曲》（*Rhapsody*）、《西班牙》（*España*）等作。喇凡尔有喜剧音乐《西班牙的时间》（*l' Heure espagnole*），又俄国却伊可甫斯奇在前述的《序曲千八百十二年》中，用法国国歌表现法国军队，用俄罗斯国歌代表俄军。起初法国国歌强而响，表示法军优胜；渐次弱起来，表示其退败。反之，俄国国歌渐次现出来，刻刻地高起来，终于压倒《马尔赛伊》〔《马赛曲》〕（*La Marseillaise*，法国国歌），以表示法军败北，俄军大捷。这是用国歌表示国家的。意大利歌剧作家普起尼〔普契尼〕（Puccini）作歌剧《蝴蝶夫人》（*Madam Butterfly*）时，听说曾研究日本音乐，以描出东洋风的感情。

用音乐暗示以上列述的外界事件的诸方法，——尤其是其中有几种，在现代的作家及"写实派"的作家们，比起初用这等方法的时候来更进于极端的了。其最大作的出现，是在十九世纪初叶。裴德芬筑"浪漫派"的基础,而为从古典音乐推移至近代音乐的桥梁。他的序曲《可辽拉奴斯》(见前),《爱格孟德》(*Egmont*)及其他的作品,其实也不妨当作像他以前所作的纯音乐而听,即当作音乐而听音乐,不必指定其为描写某物的。但因为其附有标题《可辽拉奴斯》《爱格孟德》的原故,给了听者一个解释的键,较有确定的事物暗示。但事物止于暗示,出于暗示以上,在音乐是本质上决不可能的。只是使暗示所唤起的主要的诸种感情反映于音乐中,决不详细说明叙述事物的细部。音乐家与小说家同样,不从事物的发端说起,只说出主人公与女主人公怎样初见,二人的恋怎样遭遇障碍,怎样终于结婚而度幸福的生活。又不一一说出其事故,但表出这等事故所诱起的感情,换言之,作曲家不是讲师或说书的人,而是诗人。不是小说家而是歌人。

这等音乐,可称为"诗的"音乐,或"浪漫的"音乐,又可称为"叙述的音乐",在裴德芬以后的诸作家的作品中非常的多。例如修陪尔德(Schubert,歌曲之王)的歌曲(Lied),修芒(Schumann,德)的《孟甫莱特》〔《曼弗雷德》〕(*Manfred*)与《基诺凡伐》(*Genoveva*)两序曲,及其《阳春交响乐》(*Spring Symphony*),孟檀尔仲的《中夏之夜的梦》,《希伯利第群岛》(即《芬格尔的琅玕洞》*Die Fingals höhle*),《罗伊·勃拉斯》(*Ruy Blas*)等序曲,以及《苏格兰交响乐》《意大利交响乐》,均是这一类的浪漫音乐。

六 标题的暗示与导旋律的利用

作曲家能据某特种方法，使音乐更确定，逐顺序而像实际的事件发生似地叙述事件。换言之，就是悟到音乐的可以"写实"。所以十九世纪中叶，德国的李斯德（Liszt），法国的陪辽士（Berlioz）及其后的别的作家，如却伊可甫斯奇，商·赏斯〔圣-桑〕（Saint-Saëns），许德洛斯等所提倡的所谓"标题乐"（"program music"）就发达起来。标题乐往往易与前述的"诗的"音乐相混。同一注意观察，可见其在下列的种种方面是与单纯的诗的音乐明了地区别的：即第一，像其名称所表示，各音乐上有一标题，即标明其乐曲的"梗概"的诗，或散文的短小的记述。试举一例，如前述的许德洛斯的《英雄的生涯》的标题，便是由下揭的六种事情成立的，即"英雄"，"英雄之敌"，"英雄的好配〔内助〕"，"英雄的战场"，"英雄所负的平和的使命"，"英雄的从此世脱出"。

第二，作曲家为了竭力要使其所述的事件详细且明快，而利用前文所仔细考察论述的，叙述外界事件的种种方法。又有时为了要使事件中所表现的种种人物或事端对于听者明了表白，而用陪辽士（Berlioz）所创的方法。话中的各人物，都有所谓"导旋律"（"Leitmotif"）。导旋律是一个短的旋律，听者可因此联想话中的人物，听到这导旋律的时候，就晓得哪个人物出来了。这个考案，在距今百余年前莫扎尔德（Mozart）所作曲的歌剧《童·乔房尼》〔《唐·璜》〕（*Don Giovanni*, 1787）中早已见过。而巧妙完全地活用它的，是华葛拿（Wagner）。在这天才的手中，这方法举极有力的迹业，竟使管弦乐无异于说明了的言语了。在其著名的宗教歌剧《巴西发尔》〔《帕西发尔》〕（Parsifal）及其前奏曲中，甚至表现圣餐、圣杯、信仰等也用导旋律。因了一切巧妙的叙述，适切的活用，而能非常明了地描写事件了。

第三，标题乐家不用古典音乐的旧形式，而于必要的时候随处使用其杂多的主题，不必要的时候就弃之不顾。只是任事件的梗概自然地展开，而不受反复，对照等的原则的拘束。又不但是重要的主题，有时毫不重要的主题也在暂时之间现出来，又倏然消灭，与剧中的杂兵，杂色等不重要的人物由右门登场，横过舞台，无所事事即从左门隐去同样。但重要的主题，自然置重，也与古典音乐同样地发展。

当这自由作曲法的新形式创始之时，对之有多大的寄兴及贡献的作曲家是李斯德（Liszt，匈牙利人）。这种形式的音乐称为"交响诗"（"symphonic poem"），或"音诗"（"tone poem"）。李斯德的交响诗中，有名的有

《前奏曲》（Les Preludes）

《塔索，悲叹与捷利》（Tasso, Lamento e Trionfo）

《祝祭之响》（Festklänge）

《匈奴战役》（Hunnenschlacht）

等曲。此外名作尚有十数曲。李斯德以外，有名的作家及其杰作也有不少。今举其最著者列下。

俄罗斯罢拉基莱夫〔巴拉基列夫〕（Balakirev，1836—〔1910〕）

《塔马尔》（*Tamar*）

同国波罗定〔鲍罗丁〕（Borodin，1834—1877）

《于中央亚细亚的旷野》〔《在中亚细亚草原上》〕（*Dans les steppes de l'Asie Centrale*）

同国格拉左诺夫（Glazounov，1865—〔1936〕）

《克兰姆林》（*Kremlin*）

同国拉哈马尼诺夫（Rachmaninov，1873—〔1973〕）

《死之岛》（*Die Toteninsel*）

法兰西富郎克〔弗朗克〕（*César Franck*，1822—1890）

《哀渥理特》〔《风神》〕（*Les Eolides*）

《被咒的农夫》〔《可憎的猎人》〕（*Le Chasseur Maudit*）

同国唐第〔丹第〕（Vincent D'Indy，1851—〔1931〕）

《华伦喜泰因三部作》（*Wallenstein*）

《魔林》（*Le Forêt Enchantée*）

同国商·赏斯（Camille Saint-Saëns，1835—〔1921〕）

《翁发尔之纺车》（*Rouetd'Omphale*）

《墓之舞蹈》（《死之舞》）（*Danse Macabre*）

波海米亚史梅塔那（Friedrich Smetana，1824—1884）

《我祖国》（*Ma Vlast*）

芬兰西裴柳士〔西贝柳斯〕（Jean Sibelius，1865—〔1957〕）

《黄泉的白鸟》〔《图翁内拉的天鹅》〕（*Der Schwan von Tuonela*）

《芬兰歌》〔《芬兰颂》〕（*Finlandia*）

德意志许德洛斯（Richard Strauss，1864—〔1949〕）

《童·访》〔《唐·璜》〕（*Don Jean，Don Giovanni*）

《麦克白》（*Macbeth*）

《死与圣化》〔《往生与成佛》〕（*Tod und Verklärung*）

《典尔·渥伊伦希比干尔》〔《蒂尔恶作剧》〕（*Till Eulenspiegels*）

《札拉土斯德拉如是说》（*Also Sprach Zarathustra*）

《童·吉诃德》（*Don Quixote*）

《英雄之生涯》（*Ein Heldenleben*）

次就交响诗，音诗，及诗的意义略述之：

现在我们所要注意的，是不可将交响诗或音诗与单纯的"诗"（Poem）混同。但现在所谓"诗"，不是用文字作的诗歌的诗，而是用音作曲的乐曲。音诗及交响诗，是管弦乐曲。两者的区别，音诗是单从 sketch〔短曲〕写成管弦乐曲，而不依据交响乐的规模的；交响诗则是更进一步，具有交响乐的体制，但不像纯交响乐地以形式美为主，而倾向于诗的内容的自由表现的。不过这区别不能十分明了，故普通都把两者一并包括在交响诗的名称之下。"诗"则与上两者相反，是极短小的自由形式的披雅娜曲。俄罗斯乐家史克理亚平（Scriabin）的作品第三十二种名为《两首诗》（*Deux Poèmes*），恐是用"诗"的名称于乐曲上的开端。其后他称他的作品第四十一种，四十四种，六十三种，六十九种，及七十种为"诗"。冠用宾词的也有，如作品第三十四种的《悲剧的诗》（*Poème tragique*），三十六种的《恶魔诗》（*Poème Satanique*），后来的作品第六十一种的《夜想曲诗》（*Poème nocturne*），七十二种的《焰之诗》（*Vers la Flamme*）等皆是。这等乐曲，颇具多样性，故难于下定义。又如实际演奏用的所谓"练习曲"（"etude"），"前奏曲"，或"诗"，名称虽各异，而实际上有时几乎没有截然的区别。勉强要区别，只能说"练习曲"大多用技巧困难的反复进行风的形式，根据练习曲的本来性质而常用反复的练习；"诗"则以诗的内容的自由表现为主要眼目，风格自带高蹈的色彩，而有像小小的珠玉的感觉。又其与"前奏曲"的区别，可说长的名之为"诗"，短的名之为"前奏曲"。但同是史克理亚平的"诗"，像作品第四十四等，又是极短小的；作品第五十九的《两个小曲》，其第一曲称为"诗"，第二曲又称为"前奏曲"。日本作曲者山田耕作也有题为"诗"的作品，形式都短小，有缥缈的诗趣。

古来称作曲家为"音诗人"（"Ton Dichter"），称作曲为"音的作诗"（"Ton-Dichtung"），因此而称乐曲为"音诗"。然这是广义的对于音乐的美称，不是我们在音乐上要区别于其他乐曲而用的狭义的"音诗"。"交响乐"，"音诗"，"诗"的三种乐曲的意义，于此可以得到约略的概念了。

以上所逐述的，是音乐上极普通使用着的表现手段中之最重要者，音乐上的许多流派，都是根基于这等意义而建设的。近代诸乐派，古典派注重在情绪的表现与纯粹的美，浪漫派则除此以外又以题名所明示着的人物，场所，或观念的几分确定的暗示为目的，形式仍蹈袭从来的古典形式。裴德芬是一个古典音乐的大家，普通以其作品为古典音乐中之至宝。但也不似古典乐派的代表者勃拉谟士〔勃拉姆斯〕（Brahms, 1833—

1897，即与 Beethoven，Bach 被并称为乐界三大 B 的）的以形式的纯美为目的，而带几分浪漫的，又写实的，标题派的色彩。这写实派又标题派注重明确的事由叙述，依事由的梗概的自然的发展而考案其形式。

此外，最近音乐界又随伴了诗坛或美术界的新运动，受了它们的影响，而出现了印象派，未来派，表现派等作家。但除了法国的杜褒西（Debussy，1862—1918）所创始的印象派以外，余者均未达到占有乐界中心势力的地步。

千九百二十六年黄梅时节，于上海立达，为《小说月报》作

中国画与西洋画[1]

做梦,大概谁也经验过。实际上所做不到的事,在梦中可以做到。平日所空想的境地,在梦中可以看见。例如庄周梦化为蝴蝶,唐明皇梦游月宫,都是现世中做不到的空想的事。我们平时也常梦见到怪异的情形,或已故的亲友,故梦的世界,与真的世界完全不同,人在现世求之不得的,在梦中可以求得。

中国的旧戏与新式的所谓"文明戏",大概谁也看过。看的时候,大概谁也感到两者趣味的不同,旧戏里敲门、骑马,没有实在的门与马,吃饭吃酒,也没有实在的饭与酒,都只装一装样子就算了。新戏必有实在的布景,用真的门与真的马,又真正吃饭吃酒。旧戏里普通说话都是唱的,不近实际生活。新戏则同寻常对话一样,用真的语言。这旧戏是我们自己固有的戏剧,新戏是从西洋舶来的。

中国画的异于西洋画,正同梦的异于真,旧剧的异于新剧一样。试看中国画中所写的人生自然,全是现世所不能见到的状态。反之,西洋画所描的事物,望去总同实景一样。拿梦境与现世,旧剧与新剧来比方中国画与西洋画,真是很有趣的

---

[1] 本篇原载 1927 年 2 月 5 日《一般》2 月号(第 2 卷第 2 号)。

譬喻。中国画与西洋画为什么差异呢？因为中国画是赤裸裸地写神气的，西洋画是忠实地描实形的。详细地说，中国画是为了注重神气的写出而牺牲实形的肖似的；西洋画是为了实形的实描写而不免抹杀一点神气的。所以凡是中国画中所描出的事物，无论人物、山水、花卉、翎毛都只表示一点神气，不求肖似实物的形体。换句话讲，凡中国画中所描的事物，统是世界里所没有的事物，或是梦的世界里的事物。也可说与旧剧的表演人事一样：开门出去的时候两手在空中一分，脚底向天一翻；吃酒的时候把壶绕一个抛物线，仰起头来一倒；讲话的时候，一句话要摇头摆尾地唱几分钟。如果真有这样生活着的一个世界，这岂不是奇怪化的世界？反之，凡西洋画中所描出的事物，总是类似实物的。（未来派以后的例外。）你们如果有不曾看见真的上品的西洋画的，只要看市上的壁上广告画，照相店里的画片，也可知道，因为这等虽然下品，但也是西洋画风的，这等里面的猫竟同真猫一样，葡萄竟同真葡萄一样。就是上品的画，像写实派大家米勒（Millet）的作品等，价值与前者不可同日而语，但肖似实物的一点是共通的。所以西洋画所描的就是现世的事物，又西洋画是有一点照相式的。（这句话是为了要畅说而用的，请读到这文的西洋画专家万勿生气。）因此西洋画史上有许多关于肖似实物的趣话，说道某画家画的葡萄，鸟飞来啄了。又某画家画的帐，他的友人用手去撩了。中国画史上虽也有画得很像的肖像画，但另有一种肖似的地方，不是可以骗人或骗鸟的完全肖似。"曹不兴为孙权画屏风，误落墨点改画为蝇，孙权疑为真，用手拂之。"究竟是罕有的、小部分的，又非正当的例。西洋画则远近、明暗、界线、色彩，均迫近现实的世界。这也同新剧的表演人事一样：随常装束的人物，逼真的布景，平常一样的对话，有时完全如同现世。

举几个实例来说明：中国画中所画的人物，倘用西洋画的眼光来看，简直是不像人的。随便举个例，如第一图的人，好像是石头或雕像，全无毕肖人的形似的地方。要是西洋画，就是穿古装，也必定有立体的表现，望去像一个立体的人。但是讲到神气，这第一图实在已经表出一坐一仰卧的两老人的悠闲的风度，设使有同题的一幅西洋画，似则似矣，神气决不能这样充分地表出。我们唐代的大画家王摩诘画人物，省略得很，五官都不全，（西洋画的 sketch 也如此，但用意不同。）不当作是有意识的人而当作自然之一部分。但人的神气都表现着。不但如此，中国画有时为了描出神气，竟不顾实际的形似。例如第二图，用西洋画法上的解剖学检点其身体的比例来，头极

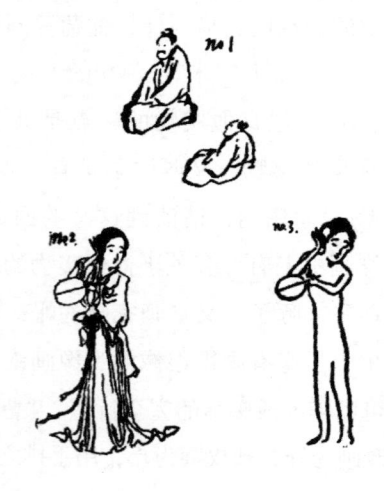

大，右小臂极长，左臂极短，成了像第三图的极可怕的形状。这等例，在中国画中实在不胜枚举。诸君想想中国人厅堂中长挂的三星图中的老寿星看，头之大身体之短，如果把衣服脱下来，实在要怕死人的。

至于房屋，更妙了。看了西洋画的建筑风景画，回头去看第四图，觉得眼前忽然轻松明亮，如入了一个世外桃源。这等竟是玩具，非实际的屋。王摩诘画的屋，不是给人住的屋，是屋自己的屋，画的路不是给人走的路，是田野的静脉管。然而毗连的状态，玲珑的姿势，毕现于笔法中。这就是屋的神气。形状上故意夸张一点，神气就活现了，正不必问肖似实物与否。

中国画中的石，实在是石自己独立的石。像第五图的例，仿佛是各种样子的人，或大大小小的老虎、狮子。其实，石的相貌竟是像人或兽的。就是实物，只要仔细观察，一定可以首肯这第五图的画法。西洋画不以石为画题，即使画石也不像中国画中的故意形容而极端表出其神气。

花卉，更为世间所没有了。

菊花之径与篱之高同长，梅树上的花与其上的怪石同大，是中国画中寻常的事。像第六图的兰花，不晓得种在那里，更不晓得怎样生法。用西洋画的眼光看来，真是"天上种"了。一瓣叶子包围一群文字，全是装饰风的画法，非现世的描写。然吾人对于叶条修长而曲线妩媚的兰，实在的确有这样的感觉。这里我想起一段故事，我幼时初看见父亲买来供在庭角里的兰花，觉得这全是野地里的草，不过大了一点，并不好看，父亲为什么买来供呢！后来看了芥子园兰谱，似觉得这种姿态好像在那里实际看见过，不过观念很不确实，以后再见兰花，方然悟到芥子园画谱里的兰就是父亲买来供在庭中的大草，我自认为这是我对中国画的第一次了解。于此可知中国画非描实相，是赤裸裸地描感觉的。

讲到中国画的风景，最有趣味了。就全体局面而论，中国画的风景统是从天空的飞艇里望下来所见的场面。广大的地面排着一重山，一重水，或山外山，楼外楼，全部看见，一无遮蔽。且在飞艇中望下来，所见范围虽广，但看见的都是物体的上部，犹之在先施公司的屋顶最高层中下望大马路上的汽车、电车，只见车盖。中国画则所见的范围与在飞艇中的所见一样广，而看见的物体又能同平视一样，所以说是世间所无的风景。试看第七图，照西洋画的远近法而论，近景与中景，中景与远景之间隔着很广阔的河面，画者一定是在山上或高楼上画的；望下来所见的人，一定不是平视形，石的底线一定还要弯曲。现在第七图中的人，额所见很多，颈也有些看见，全是平视形。石底线平直，岸线也平直，也全是平视形。按之西洋画的远近法，误谬多极了。但这却不能责备。因为中国画是注重神气的，山水的神气，在于其委曲变化的趣致。为了要写这趣致，不妨层层叠叠的描出像"山外清江江外沙，白云深处有人家"，或"山外青山楼外楼"之类的诗境。形体的似否，实际上的有无，正不必拘泥。苏东坡说王摩诘诗中有画，画中有诗，就是这个意思。

　　论到诗与画的接近，西洋画不及中国画，论到实感的趣味的浓厚，中国画不及西洋画。中国画妙在清新，西洋画妙在浓厚；中国画的下流是清新的恶称的空虚；西洋画的下流是浓厚的恶称的重浊。请回想开头所提出的譬喻：梦境虽然荒唐，有时使人痛快；现世虽然真实，有时教人苦闷。实际的门与马固然真切而近于事实，但空手装腔也自有一种说不出的神气的妙处，不像真门与真马的笨重而杀风景。又唱戏固然超现实而韵雅，但对话也有一种深切的浓厚的趣味，不像唱戏的为形式所拘而空泛。总之，现在不是拿两种画来在分量上比

较，并且也不能在分量上比较，因为东洋画与西洋画，各有其文化的背景，各有其乡土的色彩，即各有其长所与短所。如果要分量地评定其价值，那就要牵连其背景的文化与国民性的大问题，不在现在所讲的范围之内了。

姑且略说几句，以为结束，何以见得文化与国民性影响与绘画呢？负着数千年的文化的历史与国民性的习惯的各地的人，其血管里的血根本具有各不相同的性质。故其一举一动，都表出着其地方的个性。就是极些微的寻常茶饭之事，在明者也可从中窥见其数千年来的国民性与文化。犹之看了学校里一个小孩的服装与举动就可推知其身价及家庭的状况。假定中国风为 x，西洋风为 y，那么中国处处是 x 的，西洋处处是 y 的。就拿寻常茶饭之类的小事来论，长袍大袖是中国的风度，轻快短小的洋装是西洋的表象。朱栏长廊是中国格调，铁门层楼是西洋的趣味，小至水烟筒与纸烟，酌绍兴酒与吞啤酒，无不前者是 x 的，后者是 y 的。从人们心底里流出来的艺术之一种的绘画，自然更深切更明显地表出其文化与国民性的特色了。

一九二六年中秋前一周，为立达学园初中三年级生讲述

中国画的特色[1]
——画中有诗

一 两种的绘画

绘画,从所描写的题材上看来,可分两种:一种是注重所描写的事物的意义与价值的,即注重内容的。还有一种是注重所描写的事物的形状、色彩、位置、神气,而不讲究其意义与价值的,即注重画面的。前者是注重心的,后者是注重眼的。

注重内容的,在西洋画例如辽那独〔列奥纳多·达·芬奇〕(Leonardo)的《最后的晚餐》,拉费尔〔拉斐尔〕(Raphael)的《马童那〔圣母像〕》,是以宗教为题材的。米勒(Millet)的《拾穗》《持锄的男子》等,是以劳动、民众为题材的。洛赛典〔罗赛蒂〕(Rossetti.D.G.)的《斐亚德利坚的梦》等,是以文学的浪漫思想为题材的。在中国画,例如麒麟阁功臣像,武梁石室的壁画,是以帝王、圣贤、名士、烈女、战争等事为题材的。魏、晋、六朝的佛像、天尊图,是以宗教为题材的。顾恺之的《女史箴》,是以贵族生活、风教、道德为题材的。王摩诘的《江山雪霁图》,及大部分的中国山水画,是

---

[1] 本篇原载 1927 年 6 月 10 日《东方杂志》第 24 卷第 11 号。

寄隐遁思想于山水的题材上的。这等画都注重所描写的事象的意义与价值，在画的内面含蓄着一种思想、意义，或主义，诉于观者的眼之外，又诉于观者的心。

注重画面的，如西洋画中的大部分的风景画，一切的静物画，中国画中的花卉、翎毛、蔬果，都是其例。这等画的目的不在所描写的事物的意义与价值。只要画面的笔法、设色、布局、形象、传神均优秀时，便是大作品。故赛尚痕〔塞尚〕（Cézanne）画的一块布和几只苹果，卖给美国的资本家值许多金镑。唐伯虎画的两只蟹要当几百两银子。日本某家画的三粒豆要卖六十块钱，使得一班商人翘舌惊问"一粒豆值二十元？"

这两种绘画，虽然不能概括地评定其孰高孰下，孰是孰否，但从绘画艺术的境界上讲起来，其实后者确系绘画的正格，前者倒是非正式的、不纯粹的绘画。什么缘故呢？绘画是眼的艺术，重在视觉美的表现。极端地讲起来，不必有自然界的事象的描写，无意义的形状、线条、色彩的配合，像图案画，或老画家的调色板，漆匠司务的作裙，有的也能由纯粹的形与色惹起眼的美感，这才是绝对的绘画。但这是穷探理窟的话，不过借来说明绘画艺术的注重视觉美罢了。所以不问所描的是什么事物，其物在世间价值如何，而用线条、色彩、构图、形象、神韵等画面的美来惹起观者的美感，在这论点上可说是绘画艺术的正格。回顾功臣图、武梁祠壁画，其实是政治的记载；释迦像、天尊像、耶稣、圣母，其实是宗教的宣传；《持锄的男子》及一切贫民、劳工的描写，其实是民主主义的鼓吹;《归去来图》《寒江独钓图》,其实是隐逸思想的讴歌。这等都是借绘画作手段,或者拿绘画来和别种东西合并,终不是纯粹的正格的绘画。微小的无意义的一粒豆、一片布、一只蟹,倒是接近的绘画的正格。

中国与西洋虽然都有这两类的绘画,但据我所见,中国画大都倾向于前者。西洋画则大都倾向于后者,且在近代的印象派,纯粹绘画的资格愈加完备。请陈其理由:

中国画中虽也有取花卉、翎毛、昆虫、马、石等为画材的,但其题材的选择与取舍上,常常表示着一种意见,或含蓄着一种象征的意义。例如花卉中多画牡丹、梅花等,而不欢喜画无名的野花,是取其浓艳可以象征富贵,淡雅可以象征高洁。中国画中所谓梅兰竹菊的"四君子",完全是士君子的自诫或自颂。翎毛中多画凤凰、鸳鸯,昆虫中多画蝴蝶,也是取其珍贵、美丽,或香艳、风流等文学的意义。画马而不画猪,画石而不画砖瓦,也明明是依据物的性质品位而取舍的。唯其含有这等"画面下"的意义,故可说是倾向于第一种的。

回顾西洋画,历来西洋画的表现手法,例如重形似的写实,重明暗的描写,重透视的法则,已是眼的艺术的倾向。至于近代的印象派,这倾向尤趋于极端,全无对于题材选择的意见。布片、油罐头、旧报纸,都有入画的资格。例如前期印象派,极端注重光与色的描出。他们只是关心于画面的色彩与光线,而全然不问所描的为何物。只要光与色的配合美好,布片、苹果,便是大作品的题材。这班画家,仿佛只有眼而没有脑。他们用一点一点,或一条一条的色彩来组成物体的形，不在调色板上调匀颜料，而把数种色条或色点并列在画面上，以加强光与色的效果。所以前期印象派作品，大都近看混乱似老画家的调色板或漆匠司务的作裙，而不辨其所描为何物。远远地蒙眬地望去，才看出是树是花，或是器是皿。印象派的始祖莫南〔莫奈〕（Monet）所发表的第一次标树印象派旗帜的画，画题是《日出的印象》（*Impression: Soleil Levant*），画的是红的黄的，各色的条子，远望去是朝阳初升时的东天的鲜明华丽的模样。印象派的名称，就是评家袭用这画题上的"印象"二字而为他们代定的。像这类的画，趣味集中于"画面上"的形象、色彩、布置，气象等"直感的"美，而不关心所描的内容；且静物画特别多，画家就近取身旁的油罐头、布片、器具、苹果一类的日常用品为题材，全无选择的意见，也无包藏象征的或暗示的意义。故比较中国的花卉、翎毛、昆虫等画，更接近于纯粹绘画的境域。我写到这里，举头就看见壁上挂着的一幅印象派作品，谷诃〔凡·高〕（Gogh）的自画像。谷诃在这画中描着右手持调色板，左手执笔而坐在画架前的自己的肖像。这想来是因为自画像对镜而画，镜中的左右易位，故调色板拿在右手里，笔拿在左手里了。据我所知，右手执笔是东西洋一般的共通的习惯。这幅画忠于镜中所见的姿势的写实，而不顾左右易位的事实的乖误。这种注重形式而轻视意义的办法，仅见于印象派绘画。倘不是谷诃有左手执笔右手持调色板的奇习，这正是我现在的论证的一个好例子。

这两种倾向孰优孰劣，孰是孰非呢？却不便分量地批判，又不能分量地批判。在音乐上有同样的情形：不描写客观的事象而仅由音的结合诱起美感的、不用题名的乐曲，名为纯音乐或绝对音乐，其描写外界事象，而标记题名如《月光曲》《英雄交响乐》等，名为标题乐。纯音乐与标题乐，各有其趣味，不能指定其孰优孰劣，孰是孰非。同样，绘画的注重形式与注重内容也各有其价值，不能分量地批判，只能分论其趣味。注意文学的意义的绘画，与描写事象的标题乐，其实就是在绘画中与音乐中羼入一点文学。在严格的意义上，是绘画与文学、音乐与文学的综合艺术。纯粹的绘画，纯粹的音乐，好比白面包，羼入文学的意义的绘画与音乐好比葡萄面包。细嚼起白面包来，有深长的滋味，但这滋味只有易牙一流的味觉专家能领略。葡萄面包上口好，一般的人都欢喜吃。拿这譬喻推论绘画，纯粹画趣的绘画宜于专门家的赏识，羼入文学的意义的绘画适于一般人的胃口。试拿一幅赛尚痕的静物画布片与苹果，和米勒的《晚钟》并揭起来，除了几位研究线，研究 touch（日本人译为笔触）的油画专家注意赛尚痕以外，别的人——尤其是文学者——恐怕都是欢喜《晚钟》的吧！

所以我的意见，绘画中羼入他物，须有个限度。拿绘画来作政治记载、宗教宣传、主义鼓吹的手段，使绘画为政治、宗教、主义的奴隶，而不成为艺术，自然可恶！然因此而绝对杜绝事象的描写，而使绘画变成像印象派作品的感觉的游戏，作品变成漆匠司务的作裙，也太煞风景了！人生的滋味在于生的哀乐，艺术的福音在于其能表现这等哀乐。有的宜乎用文字来表现，有的宜乎用音乐来表现，又有的宜乎用绘画来表现。这样想来,在绘画中描点人生的事象,寓一点意思,也是自然的要求。看到印象派一类的绘画,似乎觉得对于人生的观念太少,引不起一般人的兴味。因此讴歌思想感情的一类中国画,近来牵惹了一般人的我的注意。

二 画中有诗

"画中有诗",虽然是苏东坡评王维的画而说的话,其实可认为中国画的一般的特色。

中国画所含有的"诗趣",可分两种看法:第一种,是画与诗的表面的结合,即用画描写诗文所述的境地或事象,例如《归去来图》依据《归去来辞》之类;或者就在画上题诗句的款,使诗意与画义,书法与画法作成有机的结合。如宋画院及元明的文人画之类。第二种看法,是诗与画的内面的结合,即画的设想、构图、形状、色彩的诗化。中国画的特色,主在于第二种的诗趣。第一种的画与诗的表面的结合,在西洋也有其例。最著的如十九世纪英国的新拉费尔前派的首领洛赛典(Dante Gabriel Rossetti,1828—1882)的作品。他同我们的王维一样,是一个有名的英诗人兼画家。他曾画莎翁剧中的渥斐利亚,又画但丁《神曲》中的斐亚德利坚的梦。第二层的内面的结合,是中国画独得的特色。苏东坡评王维的画为"画中有诗",意思也就在此。请申述之:

中国画的一切表现手法,凡一山一水,一木一石,其设想、布局、象形、赋彩,都是清空的、梦幻的世界,与重浊的现实味的西洋画的表现方法根本不同。明朝时候欧洲人利玛窦到中国来，对中国人说："你们的画只画阳面，故无凹凸，我们兼画阴阳面，故四面圆满。"哪晓得这"无凹凸"正是中国画表现法的要素。无凹凸，是重"线"的结果。所以重线者，因为线是可以最痛快最自由地造出梦幻的世界的。中国画家爱把他们所幻想而在现世见不到的境地在画中实现。线就是造成他们的幻想世界的工具。原来在现实的世界里，单独的"线"的一种存在是没有的。西洋画描写现世，故在西洋画中（除了模仿中国画的后期印象派以外）线不单存在，都是形的界限或轮廓。例如水平线是天与海的形的界限，山顶是山的形的轮廓。虽然也有线，但这线是与形相关联的，是形的从属，不是独立的存在。只有在中国画中有独立存在的线，这"线的世界"，便是"梦幻的世界"。

做梦，大概谁也经验过：凡在现实的世界中所做不到的事，见不到的境地，在梦中都可以实现。例如庄子梦化为蝴蝶，唐明皇梦游月宫。化蝴蝶，游月宫，是人所空想而求之不得的事，在梦中可以照办。中国的画，可说就是中国人的梦境的写真。中国的画家大都是文人士夫，骚人墨客。隐遁、避世、服食、游仙一类的思想，差不多是支配历来的中国士人的心的。王摩诘被安禄山捉去，不得已做了贼臣，贼平以后，弟王缙为他赎罪，复了右丞职。这种浊世的经历，在他有不屑身受而又无法避免的苦痛。所以后来自己乞放还，栖隐在辋川别业的水木之间，就放量地驱使他这类的空想。假如他想到：最好有重叠的山，在山的白云深处结一个庐，后面立着百丈松，前面临着深渊，左面挂着瀑布，右面耸着怪石，无路可通；我就坐在这庐中，啸傲或弹琴，与人世永远隔绝。他就和墨伸纸，顷刻之间用线条在纸上实现了这个境地，神游其间，借以浇除他胸中的隐痛。这事与做梦有什么分别？这画境与梦境有什么不同呢？试看一般的中国画：人物都像偶像。全不讲身材四肢的解剖学的规则。把美人的衣服剥下，都是残废者，三星图中的老寿星如果裸体了，头大身短，更要怕死人。中国画中的房屋都像玩具，石头都像狮子老虎，兰花会无根生在空中，山水都重重叠叠，像从飞艇中望下来的光景，所见的却又不是顶形而是侧形。凡西洋画中所讲究的远近法、阴影法、权衡法（proportion）、解剖学，在中国画中全然不问。而中国画中所描的自然，全是现世中所见不到的光景，或奇怪化的自然。日本夏目漱石评东洋画为"grotesque 的趣味"。grotesque（奇怪）的境地，就是梦的境地，也就是诗的境地。

我看到中国的旧戏与新式的所谓"文明戏"，又屡屡感到旧戏与中国画的趣味相一致，新戏与西洋画的趣味相一致。这真是一个很有趣的比喻。旧戏里开门不用真的门，只要两手在空中一分，脚底向天一翻；骑马不必有真的马，只要装一装腔；吃酒不必真酒，真吃，只要拿起壶来绕一个抛物线，仰起头来把杯子一倒；说一句话要摇头摆尾地唱几分钟。如果真有这样生活着的一个世界，这岂不也是 grotesque 的世界？与中国画的荒唐的表现法比较起来，何等地类似！反之，新戏里人物、服装、对话，都与日常生活一样，背景愈逼真愈好，骑马时舞台上跑出真的马来，吃酒吃饭时认真地吃，也都与现世一样。比较起西洋画的实感的表现法来,也何等地类似!

实际的门与马固然真切而近于事实,但空手装腔也自有一种神气生动的妙趣,不像真的门与真的马的笨重而煞风景;对唱固然韵雅,但对话也自有一种深切浓厚的趣味,不像对唱的为形式所拘而空泛。故论到画与诗的接近,西洋画不及中国画;论到剧的趣味的浓重,则中国画不及西洋画。中国画妙在清新,西洋画妙在浓厚;中国画的暗面是清新的恶称空虚,西洋画的暗面是浓厚的恶称苦重。于是得到这样一个结论:

"中国画是注重写神气的。西洋画是注重描实形的。中国画为了要活跃地写出神气,不免有时牺牲一点实形;西洋画为了要忠实地描出实形,也不免有时抹杀一点神气。"

头大而身伛偻,是寿星的神气。年愈高,身体愈形伛偻短缩而婆娑;寿星千龄万岁,画家非尽力画得身材缩短庞大,无以表出其老的神气。按之西洋画法上的所谓解剖学,所谓"八头画法"(eight heads,男身自顶至踵之长为八个头之长。中国画中的老寿星恐只有三四头),自然不合事理了。又山水的神气,在于其委曲变幻的趣致。为了要写出这趣致,不妨层层叠叠地画出山、水、云、树、楼、台,像"山外清江江外沙,白云深处有人家"或"山外青山楼外楼"一类的诗境。远近法(perspective)合不合,实际上有无这风景,正不必拘泥了。苏东坡所谓"画中有诗",就是这个意思吧!

以上所论,就是我上面所说的第二种看法,画与诗的"内面的结合"。这是中国画的一般的特色。第一种看法,画与诗的表面的结合,在后面说的宋画院及元明以后的文人画中,其例甚多。中国画之所以与诗有这样密切的关系者,是文化的背景所使然。推考起来,可知有两种原因:第一,中国绘画在六朝以前一向为政治、人伦、宗教的奴隶,为羁绊艺术的时期很长久。因此中国的大画家差不多尽是文人或士大夫,从事学问的人,欢喜在画中寓一种意义,发泄一点思想。看画的人也养成了要在画中追求意义的习惯。第二,宋朝设立画院,以画取士,更完成了文人士夫的画风。分述如下:

三 文人画家与王维

中国画家之所以多文人士夫者,是因为中国画久为羁绊艺术的原故。我国的绘画,在六朝以前全是羁绊艺术。远溯古昔,周朝明堂的四门墉上画尧舜桀纣的像,及周公相成王之图,以供鉴戒。孔子看了徘徊不忍去,对从者说:"此周之所以盛也。"汉宣帝命画功臣十一人像于麒麟阁,以旌表士大夫功勋。元帝命毛延寿画王昭君等后宫丽人,以便召令。后汉明帝画佛像,安置于陵庙,又命于白马寺壁上画《千乘万骑绕塔三匝图》。光武帝陈列古圣贤后妃像于楼台,以为鉴戒标目。灵帝、献帝,均于学门礼殿命画孔子及七十二弟子像。顺帝命作孝子山堂祠石刻,记载战争风俗等故事。桓帝命作武梁祠石室的刻画,刻的也是神话、历史、古代生活状态。这等各时代的绘画的重大作品,都是人伦的补助,政教的方便,又半是建筑物上的装饰。

到了六朝,方始渐渐脱却羁绊,发生以美为美的审美的风尚，为我国绘画的自由艺术的萌芽。然而那时候，春秋战国之世的自由思想的结晶的老子教，渐渐得势了。就造成了当时的山水画的爱自由、好自然的风尚。当时画家特别欢喜画龙，为它有无限变幻，而能显自然的力。他们欢喜画龙虎斗，暗寓物质为灵魂的苦战与冲突的意义。六朝以后，绘画虽脱离羁绊而为自由艺术，然在绘画中表现一种思想或意义，永远成了中国画的习惯。因此执笔者都让文人士夫，纯粹的画工，知名者极少。

中国的大画家，大都是文人、士夫、名士或隐者。从自由艺术的时代——六朝——说起，我国最早的大画家东晋的顾恺之，就是一个博学宏才的人，精通老庄之学的。他的最大作品，便是《〈女史箴〉图卷》（描写张华的《女史箴》的）与《〈洛神赋〉图卷》（描写曹植的《洛神赋》的）。同时的谢安，是宰相画家。王廙及其从孙画家王献之，从子书家王羲之，都是风流高迈的名士。戴家父子，戴逵、戴勃，是全家隐遁的。六朝的画家中，宗炳、王微二人正式地开了文人士夫画的先声。他们是山水名手，又作《画叙》文一篇，相偕隐于烟霞水石之间，弄丹青以自娱，为中国正式的 amateur〔业余爱好者〕画家的先锋。唐代开元三大家，吴带当风的吴道玄，北宗画祖的李思训，南宗画祖的王维，统是有官爵的。吴是内教博士。李是唐宗室，以战功显贵，官武卫大将军。王是进士，官尚书右丞。故世称南北宗画祖的"李将军与王右丞"。在宋代，特别奖励绘画，优遇画人，文人士夫的画家更多。如米元章及其子米友仁，都是书画学博士。马远、夏圭、梁楷，都为画院待诏，赐金带。元代的赵子昂即赵孟頫，封魏国公，又为当时学界第一人。明代画家多放浪诗酒的风流才子。像唐寅、祝枝山、文徵明，是其著者。董其昌兼长书画，亦有官爵。细查起中国绘画史来，就可知中国画家不是高人隐士，便是王公贵人。中国画隆盛期之所以偏在兵马仓皇的时代，如六朝、五代、南宋者，恐怕就是为了他们视绘画与诗文一样，所以"穷而后工"的吧！不过从来的画人中，诗与画兼长而最有名的，要推王维。"画中有诗"的荣冠，原只能加在他头上。他实在是中国画的代表的画家。现在略叙其生涯与艺术于下。

王维字摩诘，是太原人。玄宗开元九年擢第进士，官尚书右丞。奉事他母崔氏很孝，据说居丧时"柴毁骨立，殆不胜丧服"。摩诘通诸艺，诗人的地位与李杜并驾，为当时诗坛四杰之一。所以当时的权门富贵，都拂席相迎，宁王、薛王，尤其尊重他如师友。安禄山反，王摩诘为贼所捕，被迎到洛阳，拘留他在普施寺。安禄山晓得他的才能，强迫他做了给事中。因之贼平之后，他就以事贼之罪下狱。幸而他的弟王缙自愿削刑部侍郎职以赎兄罪，王摩诘得复右丞官职。后来他上书陈自己五短及其弟五长，乞放还，栖隐于辋川别业的木水琴书之间，悠悠地度其余生。他妻死后不再娶，孤居一室凡三十一年，隔绝尘累。他们兄弟均深信佛法，平居常蔬食，不茹荤血。隐居之间，襟怀高旷，魄力宏大，于画道颇多创意。渲淡墨法，就是他的创格。故当时的画家都说他是"天机到处，学不可及"的。苏东坡说："味摩诘之诗，诗中有画；观其画，画中有诗。"他的画，都是"无声诗"。后世文人，都学他的画风。中国绘画史上的文人画家的位置就愈加巩固了。

　　看了王摩诘的大作《江山雪霁图》，使人自然地想起他的"江流天地外，山色有无中"（《汉江临眺》）的两句诗。而因了苏东坡的一句话，我回想起他别的诗来，似乎觉得果然处处有画境了。他自从栖隐于辋川别业以后，对于自然非常爱好，每当临水登山，对落花啼鸟，辄徘徊不忍去，因此可知他是非常富于情感的人。所以他的画，即如《江山雪霁图》中所见，都像春日地和平，像 utopia〔乌托邦〕的安逸，绝无激昂的热情。原来他为人也如此：当他被安禄山所捕的时候，他只是私诵"万户伤心生野烟，百官何日再朝天？秋槐花落空宫里，凝碧池头奏管弦。"（《私成口号示裴迪》）

　　"私成口号"者，就是不落稿而口吟，窃自悲伤，并不起而反抗运命。被强迫做给事中，他也并不认为"有辱宗庙社稷"而坚拒。然这诗已从他心中吐露着他的失国的悲哀。我以为这与李后主的"最是仓皇辞庙日，教坊犹奏别离歌，挥泪对宫娥"同一态度。这也是一格；岂必骂贼而死，或自刎于宗庙，才算忠臣圣主呢？"什么宗庙、社稷，肮脏的东西！只有情是真的，善的，美的！"我不禁要为王摩诘与李后主的失节竭力辩护。

　　王摩诘的诗中，画果然很多。而且大都是和平的纤丽的风景画。据我所见，除了一幅"回看射雕处，千里暮云平"（《观猎》）壮美以外，其他多数是和平的、Utopia 的世界。如：

　　　　人闲桂花落，夜静春山空。（《鸟鸣涧》）

返影入深林，复照青苔上。(《鹿柴》)
家住水西东，浣纱明月下。(《白石滩》)
林深人不知，明月来相照。(《竹里馆》)
隔浦望人家，遥遥不相识。(《南垞》)
明月松间照，清泉石上流。(《山居秋暝》)
落花寂寂啼山鸟，杨柳青青渡水人。(《寒日汜上作》)
漠漠平沙飞白鹭，阴阴夏木啭黄鹂。(《积雨辋川》)

还有数幅是纤丽的：

竹喧归浣女，莲动下渔舟。(《山居秋暝》)
涧户寂无人，纷纷开且落。(《辛夷坞》)
黄莺弄不足，衔入未央宫。(《左掖梨花》)

以上数例，不过是我在手边的唐诗里面随便检出来的。想来他的"无形画"一定不止这几幅；且我所看中的在读者或不认为适当，也未可知。然他的诗中的多画，是实在的。

至于他的画，可惜我所见太少，不能饶舌。惟翻阅评论及记载，晓得他的画不是忠于自然的再现的工夫的，而是善托其胸中诗趣于自然的。他是把自己的深的体感托自然表出的。他没有费数月刻画描写嘉陵江三百余里山水的李思训的工夫，而有健笔横扫一日而成的吴道子的气魄。这是因为描写胸中灵气，必然用即兴的、sketch〔速写〕的表现法，想到一丘，便得一丘，想到一壑，便得一壑，这真是所谓"画中有诗"。

据评家说，王维平生喜画雪景、剑阁、栈道、罗网、晓行、捕鱼、雪渡、村墟等景色。他的山水是大自然的叙事诗。他所见的自然，像他的人，没有狂暴、激昂，都是稳静、和平。他的水都是静流，没有激湍。他的舟都是顺风滑走的，没有饱帆破浪的。他的树木都是疏叶的，或木叶尽脱的冬枯树，没有郁郁苍苍的大木，也没有巨干高枝的老木。他的画中没有堂堂的楼阁，只有田园的茅屋，又不是可以居人的茅屋，而是屋自己独立的存在，不必有窗，也不必有门，即有窗门，也必是锁闭着的。这等茅屋实在是与木石同类的一种自然。他的画中的点景人物，也当作一种自然，不当作有意识的人，不必有目，不必有鼻，或竟不必有颜貌。与别的自然物同样地描出。总之，他的画的世界就是他的诗的世界。故董其昌说他的《江山雪霁图》为"墨皇"，又说"文人画自王右丞始"。因为后世文人，仿王摩诘之流者甚众，造成了"文人画家"的一个流派。但后世文人画家，多故意在画中用诗文为装饰，循流忘源，渐不免失却王维的"画中有诗"的真义。至下述的赵宋画院，更就画题钻刻画，有意地硬把文学与绘画拉拢在一块，充其过重机敏智巧的极端，绘画有变成一种文艺的游戏或谜语之虞。像下述的画院试题一类的办法，当作绘画看时，未免嫌其多含游戏的或谜语的分子。不如说是另一种文学与绘画的综合艺术，倒是一格。

四　宋画院——综合艺术

宋朝设立画院,以画取士。当时政府的奖励绘画,优遇画家,为古今东西所未有。徽宗皇帝非常爱好文艺,又自己善画。故画院之制虽在南唐早已举行,到了宋朝而规模大加扩张了。当时朝廷设翰林画院,分待诏、祗候、艺学、画学正、学生,供奉诸阶级,以罗集天下的画人。画院中技艺优秀的,御赐紫袍,佩鱼。又举行考试,以绘画取士。其法,敕令公布画题于天下,以课四方画人。凡入选,就做官。所以那时候的画家,实在是"画官",坐享厚禄,比现在卖画的西洋画家要阔绰得多。这实在是照耀中国绘画史的一大盛事!

画院的试法,非常有趣:用一句古诗为试题,使画家巧运其才思,描出题目的诗意。据我所见闻,有几个例:

画题:《踏花归去马蹄香》。这画题的"香"字很难描出,而且不容易描得活。有一个画家画一群蝴蝶逐马蹄飞着,就把"香"字生动地写出了。又如:

画题:《嫩绿枝头一点红,恼人春色不须多》。一般画家都描花卉树木,表出盛春的光景,以传诗意。但都不中选,入选的一人,画的是一个危亭,一个红裳的美人如有所思地凭在亭中的栏杆上,与下面的绿柳相照映。

画题:《蝴蝶梦中家万里,杜鹃枝上月三更》。王道亨入画院时,所课的是这画题。他的画材是汉朝的苏武被虏入朔方的光景:画抱节的苏武在满目萧条的异国的草原上牧羊,以腕倚枕而卧,又画双蝶仿佛飞舞于其枕畔,以表示其故国之梦的浓酣。又画黑暗的森林，被明月的光照着，投其枝叶树干的婆娑的影于地上，描出在枝上泣血的子规的诉月的样子。我又记得幼时听人说过同样的几例，如：

画题：《深山埋古寺》。虽然不知是否宋画院试题，但也是一类的东西。画家中有的画深山古木，中间露出一寺角。有的画一和尚站在深山丛林之中。但都不中选。其一人画深山与涧水，并无寺角表露，但有一和尚在涧边挑水，这画就中了选。因为露出寺角，不算埋，于埋字的描写未见精到；和尚站在山中，也许是路过或游览，里面未必一定有寺。今画一和尚担水，就确定其中必有埋着的古寺了。

画院试法，自然不是宋代一切画法的代表。然其为当时一种盛行的画风，是无疑的。考其来因，亦是时代精神、思潮风尚所致：宋朝文运甚隆，学者竞相发挥其研究的精神。耽好思索，理学因之而臻于大成。这时代的学术研究，为中国思想史上一大关键，当时非儒教的南方思想，达于高潮。一般学者均重理想，欢喜哲学的探究。对万事都要用"格物致知"的态度来推理。因之绘画也蒙这影响，轻形实而重理想了。这种画院试法，便是其重理想的画风的一面。

看了这种画法，而回溯文画家之祖的王维的画风，可显见其异同。王维的"画中有诗"，是融诗入画，画不倚诗题，而可独立为"无声诗"。反转来讲，"诗中有画"也就是融画入诗，诗不倚插画，而可独立为"有声画"。宋画院的画风，则画与诗互相依赖。即画因题句而忽然增趣，题句亦因画而更加活现，二者不可分离。例如《踏花归去马蹄香》一画，倘然没有诗句，画的一个人骑马，地下飞着两只蝴蝶，也平常得很，没有什么警拔；反之，倘没有画，单独的这一句七言诗，也要减色得多。至如《深山埋古寺》，则分离以后，画与诗竟全然平庸了。所以这类的画，不妨说是绘画与文学的综合艺术。试看后来，倪云林之辈就开始用书法在画上题款。据《芥子园画传》所说："元以前多不用款，或隐之石隙。……至倪云林，书法遒逸，或诗尾用跋，或后附诗。文衡山行款清整，沈石田笔法洒落，徐文长诗歌奇横，陈白阳题志精卓，每侵画位。"题款侵画位，明明是表示题与画的对等地位。且他们讲究"行款清整""笔法洒落""诗歌奇横"，则又是书法、诗文、绘画三者的综合了。

综合艺术与单纯艺术孰优孰劣，不是我现在要讲的问题。绘画无论趋于单纯、综合，都是出于人类精神生活的自然的要求，不必分量地评定其孰高孰下。宋画院的画风，其极端虽然不免有游戏的、谜语的分子，然就大体而论，也自成一格局。这犹之文学与音乐相结合而表现的中国的词、曲，西洋的歌曲（lieder，即普通学校里教唱的歌曲）。王摩诘的画，融化诗意于画中，犹之融化诗意于音乐中的近代标题乐（program music）。音乐不俟文学的补助，而自能表出诗意。至于前面所举的蟹、布片、苹果、豆、油罐头，——严格地说，图案模样，——则单从画面的形色的美上鉴赏，可比之于音乐中的纯音乐（pure music），即绝对音乐（absolute music）。歌曲、标题乐、绝对音乐，是音乐上的各种式样，各有其趣味。则绘画上自然也可成各种式样，有各种趣味。那是音乐与文学的交涉，这是绘画与文学的交涉。这种画风，正是中国绘画所独得的特色。在西洋绘画中，见不到这种趣味，关于宗教政治的羁绊艺术的绘画，在西洋虽然也有，然与文学综合的画风真少得很。即使有，也决不像中国的密切结合而占有画坛上的重要的位置。据我所知，西洋名画家中，只有前述的新拉费尔前派的洛赛典专好描写文学的题材，其所画的莎士比亚的《哈孟雷特》〔《哈姆雷特》〕中的渥斐利亚，但丁的《神曲》里的斐亚德利坚，体裁相当我国的《归去来图》《赤壁之游图》之类。然新拉费尔前派只在十九世纪中叶的英国活动一时，不久就为法国的印象派所压倒，从此湮没了。试看一般西洋画上的画题，如《持锄的男子》《坐在椅上的女子》等，倘然拿到中国画上来做题款，真是煞风景得不堪了。但配在西洋画上，亦自调和，绝对不嫌其粗俗。反之，在一幅油画上冠用《夕阳烟渚》《远山孤村》一类的画题，或题几句诗，也怪难堪，如同穿洋装的人捧水烟筒。东西洋的趣味，根本是不同的。

一九二六年，十月，在江湾立达学园

工艺实用品与美感[1]

我在永安公司楼上看见过一种象牙雕的裸体女子,大概雕的人不是像外国雕刻家地习过人体木炭写生,研究过艺用解剖学的,故雕得很难看:只是把乳房、腹部、臀部作得肥胖胖;姿势的权衡,身体各部的尺寸,筋肉凹凸的表现,全然乖误,狞恶而没有人相,看了不但要"作三日呕",而且怕得很。

我在无锡——以产泥人形著名的无锡——看见过泥做的叫化子、鸦片鬼,做的非常逼真。蓬蓬的发,青面獠牙的脸,伛偻的腰,使人见了毛骨悚然,不敢逼近去看。

我在上海城隍庙看见过嵌出 ABCD 等外国字母的景泰窑的瓶、匣。字母是没有意义的,而且有几个左右反转像镜子里所见的,不知是 B 或 K 已经记不清楚,但我可决定它不是俄文(俄文中有几个字母是英文字母反转的)。看了觉得很好的景泰窑的质料,为什么要这样无聊地像乡下姑娘绣鞋地、抄美孚牌煤油箱上的字母来作装饰?真是可惜得很!

我又在上海的大银楼里看见过银制的黄包车、轿子、船、洋房,纤细得很,周到得很。工夫一定很费,卖给惊叹其细巧

---

[1] 本篇原载 1926 年《一般》杂志第 1 卷 12 月号。

而贪爱其为银的太太们,也一定很值钱。所惜不过是一味的徒然的纤巧,大体全然不玲珑,人物尤其无神气。

看到这等东西,常常使我不快;想象假如有一个店主拉住我,硬要送我一件,我一定不受。

考察上述四种东西的制造者、购买者的心理,可知象牙裸女是模仿西洋的皮毛,或是取其色情的。叫化子与鸦片鬼由于丑恶的、残忍的好奇心。洋字的瓶与匣是幼稚的恶俗的趣味。银黄包车出于盲目的弄富的心理。在我们所日常接触的工艺品、实用品中,这类的东西还有不少,又大概是出于这一类的心理的。这种心理,明明是全然与"美感"无关系的。所以我想,看了觉得不快的,一定不止我一人。

所以我们张开眼来,周围的物品难得有一件能给我们的眼以快感,给我们的精神以慰乐。因为它们都没有"趣味",没有"美感";它们的效用,至多是适于"实用",与我们的精神不发生交涉。

人类自从发见了"美"的一种东西以来,就对于事物要求适于"实用",同时又必要求有"趣味"了。讲究实质以外,又要讲究形式。所以用面包与肉来果腹,同时又要它们包成圆形而有花样的馒头;用棉来蔽体,同时又要制成有格式的衣服;要场所来栖宿,同时又要造成有式样的房屋。

所以在美欲发达的社会里,装潢术、图案术、广告术等,必同其他关于实用的方面的工技一样注重。在人们的心理上,"趣味"也必成了一种必要不可缺的要求。从饮食上,也可证明这是事实:据实验过的人说,方糖比白糖不甜,在糖中,要算焦黄而夹杂草叶的次白糖最甜。但我们看见方糖先自整整地陈列在盆子内，自己用瓢舀起来，放下去，看它像白衣人跳在黑海里地没入咖啡中，自己调匀来吃，滋味比放次白糖一定好得多。其实用的"甜"原来一样，也许不及一点，但感觉的趣味是好得多了。丁香萝卜[1]其实并不好吃，但切成片子，橙黄而圆圆地浮在第一盆菜的 soup〔汤〕中，滋味自然好起来。巧格力有了五色而有光的锡包纸，滋味也好一点。苹果的滋味，是暗中借重于其深红嫩绿的外皮的。荔枝的滋味，也是暗中借重于其玉洁冰清的肉色的。

优良的工艺品、实用品，也是于实用以外伴着趣味，即伴着美感的。而那四种物品，给我的印象只是下劣而散漫无理。记得五六年前我刚从日本回来的时候，常常欢喜跑到虹口的日本店里去买日本的"敷岛"香烟，五德糊，甚至鸡毛帚不要用而用日本的"尘拂"，筷子不要用而用日本的消毒割箸[2]，礼拜日还常常去吃"天麸罗荞麦"，房间里又设日本人用的火钵。为的是：日本的一切东西普遍地具有一种风味，在其装潢形式之中暗示着一种精神。这风味与精神虽然原是日本风味与日本精神，无论是小气，是浮薄，总有一个系统，可以安顿我的精神。回顾向来用惯的我国的物品，有一部分是西洋的产物，一部分是东洋的产物，又有一部分是外国人迎合中国人心理而为中国人特制的，又有一部分是中国人模仿外国的皮毛而自制

---

[1] 丁香萝卜，作者家乡话，即胡萝卜。

[2] 割箸，来自日语，指一种用时劈为两只的木筷子。

的，还有一部分是中国旧有而沿用至今的东西，混合而成。混合并非一定不好。混合中也许可以寻出多方的趣味。可惜我们的只是"混乱"，是迎合，模仿，卑劣，和守旧的混乱的状态，象征着愚昧、顽固等种种心理。

其实我们的工艺实用品，有许多是很可惜的。大好的材料，为了形状与式样而损失其价值。原来物品的得用与否，不仅是质（材料）的问题，而更是形（做法）的问题。我看见有一种瓷器时，常常感到：只要作者于未入窑时在某一部分一捺，或增减一点，就立刻变成良好的物品了。这是全不费工本的一回事。又常常感到：如果作者能省去某一部分的细工或绘图，也就立刻好看了。这更是所谓"出力不讨好"的事。景泰窑、江西瓷、象牙、白铜，是何等好的材料！只要改良其形状、色彩、图案等制造方法，工艺实用品就进步了。这正如做菜一样：高明的厨司与低劣的厨司，所用的材料同是鱼、肉、盐、油等，同样用锅，同样用火，只是分量的分配，下锅的久暂等做法不同而已。

优良的工艺品，是"实用"与"趣味"两种条件都满足的。例如外国的牛奶壶，口上长出一个荷花边形的缺口，倒起来很利便；柄的弯度适合手指的位置，拿起来又自然；长身细腰的形又好看，真是进步的工艺品。又如

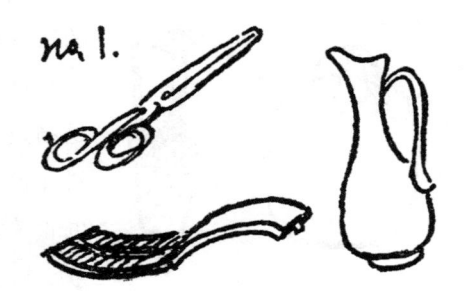

外国的剪刀，插指的两洞孔高低不齐，适合大指与食指及中指的位置，而每个洞孔内，又依手指的方向而作角度不同的斜面，手指套在洞孔内感到舒服。一方面参差的形，变化的线与面，又非常好看，这也可说是优良的实用品的实例。还有一种纸盒子或烟匣子，长方形而扁薄，弯成瓦形。弯弯的曲线既很好看，开开来的形象更加美观，像第一图，放在衣袋中又适合身体的弯度，贴切而爽快，也是好的工艺品。因为形式的美观，实用的便利，在这种用品上两全了。偏于实用的，固然粗俗，偏于趣味的，有时也有空虚无实的感觉。例如法国产的酒瓶，有一种像第二图甲的样子的，形状颜色的优美，自然使人满足，然而一则过于求形状的秀长，瓶底太小，颇不稳当，二则瓶的容量究竟太小，实用上总觉得不便。这也许因为我的酒量比这壶的容量大的原故。在巴黎的美人，或高贵的人，没有感到这一点，也未可知。我们这里人家爱用像第二图乙的，全无装饰的冬瓜似的红泥瓶，用以盛酱油或酒，取其容量大而价钱巧。这甲乙两种酒瓶，可说是趣味与实用的两极端。

优良的工艺品，不但要讲究形式，又要讲究材料。同材料的物品，固然可因形状色彩的形式的美丑而分高下，所以说改良工艺品不是材料的问题，是制造方法的问题。但仅就材料而论，材料对于实用与趣味也很有关系。景泰窑、象牙、金、银，原是贵重的材料。但

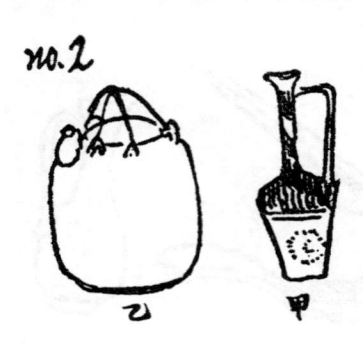

并非无论何物用这等为材料就好。景泰窑宜做瓶，象牙、金、银宜做装饰品。景泰窑的碗（上海城隍庙所见），象牙的筷，银的痰盂（上海各银楼所见），材料不适当而又无理。材料决不是只要贵重就好的。镍制的瓢，木制的日本筷，洋瓷[1]制的面盆，材料虽平常，然因适当，故用时有快适之感。流行的贵重品大理石桌面，总有不自然的感觉。木制物倘只知加漆为贵重，为讲究，有时反要损失材料的趣味。例如栗木，本色是很好看的，加漆反而俗气。本色的铅笔杆，我常常觉得色泽既沉静质朴，拿起来的感觉又快适，远胜于加漆的杆。

于是我想起了对于日常接触的几种实用品的印象，现在把对此所发生的种种感想与意见一并写出在下面。

近来社会上流行的实用品中，往往用一种投机的名目。例如"国耻""五卅""中山"等字，既普遍地被用作商店学校的名称，又普遍地被用作各种实用品上的装饰。有国耻牌香烟，有五卅牌毛巾。又有中山牌表、中山牌香烟、中山布、中山鞋。在实用品的装饰中寓一种劝励的意义，或纪念的意义，本来是可以的。但过于生硬而不自然，就徒然引起人的恶感。商人过于热心于商品的销行，越明显越好，越大越好地在物品上制上"五月九日国耻纪念"，"毋忘国耻"的隶书的大字，或印上孙中山先生的照相。例如有一种毛巾，下端印着洋钱大的"凡我同胞，毋忘五九"八个大红字，明了是明了的，到底很不雅观。无论它质地何等坚牢精致，我实在为了这装饰的不美观而不愿

---

[1] 洋瓷，指搪瓷。

购用。我在小市镇的江湾的洋货店里,发见一条下端一条很细的细红线的毛巾,质料并不良好,但我为了这一条细红线的趣致而购用了。觉得比前者好看得多。

拿一个很大而圆形的中山先生的照相镶在表中商标的地位,也似乎有同样不自然的感觉。洋钱上原也有很大的袁世凯肖像,但那是浮雕,占有洋钱的全面,作为洋钱的全部的装饰,而且那洋钱是袁大总统治世的货币,自然意义与形式都相宜。表,在意义上与孙中山先生并无关系,就是要在天天出入怀中的表上告示人以纪念伟人,这样率然地在十二点钟的罗马字上镶一个平常的铜板照相,明白是明白了,形式到底不美观。用无色的浮雕,或用在背面,岂不更适当一点呢?我在市中看见了中山表那一天,回家后想起钟表的时辰盘何不改为种种的图案呢?就拿油画笔把壁上的挂钟的时辰盘上的罗马字用油画颜料涂杀,画作一枝杨柳树,又在两个针头上黏附黑纸剪成的两只燕子,由燕子飞的方向的角度辨识时间。油画颜料一干是拿不脱的,现在我还在用这奇怪的钟。

香烟匣的图案,种类很多,倒是很丰富的一个话题。香烟匣图案中,好看的很多,难看的也很多,但不知什么关系,红屋牌香烟最讨我的嫌恶。红屋牌香烟英名为 Old mill,照字面上讲起来是"老的磨车"的意思,匣面上也画着一个水转的磨车。但不知为什么中国译作"红屋"。就匣面看,是一幅写生画式的彩色的风景画,中景是一所屋,屋上略有几点红色,旁边一架水车,近景是河、草地、树木,远景是丛林及夕阳时候似的红光的天空。天空中就是"Old mill"的双线的大红字。所以译作"红屋",想来是为了屋上有几点红的关系吧。这名称既然奇怪,而用写生画式的风景画作为匣面装饰,更是幼稚的、拙劣的办法。况且这幅风景,画的又最恶俗,碧蓝的水,青葱的草地与树叶,并行线式的天空的红云,鸦嘴笔画的建筑物上的直线,画趣全然幼稚而恶俗。我疑是美国人迎合中国人的下劣的嗜好而作的。又红屋的匣边上,用红黄黑三种颜色,非常不调和,也是使人起不快之感的。原来实用品上的装饰,就是要用风景,也须改作图案风的画法,方才有"装饰"的趣味;把原样的一幅写生风景缩印在上面,而且占着匣面全部,无论如何不会好看的。与红屋牌同样办法的,还有前门牌、长城牌、天桥牌(Capital〔首都〕,这译法我也不懂)等。其中前门牌很好看,比较起来差得远了。因为所画的前门,是有一点图案风的,不是全然的写生风,又围在圆形的额内,后面衬着鼠色柔静的背景。长城牌呢,画法虽也是写生风的,但外面有阔的边,不像红屋的只用一条细的黑线,又内部下方全是山,上方全是天,风景本身已带一点图案的风味,所以比红屋好看一点。至于天桥牌,恶俗同红屋一样,唯不像红屋的散漫乱杂,又不像红屋的占有全面,而用圆额,就是这点较胜。匣旁边的回文角,背面的金八结[1]商标衬着红地,倒有一种中国风的华丽浓厚的趣味。现在流行着的香烟,我虽然没有统计,想来总不下数十种。因为我吸的是中下等的香烟,故对于阔客吸的最上等的及黄包车夫吸的最下等的未曾注意到,只就自己的阶级

---

[1] 八结是一种图案纹。有一种拍被褥的藤拍就是八结纹的。

里的说说。前天我在烟店里一选，发现还有许多比红屋更不好看的香烟，其中的代表者"五蝶牌"，这图案的特色，是所用的色，计有蓝、黑、赭、墨绿、白、黄、橙、紫、粉红、深蓝九种之多。一种原始的散漫的华丽，颇足以引惹欢喜穿大红大绿的未开化人的兴味。

在这阶级里我所觉得好的香烟，是仙女牌与联珠牌。仙女牌英名为 Victory〔胜利〕，名义虽然也译得奇怪，但不问英字意义，假定图中的女子为仙女，似比红屋、天桥近理一点。匣的周围用褐色的阔边，坐着的女子取 Michelangelo〔米开朗琪罗〕作的建筑雕刻式的位置。右手持武器似的杆，左手持红黄蓝白黑的盾，又像希腊古代雕刻的雅典女神的姿势。后面用淡红的太阳及日光为背景，全体总算端整稳定，形式上，色彩上，少有可非难的点。联珠牌用的是金、紫、碧、白四色，也觉得幽雅秀丽。方格中装一个椭圆形，以联珠作边，线的配置也不坏。我已经有五六年欢喜吸这两种香烟了。总觉不愿意吸别的。因为同阶级中的别的香烟，烟丝也许有比这等更好的，但竟找不出比这两者更好看的图案来。好看的烟匣从衣袋中摸出来时，且不说烟味，其样子已经给我们的眼以一种慰安了。幸而仙女及联珠的烟丝也不坏，朋友中同意于我的意见而吸这两种的人也很多。

因为谈香烟，附带地想起了火柴。火柴的匣面图案，也有各式各样，我没有仔细留意，一时不能详说。只记得看见过一种新出的叫做"桑女牌"的，恶劣得很。中国出的火柴，几乎没有一种好的匣面图案。比来比去，还是老式的"燮昌"牌红头火柴，匣上是一色画的姜太公钓鱼图，耐看一点，因为它总算是纯粹的中国画式的，没有那种不中不西的恶味。

关于茶杯，有形式与图案两方面的批评。像第三图所举。1、2、3三种为日本式，形状简单，图案质朴，也自有一种日本风味。4、5两种为西洋式，形状与图案均简单，也自有一种西洋风。6为中国旧式，形状玲珑复杂，图案华丽而工细，也自有一种中国风。惟7、8两种，是中国制新式的，或日本替中国制的，或取复杂的曲线形，鲜艳而幼稚的图案，或绘细致的风景。这种茶杯现在很流行，价钱也很便宜。其实趣味反不及质料粗陋的所谓"江北碗"好。像9便是一种江北碗，每个只值几个铜板，黄褐色的糙瓷，口上绘蓝色的几笔花叶，形与图案均古朴可喜，不过质料粗一点。中国新式的瓷器中，不止茶杯，凡壶、瓶、碗、盆中，有不少的幼稚而可嫌的东西，可嫌的点，就在形的一味好奇，色与花纹的一味好华丽，金、红的滥用。其例不胜枚举。比较之后，使我在粗陋的所谓江北货中发现了许多好的古朴可喜的器具。图中9的碗，我记得以前曾

向一家做丧事人家的茶担上转买四个,每只铜元五枚,我曾陈列在书架上,经许多朋友欣赏过。后来,又在西门一个旧货摊上以六个铜板买了同样质料的一个瓶,像图中10,颜色上半是暗黄,下半是殷红,真是陈列或静物写生的好材料。在新式的细洁的瓷器中,从未见过这样好的形式。茶壶之中,不是像11的奇形而奇色,就是像12的只顾实用。

玩具有欢喜"逼真"的恶习。故多数的玩具,是照真的物件缩小的。小洋房,小大菜桌,小黄包车,……都是小型而逼真的玩具。近来这种办法甚至应用到人身上:七八十来岁的女孩,竟给她像母亲一样地穿小裙、小女衫,梳小头,装成一个奇形的小太太。使人对于这女孩子不敢接近。

最恶劣的,无过于近来在上海流行的、贺开张用的画框了。试入新开的商店内,必可看见环壁是这类的画框。写出或用小块镜子玻璃填写"长发其祥""财源茂盛"一类的字,旁边是大红大绿及金银色的花纹,好像戏文里的袍或幔上的花纹,而更加散漫乱杂。总之,是盲目的一味贪好华丽浓厚,使五光十色,眩耀人目而止,毫无一点"美"的影踪。

不良的工艺品、实用品,逐日的产出,大批的销行,可见一定是有人欢喜而购买的。这原是国民美育程度的根本问题,但从工艺品促进改良上促进国民的美育,以工艺品改良为艺术教育的一端,也是可能的事。十九世纪末的英国德国的艺术教育运动,便是发轫于工艺品改良的。英国为了其工艺的出品在巴黎大博览会遭失败而提倡艺术教育,德国为了其工艺的出品在一八五一年的伦敦大博览会遭失败而开艺术教育大会。我国艺术专门学校已经林立，而独无人注意于工艺品的改良，坐使商人利用民众的幼稚的鉴赏力的弱点，而源源地产出恶劣的物品，不可谓非艺术教育者对于社会方面的疏忽。

一九二六年十一月八日

美术的照相[1]
——给自己会照相的朋友们

现在照相真是流行极了。我的朋友中有许多人自备照相器，自己会拍照；马路上卖照相器的店到处皆有，而且一二十块钱就可买一具。回想起少时候听乡人说"拍照拍不得的，外国人要拿去填在洋桥里"[2]的时代来，真是有霄壤之差了。

照相虽然这样流行，我却一点不懂，既没有照相器，更不会弄。然而我对于照相，无论照相店里照的，朋友们照的，常常觉得不满意，可批评的极多而满意的极少。不懂照相的我何以敢批评照相呢？也有一个理由！

照相这种东西，虽然自来不曾正式列入美术中，但考究起它的性质来，是与工艺品同类的。就是跨于"实用品"与"美术品"两者之间的。例如一个花瓶，一把茶壶，原是为了插花与盛茶的实用而作的，但人们总于不漏水、不倾倒等实用的条件以外，又要求样子的好看，色泽的美丽，花样的得宜。同样，照相原是为了保留肖像或实景的实用而作的，照得好，冲洗得好，都是可以达这目的的。但如果单求"肖似"的实用，

---

[1] 本篇原载 1929 年 3 月《一般》杂志第 2 卷第 3 号。
[2] 当地民间造桥，为求成功多半会填一些弱小的生命，故小孩不可到现场。

而不计照相内的布置安排，结果就与只求不漏不倾倒而全不美观的茶壶花瓶一样。明言之，照相是属于两方面的工作的：照得好，冲洗得好，是"工业"方面的工作，人物风景的地位布置安排得好，明暗的部分配列得好，是"美术"方面的工作。我不会照相，不会冲洗，对于照相的工业方面的事全是外行；但照相面上的人物风景的地位的布置与明暗的配合的适当与否，——即美不美，是有目共赏的，我也不妨谈谈。

虽说照相与花瓶茶壶等同类，其实比较起来，照相更接诉于美术，即所含的美术方面的效用比实用方面的更多。为什么呢？照相与视觉艺术的中心的绘画非常接近，在感觉上照相与绘画同是只诉于视觉的。进言之，凡只诉于视觉的艺术，全是观赏的。花瓶茶壶，仅观赏其形状色彩时虽与雕刻绘画同类，但其他的插花、盛花等条件，比起照相的肖似实物的条件来，究竟更属实用的。只要比较一幅画与一帧照相，一座雕刻与一把茶壶，就可首肯照相与绘画的关系比茶壶与雕刻的关系更为密切。试看中世纪的宗教画，近世写实派（realism）的画，用笔何等规谨，形状色彩何等逼真，加看复制的照相版，竟全同实景一样，使人不辨其为绘画或照相。这点大概是看过西洋画的人所同感的。这样想来，照相只要形状、位置、明暗等配择得适宜，竟可收到与写实派绘画同等的效果，挂在壁上同样地可以使人悦目。我看到写实派始祖米勒（Millet）的《晚钟》（*Angelus*）、《拾穗》（*The Gleaners*）等画的缩小的照相版，常常想到我们选择好的风景，像制电影片地雇用模特儿来扮演时，一定也可制出与这等名画同样美观的照相。米勒的画中，

《初步》（*First step*）等尚有美快的木炭的笔纹可寻，为照相所不能致；至《拾穗》《晚钟》等，在缩小的印刷版上竟全无画的痕迹可寻，看画的时候使人似乎觉得这种实景是在寻常田野中所常见的。记得从前有一位年老的中国画家对我说："西洋画同照相一样，只要涂染工夫深就好；我们的画是讲笔意的，……"这几句话虽然不足以为西洋画的正评，然也有几分意思在里面。不错，绘画原有像照相的，反转来说，"照相原可以照得像绘画的。"像绘画的照相，我名之曰"美术的照相"。

美术的照相有什么条件呢？最重要的是构图，就是照相里面所收容人物风景的形状位置的讲究。其他配光等，例如某种风景以轮廓清晰分明为宜，某种风景以明暗混和为宜，也是一种美的条件，但不及构图的重要且必要。我往常在友人处或照相店里看见照相总觉不满意于构图的多。但并未收罗来作批评的材料。现在为了要写这篇文字给《一般》，就近向了几个友人处借几张来看（我自己是不保存照相的），先找出了两张最可批评的照相。因之想起了对于向来的照相的不满意的地方。原来要讲怎样才是美的照相，是不容易的，指摘这照相为什么不美，是容易的。让我先批评一下再说吧。

照坏的照相的人和满意于坏的照相的人，都是不识"空间美"而专以"肖似""清楚"为目标的。近来又加了"漂亮""写意"两个目标。中国自有照相以来，所有的照相自然人物（肖像）居大多数，风景的照相极少。而人物的照相的格式，也不过数种：第一，半身肖像，用方额或者圆额，头的位置放在比中央稍高的地位，下方包含胸部，这种格式，位置最不容易安排得出色，但同时也最少犯毛病。第二，全身的肖像，旧式中央放茶几，茶几上放自鸣钟，水烟筒，茶几前下面放痰盂，茶几旁放椅子，椅子上坐架起脚或手拿书卷而眼望前看的人，是千遍一律的格式。新式的用种种新花样的家具与背景，人也像家具与背景一样，装种种漂亮的、写意的样子，或含着笑弯着头做出爱娇的姿势。前者呆板得很，自然讲不到美的位置；后者虽然家具也漂亮，背景也漂亮，人物也漂亮，可是但注意这点"漂亮"，并未注意到"位置的美"，看了反而使人作呕。第三，多数人的团体照相，一般总是对称的，只见大商店门口的电灯似的一排一排的头颅罢了。近来也有故意做出散乱一点，不规则一点，即一般照相人所谓"写意一点"的，但也只是"写意"而已，并不见位置的美，倒不如规则的好。最使人（至少我）讨嫌的，倒是其"漂亮"和"写意"。这种漂亮与写意，在剃头店里壁上挂着的剃头司务们的照相里，或者听差茶房们的房间里挂着的照相里，最可以彻底地看到。看到时的感觉，无以名之，只能混统地名之曰"肉麻"。有一次我到杭州一个照相馆里去照相，照相匠教我把头侧一点，偏一点，眼斜视一点，他说"这样写意"。我从此学得了"写意"这个名词。但觉得"写意"就是"肉麻"。对于这种"漂亮"与"写意"，我只感到嫌恶，却没有方法来批评指摘。现在想就第一种格式

的,即最容易妥当而又最不容易出色的半身照相中举一个实例来谈谈。第一图是一个朋友[1]的半身像。这像照得很好,光线配法取小半面明与大半面暗,即三七比例的明暗,很是有趣,又很是进步的。在十廿年前(或现在的乡下)一定有人说"脸孔半只黑半只白,不像人"的。照得也非常像,冲洗晒印得也非常清楚。在现时的照相中,总要算是最上等的成绩,最先进的照相馆的出品。可是讲起空间美,即画面位置的美来,这半身像真不过是在长方形内随便摆摆,并未下一点空间美的苦心。试看这长方形的幅内,人物的位置偏于下方左角,重心不稳,看去非常不安定,似乎不是特摄的、独立的一幅照相,而是不懂事的孩子们在一幅大画里随便剪出来的一块。故就画面的空间上察看,上方空地太多,这等空地在全体中不能对照而发生有机的作用,只是可增可减的余纸,故对全体全是无机的、无用的废物。又右旁的空地作成一条一样阔的狭长的弄,这也是使空间流于单调、板滞而不美的。此外,例如就长方圈的四边上看,下方右边余地太多,左边不足而裁去的部分太多;左边下方有一段是身体,又光线较明,右边非常黑,又全无事物来打断,感觉上非常寂寥。总之,这照相从美术的方面看来,全是"残废的"。

我用厚纸剪成一个长方形框,试在这照相上另取一个较好的位置,如第二图。图中虚线表示原来的额,实线表示我所新定的额。读者想来一定可以看出新取的虽然说不到何等巧妙的

---

[1] 即立达学园同仁匡互生。

构图,但至少是"妥当"的,"安定"的,浙东的土话所谓"落位"的。如果这样,这张照相便是因位置的一变而忽然圆满,忽然具有美术的意义。而且这位置的一变,是全不费什么工本的,何等简便的一回手续!照得好,晒得好,洗得好,装得好,都要费工本的;只为了缺少"位置摆得好"的一件最不费工本的工作,致使全幅不稳健,埋没却其他一切费工本的工作,是何等可惜的事!"安定","妥当","落位",是美的条件之一。美学上所谓"多样统一"的"统一",便是妥当、安定、落位的意义。

再举一个实例如第三图。这是我的朋友的爱儿的照相的构图。因为这小孩已经死了,我的朋友保藏这相片作纪念品。因为这样,更牵惹我的注意,就援以为例。我所感的,是很可爱的人所遗留在世上的纪念品,可惜这样不美。试想这照片的题材,小孩、大泥人、狗、林木,是何等的好题材!假如安排得好,我想一定可以作成一幅很有画趣诗意的图。现在一个小孩与一只狗的地位同样高,而且统在正中,狗又切近边上(照构图原理,主要物体是重的,不能切近边上,切近边上,就失了全

幅的均衡）。全体的不安定，不妥帖，比前例更甚。

上述的两个例，我不过是偶然用着的，并非说这两幅是模范的坏照相。总之，不讲究空间美而仅求实用（肖似，清楚）的向来的照相，用审美的眼看来，大都是不健全的，残废的。这原因，我想主在于照相师的对于美的无知。试看一般照相店里的工作人，大都是教育不完全的人。这种人不懂得空间美。这种人其实只是一种工人，匠人都称不上。为什么呢？构图的一种知识，其实只是巧运匠心于空间的一种技巧（technique），一种匠人之事，并非何等深奥的艺术上的事。这种技巧，是可以学得会的，不是像艺术天才的不可学得的。他们都没有受过这种教育，没有经过这种技巧的磨练，所以只能说是照相工人。其实，可以使他们受这种教育的地方，原也没有。

其次的原因，照相店里的大部分主顾也不容辞咎，他们都太好商量了，无论怎样坏的照相都满足地拿回家去挂（受得这等照相的人们中，自然有不满足的明眼人，故曰大部分的主顾）。

这两方面的无知，使照相不会进于美术的。照相进而为美术的，是应该的，必要的，正式的。为什么呢？我们寻常房间里的布置，书案上的陈设，实用以外都要求其美观，妥帖，安定。何况照相是要挂起来玩赏的、与绘画相去很近的美术品呢！

讲了许多话，都是批评的。不负责任地批评，自己也讲不过去。想赶快反转来讲几句"怎样才是美术的照相"的正面的话。可是我实在不懂照相，无从讲起。无已，只得讲几句关于构图法则的话。这等法则怎样应用到照相上，我就不管了。

然美术的照相，其实就是照相的画化，所以现在说画的构图，也就是说照相的构图。

构图即 composition，在中国画法上叫做"经营位置"，是中国画图法之一。西洋人有句话："男子看画看构图，女子看画看色彩，小儿看画看事物。"这虽是描摹人的心理的话，然同时又可拿来说明构图的意义。即构图在"画"的家庭里仿佛是个男子，是支配这家庭，保护这家庭，为这家庭的主脑的人。一张画里面，构图倘不良，别的敷色、用笔无论怎样良好，决不是好作品；反之，只要构图良好，虽其他的工作很草率，仍是佳作，看第四图就可明白：左边一图茶壶茶杯位置很低，且平行，主要的壶又切于边上，上端空地无作用，虽画得何等工致，全是不中用的。反之，像右边一图画得虽非常潦草，然而布置得很妥帖，即构图很良好。凡有眼的人，我想一定是取此舍彼的吧！

凡画中的"空地"，都是画面的形象，块块是有作用的，即块块是"有机的"。所以画中的空地，叫做"背景"（"back ground"）。背景不是空的无用的荒地，是陪衬主要物体，显出主要物体的。犹之官员后面的随身亲兵，不是闲人，是保护这官员，侍候这官员的有用的人。

例如画一瓶花，布置妥帖时，如果把花瓶周围的背景一块一块地割开来，如第五图，可以看见每块的大小没有完全相同

的，又没有相差很远的。每块的样子，没有过于死板的，又没有过于变化奇离的。这样，才是形的谐调。画面因了这几块形的谐调而显示美观。这拿音乐来比方，最为适切：数个振动数比例为整倍的，或倍数简单的音，合奏起来很和谐。例如 do 音振动数为 128，mi 音的振动数为 162，比 do 是五比四。sol 音振动数为 192，比 do 为二比三，倍数都很简单，故这三个音谐和，可以作成和声上所谓"长三和弦"〔"大三和弦"〕。

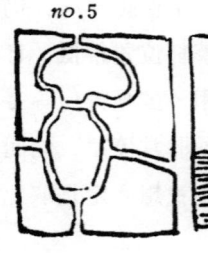

形的谐和，也有一个规律，即凡主要物体在画面的位置，须避去五加五，而取用六加四或七加三的比例，但过于变化，例如八加二，一加九，则又相差太多，不能谐和。换言之，即五加五是呆板的，一加九是散漫的，得中的六加四或七加三，才是"和而不同"的谐调。这规律的根据，仍是出于画额的"黄金律"（"golden law"）。即像前面所举诸插图的长方形的长短两边，其比例大致是黄金律的，即"大边比小边等于大小两边之和比大边"。黄金律比例的长短两线，算起尺寸来不是整数，然大致是在六比四至三比七之间的。这黄金律，确是很有价值的发见。因为黄金律的画额，其长短阔狭都恰好，确是美的形状。倘使两边长短相差比黄金律再近，而成正方形，嫌其过于呆板；再远而成狭长条，又嫌其过于奇巧，只有四六比与三七比之间的黄金律，最为适当。西洋画沿用黄金律为正格的画额，就是为了这原故。画额用黄金律为最正格，画内位置也以照黄金律分配为最安定而美观。第五图的所以位置安定，是因为花瓶上下左右各空地的大小与形状，均保住近于黄金律的比例的原故。

　　黄金律何以安定而又美观？又可用美学来说明。美学上所谓"多样统一"的原则，就是说过于多样的散乱，过于统一的呆板，均不美，又多样，又统一，方才发生美感。五加五只是统一而无变化，一加九只是变化而不统一，三加七或六加四，才是又统一，又多样。就拿半身肖像的构图来作例，如第六图，甲是统一而不多样，乙是多样而不统一，丙才是多样统一。这在静物画，犹之布置三个苹果，并列在中央太呆板，东一个西一个又太散乱。变化之中有规律，规律之中有变化。如第六图的丙，方是美的位置。

　　以上所说，只是关于主物体的位置的构图法。图中的直线与曲线的配合，也是构图上要事之一。即位置是分量的，直线曲线是性质的。例如第七图，乙的房屋两旁是直线，且与画额两侧的垂直线相并行，图中又无重要曲线，故全图板滞而无生趣。倘在屋前方加描一丛花或草如甲，就发生直线与曲线的美的对照，而画面玲珑了。又如下方丁，天际所现屋的轮廓统是直线，也因少变化而缺乏趣味。倘屋间有树耸出，屋的轮廓线就有曲线与直线的对照，而全幅活动了。又如己，曲线的花，曲线的布，曲线的瓶，加之曲线的轮廓，单调得很。倘改为直线的瓶与直线的桌，也就显示对照的美了。在照相的人，固然不能使无树的地方生出树来，以造成美的构图。但只要懂得这样好，那样不好，就不至摄取有构图病的照相了。

no.6

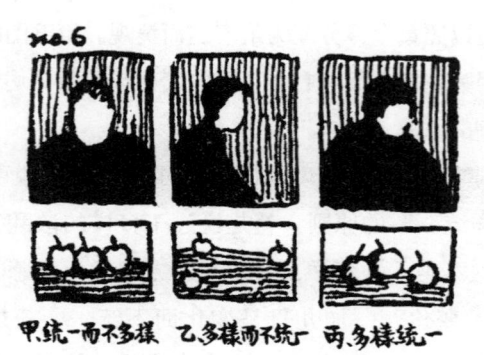

甲统一而不多样　乙多样而不统一　丙多样统一

no.7 甲 乙 丙 丁 甲 乙

位置的话容易多说，线的配合因为无一定规则而要全凭眼来赏识，非纸笔所能尽了。现在只能举这一隅而已。

　　总之，美术的照相，就是照相的画化，画化的最重要的一种技法，是构图，奉劝自己会照相的朋友们，我们不要责备照相店员及其主顾，首先自己协力起来，扶助照相向美术去吧！我们不要拿浅薄的好奇心来玩弄照相器，不要制出残废的照相来。要当作美术之一种去研究，制出可以慰安人目的美术品来。我写这篇文字的希望，也只在此，并非出来教构图法。因为构图法是不必我教的，如果有人要学，我可介绍一位先生，这先生就是火车。乘火车的时候，请注意黄金律的窗框子里面的风景。火车向左或右移动有时又忽高忽低，窗框子所割取的风景，时时刻刻在那里改换。在这不绝地改换的时候，有时会换出位置非常安妥，线的对照非常美的构图来。残废的自然有，各部均安妥而仅有一部的缺陷的也有。真是很有趣味而又很有意义的教构图的先生。我是在乘沪杭车的时候常常领教的。

丁卯〔1927年〕元宵

裴德芬谈话三则 [1]

裴德芬死于千八百二十七年三月二十六日。照日子算,百年忌辰应是千九百二十七年三月二十六日,即今年三月二十六日。然而我那篇纪念裴德芬百年祭的《裴德芬的生涯与艺术》的文字,是去年春初写的,到今年才拿出来投登在《小说月报》上。这是甚么原故呢?去年日本有一所乐器店寄一份广告给我,里面预告说:"本年三月二十六日乐圣裴德芬百年祭"。我一查,只有九十九年。有一个朋友告诉我说,"死的一年算第一年祭,今年便是第百年祭,这样算也行的罢?"我想这也许有道理。犹之中国式的算年龄,生的一年为一岁,明年就算两岁。于是我就相信去年三月二十六日为裴德芬百年祭,写那篇文字。后来见外国的新闻杂志上也并不说起这事,我才晓得错了。然而文字已经写好。裴德芬死后九十九年与百年,我想在我不会有甚么大差异,就把稿子搁起,听其迟一年发表。

今年三月,听说世界各国都有纪念裴德芬的仪式或演奏会,上海的市政厅里也有英国人奏他的交响乐。但这在我已经

---

[1] 本篇原载 1927 年 3 月 10 日《小说月报》第 18 卷第 3 号,署名:子恺。裴德芬,今译为贝多芬。

是第二次了。因为我的心去年曾经认真地独自纪念裴德芬，今年又随了大众纪念裴德芬。

裴德芬死后九十九年与一百年，我的感想原没有甚么大差异。不过在这一年间，我又读了些关于音乐的书，又晓得了几件关于裴德芬的话儿。今年是真正的裴德芬百年祭纪念了，我不甘心默默，终于又写了下面的几行。

一件很奇怪的事：世人对于这万世崇拜的不朽的乐圣的姓氏"Beethoven"一语，常是发音不正确而读错着的。在日本，在西洋，连在他的生国德意志，都没有统一的或正鹄的读法。在日本有的读作"ベトゥベン"（Betouben），有的读作"ベートーエン"（Bētōven），有的读作"ベイトウエン"（Beitouven），又有的读作"ベートホーエユン"（Bōtohōven）。在西洋，有名的 *Lippincott's Pronouncing Biographical Dictionary* 中注作"Bātoven"，还有有名的 MichaelisJones 的发音辞书中注作"Beit'-houvn"。我现在又独断地称他为"裴德芬"。

其实，据说裴德芬的姓，他幼时连自己都不能决定怎样拼法和怎样读法的。这字有种种拼法，例如 Biethoffen, Biethofen, Biethoven, Bethoven, Betthoven 等。不过他自己后来是常用我们所晓得的 Beethoven 的拼法的。照德语的读法，h 大多是不发音的，那末日本人读作 toho 是不对的。又德语的 v 字通常是读作英语 f 音的，那末应该是裴德"芬"，日本人及一切英语读法的都不对。但据说德国人也是或者读作芬（即英语 fen），或者读作文（即英语 ven），没有一定的，这事裴德芬自己都没有弄清楚，其实也难怪别人与后人。

对于这事，日本一个医士木村省三有一个主张，他说应该读作"ベートホーヴエン"即"Bētohōven"。关于中央的一拼音，他说 h 不过是弱音，不是 silent〔不发音的〕。今译作"トホー"，即 tohō，此二音合成 tō，其 ho 也不失为弱音。关于末后的一拼音，他说 v 字德文原是读作英语 f 音的；但是外来语不在此例。如法国来的 clavier〔拨弦键琴〕（一种古乐器名），v 字仍照法语（英语同）发音。裴德芬的旧家曾住在 Nederland〔尼德兰〕约一百五十年，到了罗特惠希〔路德维希〕（Ludwig，裴德芬名）的祖父的时代，始迁居蓬府〔波恩〕（Bonn）。故其姓应该是沿用法兰西读法，即读 ven 为"文"的。

假如木村氏的考据是正的，那末我译作"裴德芬"是错了，不如译作"裴多文"为近似。因为"多"字平声，音长一点，"文"字南方是读如 ven 的。

裴德芬欢喜搬家。旅居维也纳时，旅舍主人对于他的古怪的脾气稍有一句闲话，他就立刻迁出。不必说旅寓，就是比较的长久的住家，他也欢喜常常迁移。所以现在在德国认为是裴德芬的家而奉为名贵的纪念地的，有许多处所。但是唯一的他的诞生的家，在于蓬府（Bonn）。

裴德芬的诞生的家，现在还保留着，地址在蓬街（Bonngasse）第五百十五号。千八百七十年曾在其处立一标札，上书"此处是裴德芬的生家"字样。千八百八十九年，一班崇拜他的人们结团体买入了这房屋，使永远为"裴德芬的生家"（Geburtshaus Beethovens）。

日本音乐者小松耕辅最近曾访问这裴德芬的生家。据他的记述，这生家在蓬街的东侧，是三层楼房屋，很粗陋。进大门为一天井，天井左方为入口。千七百七十年十二月十七日，裴德芬在这房屋的三层楼的里面一室中堕地。这室低小得很，只有一扇窗，窗外的天井也很低小。室内只悬着一幅裴德芬的胸像，此外别无一点装饰品。这是这稀世的乐圣最初入世时所到的地点。

　　屋内保留着许多珍贵的纪念品：楼下有裴德芬生前使用的平台披雅娜〔钢琴〕一口。据说这披雅娜是当时一个王室制琴师所制的，是 G Scale 6 octaves 三键的披雅娜。键盘上的象牙板已有许多脱落，只剩木地了。还有一条竹的 stick〔手杖〕，是他平日所最常用的，也保留在室内。最感动人的遗物，是他的耳朵聋的时候所用的四种听音器。这等器制于一千八百十二三年间。最初制的长仅八寸，后来耳聋的程度次第增高，用的器也次第增长，最长的一尺六寸。我看了这等遗物的照相版，起了一种无名的怅惘。此外三层楼内还有许多乐曲的原稿。《田园交响乐》《月光曲》等原稿均在内。

　　讲到裴德芬的生家，我又想起了他的兄弟姊妹。据说裴德芬的兄弟姊妹很多。普通所晓得的，他有一个哥，三个弟，及两个妹。哥名曰 Ludwig Maria B.（1769），生于乐圣生年的前一年，在世仅七天，就死。弟顺次名曰 Caspar Anton Carl（1774—1815），Nikolaus Johann（1776—1848），August Franz Georg（1781—1783）。一妹生于一七七九年，在世仅四天，就死了。还有一妹名曰 Maria Margaretha Josepha，生于一七八六年。弟

Caspar 之子，便是怀恨于他的伯父的乐圣的。

　　裴德芬的住宅现在晓得的有二处，一在 Wertheimstein 公园附近，一在 Heiligenstatt。后者所在之街名曰"英雄街"（Eroica Gasse），因有名的《英雄交响乐》（即《第三交响乐》，是为英雄拿破仑作的）就在这所房子里作成而得名。

　　　　Der Name Beethover ist heilig in der Kunst.
　　　　"裴德芬"一名词，在艺术上是神圣的。

　　李斯德〔李斯特〕（Franz Liszt，匈牙利大洋琴家〔钢琴家〕）在 *Klavier Partituren des Meisters* 一书的序文中这样说着。乐剧创造者华葛拿〔瓦格纳〕（Wagner）也非常崇拜裴德芬，在他的关于这乐圣的著书中，或在别的机会中，常常极力地赞美裴德芬。华葛拿视裴德芬为音乐的世界里的主目标，恰如英文学中的莎士比亚，或宗教上的耶稣、释迦。裴德芬实在是音乐界的中心人物。别的逸才，都不过是从这中心发芽出来的分枝而已。各分枝所能微微地认得的点，他独能十分明了透彻地表现。像罢哈〔巴赫〕（Bach），亨代尔〔亨德尔〕（Händel），虽称为大家，然据华葛拿的看法，他们都不过是前驱者，犹如基督以前的预言者之类而已。"音乐到了裴德芬而达其极顶"，这是华葛拿的裴德芬观。因此可知华葛拿所受赐于裴德芬的，一定很多；华葛拿的为其 Messiah〔救世主〕尽传道的热诚，也不是无因的了。华葛拿每论裴德芬艺术时，有一句少不了的话：

Ein grösserer als ich existiert. Es ist Beethoven.
胜于我的有一人，其人是裴德芬。

华葛拿曾评论作曲家。对于裴德芬以外的人，全然用威权来毁誉褒贬，无不批削。但轮到裴德芬的评论，他只说

Es ist unmöglich die essentielle Natur der Beethovens
Musik zu diskutieren ohne auf einmal in die
Ton der Rhapsodie emofőllt.

终不入于 rhapsody〔狂言〕，却反而增其对于裴德芬的叹美之情。

持有立于精神的见地的研究者的伟人，可列举三个人：其一人可举歌德（Goethe）；另一人举格拉特斯东〔格莱斯顿〕（Gladstone）无疑；在这二人的名浮出于我们的脑际的同一瞬间，或比二者更早一点，闪出裴德芬的名在我们的眼前。Beethovenology〔贝多芬学〕成立于艺术者之间；Beethoven authorities〔贝多芬权威〕则蔓其根于世界文明各国。这样看来，那耳聋而又痘疮满面的呆子，实在可说伟大之极了！

Beethoven
Thou couldst not hear in earthly way, and so
Didst learn of other worlds, where spirits dwell,

To share with us, when our need.
Thy wounded heart hath paid our price so well,
We rise from all of we to joyous swell
On surging throb of thine adagio.

William J. Henderson

(此节译自木村省三的《乐圣及其爱人》)

无学校的教育[1]

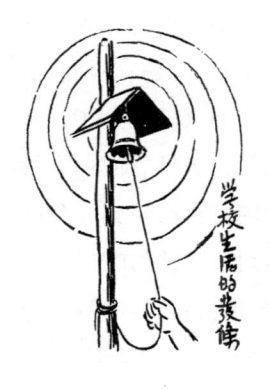

> 我不相信世人所呼为"学校"的滑稽的建筑物是教育的机关。
>
> ——卢骚《爱米尔》第一编

我对于学校的怀疑心,起于在某师范学校读书的时候;后来自己做教师,所感更深;近来送女儿入小学,所感又深一点;最近参观一个小学校,所感尤深,就写这篇文字。

我在师范学校读书的时候,有一天先生教我们唱一首三部合唱的歌曲,那歌曲重音各部配得很有趣,歌词也作得很好,我们都很欢喜上这课,已忘记时刻。三部合唱练习将近纯熟,上口正甜蜜的时候,忽然下课铃在窗外响起了。先生站了起来,说"休息罢,下礼拜再唱"。然而我们现在兴味正好,全不觉得吃力,并不要休息;况且这是合唱,要练得多数人都一致地纯熟,很费时间,到下礼拜上这课的时候,因为平时没有齐

---

[1] 本篇原载 1927 年 7 月 20 日《教育杂志》第 19 卷第 7 号。

集来温习的时间，一定不能立刻上口，必须再费若干的时间来整顿方能成腔。所以大家快快地散出。我回到自修室里一看课程表，下一课是博物。就挟了教科书到阴暗而气味难闻的博物教室里去了。今天的博物课是讲细胞，且是示细胞标本。先生慢慢地点名，慢慢地讲开场白，慢慢地在近窗处的茶几上安排显微镜，慢慢地配准距离，我们一班共有四十五个人，这时候肃静地排列在教室里，很像一所罗汉堂。约历十分钟，先生已配准显微镜的距离，发命令叫我们一个一个地顺次去望细胞的形状。我因为上学期考第二，排在第二座，不久就轮到了。我去望细胞，约历半分钟，仍旧回去坐的时候，望见后面一大批人有的引领，有的支颐，像饥蚕在那里等候着自己轮到。我已经达到目的了；然而这回的坐要一直枯坐到下课铃的响出，而且无复希望，仿佛已是"残年"了。在枯坐的时候，我想："为了每人半分钟的望显微镜，何必把很有兴味的三部合唱停止呢？况且一人望显微镜，何必四十四人坐着陪呢？难道读书一定要这样的？"这是我对于学校制的怀疑的开始。然而我不敢讲出来或有所表示，只是自己想想，至多逃一回课。

后来我做教师了。有一次，我在某校教图画。第一次上课时，教务主任引导我到一个黑暗的教室里，因为里面罗汉堂似的排列着满室的一律黑制服的学生，所以更加暗。教务主任讲了一番为我作广告兼对学生作训话的介绍辞，就拉上门去了。教室既无设备，学生也都空手，况且介绍辞已费去约二十分钟，这一小时（五十分钟）已经只有一半，我只得也用几句话敷衍过了。下礼拜这一天是什么纪念节，放假；再下礼拜恰好这时间开什么会，停课；第四礼拜上课，我带了两个瓶，一块布去，不管光线如何，把它们供在黑板前面，叫他们写生。然而学生太多，足有五十人，前面一行离黑板只有三尺地位，两端的人，要把头旋转九十度方可看见模型；又前几列有许多长学生，把后几列里的矮学生遮住，许多矮学生立起来对我责问办法，他们好像是自己不会动的木头人，一个一个都要我去搬排，——他们一举一动都要叫我，甚至小便都要对我讲。——等到我为他们排好位置之后，已经半小时过去了。他们图画有的用毛边纸，有的用拍纸簿，有的用自来水笔，有的用削得很尖的抄札记用的 HH 的铅笔。然而这更是说不到的事，我也毋庸批判他们的用具的不良了。第一人缴卷了。那人问我"这可得几分？"我突然不快，答说"没有分数！"讲桌下面忽起一片惊愕声："没有分数？"继续起一种一致的动作，似乎是因为晓得没有分数而失望地投笔。我兴奋了，把图画课的意义目的与分数的作用为他们申说一番。然而这话在他们听来是官话，且在那环境中，我自己觉得似乎也是无用的废话，徒装场面而已。他们受了压迫似的勉强再画不久，下课的铃响出，大家争先恐后地来缴卷，满期的徒刑犯似的扬长而出教室了。我收拾他们的画，退出教室，走到教务处里，就有教务先生郑重地对我谈话，说是未到时刻，不要放学生出教室，因为他们要在窗外骚扰，妨碍别班的上课。我唯唯。我记得了，刚才第一个缴卷的学生问我"画好了可否出去？"的时候，我说，"可以"，讲桌下似曾有惊诧的表示，原来这办法在他们是素来没有的。上课时间，不得出教室，无事也应该端坐教室中，这才是守校规。唉，我不懂校规，宜乎受教务先生的谴责！

　　下礼拜我因事请假；再下礼拜又逢什么纪念，放假；再下礼拜又逢什么开会，停课……忽然发生什么事故，提早放假。教务主任送我两张表格，一是本学期学业成绩表，一是本学期操行成绩表。我接了茫然。我是走教的，下电车就上教室，下教室就上电车的。我这一学期只上二三次课，人数这样多而见面这样少的学生，我连姓名都没有一个记得。他们的所缴的画，我实在只翻看一遍就发还，并没有记出分数，这些表格怎么填得起来呢？我去同一个什么主任商量，把这实际情形告诉他。他说："这不过是教务课的一种办事手续，只要大概，只要你填好了。"我方才明白，这是教务课为了要完手续而叫我填的表格，与学生、教育是全无关系的。这是学校的"政府"。从前我做学生的时候憔悴于虐政；现在我是自己做了教师而在执行这虐政了！

　　〇

　　近来我的女儿长到七岁了。家里的人都说应该入学，就送她到邻近的前期小学校去。那小学校学生不多，大半是相熟的几个邻人的子弟，聘定几位女先生专任教授，这样自由的组织，想来一定是很可合理地办理的。我因为自己烦忙，没有去参观。但每天下午听见《葡萄仙子》的合唱声，许多童声和一个女声，非常聒耳，连附近的娘姨们都常常同声赞美；并且这教育竟普及于她们，不久附近的娘姨都会唱了。有一天，我偶然经过那学校，从门中瞥见里面正在上课，壁角里一个六七岁的孩子背立着。晚上我问起我的女儿，她说："先生叫他立壁角。"我说"为什么立壁角?"她说:"因为他吃中饭后到得太迟。"我又问"你立过否?"她说"我不立,我与某人、某人,先生都不叫我们立",她又说"迟到要立壁角,……打手心,罚一个铜板买笤帚"。她就跑走了。我想到了:所以我的女儿每天朝晨醒来很惊惶,且起得迟了要哭,要母亲送去,或要赖学。她的不立壁角,大概一半是因女先生对我有交情的原故,一半是有她母亲送去的原故。而且这孩子每天朝晨的不快相,与礼拜六的欢喜相,明明表示着她对于学校的不好感。我一向错怪了她,原来是里面有这种虐政的原故。我的女儿,我想不识字也不妨,何必因为贪识几个字,而教她的小心去受这种虐政的压迫与伤害呢?不久,有一晚我的女儿忽然问我:"爸爸,考试是什么?"我说"谁教你这话?"她说:"先生说要我们考试,考试了放假。"我略为她解释这名词,次日就叫她辍学。

娇滴滴地唱《葡萄仙子》的青年的女先生,会虐待孩子,会课罚金,会做考试官,真出我意外!这又是学校的"政治"。但我决计料不到,这六七岁的小孩子的小学校,规模极小、关系极自由的小学校,也会蒙受"政治"的影响。其他的公立、官立的大规模的小学校,我推想起来,一定更不堪了。世间自然有很真实的小学教育家,很合理的模范的小学校,然据我所见,普通的小学教师中,像这类的青年的女先生很多,且算是漂亮人物的,因为她们有女子师范毕业的资格,有受"检定"的衔头。她们的思想相差一定不远,任她们虐弄的小学校一定不少。做小学的教师,做孩子们的先生,负何等重大的责任,是何等神圣而伟大的事业！叫这种姑娘们、小姐们或少奶奶们如何的担当得起呢？她们的要毕业，要检定，要当教师，大半是为要名声，要时髦；而要名声与要时髦，又大半是为要恋爱，要结婚。她们认真懂得什么"教育"，——"儿童教育"，认真有什么做小学教师的"愿心"呢？把子女送给这种人玩弄，还不如叫他们在家里帮母亲洗碗，缝衣，习家事，到可以着实学得做人的道理。

○

有一天晚上，我出外看月亮，偶然立在一个夜小学校的教室的窗外。靠窗坐的恰好是一个我们的邻童，他常常捉老蝉或拾小石子来送给我家的孩子，所以我很熟识他。他仰头看见了我，立刻对我笑，把他手里的一只大扑火虫在板桌下底给我看，又立刻向黑板前的女先生一看，继续是对她扭一扭嘴，又对我一笑。女先生正在问前列的孩子，"三民主义是谁作的？"一个约八九岁的女孩子伸着手，唱歌式地叫"孙总理！"继续后面起一片混杂的声音，"孙中山先生！"女先生笑哈哈地说"对！对！"又问："介末孙总理，孙中山先生，现在阿活着呢？"又一片混杂的声音"死了，死了！"女先生又问"介末代替孙中山先生行这个三民主义的，是啥人呢？"说话未完，在我近旁窗内的那孩子突然跳将起来，把一只手高举，似乎接网球的姿势，尽力发一种怪音"蒋总司令！"跟着又是一片混杂的声音。"蒋介石，蒋总司令！"那孩子拼得了第一个回答，似乎踢进了一个 goal，得意地向先生看，又回转头来对我装个鬼脸。秋夜的冷风吹我打个寒噤，我就回家。

次日，我在路上遇到那孩子，他又捉着许多知了和老蝉，问我要不要。我回答他说："我不要。你不可弄杀它们，玩好了要放生。"又对他说："你昨天晚上回答得很好！你这么大就懂得三民主义、蒋总司令了！"他笑着说"先生教我们的"。随即跳了去，口中唱"三民主义是我们国民党的……"回头对我一笑，又一面唱，一面跳远去了。我站着目送他，隐约听出他唱的是"孙中山先生……"，"蒋总司令……"，大约是平日读的教课中的文句。

我曾经遇见许多小姑娘，都能用熟读的文句来机械地解说三民主义，又能背诵总理遗嘱。我觉得，孙中山是伟人，三民主义是宏著，孩子是可爱的人，然而并在一块，至少有点滑稽。小孩子对于政治上的事，当然是不能够了解的。记得我在高等小学的时候，曾经读慈禧太后的圣谕，对于"朕钦奉……庄仁寿恭钦显皇太后懿旨……"的文句，完全不懂，完全硬记而成诵。然而我那时候年纪，还比现在这班初级小学生大得多。假如现在这班小孩子都比我聪明，已够得上了解政治，那这班一定是童年的"老人"，真的是所谓"老头子的儿子"了。这样的教育，实在使我非常怀疑。

○

我对于学校的怀疑心，到现在已牢不可破。我决不再送我的儿女入一般的学校。并且想像甚样才是合理的儿童教育。有时"废除学校""无学校的儿童教育"一类的观念，不期地浮现到意识的表面来。最近买得了西村伊作的新著《我子的学校》，读过之后，觉我所怀的模糊的观念，都被他深切、正确地道破了。

　　西村伊作是现在日本最新的私立学校文化学校的院长，是对于教育有深大的思虑，而正在独创地试行新教育的人。他对于儿童教育，尤有创见。他有八个子女，都不入学校，在家里教养长大，都很健全。长女 Ayako，十一岁已著很好的童话，即现在日本文化生活研究会出版的 *Pinochiyo*。今年四月，他发表《我子的学校》一书，书中记录着他对于儿童教育的主见和计划。书作随谈的体裁，他自己在书端说着："我作这本书，不用著书的态度，而用与朋友们谈话似的态度。这是随心而发的话，是杂谈。"所以全书都是短短的一段一段的谈话。虽然分立着许多标题，但也并无截然的起讫。我购读之后，特别对于他的反对学校而主张无学校的教育的几段话发生共鸣。就把它们节录在下面，以实这篇文章。

　　○

　　说起教育，就想到学校。人们似乎都以为学校对于教育是这样地万能的。

　　希望我儿入良好的学校，毕业的学校愈高等愈好；使投考学额少而入学试验困难的学校；使得优等成绩，争主席，优等毕业：这是多数的父母对于子女的理想，又希望。

　　仅乎如此就了事么？为了我的爱儿的教育，为了我儿的一生的幸福，又为了营人类的善良的生活，对于我儿的学校仅用世间一般的思想了事，不但有误我儿，或将破坏父母自身的后半生的幸福，也未可知呢！

　　人类的爱子之心，跟了进化与向上而深起来。不但止于本能的爱，又因了人生观的、哲学的、宗教的、社会的及种种复杂的组合的思想，而爱子的方法进化起来。

学问与技术进步发达的时候，爱子的心一定也同样地进化、向上。爱的达于最高点，当不就是教育么？说起教育就想到学校？

○

学校，至多不过是教育的一部分。教育不仅是学校。我以为人还是在家庭、在社会所受的教育多。

家庭、朋友、社会等，不意识教育而实在教育；但一般似乎以为只有学校是教育的。有的父母，想教育自己的子女，但自己为职务所羁，没有亲自教育的时间，而专任其教育于学校。——这是现今的现象。

托其子女于学校的父母们，原非盲目地信任学校，以为任何学校都好的。在现今，颇有对于教育关心的人。选择学校，对学校有种种的希望，有种种的理想，关心于学校的教育方针与教育方法，种种的预先恳托，又时时留意于子女的在学状况。

怎样选择学校？甚样的学校是善良的学校？对于学校应有何种恳托？我儿的学校生活甚样才是好的？我为了要供关心于这等问题的爱子的父母们的参考，又要得几个共鸣的读者，写这篇文字。

○

差不多受教育的全部的委托的学校，这等学校的教师们，倘以为学校只是教育的一部分，而只教学校所有的学科，在今日的社会状况中是不行的。所以教师有具父母的心，当作自己的子女去教育学生的必要。教师不可当作教诲学生；不可把教师当作一种职业，而只在教坛上讲读教科书；须得想像这些学生倘都是自己的子女，应该怎样对他们说话，怎样管理他们；须用父母的心来教育学生。

〇

我以为即使没有学校这样东西，人类生活上不会起大的困难。食物、衣服等，倘然没有了，人的生活当然不行；但是在现今的人的生活上，似是必要，而其实没有也不妨的事，很多。

米是人生不可缺的食物，似乎没有米一日也不得过去；然而请看，没有米的国土，很发旺地在那里进步。竹可制种种器具，是非常便利的宝贵的材料，于人生是必要的；然而没有竹的西洋诸国，其文明的发达非常卓著。

我以为人所作出的器具、器械之类，大部分是即使没有，人也可以生活。火车、轮船，大家以为是停驶了一天就不得了的。然而今日如果没有了这些，不过一时缺了用惯的东西而感到不便，不久之后，人就可没有火车轮船而生活了。

世间有视文明为无用，对文明抱反感的人。他们以为一切文明的机械岂但于人类绝无必要，反而有害于人类的幸福与安宁。对于"国家"一物，也是如此：国家的种种机关、法律、政治等，像今日地复杂地发达，阶级、资本、地位、利权等，这样复杂地混入人类生活中，人类的幸福的生活就愈加受害了。这种思想，我也常常觉得不错，不能轻蔑地嘲笑这种思想为狂妄呢。

金钱处处增贵，是一日不可缺的东西。谁也承认没有金钱一日也不能生活，是今日的状态；然而世间即使没有了金钱，人类决计不会灭亡。在像现今的，为金钱受苦，为金钱丧命的人很多的时候，反而有时使我想像没有金钱的世界而神往。金钱的贷借，为工商业是必要的事。许多人以为倘然没有贷借，没有银行，产业不会发达；然而我以为金钱的贷借，正是使人生陷于悲惨的原因。也有议论贫富的悬隔与资本的暴虐的人；殊不知其根本实在于金钱及其贷借。

议论今日的社会问题的时候，倘也想一想这社会的缺陷的根本，我想其所论一定完全不同了。

○

关于学校，也是如此：倘只想今日的学校的状况，或只考自昔至今的学校的历史及其发达状态，那么，其对于学校的思想就固定于现在的学校，不会生起自由的新的思想，对于学校与人的关系，不能用更根本的思想来考察了。

我们必先考察：教育与学校对于人生有如何的关系，用极根本的、不为现状所拘囚的心，来自由地考察，与我们的本能相商谈，促动我们的直感，以造出自己的思想来。

○

我以为过分把教育委托于学校，是不好的。现在几乎一切的人都以为非学校不能教育，不入学校就不能养成良好的人格。因此盲目地信赖学校，以为总要入上级的学校，总要入名望好的学校。做学校的奴隶了！

他们都以为，不在上级的学校毕业，不能出世；女儿不在女学校毕业或出身于女子大学，不能嫁好的丈夫；只要有长期的进学校，就是好。反之，学校在教什么东西？子女怎样在学校用功？却全然不知，全然不想。只要是在进学校，就是我在大尽心于儿女的教育。——实际有这对人说的父母们。

非为爱子女、顾虑子女的一生而使入学校受良好的教育，是为自己的虚荣或体面而使子女入学校的人，好像也有。自己并不要入学，单为了父母的虚荣而入学的子女，好像也有。

○

"至少小学校非入不可，因为这是义务教育，不可不使受得。"这样的说法，原是不错的。然而我相信，因故而不得入小学校的，也可养成为完善的人。

身体羸弱的孩子，不使入学校，而在家庭里、病床上，每日用少数的时间，教他一点文字、唱歌、绘画，讲一点有兴味的话给他听，也许能使得到与入学的孩子一样的，或比入学的孩子更高的、人的教养。

在学校里，有种种的科目，众多的孩子对于一个先生所说的话，有时听，有时不听而与邻座的孩子耳语或恶戏。与其如此，不如每日由父母或教师教一种学科，着实地学习，即使用功时间少，或许可得有大效果的教育。

○

学科非常杂多，似乎盼望儿童每种都完全习得才好。然而我以为这样一来，一定不能完全习得一切。现今的学校，学科的种类已经太多样了。

小学校，只要一册读本，什么都包含在里面，就足以习得一切了。倘要模仿现在的学校，父母自己教时，即使小学程度，也苦劳得很；但不要模仿学校，真正地教育，普通的母亲教两个子女，使在家庭毕业，我想是容易的事。

伏在桌子上教的，每天只要一小时或半小时已够；此外便可使与父母一同做事，或在庭园中一同浇花、种菜，或一同散步，或供小差使，在厨房间里洗碗、扫地，及其他家庭事务的帮忙。这样，我想决计没有害而有益，可助身心的发达。

父母，尤其是母亲，不要每天孜孜于家庭的琐事细故，而分一点力来教育子女，父母自己的心也很可以高尚起来。因为教育的神圣事业而教育的人，必先有高尚的精神。为了教育的一种大而善的事务，即使饭菜稍不讲究一点，扫除稍不周到一点，家庭也欢乐而发美的光辉了。

一般以为非有学问的伟人，决计做不到这事。我想决计不然。即使只修了小学的人，但做了父母以后，已经在不知不识之间备有常识，故只要定心去做，一定是做得到的。

住在田舍或山村的不便利的土地的人，与其到远方去入并不十分信托的学校，决不如在家庭施特殊教育，可得有效的结果。

这不仅是空想，我亲见过实际在这样做的人。

〇

学校里的教育的特殊的点，是聚集众多的学生，作一个儿童的社会。这究竟是好事还是恶事，是一个问题。看起来似乎有趣，互相作种种的游戏，互相谈话，相骂，作党派，横暴，唾骂，嫉妒。学校是小社会，或者可说宜于习得社会的生活；然而我以为还是得到恶的感化的方面多。

在学校里，在教室内，先生喋喋地为讲规则，斜坐了就加叱骂，表面看来像煞是教育。然而在先生眼背后做的恶事，放课后的儿童社会的真相，我是实在不忍看的！

我以为学校里所教的东西中，无用的很多。孩子们很懂得这点，对于这种教课往往取轻蔑的态度，或出于故意模仿的、揶揄的心。例如滑稽地改弄读本中或唱歌中的文句，是常见的事。

教育部里的大教育先生们郑重其事地作出的，至善至当的教育的文句，碰到孩子的新鲜的心的时候，有时竟立刻溃烂了。

○

今日的学校，照现状做去，无论如何是不行的。现今的小学教育，我觉得也非想法不可。学校的教育渐渐进步、渐渐改良起来，教育者中认真关心于教育的人们似在创作新的理想了。

但在学校有种种的规则与习惯，要立刻实行，是困难的。故实际的进步实在是迟迟的。

学校的当局者、校长、视学等能拿勇气来试行新的计划，才是好状。但当局者常是保守的；怀有进步的思想的人，大都是没有左右学校的力的人。

○

在学校里有"政治"，这是不好的事。无论在小学校里，在大学校里，总有恶意的政治的思想蔓延着；与其说是教育的，宁说是政治的，这事很不好。尤其是像私立的学校，没有带官臭的必要的地方，却反而要带官臭起学校风潮争势力等事明白地或暗暗地充满在学校里。

真正的纯洁的教育的先生与认真勉学的学生，常受压迫于政治的势力所谓政治家的人物。我以为决不是教育的"政治"即争势力及支配欲等与教育是正反对的。

小学校时代的儿童没有懂得这政治的丑恶的生活，但中等以上的学生就常受其恶感化了。在小学的学生，也有在级长选举等时候，分给铅笔纸张于各人作当选运动。

从学生时代起就教以这世间无处不有"政治"，使成人之后觉察"政治"的成效，这是一种什么思想？倘然这样是好的，那么从儿童时候就宜教以贿赂及欺诈之术也可成为一说了。

○

我觉得学校多有献媚于国家及社会现状的。这大概是因为政治的人在左右学校的原故罢。

教育，我以为是超越世间的现在的状态，而深在理想的世界里的。正的事，善的生活，美的思想，一定反对现代的现状。

倘然认为现今的世界就此已足，那就永远是反复现状的生活了。恶的事也有，错的事也有，野蛮的风习的遗留也有。逞欲，争斗，以及从现今的"政治的"而来的无限的恶业，这世中都有，所以没有办法。恐怕有人以为须使深知这种人的反理想的生活,而使利用之以制胜生存竞争,露头角于社会,以得成效。

使晓得世间有恶事,也是教育的事务的一种;但如果以为这恶点及这错误过于一般的,而认为世之常态,就不行了。使深知现代,使明白历史,实在可说是使研究恶。使对于恶的感觉麻痹,使中恶的毒,是可怕的事。

○

学校的教育的方法,是集大众而演说。所以只能教大体的、一般的事。教育,必须对各个人而告以适合其性情的话。从科学的研究起来,也非用适应其人的性质的方法不可。但是这在学校难于做到。要在学校里行所谓个别的教育,事实上是不可能的。

对于自我过强而想压迫他人的人,与意志薄弱而阴沥的人,必须用不同的方法来教,必须用不同的说明来教。在学校里,这是不能的。

○

在学校里,不顾有理解力与记忆力的先进者的盼望前进,而必使等待迟进的人。迟进者一点不曾懂得,必勉强使受同样的课。先进者徒然空费时间来等待,迟进的孩子无所习得,也必在教室里坐过毫无兴味的时间，两方都是时间的浪费。

家庭里的教育，独学，徒弟的学习法，我觉得没有上述的种种缺陷，而着实地在受教育。

父母可以全无对于社会、国家的顾虑，把自己所真正感到的事讲给自己的子女听。个人教个人的时候，可以坦白说话，不因社会国家而枉曲真理。

不像学校地把杂多的科目全套教授，进步的就不停滞地进步，益益增加兴味，不受困于不适当的学科。学科虽似偏一点，但教育却完全了。

有人说：不接触"学校"的社会的政治的空气，不懂得因学生间的种种世间的交涉而生的不快的感情，没有关于种种的恶的知识，而在不接触一般社会的生活内养育起来，成人以后，出社会的时候，要受人欺瞒，遭逢不利。——这话也有些道理。然我以为倘是没有强欲与野心而不知恶为何物的人，一定不会生危惧的心，因为他能对于世间的恶无关系而生活，故反而安全。

○

教育不是奏社会的成功的。教育有更高贵的目的。使人能作以人的主观的幸福为主的生活，能享受无限的天的惠赐，能赏识自然现象的美，能做生命力的活动的真正的事业，才是真的教育。

就是贫穷到沿门托钵，也可有高贵的生活。受着迫害，仍是发表真理；陷于困苦，仍是为善，——能使人得到这样的心，便是教育的最大成功。

○

有许多人这样说:"这种教育的理想,过于离去现实,过于高踏的,我们的教育子弟,只要给以现世的幸福的和平生活已足,不要给以远离社会而生于困难中的教育。"然而最高尚的教育,不必是招致困难的。人因了运命,因了教育,有的受困苦,有的得现世的幸福而度物质的丰富的生活。

即使授以世俗的低级的合于现世的教育,教以推翻他人而专图自己的胜利,在运命不好的人仍是要受苦,要贫穷的。这种人的不幸的生活,兼及于物质的与精神的,是全人的贫苦。

受流俗的教育的人,世俗地教养起来的人,即使有社会的成功的时候,对于其成功必不满足,仍是逞欲,求更多的金钱,更高的地位,其心仍是苦的。造出没有心的愉乐的生活来,完全反背教育的本旨了。

我的爱子!希望你有好的衣食地位,和美的心的愉乐而度你的一生!如果二者不能兼得的时候,希望你选择心的愉乐!

○

教育者只要是人就行。就是别无何等才学或特殊的人格,也可以教育。深究学问的人,也许反是失却人间味的。有名的人,社会所珍宠的人,也有不懂教育的。

只要不胆怯,不过于自谦,有深大的爱的精神,信仰天地的心,为我的爱儿的幸福祈愿的心,就是比学者,教育家更大的教育家了。

○

有这样的人:这人曾遣其女儿入小学校。小学校毕业之后，不照例升入女学校，在家里教她英语和披雅娜（piano）。这人是某有名的女学校的重要职员，如果送女儿入那女校，一定很可照顾，但是他不遣入。

家事，在自己家里助理种种事务，很可修练。一般的常识可看报，由父母兄姊等讲述关于报上的种种话及问题的批评，就可实际地晓得社会的情况。只要注意教语学，因为语学是习言语的，习言语的时候可使诵读记述种种事件的书，例如名家的文学及诗，关于家庭的，关于科学的，关于历史地理的，都可由语学而习得。

父母亲自去旅行，或访问亲友的时候带了子女同走，可为讲关于路上种种见闻的话；看见种种的人，听到种种的话，可得人与人的直接的感化；看了他人的家庭的情状，可知种种的家风，并习得礼仪。

进女学校去旷废许多的时间，徒然地每天背了许多很重的书物，及裁缝手艺等器具，远道来往。两者比较起来，这人的教育法实在有效得多。

○

我的知人中，有许多对于教育深思的人。他们的子女都不入学校，只在自己家庭中教育。在别人看来，以为并不在教育，只在游戏，也许有人以为大概其子女是低能的。然而他们的子女决不低能，有很好的思想力，有很富的常识。

具有思想的、艺术的天分的人，倘使入普通的学校，一定全无利益，或将失去其特殊的天分。

也许有人以为常在家里，身体恐要虚弱起来。然父母亲可使子女习劳动。习木工最好。木工是身体与头平均的运动。注意力、观察力、工夫、创作、劳动、忍耐、正直、义务等力，都可以养成。又可由此悟得因果律，修养关于物质、形体的智慧。

时时雇木匠来，受他的指导。不似学校的木工的无目的，而雇请木匠来实际改造自己的家，或作棚，造家具，与木匠一同做工。

家庭之中，需要工匠的工作地方很多。例如家具，与其买市中的现成物，不如自己做，形式可以美观，坚牢，价也不贵。教育与实用，可以两方兼得。

由这样的教育出身的子女，一定是比由学校教育出身的更稳健而有深的思虑的人。

○

纯粹的真的教育，没有学校也可以行。与其在学校里，不如由家庭教育或自修，可以造成真正的美的人格。学校可说是表面的教育，只是外部的装饰。

在今日，真正的自己的思想、趣味、道德及人生观，都不是从学校得来，而是从新闻、杂志以及种种的书籍、出版物上得来的。

学校只是卖各种智识的商店。中学、大学的学生，似乎都不是为了要得自己的人格的教养而入学的。不过要出社会先入学校，较为便利，即专为得毕业证书，得"资格"而入学的。

○

以前的学校，和关于学校的思想，非破坏不可。实际破坏学校虽然不可能，但倘不破坏学校思想，定是教育上的大害。

倘不破坏旧的，新的不会生出来；新的生了出来，旧的自然破坏了。然也有人说，在同时同所不能有两种事物的存在。在废物取去后的空地上建设新物，顺序似较适当。

革命，是政府所极度憎恶的。然而日日的进步发达，常在把旧的破坏下去。常在打破今日以前的固定的思想，迎入明日的新的生活。在从前的人看来，今日的进步状态，可看作是革命的连续。

各个人自己的心，无论怎样大革命都不妨的。我们的日常生活，无论怎样变化，无论何等特殊，只要不触犯法律，不直接伤坏国的组织，不危害官吏的椅子，是不会斫头或坐牢狱的。

今后我们各个人的思想与生活的变化与进转，必将造出大的结果来。凡百事端都是徐徐地发作的！

《中文名歌五十曲》序 [1]

我把平时讽咏而憧憬的歌曲纂集起来，就成这个册子。

这册子里所收的曲，大半是西洋的 most popular〔最通俗〕的名曲；曲上的歌，主要的是李叔同先生——即现在杭州大慈山僧弘一法师——所作或配的。我们选歌曲的标准，对于曲要求其旋律的正大与美丽；对于歌要求诗歌与音乐的融合。西洋名曲之传诵于全世界者，都有那样好的旋律；李先生有深大的心灵，又兼备文才与乐习，据我们所知，中国作曲作歌的只有李先生一人。可惜他早已屏除尘缘，所作的只这册子里所收的几首。

现在中国还没有为少年少女们备一册较好的唱歌书。这册子虽然很小，但是我们相信它多少总能润泽几个青年的心灵，因为我们自己的心灵曾被润泽过，所以至今还时时因了讽咏而受到深远的憧憬的启示。

一九二七年绿阴时节

子恺识于立达学园

---

[1] 《中文名歌五十曲》系 1927 年 8 月上海开明书店初版，本篇据 1939 年版本。

告 母 性 [1]
——代序

世间做母亲的夫人们！我要称赞你们的幸福与权威：人间最富有灵气的是孩子，而你们得与孩子为侣，幸福何其深！世间最尊贵的是人，而你们得为人的最初的导师，权威何其大！

你们的孩子，不是常常认真地对你们提出不可能的要求的么？例如要你们给他捉月亮，要你们给他摘星，要唤回飞去的小鸟，要呼醒已死的小猫，这等在我们是不可能的事，然而他们认真地要求，志在必得地要求！甚至用放声大哭来要求。可知这明明是他们的真实的热情。在他们的心境中，这等事都可能——认真可能，所以认真地提出要求。故他们的心境，比我们的广大自由得多。我们千万不要笑他们为童稚的痴态，你该责备我们自己的褊狭！他们是能支配造物的，绝非匍匐在地上而为现实的奴隶的我们所可比。

你们的孩子，不是常常热中于弄烂泥，骑竹马，折纸鸟，

---

[1] 本篇是 1927 年 11 月上海开明书店初版《孩子们的音乐》（日本田边尚雄著，丰子恺译）的序言，原载 1927 年 12 月《新女性》杂志第 2 卷第 6 号。现据 1949 年 3 月重排 3 版本编入。

抱泥人的么？他们把全副精神贯注在这等游戏中，兴味浓酣的时候，冷风烈日之下也不感其苦，把吃饭都忘却。试想想看，他们为什么这样热中？与农夫的为收获而热中于耕耘，木匠的为工资而热中于斧斤，商人的为财货而热中于买卖，政客的为势利而热中于奔走，是同性质的么？不然，他们没有目的，无所为，无所图。他们为游戏而游戏，手段就是目的，即所谓"自己目的"，这真是艺术的！他们不计利害，不分人我；即所谓"无我"，这真是宗教的！慎勿轻轻地斥他们为"儿戏"！此间大人们一切活动，都是有目的的，都是为利己的，都是卑鄙龌龊的，安得像他们的游戏的纯洁而高贵呢！

你们的孩子，不是常常与狗为友，对猫说故事，为泥人啼笑，或者不问物的所有主，擅取邻儿的东西，或把自己家里的东西送给他人的么？宇宙万物，在他们看来原是平等的，一家的。天地创造的本意，宇宙万物原是一家人，人与狗的阶级，物与我的区别，人与己的界限，……这等都是后人私造的。钻进这世网而信受奉行这等私造的东西，至死不能脱身的大人，其实是很可怜的、奴隶的"小人"；而物我无间，一视同仁的孩子们的态度，真是所谓"大人"了。

夫人们！这不是虚饰或夸张的话，请各拿出本心来，于清夜细思，一定可以相信天地的灵气独钟于孩子。而他们天天傍在你们的身边，夜夜睡在你们的怀里。你们的幸福何其深呢！

孩子是未来的大人，是未来的世界的主人翁。然而他们的心是造物的支配者，本来不预备到这世间来做人。所以如前所述，他们不谙这世间的种种情况。最初指导他们的，便是你们。他们惊讶这世间乍明乍暗，你们教之曰"这是昼夜"；惊讶这人类乍有乍无，你们教之曰"这是生死"。渐至山川、草木、禽兽、鱼虫，种类知识，最初无不由你们传授。善恶、邪正、美丑、优劣等种种意见，最初无不由你们养成。他们堕地的时候，对于这世间毫无成见，犹之一张白纸，最初在这白纸上涂色的，是你们。这最初的色是后来所添的一切色的底子、基础。你们现在的教训，便是预定他们将来的人格的。你们现在的指示，便是预定将来这世界的方针的。人类、世界，在你们的掌握中。你们的权威何其大呢！

世间做母亲的夫人们！所以我要称赞你们的幸福与权威！

然而夫人们！幸福越深，权威越大，母亲越难做！人类的母亲特别难做，不比做牛类、羊类、猪类、狗类的母亲的容易。牛、羊、猪、狗的母亲，只要喂乳，或者乳也不必喂，只要生出，就可毕母亲的能事。做人类的母亲，决不那样简单。因为人类有文化，有精神，有灵感，不但一个肉躯而已。大智、大慧、大圣、大贤，与夫恶徒、白痴、奴隶、走狗，所负的躯体是一样的，所异者只是一个心。主宰这个心的最初的方向的，是夫人们！你们现在的教训，是预定他们将来的人格的；你们现在的指示，是预定这世界的将来的方针的。所以要当心：现在的灯前小语，已经种下将来立己达人，或杀身祸世的根苗；而现在的举手投足，也许埋伏着将来的国家的革命，世界的变迁的动机呢!母亲的责任何其大,母亲何等难做!

夫人们!不要害怕,不要灰心!教养孩子的方法很简便。教养孩子,只要教他永远做孩子,即永远不使失却其孩子之心。

孟子说:"大人者,不失其赤子之心者也。"所谓赤子之心,就是前文所说的孩子的本来的心。这心是从世外带来的,不是经过这世间的造作后的心。明言之,就是要培养孩子的纯洁无疵、天真烂漫的真心。使成人之后,能动地拿这心来观察世间,矫正世间,不致受动地盲从这世间的已成的习惯,而被世间所结成的罗网所羁绊。故朱子的注解说:"大人之心,通达万变;赤子之心,则纯一无伪而已。然大人之所以为大人,正以其不为物诱,而有以全其纯一无伪之本然。是以扩而充之,则无所不知,无所不能,而极其大也。"[1] 所谓"通达万变",所谓"不为物诱",就是能动地观看这世间,而不受动地盲从这世间。常人抚育孩子,到了渐渐成长,渐渐尽去其痴呆的童心而成为大人模样的时代,父母往往喜慰;实则这是最可悲哀的现状!因为这是尽行放失其赤子之心,而为现世的奴隶了。

要收回这赤子之心,用"教育"的一种方法。故教育的最大的使命,非在于挽回这赤子之心不可。孟子又说:"学问之道无他,求其放心而已矣。"所谓放心者,就是放失了的赤子之

---

[1] 见朱熹《孟子集注·离娄章句下》。

心。夫人们是孩子的赤子之心未放失时的最初的教育者,只要为之留意保护、培养,岂不是很简便的么?

大人们的一切事业与活动,大都是卑鄙的;其能庶几仿佛于儿童这个尊贵的"赤子之心"的,只有宗教与艺术。故用宗教与艺术来保护,培养他们这赤子之心,当然最为适宜。从小教以宗教的信仰,出世的思想,勿使其全心固着于地面,则眼光高远,志气博大,即为"大人"。否则,至少从小教以艺术的趣味。音乐、绘画、诗歌,能洗刷心的尘翳,使显出片刻的明净。即艺术能提人之神于太虚,使人得看清楚世界的真相,人生的正路,而不致沉沦,摸索于下面的暗中了。

然而夫人们!这工作全凭你们来做,是你们所独有的事业与功绩。所以我仍是要称赞你们的幸福与权威。

*　　　　*　　　　*

这册书,是关于西洋乐圣的逸话及名曲的解说,是请母性者讲给孩子们听,或给孩子们自己读的。这书与音乐学习没有直接关系,但有整顿音乐学习的态度的大效用。因为一般人——尤其是中国人往往视音乐为茶余酒后的娱乐物,消遣品;不知音乐研究的严肃与音乐效能的深大,因而轻视音乐,永远不得其道而入。读此书可知自来西洋的乐圣的研究何等高深,与音乐的效能何等伟大。因之可矫正其对于音乐的观念,而蒙受音乐的惠赐了。原著者日本田边尚雄先生,出版者日本文化生活研究会。全书共十章。前八章的译文曾连载于《新女性》杂志。今并译后二章,刊成此书,以奉献于我国做母亲的夫人们与小朋友们。

民国十六年〔1927〕九月二十六日
子恺三十年诞辰写于江湾缘缘堂

乡愁与艺术[1]
——对一个南洋华侨学生的谈话

你现在是到你的故乡来读书。然而你又像到异邦,不但离家数千里,举目无亲,而且连故乡的气候、风土、人情,都不惯于你。这是何等奇怪的情形!我想,身处这样的地位的你,有时心中一定生起异常的感觉。这异常的感觉之中,我想一定会有一种悲哀。这种悲哀,叫做"乡愁"。乡愁,就是你侨居在异土,而心中怀念你的祖国时所起的一种悲哀。实际上,在南洋有你的家庭,又是你的生地,环境又都适合于你;上海没有你的戚族,又是你初次远游到的地方,温带的气候,江南的风俗人情,又都不适合于你。然而那边是外国,这里是你的故乡。所以你如果有乡愁,你的乡愁一定与我从前旅居日本时的乡愁性质不同,你的比我的更复杂而奇离。我是犹之到朋友亲戚家作客,你是,犹之送给人家做干儿子了。此地是你的真的娘家,现在你是暂时回娘家来,但你已不认识你的母亲,心中想着"这是我的生母,但是我为什么对她这样陌生呢?"像你的年纪,一定已经有这种"乡愁"的经验的可能了。

乡愁,nostalgia,这个名词实在是很美丽。这是一种 Sweet

---

[1] 本篇原载南洋日报馆 1927 年 10 月编印的《椰子集》。

sorrow〔甘美的愁〕。世间有一种人，叫做 cosmopolitan，即世界人。想起来这大概是"到处为家"的人的意义。到处为家，随寓而安，也有一种趣味，也是一种处世的态度。但是乡愁也是有趣的，也是一种自然而美丽的心境。尤其是像你那种性质的乡愁，趣味更为深远。凡人的思想，浅狭的时候，所及的只是切身的，或距身不远的时间与空间；越深长起来，则所及的时间空间的范围越大。例如小孩，或愚人，头脑简单，故只知目前与现在，智慧的大人有深长的思想，故有世界的与永劫的眼光。你在南洋的家中，衣丰食足，常是团圆的欢喜的日子，平日固然不会发生什么"愁"；但如果你的思想深长起来，想到你的一生的来源的时候，你就至少要一想"中国"了。"我是中国人，我的血管里全是中国人的血，同我周围的人的血管是不相通的。"如果这样想的时候，幽而美的乡愁就来袭你的心了。

我告诉你：我的赞美乡愁，不是空想的，不是狂文学的（rhapsodic），不是故意来慰安你，更不是讨好你。幽深的、微妙的心情，往往发而为出色的艺术，这是实在的事情。例如自来的大艺术家，大都是怀抱一种郁勃的心情的。这种郁勃的心情，混统地说起来，大概是对于人生根本的，对于宇宙的疑问。表面地说起来，有的恼于失恋，有的恼于不幸。历来许多的艺术家，尤其是音乐家、诗人，其生平都有些不如意的苦闷，或颠倒的生活。我可以讲两个怀乡愁病的艺术家的话给你听。就是英国拉费尔〔拉斐尔〕前派的首领画家洛赛典〔罗赛蒂〕，及浪漫派音乐大家晓邦〔肖邦〕的事。

十九世纪欧洲的画界里，新起的同时有两派，一是叫印象派，你大概是听见过的。还有一派叫做"拉费尔前派"（"Pre-Raphaelitist"），虽然在近代艺术上的地位不及印象派重要，然而是与印象派同时并起的二画派，为十九世纪新艺术的两面。不过因为印象派艺术略占一点势力，能延续维持其旗帜；拉费尔前派范围狭小一点，只是在英国作短期间的活动就消灭。然讲到艺术的价值，其实拉费尔前派也是很有基础的。洛赛典（Rossetti），就是这画派的首领画家。他的艺术的特色，是绘画中的诗趣与情热的丰富，他的杰作有《陪亚德利兼〔比亚特丽丝〕的梦》（*Beatrices Dream*，见但丁《神曲》），《浮在水上的渥斐利亚》（见沙翁剧），大多数的杰作是描写文字中的光景的。记得《小说月报》上曾登载过洛赛典的作品的照相版的插画，好像《陪亚德利兼的梦》也是在内的。你大概看见过。你如果对于这样的画感到兴味，我劝你再去找《小说月报》来翻翻看。这是乡愁病者的画！洛赛典是个怀乡愁的人。他的乡愁，产生他这种华丽的浪漫主义的艺术。

洛赛典，大家晓得他是英国人，而且是有名的英国诗人，兼画家。照理，英国是产生 gentleman〔绅士〕的保守国，不该生出这样热情的、浪漫的洛赛典。是的，英国确是不会产生洛赛典的；洛赛典并不是英国人，稍稍仔细一点的人，大概从他的姓 Rossetti 的拼法上可以看出他不是英国人。原来他的父亲是意大利的狂诗人，亡命到英国。他的母亲是北欧女子。他的血管里，全没有英吉利人的血，所以他的性格也全非英吉利的血统。他的性格，是热情的南欧与阴郁的北欧的混和。秉这性质而生在英吉利的环境中，在他胸中就笼罩起一种"乡愁"

来。英吉利的生活,是酿成他的怀古的、幻想的乡愁的。倘使他没有这种不可抑制的乡愁,他的浪漫主义一定不会有这样的实感。这是最著名的乡愁的艺术家之一人。

还有一个大家都晓得乡愁的艺术家,是音乐家晓邦(Chopin)。晓邦是近代的所谓法国式浪漫乐派的九大家之一。他是披雅娜〔钢琴〕名手,俄国大音乐家罗平喜泰因〔鲁宾斯坦〕曾赞他为"披雅娜诗人"。他的作曲非常富于美丽的热情,其情思的缠绵悱恻,委曲流丽,有女性的气质。他所最多作的乐曲,是所谓"夜曲"("nocturne"),一种西洋乐曲名,用披雅娜或怀娥铃〔小提琴〕奏(详见我所著《音乐的常识》)。其次是"马兹尔加"〔"玛祖卡"〕("mazurka")、"波罗耐斯"〔"波洛涅兹"〕("polonaise")舞曲等。现在上海的各乐器店内,均有晓邦的作曲出售,懂得一点弹披雅娜的人,大概都能弹晓邦的夜曲。故你们听到"夜曲",便联想到它的作者晓邦,好像夜曲是晓邦所专有的了。

"夜曲",即使你没有听到过,但看字面,也可猜谅这种乐曲的情趣。"夜"的曲,总是"幽"的、"静"的、"美丽"的、"热情"的、"感伤"的。晓邦何以专作这样幽静的、美丽的、热情的、感伤的音乐呢?也是乡愁的力所使然的!

大家晓得晓邦是生于法国的,平日是飘泊在柏林、巴黎的。独不知他的父亲虽是法国人,但他的母亲是波兰人。波兰是已经亡国了的。故晓邦的血管里,是情热的法兰西系与亡国的哀愁的波兰系的交流。生活在法兰西,以法兰西人为父亲,而又具有波兰人的血统、波兰人气质,以波兰人为母亲,就使他感念自己的身世，酿成许多乡愁的块垒在胸中，发泄而为那种幽美的、热情的、感伤的音乐。

晓邦是披雅娜（piano）大家，西洋音乐界上自出了十八世纪的音乐救世主罢哈〔巴赫〕（Bach）以后，从未有像晓邦的理解披雅娜的人。所以他有"披雅娜诗人"的称誉，又被称为"披雅娜之魂"。晓邦苦于失恋，死于肺病，生涯如此多样，故作风亦全是美丽的感情的。他平生多忧善病，故作品中有女性的情调。他又有贵族的性格，在作品中也时时现出一种贵族的delicacy〔纤雅〕。故他的作品，可说全是性格的照样的反映。他的作曲，一方面温厚、正大、充满诗趣，他方面其旋律句又都有勾引人心的魔力。你可惜没有听到过他的作曲。你听起来，我想你的心一定被勾引，如果你胸中也怀着一种甘美的乡愁。

这两个艺术家，可称为"乡愁的艺术家"。我所谓乡愁发泄于艺术上的，就是指这种人。但是"乡愁"两字，又不可不再加注解一下。

第一，我赞美所谓乡愁，不是说有了愁便可创作艺术，也不是教你学愁。所谓乡愁，其实并非实际地企求归复故乡而不得，而发生的愁。这是一种渺然的、淡然的、不知不觉地笼罩人心的愁绪。换个说法，凡衣食丰足的幸福者，必感情少刺激，生活平易；处于飘泊的境遇的人，往往多生感触，感触多则生愁绪，这种愁，宁可说是一种无端的愁，无名的愁（nameless sorrow），即所谓"忧来无方""愁来无路"，不是认真企图返故乡、归祖国而不得的愁。如果是认真企图返故乡、归祖国而不得的愁，那就切于现实，与商人图利不得，兵官出仗不胜的懊恼同样,全无诗趣,更不甘美了。

　　第二,我赞美乡愁,不是鼓吹"女性化",提倡"柔弱温顺"。凡真是"优美"的,同时必又是"严肃""有力"的。否则这"优美"就变成偏缺的"柔弱",是不健全的了。乡愁,尤其是像晓邦的态度,表面看来似乎是偏于"柔弱""阴涩"的"女性化"的,其实并非这样简单。晓邦的作曲,听起来一面"优美纤雅",一面又"温厚""正大",决不是"弱"的、"晦"的之谓。只要看"夜曲"的夜,即大自然的夜,就可明白了。我们对于昼夜,自然感情不同,但决不是昼阳的、夜阴的,昼明的、夜晦的,昼强的、夜弱的,昼严的、夜宽的,昼男性的、夜女性的。昼明夜晦,全是表面的看法。在人——尤其是富于情感的人——的感情上,夜有夜的阳处,夜的明处,夜的强处,夜的严处,夜的男性处。晓邦的气质,便与"夜"同样,我所赞美的乡愁,也并非单是教人效"儿女依依"之态。人的感情,其实刚中有柔,柔中有刚;英雄的一面是儿女,儿女的一面是英雄。

　　所以我的对你赞美乡愁,不是说"你是离祖国客居南洋的,应该愁!"也不是说"你是个飘泊身世,应该效儿女的镇日悲愁!"

　　你是欢喜音乐的,我再拿音乐的话来为你说说。

　　美国,大家晓得是一百多年前哥伦布发见了新大陆的美洲,由欧洲殖民而成的。美国是"乡愁之国"。他们虽然移居美洲已经百余年了,然静静回想的时候,欧洲总是他们的祖国、故乡,他们是客居在美洲的异域的。大家都晓得美国是 pragmaticists 的产地,即实利主义者的产地。在上海的美国人,都是商店的"老板",即所谓 shop keepers。说也奇怪,这等孜孜为利的老板们的一面，是乡愁者。何以晓得呢？看他们的音乐就可以知道。

美国是新造国，什么都没有坚固的建设，音乐也如此。美国没有大音乐家，除比较的有名的麦克独惠尔〔麦克道惠尔〕（Mcdowell）以外。然而美国的音乐有一种特色，即其民谣的美丽。且其美丽都是乡愁的美丽，在歌词上，在旋律上，均可以明明看出。我已经教你们唱过的美国民谣中，已经有三首，即 *Old Folks at Home*〔《故乡的亲人》〕，*Massa's in the Cold, Cold Ground*〔《马萨在冰冷的地中》〕，*My Old Kentucky Home*〔《我的肯塔基故乡》〕。前面两曲，乡愁的色彩更为浓重。

我们试把前两首及 *Dixie Land*〔《迪克西》〕的歌谱，举在下面。

Old Folks at Home

D调 4/4

```
3 -  2 1 3  2  | 1  1̇  6 1̇ . |
'Way down up-on the   Swa- nee Ri-ver,
All  up  and down de  whole cre- a-tion,

5 -  3 1 | 2 - 0 | 3 -  2 1  3 2 |
Far, far a- way,   Dere's wha my heart is
Sad- ly I  roam,   Still long-ing for de

1  1̇  6 1̇ . | 5  3 . 1 2 2 | 1 - . 0 ‖
turn-ing ev-er, Dere's wha de old folks  stay.
old plan-ta-tion, And for  de old folks at home.
```

```
副歌
7·  1̇  2̇  5 | 5· 6̲  5  1̇ | 1̇  6  4  6 |
   All de world is  sad and drear-y, Ev-'ry-where I

5 - · 0 | 3 - 2̲ 1̲  3  2̲ | 1̲  1̇  6̲  1̇· |
roam;   Oh!dark-ies how my heart grows wear-y,

5  3· 1̲  2  2· 2̲ | 1 - · 0 ||
Far from de old folks at    home.
```

我们来回想回想看：*Old folks* 的旋律，充满着"怨慕""愁诉"的情调。在第三行的 refrain〔副歌〕之处，突然兴奋，正是高潮。第四行的继以静寂，又何等"感伤"的。在歌词上，所谓 My heart is turning ever（我的心永远向往），所谓 All the world is sad and dreary（全世界都是悲哀与恐怖），所谓 Far from the old folks at home（远离旧家），明明是乡愁的诉述。这是何等美丽的情调！我每唱到或弹到这曲的时候，总被惹起无限的辛酸。

Massa's in de Cold, Cold Ground

D调 4/4

```
5·  6̲  5  3  2̲  1̲ | 1̇ - 6  0 6̲ |
Round de mead-ows am a- ring-  ing  De

5  3  3· 1̲ | 2 - · 0 | 5  6̲  5  3  2̲  1̲ |
dark-ies' mourn-ful song,- While de mock-ing bird am
```

```
i - 6 0 | 6 5 3 1 3 2 | 1 - · 0 |
sing-ing,  Hap-py as de day am long;—

5 · 6 5 3 2 1 | i - 6 0 | 5 · 3 3 1 |
Where dei-vy am a-  creep-ing  O'er de grass-y

2 - · 0 | 5 · 6 5 3 2 1 | i - 6 0 |
mound,— Dar old Mas-sa am a- sleep-ing,

6 5 3 1 3 2 | 1 - · 0 | i - 7 6 |
sleep-ing in de cold, cold ground.  Down in de

5 - 3 0 | 6 5 3 1 | 2 - · 0 |
corn-field,  Hear dat mourn-ful sound;

5 · 6 5 3 2 1 | i - 6 0 |
All de dark-ies am a- weep-ing,

6 5 3 1 3 2 | 1 - · 0 ‖
Mas-sa's in de cold, cold ground.
```

《马萨在冰冷的地中》一曲，词句上虽然只是吊马萨之死，没有明明表示出乡愁的意思，然旋律的"静美""哀艳"，实与前曲同而不同。同的是怀乡的哀情，不同的是前者为"愁诉"的，后者为"抒情"的。

美国的民谣都是这类的么？倒并不然。说也奇怪，美国一面有这样"哀艳""静美"的音乐，他面又有非常"雄壮""堂堂威武"的音乐。例如 *Hail Columbia* 〔《欢呼哥伦比亚》〕，*Star-Spongled Banner* 〔《星条旗》〕，*Dixie Land* 等便是。最后一曲，是我曾经教你们唱的。

Dixie Land

C调 2/4

```
5 3 | 1 1 1 2 3 4 | 5 5 5 3 |
I  wish I was in the  land ob cot-ton,

6 6 6·5 | 6·5 6 7 1 2 | 3·  1 5 |
Old times dar am not for-got-ten, Look a- way! Look a-

1· 5 3 | 5· 2 3 | 1 0 5 3 |
way! Look a-  way! Dix- ie  Land. In

1 1 1 2 3 4 | 5 5 5 3 3 | 6 6 6 6 6 5 |
Dix-ie Land whar' I was born in, Ear-ly on one

6·5 6 7 1 2 | 3·  1 5 | 1· 5 3 |
frost-y mornin', Look a-way! Look a- way! Look a-
```

合唱
```
5· 2 3 | 1 0 5 6 7 | 1 3 2· 1 |
way! Dix- ie  Land. Den I  wish I was in

6 1 6 | 2· 6 | 2· 5 6 7 | 1 3 2· 1 |
Dix-ie, Hoo-ray! Hoo-ray! In Dix-ie Land, I'll

6 7 1· 6 | 5 3 1· 3 | 3 2 3 |
take my stand to lib and die in Dix-ie; A-

1· 3 | 2· 6 | 5 3 | 1· 3 | 2 1 3 |
way, a- way, A-way down south in Dix-ie; A-

1· 3 | 2· 6 | 5 3 | 3· 1 | 2 1 ‖[1]
way, A- way, A- way down south in  Dix- ie.
```

---

[1] 以上三首歌曲，原系作者手抄五线谱，因不清楚，由编者改为简谱。

Dixie Land 一曲，拍子非常急速，音域很广，旋律进行的步骤多跳跃，这等都是"雄大"的条件。就歌词上看，也不复有像前二曲的心情描写，而只是勇往奋进的希望、祈愿。无论旋律与歌词，都与前二曲处完全反对的地位。这实在是美国音乐上很有趣的一种特色；也恐是殖民国的特色吧。

　　美国是殖民之国，是乡愁之国，然而其人一方面有去国怀乡的情感，他方面又有勇往直前的壮气，和孜孜于商业实业的工夫。无论这等是好、是坏，仅这"多样"的一点，已是可以使人佩服的了。这更可以证明乡愁这种感情，不是"柔弱""懦怯"的。

　　南洋侨胞是"侨民"，不像美国人的是"殖民"。然无论侨民、殖民，其去祖国而客居别的土地的一点是相同的。我现在为你说美国人的音乐，却偶然变成了很对题的话，真怪有意思呢！

于上海江湾立达学园

西洋画的看法[1]

一　对于绘画的误解
二　艺术鉴赏的态度
三　西洋画的特质
四　画面美
五　裸体美

一　对于绘画的误解

艺术品中最容易惹人批评的,大概要算绘画了。因为绘画可以花极短的时间(数秒钟)看完,不像文学地要费心来通读之后,才得知其内容。又绘画所描出的东西,大家一望而知,有目共赏,不比音乐地要有练习的耳朵方能懂得。所以大多数的人,看到一幅绘画,总要在观赏之后说几句评语:例如说"我觉得这画××","其中的××画得不像",或"其中××画得最好",又或搬出许多文学的形容词来卖弄一番rhapsodic〔狂言〕的才能。

---

[1] 本篇原载 1927 年 12 月《一般》杂志第 3 卷第 4 号。

然而一般人的对于绘画的看法，往往容易犯下列的三种通病。即第一是要追求所画的是什么东西，第二是要追求这画所表示的是什么意思，第三是要作 rhapsody 的批评。因了第一种的误解，故对于画要批评其画得像不像实物，而误认像不像为好不好。因了第二种的误解，于是把绘画看作广告画、宣传品、插画一类的非纯正艺术。至于第三种的 rhapsodic 的批评，则态度更为荒唐的、不诚实的、虚伪的。即第一种把绘画实用化，第二种把绘画奴隶化，均为真的绘画鉴赏的障碍物；第三种则动机不良，态度不正，其去真的绘画鉴赏更远了。

申言之，第一，例如近代印象派的绘画，有的画面粗得很，近看但见色点或色条，而不辨所描为何物，于是一般人看了就不欢喜，说是乱涂。这固然难怪我国的一般人，就是西洋人，在二三十年前也是骂印象派绘画为乱涂的。又如粗草的铅笔画，木炭画的 sketch（速写），有时也只有构图的轮廓，不辨所描为何物，于是一般人也不欢喜。依他们的希望，似乎一切直线要用直线规才好，一切圆线要用两脚规才好，涂色要像印刷才好，精细得像博物挂图，逼真得像照相，方才是他们所欢喜的画。第二，例如指明这是耶稣的最后的晚餐，这是但丁的《神曲》的 Beatrice〔比亚特丽丝〕，于是他方才有兴味，因了所描写的人物的意义好，而觉得这画也当然好了。倘照他们的意思，一切孙中山肖像都是名画，曼陀的时装美女比 Cézanne〔塞尚〕的静物画好得多了。第三，例如有一个人看了一幅画，说"这画……我的心灵完全被它魅惑了。我呆呆地对它看了三个钟头，尤其是某处的某线，最能摄引我的灵魂，使我同它一同跳舞。在画中的某处,我仿佛听见天国的音乐的微妙的声响……"这种话至少可说是过偏主观的批评。虽然我不能证明他一定是夸张,说谎,然而即使他个人真个感到如此,亦不过是他的神经衰弱的病状而已,不能当作公正的批评。我认为这是卖弄文笔的 rhapsody 的批评,为批评界中的大忌。然而世间的确有这样的人存在且活动着。

上述的三种看法,都是误解。何以故?因为这种都不是艺术鉴赏的正当的态度。画是艺术,故看画必须用艺术鉴赏的态度。现在先把艺术鉴赏的态度略说一说。

二 艺术鉴赏的态度

要讲艺术鉴赏,先须明白艺术的性状。人人都会说什么"艺术学校","艺术科","艺术家",可是所谓"艺术"的真相,决不是俗眼所能梦见的。因为俗人的眼沉淀在这尘世的里巷市井之间,而艺术则高超于尘世之表。故必须能提神于太虚而俯瞰万物的人,方能看见"艺术"的真面目。何谓"高超于尘世之表"呢?就绘画而说,画家作画的时候,把眼前森罗万象当作一片大自然的 page〔页〕,而决不想起其各事物的对于世间人类的效用与关系。画家的头脑,是"全新的"头脑,毫无一点世间的陈见;画家的眼,是"洁净"的眼,毫无一点世智的尘埃。故画家作画的时候张开眼来,所见的是一片全不知名,全无实用,而又庄严灿烂的乐土。这是一个全新的世界,美的世界,无为的世界,无用的世界。山是屏,川是带,不是地理上，交通上的部分；树是装饰，不是有用的果树或木材；房屋是玩具，不是住人的家；田野是大地的衣襟，不是稻麦的产地，路是地的静脉管，不是可以行人的道；路上行人的往来都是演剧、游戏，不是干事。牛、羊、鸡、犬、鱼、鸟，都是这大自然的点缀，不是有用处的畜牧。——有了这样的心境与眼光，方然能面见"美"的姿；感激欢喜地把这"美"的姿描在画布上，就成为叫做"绘画"的一种"艺术"。所以艺术的绘画中的两只苹果，不是我们这世界里的苹果，不是甜的苹果，不是七八个铜板一只的苹果。而是孤立无用的苹果，即苹果自己的真相。绘画中的裸体模特儿，不是这世间的风俗、习惯、道德之下的一个女人，而是造物者的一个最得意的作品。所以模特儿并不是妨碍风教道德的事。读者诸君，上面的话不是我的 rhapsody，是真实的情形！原来宇宙万物，各有其自己独立的意义，决不是为吾人而生的。世间的一切规则，习惯，都是人为了生活方便而杜造出来的，美秀的稻麦舒展在阳光之下，分明自有其生的使命，何尝是供人充饥的呢？玲珑而洁白的山羊点缀在青草地上，分明是好生好美的神的手迹，何尝是供人杀食的呢？草屋的烟囱里的青烟，自己表现着美丽的曲线，何尝是烧饭的偶然的结果？池塘里的楼台的倒影，原是来助成这美丽的风景的，何尝是反映的物理的作用？聪明的读者，在这里一定可以悟到看画的方法了。

要之，艺术不是技巧的事业，而是心灵的事业；不是世间事业的一部分，而是超然于世界之表的一种最高等人类的活动。故艺术不是职业，画家不是职业。故画不是商品，不是实用品。故练画不是练手腕的，是练心灵的。看画不是用眼看的，是用心灵看的。

质言之，用艺术鉴赏的态度来看画，就是请解除画中物对于世间的一切关系，而认识其物的本身的姿态。换言之，即请勿想起画中物的在世间的效用、价值等关系，而仅鉴赏其瞬间的形状色彩。——这样，才是绘画的真理解。到了绘画的真理解的地步，前述的三种误解自然不会发生了。

既说过艺术的鉴赏的态度，现在要移进一步，就西洋的绘画的特质说一说。

三　西洋画的特质

从前利玛窦到北京，教北京人画擦笔肖像画，对人说："你们中国的画只描阳画，故平面的；我们西洋的画兼描阴阳二面，故立体的。"原来中国的画，向来是用线勾出图形，而不描明暗阴影的，故中国画都像图案。西洋画法中则有形（figure）、调子（tone）、色彩（color）三种练习。所谓调子者，就是明暗。譬如一人倚在窗边，则其人的向窗外的一面是明的，向室内的面是暗的。描的时候就是半只脸孔黑，半只脸孔白。初有照相的时候，中国人对于取半黑半白的光线的照相惊讶为疮斑脸，便是为了中国人看惯没有明暗的中国画的原故。这是西洋画对于中国画的最显著的区别之一。然西洋画之异于中国画者，不仅这一点，还有根本的差异，今试述于下。

去年的《一般》杂志上，曾登载我的一篇文字，叫做《中国画与西洋画》[1]。其文开始用梦比方中国画，用真比方西洋画；又用旧剧比方中国画，用新剧比方西洋画。大意是说，中国人的自然观照注重物的神气，而不注重形似，西洋画则反之，注重形似而不注重神气。中国画为了要生动地描出神气，有时不免牺牲一点形似，例如三星图里的老寿星头大身短，美人的削肩不合解剖学理便是。又西洋画为了要忠实地描出形似，有时不免牺牲一点神气，例如绘画与照相相类似，远望画中物与真物无异，凝固而不清新。故奇形怪状的中国画的表现，好比现世所做不到的梦中的情形，或不像实生活的旧剧的表现；照相式的西洋画的表现则好比真的世界的实在情形，或一如实生活的新剧的表现。这是西洋画对于中国画的最显著的特质。

其次，从这特质上出发，西洋画比起中国画来还有许多点的特质：即西洋画注重远近法（perspective）。凡物的形体必依照正确的透视的法则，在中国画则但写意趣，不拘法则。又西洋人物画注重人体的解剖法（anatomy），比例法（proportion）。凡人物各部骨胳、筋肉，及长短、大小、比例，均须依照各种规则，如实描写；中国画则但表神情，不求肖似实形。又西洋画（尤其是近代的画派）取材范围广泛，自风景、人物，以至静物，凡自然界事物，几乎皆可入画；中国画则于画材选择上颇有意见与型范，所收事物不及西洋画的广泛。又从用具上看，中国画用毛笔在吃水的宣纸上挥毫，非常注重笔意，即非

---

[1] 此文原载1927年《一般》杂志第2期。

常注重线条；西洋画则用刷子涂油漆在布上，虽然也自有笔触（touche），然多涂刷，远不如中国画的以线条为主，注重线条的力。后期印象派以后，西洋画亦重用线条，便是受中国画的影响。

然而这种种不同，皆源出于其对于自然表现法的根本的差异上，即如前所述，西洋画置重于写实，中国画置重于传神，因而发生种种不同的状况。这写实与传神，换言之，便是剧的与诗的。即东洋画的表现是诗的、非现实的，西洋画的表现是剧的、现实的。我们鉴赏艺术，对于诗的描写觉得其清淡可喜，对于剧的描写也觉得其浓重可喜。即各有各的长处，未便分量地判定其孰优孰劣。试于绘画展览会中，先入中国画室，看了许多轻描淡写的中国画之后，转入西洋画室的时候，必突然感到西洋画的浓重切实的美味，相形之下，就觉得中国画不免一味清淡而有"空虚"的缺陷。反之，先入西洋画室，看了许多堆涂浓厚的西洋画之后，转入中国画室，也必突然感到中国画的清新而轻快的美味，相形之下，就觉得西洋画不免一味写实而有照相式的"苦重"的缺陷。——然而这原是对于二者毫无成见的公正的批评者的话，倘掺入个人的特殊的好尚，当然所见不同了。

如上所述，西洋画的特质在于其照相式的浓重的趣味。然而不可误会！这"照相式"三字，决不是用以贬西洋画的，不过要说出西洋画的特质，暂借为形容词而已。西洋画决不是照相，决没有像照相的机械的、死板的缺点。不但如此，这正是其特殊的优点。何以言之？清淡的写神的画法，容易落入一种固定的"型"（type），唯天才妙手能创造之，驽才者仅事刻划模仿而已。故中国画之下乘者（像现今流行的一般的商卖品），几乎只是机械的模仿与凑合，而全无生气，这是有目者所共见的现状。反观西洋画，唯其崇尚忠实的写实，故作画均取法自然，较为不易陷入定"型"。只要有如前第二节所述的自然观照的心与眼，虽多数画家描写同一的对象，亦可各写所感而各为全新的创作。故在初学美术的学生的作品中，也能常常发见非常可取的、有独得的趣味的作品，这也是稍关心于美术者所共知的实在的情形。这种情形，正是西洋画的长处，正是西洋画的便于学习的优点。学中国画不得其正途，每易陷于模仿的死的工作；学西洋画则可无此弊。因为学西洋画不要临本，一切均以自然为师。所谓"照相式"者，就是谓其"描写目前的自然物的瞬间的印象"的方法与摄影相似而已，决不是说西洋画的价值与照相一样。不然，美术学生的头，比二三十块钱一架的照相机还不如了。

试看写实主义的米勒（Millet）等的绘画，印象主义的莫南〔莫奈〕（Monet）、马南〔马奈〕（Manet）等的绘画，外形很像一张照相，然而细味其构图的巧妙，色彩的谐和，笔法的自然，以及全体的团结与统一，即各部对于全体的集中，即宾主地位的得宜，方知其中笔笔有效果，笔笔有作用，即不能增一笔，不能减一笔。——这是佳作的重要条件，亦即艺术的绘画之所以异于照相的特色。这叫做"画面美"。次就画面美略申说之。

四　画面美

画面美可就形、色、调子三方面论。而就中以形美为最重要。

形就是骨胳，就是构图。西洋人有几句话："男人看画看构图，女人看画看色彩，儿童看图看事物。"这话很有趣味。男子富于构成组织的能力，对事物能从大处着眼，故看画也最先注目其全部的构造。女子富于感情，善于直观的感受，故对于画也最先受其色彩的诱惑。儿童缺乏理性的锻炼，未能体得艺术的创作的心情；其本身是一天然的艺术，而不能鉴赏世间的人为的艺术，故对画容易起理知的推究，而必首先追究所画的是什么东西。然而一幅画的最重要的君主，是其构图，而色彩等仅处辅相的地位。这也犹之一个家庭中由男子作主人，而女子与儿童则各为其中一员而助成之。

所谓构图，就是一幅画中的物的位置，换言之，即画面的空间的分割。绘画是空间艺术，当然重视空间。在图画纸一张，一条，一块，一点，均有价值与效用，决不许随便伸缩。犹之在时间艺术的音乐中，拍子历时的长短不容随便延长或缩短。普通学生及一般人，对于这点每多根本误会。例如画几只苹果，他们的意思以为只要在纸上画出几只苹果，形状不错，数目不缺少，用笔工整一点，就算已经成功一幅画。而对于纸上的地位，全不讲究，狭窄一点也不妨，多空一点也不妨。这是学画看画上最根本的错误。要知绘画是空间艺术，绘画的生命全然寄托在空间上，即绘画的美不美全视空间分割的得宜与否而定，岂容任意伸缩位置或多留空地。在图画纸或油画布上，没有无用的地位，即没有所谓"空地"。苹果四周的余地，不是无用的空地，是对于主物的苹果有陪衬的作用的"背景"。构图恰好的绘画，纸的四边不能伸缩一点，倘把它在一边上裁去一条，竟能使其画顿减失其美。反之，不甚恰好的画在一边上裁去一条纸而忽然增色的也有。这是研究绘画者所常常经验的实情。故画家作画的时候，最初对于一片白纸（或画布）要有"惨淡经营"的苦心。一片白纸犹之一片静止的水，第一点落笔，犹之在水面上投一粒小石子，全水面立刻以这小石子为中心而起了波动。

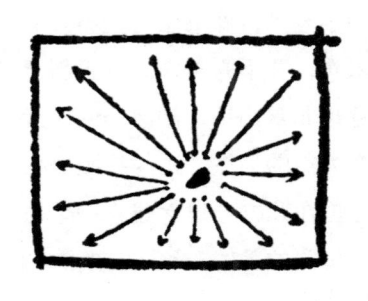

左图表示画家的惨淡经营的心在画面上的活动的状态。一点落笔的时候，其心早已不绝地来往于从这点到其上下左右四边之间，同时这片白纸就被这一点分割为大小不同的各部，而这各部立刻像协和音地作成一个和弦，就显出画面的谐调来。然而这是多数的人所不会注意到的微妙的境地。在一般人，以为一点只占据一点的地位，与这一点以外的"空地"无关系。这种人永远不会感到画面美，即永远不会梦见艺术美。看到绘画，立刻追求其所描写的为何物，或所表示的为何意义，便是为了不懂这个道理的原故。

换言之，这就是"大处着眼"。看画能从大处着眼，其所见的一点自然不是单独的一点而为全体中的一点了。同时又自然不会发生"所描何物"与"所表何意"的追求了,故在构图尽美的画中,一点、一笔,均与全体的谐调上有关系,不能任意变更或增减。倘变更之或增减之,于全体画面就立刻发生影响。名作之所以不能增减一笔者,理由就在于此。谐调的画面,即"多样统一"的境地。"多样统一"者,就是各块、各线、各点,大小、形状、性质各异,而全体却又融合为一。这就是所谓"一有多种,二无两般"(《碧岩颂》)的妙理。所谓"一即二,二即一",所谓"一多相",似是佛经上的玄妙之谈,其实并无什么玄妙,并不荒唐,也并不难懂。在我们日常所接触的艺术的绘画中,处处可以证实这个道理。

我常常赞美中国所特有的两种小艺术,即书法与金石。吴昌硕的草体字,一个一个地拿出来看,并不秀美,甚且歪斜丑恶,然而看其一幅字的全体,就觉得非常团结,浑然一气,无可增减。前之歪斜丑恶者,今尽变为美的当然。这与绘画的构图完全同一道理。又小形的篆刻,也在几方分里面建立一个完全无缺的小小的世界,有"毫厘千里"的美的布置,与绘画的构图也完全同一道理。故书画金石往往相联关,长于画者同时多长于书,又兼长于金石,恐怕就是为了有这一点完全相同的原故吧。这构图的道理,非但为中西绘画所共通,即雕刻建筑,以至诗歌音乐,也逃不出这个美的法则。

以上是就画面最主要的形象美而论的,其次,关于画面的色彩美与调子美,也要略述一下。

如上所论,画面的形象有各部的对比,有全体的统调。色彩也是如此,就日常经验说,青草的陌上走来了一个红裳的村女，青草就愈加青起来，红裳就愈加红起来，而作成强烈的色的对比。庄严的寺院的红墙照在金黄色的夕阳中，愈增庄严的情调，而显出充分的调和。"万绿丛中一点红"，就是红绿的对比，"玉体金钗一样娇"，也就是嫩红的肉色与金黄的钗色的调和的效果。试看西洋画中，有的上方画青天，下方草地上常添描湖沼，以反映天的青色，以图全画面的天青色的统调。有的后方画橙黄的夕阳的西天，则前方的山、树、草、地，均带着一层橙黄，以图全画面的橙黄的统调。又像Corot〔柯罗〕的风景画，在广大的风景中添描戴红帽的人物，用意即在色的对比。原来画面的色彩美，与前述的形象完全同样，一点色的效果不仅在于一点，而影响于全画面的诸色，有左右全画的美丑的伟力。据说从前英国画家Turner〔透纳〕与Constable〔康斯太布尔〕各出品于展览会，两人的作品相邻而悬挂。会场布置完毕后，Constable因事外出，回来一看，自己的画忽然减色了许多。探求其原因，原来是Turner于其外出的时间走来，在自己的画上加了一笔红色，这一笔红色立刻使全画的美显著，因而使相邻悬挂着的Constable的画忽然损色。于此可想见色彩对于画面美的效果的重大了。

　　调子，就是明暗。一幅画中的明暗的关系，也很重大。原来明暗是可以独立地状出一切自然的姿态的。试看照相及活动影戏，没有色彩，只有明暗的黑白两色，也能历历地状出世间一切物质的性状，便是西洋绘画上明暗对于画面的关系重大的明证。英国画家Turner的作品，往往于通明的海天间描一点的暗黑的船，法国画家Corot的大树风景画，往往于阴阴的大树的叶底留出一块块的光明的天空，便是应用明暗的对照美的。以构图美著名世界的美国的 Whistler〔惠司勒〕的《母亲的肖像》，是明暗配合最巧妙的一例。

要之，看画须用纯洁的头脑，与明慧的眼光。使画面的形、色、调，直接传达感情于吾人的心目。吾人获得与这等形、色、调相对话的机会，于是真的绘画鉴赏就成立了。

次就西洋画中所特有的裸体美说述之，以告结束。

五　裸　体　美

如前所述，西洋画有"照相式"的特质的一事，容易惹起中国人的对于西洋画的非难与疑问，然上文的解释已可为之辩护了。西洋画还有更容易惹起中国人的疑问的，是裸体美的问题。

艺术学校的庶务先生招呼模特儿，会计先生付模特儿工资，校役为模特儿生火炉的时候，心中一定怀着疑虑："为什么要画模特儿？"或者"这成什么样子！"然为职务的关系，倒不好意思出口。我同情于他们这难释的疑虑，特在此作这肤浅的解释。

从绘画的题材上看，自来西洋画（除了近世画派）是以人为中心的，中国画是以自然为中心的。试看文艺复兴期的大作，《最后的审判》《最后的晚餐》《死之胜利》《圣母子图》《磔刑图》等，差不多画面全是人物的打堆，偶然在空隙处添补一株树一间屋为背景而已。就是近世画派，虽已有纯粹的风景画，然一幅图中满满地装入人物的，尚到处皆是。回顾中国画，格式最正大的是山水，有时简直无人物，有时偶然在亭畔或桥上描一个曳杖的老人，作为点缀。而梅兰竹菊等花卉画，以及翎毛画，亦在中国画中占有不小的地位。虽有仕女画，然地位与势力均甚小。可见中国画是以自然为主体而人物为附从的，与西洋画的以人物为主体而自然为附从恰好正反对。模特儿的创行于西洋，这也是一个原因。

中世纪时，画家竞作宗教画，如前述的《最后的审判》《最后的晚餐》等大作，都描写宗教的故事或耶稣的事迹的。那时画家要描写耶稣，就选觅面貌端正像耶稣的人，令扮作耶稣，供画家作模特儿，要描写圣徒，就选觅老人等，亦使扮演，以资参考。然那时候大都是着衣的，并不裸体。所以描裸体者，则其源远出于希腊时代。希腊时代遗留许多裸体雕刻到今日，故谋古希腊的复活的文艺复兴时代，裸体研究自然随之而再兴了。

裸体的美何在呢？这非根本地考究不可。在礼仪三千的中国，女子裸体是耻辱的，是非常的。固无怪乎一般人的惊奇与非难。所以往年孙传芳禁止上海美术专门学校的模特儿，以为伤风败俗与春画一样。他们的理由是"花鸟都很美观，何必一定要画人？即使要画人，男人也可画。何必一定要画女人？即使要画女人，着衣也好画，何必一定要裸体？"这浅层的论调，在根本不了解裸体美的老百姓，自然非常中听。然倘说破了所以要画裸体美的根本的理由，其实是极当然而极平常的一回事，完全可以不必非难或惊奇的。

根本的理由如何？为方便计，可分两层解说：一，森罗万象中人体为最美，所以画家要描写人体；二，人体最美，同时描写亦最难，所以美术学校里的学生要以人体模特儿为基本练习。试略申述之。

　　我们的眼睛对于美的理解力，因了修养锻炼的工夫的深浅而有高下。故所谓"美"，不是像"多""大"地大家可以一望而知的。在没有修练工夫的人想来，花何等美，孔雀何等美，蝴蝶何等美，远胜于单色的人体。其实那种是浅薄的美，不过五花八样地眩耀人目罢了。人的肉体、色虽似简单，然而变化无穷，深长耐味。讲到人体的线的美，更为万物所不及，这是为了 S curve（S 弧）的变化而丰富的原故。所谓 S 弧，就是一头向右一头向左的曲线。曲线本来是优美的，加之两头异向，益增美丽。念六字母的形状，以 S 为最优秀。然字母中的 S，是最规则最死板的 S 弧，即无变化的 S。倘把它变化起来，在两头的长短上，弯度上，比例上变化起来，可变出数千百万种形式，如图所示，仅其一斑。试看其最后一线，弯度极浅，几与直线同，然而有微妙的优美，即所谓 artistical line〔艺术的线条〕——这数千百万种的美丽的曲线，便是人体所特有的。美丽的蝴蝶、白兔、山羊、春花、秋草、弱柳、长松、孤峰、秀岭，其线皆为人体所备有。优秀的工艺美术，例如杯、壶、桌、椅等，其线都是由图案家从人体上偷去的。

　　上面已经说明了人体最美的理由。最美何以最难描呢？这问题极容易解答了。如上所述，人体含有数千百万种 S 弧，可知这些 S 弧的弯度、形状，相差极微，差异一点就发生悬殊的感觉。诸君不信，但看颜面，即可明白。世间万万的人，有万万副相貌，决没有颜貌完全相同的二人。推考其所以差异者，只在眉目口鼻等线的肥瘦与位置上。可知辨别与描表，自然非常困难了。《韩非子》论画，有几句话："狗马最难，鬼魅最易。狗马人所知也，旦暮于前，不可类之，故难。鬼魅无形，无形者不可睹，故易。"是说常见的狗马最为难描。人比起狗马来，当然更为"人所知"，更为"旦暮于前"，更为"不可类之"，故应该为最难描了。

上海现在也有模特儿了。然而一般人对于模特儿或裸体画，总还有不可释的怀疑与误解。这原是中国数千年来的风俗习惯所以致之。其实倘根本断绝一切礼教习惯等因袭的思想而想一想，美的身体，岂非蒙神的宠赐而大可夸耀于世的么？美的身体比较起丰富的财产来，岂不更可贵么？美的身体与美的心（高贵的思想学问）不是一样可贵的么？

话虽如此说，其实男女裸体相见，原是有生以来互引为羞耻的事。读《创世纪》就可知道：上帝吩咐我们的祖先亚当、夏娃管乐园的智慧果树，不许采食。当时二人皆裸体，并不羞耻。后来蛇诱惑女人夏娃，叫她偷来吃。夏娃自己采食了，并给男子亚当吃，二人眼睛就明亮起来，才知道自己是赤身裸体的，便拿无花果叶子编作裙子，遮蔽下体。后来上帝得知了，就把二人逐出乐园，下降到世界上来做人，就是我们的第一代祖宗。这样看来，男女以裸体相见为羞的心理，原是数万年以来的万人共通的遗传性。但是只有创作艺术及鉴赏艺术的人，属于例外。因为画家或鉴赏者在领略这人体美的时候，其自我

S弧变化的一斑

SSᒉSᒉᒉSᒉSııı

因了"感情移入"的作用而没入在对象的美中,成"无我"的心状。既已无我,哪里还会想起一切世间的关系呢?这实在是最可宝贵的一种心状。在这时候,画家与鉴赏者仿佛呕出智慧果,蒙上帝遣回乐园去了。

丁卯〔1927〕年十一月十一日作毕

我对于陶元庆的绘画的感想 [1]

看画要当作书法看。字的装法，笔的气势，墨的浓淡，是书法美的主体；音义与意思，则是书法美的辅助。

看画要取听音乐的态度。旋律的升降，节奏的缓急，和声的谐调，是音乐美的主体；曲的标题与歌的意义，则是音乐美的辅助。

画的形状，色的谐调，明暗的配列，即"画面美"，是绘画美的主体；而所描的事象的形状与意义，则是绘画美的辅助。

故画，可说是托的自然物象而标出形状、色彩、调子等的空间美的。然而其所托的自然物象，必须经过"画化"，不是观实。即画以"画面上"的美为主，以"画面下"的意义为宾。

西洋的浪漫派，写实派的绘画，专重题材的选择，形似的写描，作出插画式、照相式的画来，是宾主颠倒。未来派，立体派，构图派，索性不描物象，而徒事感觉的游戏，作出像老画家的调色板或漆匠司务的作裙的所谓"纯粹绘画"来，是矫枉过正。即前者是绘画的"文学化"，后者是绘画的"数学

---

[1] 本篇系上海北新书局 1928 年 5 月初版《陶元庆的出品》一书的序言。

化"。均不及"音乐化""书法化"的自然而富于情味。

这是我对于陶元庆的绘画的感想。

丁卯〔1927年〕十二月十五日

《艺术概论》译者序言 [1]

此稿原为立达学园西洋画科一年生译述。予因其书论艺术全般，以简明为旨，适于通俗人观览；又念中国似未有此类书籍出版，遂以讲义稿付印。唯原书中有数处援日本艺术方面之实例者，皆经予删易，卷首附图亦已改换。谨向著者及读者声明。又著者在著本书之前五年，即大正九年，尚有《美学及艺术学概论》之作，其书已由俞寄凡君翻译，商务印书馆出版。爱读黑田氏的著作者可并读之。

戊辰〔1928年〕新年第三日，记于练溪舟中

---

[1] 《艺术概论》(日本黑田鹏信著，丰子恺译)，系1928年5月上海开明书店出版。

一般人的音乐 [1]
——序黄涵秋《口琴吹奏法》

音乐的不普及的理由

在理论上,音乐是最易感动人的;但在实际上,艺术中要算音乐为最不一般。试看你们所交接的一切朋友中,欢喜音乐的、会弄音乐的人占极少数。反之,文学似乎最为一般的,小说与诗大家都欢喜看,而且不少人会作。图画也大都的人欢喜看,且会批评。演剧更为一般人所爱好且懂得,妇人与小孩也常充满在戏馆里,乡下的农夫与工人也欢喜看戏。至于音乐,在下层社会中,只有剃头司务大都会弄胡琴,其他少得很;在商人阶级里也极少;到了上等社会的资本阶级,智识阶级中,则除了几个专门的音乐家以外,弄音乐的人恐怕很难找到。音乐是最易感动人的心灵的艺术,照理应该普及,而现状恰好相反对,这是什么理由呢?

这有两个理由,即第一,因为音乐性质暧昧,向不接近的一般人不易把握,故难于理解。第二,音乐表现所用的乐器,

---

[1] 本篇原载 1928 年 5 月《一般》杂志第 5 卷第 1 号。在 1929 年 1 月开明书店初版的《口琴吹奏法》中,改题为《序》。

都不是一般人所可以立刻应用，必经相当的长时间的技巧的磨练，方可驾驭，故一般人都难于上手。

一　因为音乐难于理解

第一，譬如文学中的小说，其表现所用的材料是言语。言语是任何人都懂得的，而且天天在使用的，故不须另外学习，凡会说话会听话的人都可以看小说（对于文学的艺术的鉴赏，自然因鉴赏者的人的程度而深浅各殊，但现在是就最起码的程度而说）。又如演剧，其所表出的题材是世故人情，也是大家所懂得的，且有兴味的，故任何人都可以看戏。至于音乐，其所用的材料是"音"，音只有高低、强弱、音色，与谐和、对比等，而没有意义。音乐的滋味，全在这音的高低、强弱、音色，与谐和、对比等上面。然这等不像言语或世故人情地是我们平常所惯做的事。我们平常所听见的自然音中，噪音居多，乐音绝少；又我们自己的言语呼叫等发音，也都不是音乐的。所以要懂这些，必须另外学习。例如没有学过音乐的一般人，大都不解何谓高低、强弱、音色，更不解何谓谐和与对比。学校里教音乐，便是教他们懂这"音的世界"里的情状。所以一般人听音乐，最不容易真正听懂。有一部分欢喜听音乐的人，只是因为某曲极华丽，或极急速，或（例如模写音乐）因为其鸟声水声描模得很像，又或仅因其乐器的发音特殊，故偶然惹起他的兴味（例如不曾听过钢琴的人欢喜钢琴的清脆是仅赏其音色）。这都是一种"好奇心"，不是真懂音乐。真懂音乐，是辨别音乐进行的旋律，音乐结合的和声的滋味，而在这滋味上发生兴味。然而这比较的是抽象的、渺茫的、暧昧的，不可捉摸。在没有对于上述的数端的训练的一般人，听去毫无头绪。在他们，"音乐世界"只是混沌的一团，不能在其中认出系统与组织来。故看小说，即使全未研究文学的，鉴赏程度极低的人，总可看出其所写的是怎么一回事，听音乐，则无训练的人简直全然不懂。

二 因为乐器难于上手

第二，音乐表现以器乐为主，器乐必须用乐器，而这乐器不像图画的笔地容易使用，这是音乐所特异于别的艺术的地方。非画家的普通人，拿起笔来总可以涂几笔，即使画得不好，然大体的形状总可画出。至于乐器，则没有练习过的人一旦拿到了手，非但不能成腔，简直动弹不得。西洋乐器中，最难演奏的要推怀娥铃〔小提琴〕（violin）。这看似一具小小的乐器，但在一切乐器中最为难弄。要学成一怀娥铃演奏家，音乐的先天丰富的人至少要经过四五年的练习。要拉一个小曲成腔调，至少要费一年的练习，而且是要每天不断地练习。没有音乐的先天的人，简直一生一世弄不好，这是怀娥铃学习者中常有的情形。故学怀娥铃的人，往往虎头蛇尾。因为他们有的一时受了刺激，发心学怀娥铃，有的打如意算盘，贪图廉价的音乐享乐，想不费劳力而获音乐的慰安，不幸而选中了这万难的器乐。未学的时候兴致很好，一经入门，越进越难，往往出他们的意料之外，终于不堪其苦而半途宣告停止。这样的人，我所亲见过的实在不少。因为怀娥铃演奏有一定的姿势，与变化无穷的弓法，指法。按指的板上不像琵琶地有音阶的格子，全靠左手的四根手指摸出正确的距离来，音程的正确与旋律的进行，须全归四根指头负责任。右手的弓也有种种的拉法，司微妙的表现的责任。故在一切西洋乐器中，怀娥铃要算最难学了。其次如披雅娜（piano，俗称钢琴），虽然各音有一定的键板，不必奏者负音程的正确的责任，然而难在和声的奏法。试想想看，左右两手要作不同的弹奏，一快一慢，或一高一低，在惯于两手作同样动作的一般人，初听到时竟要认为不可能！但在练习纯熟的披雅尼司德（pianist，即披雅娜演奏家），看了复杂的乐谱就会得心应手地弹出。然而他的技巧的基本练习深得很，要弹得像样，起码也要两三年。其他西洋乐器，例如笛类、喇叭等，也都不容易入门，而且大都是不能独立的伴奏乐器，宜作管弦乐大合奏的一部分，而不宜于独立演奏（其他，风琴奏法与披雅娜大致相同，然属于宗教的，非世俗的；又曼陀铃——mandoline——奏法较易，然也需长时间的基本练习，且乐器的品位不高。口琴品位也不高，然与其学曼陀铃，还是学口琴为价廉而时间短）。宜于独立演奏的主要的乐器，是上述的怀娥铃与披雅娜。然而其基本练习动辄以年计，不是忙于职务的一般人所能容易入手的。

上述的两种障碍，即音乐的难于理解与乐器的难于上手，把"音乐"关闭在象牙塔的最高层中，她就不容易下来与一般人相见了。

然而上述的两种障碍，有相互的关系，即对于音乐愈不理解，则乐器愈难得上手；反之，愈不近乐器，对于音乐愈不理解。两者互相纠缠，互相为因果，而音乐闭关愈紧。然而考究起来，后者（乐器的难习）是最初的原因。即因为乐器难于入手，人们就少有与音乐接触的机会，因之对于音乐愈疏远而不理解。我们要把音乐拉下象牙塔来，使与一般人相见，第一是要设法改革乐器，发明容易入手的乐器，使有正业的忙碌的一般人，都能在放工或散出事务室以后，在路上，车中，黄昏的榻畔，费极简的设备与极短的时间来学成。他们对于一乐器发生兴味且能使用如意之后，就可自己演奏种种的小曲，渐渐领略音乐的趣味，音乐在一般社会中就有普及的希望了。

适应这需求的，最近在德国与日本有一种小乐器叫做"哈莫尼加"（"harmonica"）的出世。这本来是极不完全的小儿的玩具，俗称"口琴"，现经发明改进，已成为一种有相当的品价（不下于曼陀铃）的乐器，大大地流行在日本与西洋地方。在日本，现在已有许多哈莫尼加研究会，大规模的哈莫尼加演奏会，及有名的哈莫尼加演奏家。

这乐器，虽然比不上怀娥铃与披雅娜的正大与完全，然而照它这样简小的设备，效果实在是太大了。虽说不正大与不完全，然普通的小旋律，简单的和声，它都能奏出。为一般人的乐器，资格绰绰有余。我本来以为这只是玩具，看它不起。近来听了友人黄涵秋君顾季平君的吹奏，始惊讶它的能力的伟大与趣味的丰富。现在为黄君校阅《口琴吹奏法》，更深悉了它的组织的内容的简单与巧妙，深佩发明者的苦心的制作。自己也出两块钱买了一口，一边校阅，一边练习，觉得其入门真比别的一切乐器都容易，效果真比别的一切乐器都丰收。口琴的长处多得很。现在把我所感到的几点写在下面,以普告于天下好音乐的一般人。

啊!口琴的出世,真是音乐界的福音!一般人的幸福!

口琴的长处

口琴的长处,我所感到的约有四端,从最小的说起:

一　价格低廉易于置备

披雅娜最低廉的要三四百元一架,大的 grand piano〔大钢琴〕需数千元。怀娥铃最便宜的也要十余元,贵的达三四百元。风琴也至少一二十元,大的与披雅娜价相仿佛。曼陀铃至少要二三十元,装潢精美的比怀娥铃还贵。其他管弦乐所用各种乐器,大都是价格昂贵的,像大的哈泼〔竖琴〕(harp)都要数千元一具。故西洋乐器实在是贵族的,是普通的经济生活的人所无力置备的。尝见有人节省零用钱来买了一只怀娥铃,因为事务忙,天才短,终于不能由此辛苦节省而买来的乐器上收得一点报酬。实在是可惜的事。

口琴上等者有二十三孔,价不过三元,我所买的二十一孔的口琴只须二元(其实二十一孔已够),质稍下的只要一元半。在日本听说还要便宜,中上的货品每只只要一元(现价与中国一元相等),费一二元买乐器,再出三四角钱买一本《口琴吹奏法》,乐器也有,吹法的说明也有,歌曲乐谱也有,设备已完全了。无论收入怎样少的人,如果想学音乐,我想总不难抽出一二元的生活费来买这乐器。且我可担保，这一二元对你必有无限的酬报，一定不会像买怀娥铃地出数十元而终于不得一点的享乐。因为这乐器还有以下几项的重要的长处。

二　携带及使用的便利

口琴长不过四五寸，阔不过一寸许，可同眼镜壳子一样地放在袋里。回顾别的乐器，最笨的披雅娜移动时要十几个人来扛，比棺材还要重。怀娥铃与曼陀铃虽然身材短小一点，然而容易撞伤，且总不像这口琴地可以时时刻刻带在身边，而于乐兴到时立刻拿来演奏。口琴演奏，走路的时候也可以，卧的时候也可以。而且除了像眼镜壳子的一条与一只嘴巴以外，更不需别的零零星星的附属物。像最啰嗦的怀娥铃，演奏时要谱台哩，弓哩，松香哩，调子笛〔音准器〕哩，弱音器（sordina）哩，……在口琴只要眼镜壳子似的一条。所以乐兴一到，坐也可奏，立也可奏，卧也可奏，行路都可奏。

三　口琴用简谱易于阅读

诸位大概晓得西洋音乐上有简谱与正谱的分别。音乐所用的高低不同的音有七个，叫做"独、来、米、法、扫、拉、西"。一切歌曲由这七个音作种种的排列而成。表示这七个音的记号，在简谱用数学上的 1，2，3，4，5，6，7，就是中国从前的学校（现在也大部分在应用）所应用的写谱法。然这写法因过于简单，只能表出旋律，而不便记录复杂的和声。故正式的披雅娜与唱歌，必改用正谱。正谱是在纸上划五条水平的线,在线上与两线之间记一圆点或圆圈,以表示七个音的高下的地位,则便于和声的演奏。

然二者之中,简谱容易读,因为它只有七个字,只要认识了七个字的音。无论何调,一看即可读下去。正谱要难读得多。因为其七音都用同样的圆点或圆圈,仅能在线上与线间的位置的高下来辨别其为何音,且有许多高低不同的调子,故各音乐不固定在某线上或某间中,随调子的高低而推移。故倘不识其曲为何调,就完全不能晓得谱中所记的某点应读何音。五线谱的学习,在初学者(尤其是看惯简谱的初学者)实在是一件很困难的事。不肯吃苦的学生,往往不欢喜正谱而要求先生译成简谱,或在正谱的讲义上偷注简谱的字。我所著的《音乐入门》内容的一半是说明这正谱的读法的。正谱虽困难,然而倘要作正式的稍专门的音乐研究,非懂得不可,因为它在深的程度的研究上有许多便利之处,现在不暇详述。所以简谱虽然便利,然决不能打倒正谱而代替它。

上面说过,所以要有正谱的主要原因,是为了便于记录复杂的和声。反之,简谱的短处便是只能记录旋律而不便记录复杂的和声。但在口琴,有一种特殊的情形,即其配和声的方法有一定,只要注明一记号,表示某处用和声伴奏,而不必用许多音来记录。这样一来,口琴谱所要记的只有旋律,旋律记录是简谱的得意之点,所以大可屏除繁复的正谱,而取用简谱了。

简谱只有七个字,1(独),2(来),3(米),4(法),5(扫),6(拉),7(西),谁也立刻可以识得。识得后就可读乐谱,在口琴上吹奏。

四 吹口琴容易成腔且谐调

口琴是用口吹吸的,其发音只要用力平均地吹吸,且移动口琴的地位,就可发各音。绝不像怀娥铃的难于发音。怀娥铃为发音最困难的乐器。因为有指的按法与弓的拉法的两种关系。又不似披雅娜地讲究指尖的 touch〔触键〕,故一摸熟了各音的位置,及其吹吸的关系,就可自由奏简单的旋律了。这犹之以口琴代自己喉头的音带,口琴演奏实在与唱歌一样自由,自己的声带不能发出正确、响亮,又高的音,故借用口琴的簧,而发音则一样由于气的呼吸。这当然比用手指更为直接,更为爽快。故一认熟口琴上的音的位置以后,凡平日所能唱的或听熟的乐曲,都立刻可同自己唱一样地在口琴上奏出。然以上数点,还不是口琴的主要的长处。口琴的最主要的特色,是其谐调的特别装置。

试使无论何人,或小孩,拿起口琴来乱吹或乱吸,即同时吹吸成许多的音,其所发和音一定谐调,永无不协和的音。这是因为口琴有特别的装置的缘故。别的乐器,例如披雅娜,倘叫不懂的人去乱弹,就像一只猫爬上键盘一样,发的音骚乱不堪了。口琴的特别装置如何?请先讲一点和声乐的道理。

前已说过,音乐上所用的音有七个。这七个音叫做"音阶"。谐音中的音作种种结合,继续排列而进行,名曰"旋律"(melody),普通的唱歌,就是唱一个旋律的。又取音阶中的某两个或三个四个音并列,而使之同时响出,叫做"和声"（harmony）。然而音阶中的七个音，不是任凭着哪几个音都可取来作和声的，有一定的和声的规则。因为一音与他音同时响出，有时不谐调，合成不快的音；有时很谐调，合成快美的音。和声的规则，就是要取互相谐调的快美的音而使之同时响出。音与音的结合何以有调和与不调和呢？这须用音响的物理来说明。据物理学，音由于物体振动而发。物体振动急的，即每秒间振动数多的，其所发的音高；反之，缓的，振动数少的，其所发之音低。C调的各音，其振动数如下：

音阶	1（独）	2（来）	3（米）	4（法）
振动数	128	144	162	$170\frac{2}{3}$
	5（扫）	6（拉）	7（西）	i（独）
	192	216	243	256

按协和音的原则，凡音与音的振动数比例为整倍或近于整倍的，其音必互相谐调，名曰协和音；反之，倍数相差甚远的，其音必不能相谐调，名曰不协和音。试看上表中，例如独与高八音独振动数比例为128：256即1：2，为整倍，故最为协和。其次，例如独与扫为128：192即2：3，近于整倍，故亦协和。又如独与米，为128：162大约为4：5，也还协和。至如独与来，为128：144即8：9，又如独与西，为128：243即8：15，倍数相差均甚远，故为不协和音。故据和声学之理，独米扫独（高八音）是互相协和的，来法拉西也是互相协和的，即把音阶照下图写法时，上面一行诸音互相协和，下面一行诸

音也互相协和（唯 7 字稍差）。

$$1 \quad 3 \quad 5 \quad \dot{1}$$
$$2 \quad 4 \quad 6 \quad 7$$

口琴音特别装置，就是根基这个和音学的道理。试检查口琴，其发音或吹或吸，每一音阶中，吹的音为 1 3 5 $\dot{1}$，吸的音为 2 4 6 7。恰好与前图一样。

所以拿起口琴来，在任何部分乱吹或乱吸，所发的都是悦耳的协和音（6，7 只有吸的处稍感生硬）。

这特殊的装置，有最大的妙用，就是演奏旋律时可以加以谐和的"伴奏"，使这眼镜壳子似的小小的乐器能发出像披雅娜或大管弦乐队的复杂的节奏与和声。这便是口琴音乐的生命的所在。至于什么叫做"伴奏"，详见本书内容，我可不必赘述了。

我一面校阅黄君的《口琴吹奏法》，一面自己练习。这样两个黄昏，我也居然会吹奏 *Long, Long Ago*〔《很久以前》〕，而且在其旋律上加伴奏了（虽然生硬得很）。我觉得这乐器非常有兴味，急急想要告知世间一切爱好音乐的一般人。黄君嘱我作序，就不免啰啰嗦嗦地写了这一大篇。啊！口琴的出世，真是音乐界的福音！一般人的幸福！

最后我还有一个感想：口琴的音乐，是"舌的技巧"（伴奏与复音，皆舌的动作，见本书后面）。人类的音乐表现，用声带（唱歌），用手指（披雅娜、怀娥铃等），用脚（风琴），用口（喇叭），甚至用拳（法兰西 horn〔法国号〕），把人身上可用的东西差不多已经用完，现在又发明用舌了。舌的感觉与手指一样灵敏的。向来只管教它饮食,实在是委屈了它。此后将随了口琴音乐的发达,而由饮食的器官擢升为艺术表现的器官了。

戊辰〔1928年〕上巳写于江湾缘缘堂

艺术的亲和力[1]
——《艺术概论》译后随笔之一

"艺术的亲和力,以建筑、音乐、演剧为最强。"就中我特别有感于建筑的亲和力。建筑的亲和力似比音乐与演剧的更强。何以言之?音乐是时间艺术,演剧是兼有时间空间的综合艺术,两者都受时间的制限。故其亲和的作用强烈而不久长。反之,建筑是立体的空间艺术,其形体庞大,其存在久长,其亲和力虽一时不强烈,然暗中薰染的力非常深大。且在我们的实际生活中,音乐与演剧总不是常常接近的,最讲究精神的享乐的人也不过每天接近一次而已;建筑则常在我们的目前无论何时皆可实行鉴赏。一地方的人,精神暗中常受其地的建筑物的影响;一室中的人,感情暗中常受室内的装饰布置的支配。

据我想来,建筑因为在庞大而永久的点上与自然景物相类似,故其所及于人心的效力也有与自然相似之处。自然美对于吾人的心有深大的感化,更不必说。"仁者乐山,智者乐水"。山乡的人民像山而仁厚,水国的人民像水而智慧。故同一环境中的人们,同被这环境的自然的潜移默化,而作成一种所谓民族性,地方色。更有显明的例,晴光底下的人们同怀畅快之情

---

[1] 本篇原载 1928 年 10 月 10 日《开明》第 1 卷第 4 号。

而行动活泼，阴雨天气的人们都抱郁郁之感而兴趣索然，这是大自然对于人的亲和力，自然及于人心的感化，深而不切艺术及于人心的感化，切而不深。故建筑的亲和力，其深不及自然，其切则过之。

火车上的红旗绿旗，或马路上的红灯绿灯，不仅是机械的符号，而显然有一种色彩的亲和力的作用。车夫们把车开到十字路口，望见对面的明晃晃的红灯的时候，手脚的筋肉自然弛缓起来，因为那红光已经照得他们一齐恐惧而退缩，自然不再前进了。反之，和蔼可亲的绿光似乎在向他们招手，使大家安然地前进。色彩有亲和力，光线、形体，也都有亲和力，总合而成为建筑的亲和力。

人类的事业，有赖于这建筑的亲和力者实多：寺院建筑使参拜者共怀恭敬虔诚之心；法庭建筑使诉讼者同起严肃恐惧之情；舞台建筑使人准备鉴赏享乐的态度，家庭建筑使人增进欢娱幸福的感情。家屋房室的格式、构造、装饰、布置，对于人心实在有强大的影响与深切的暗示。

不必找别的例，只就我的房间说，已足使我惊叹：我欢喜布置房间，高兴的时候，一月中要改变数回。我觉得布置一变，住居的心情也改一变。更有神奇者：就中某种布置宜于读书，某种布置宜于作文，某种布置宜于独居而不宜对客，某种布置宜于有客晤谈而不宜独居。

上海有许多学校，因为自己没有校舍，而租赁住家房屋以代用。他们有的在某某里租定连续的数幢房屋，稍改变其装修，例如拆通两间，作一教室；或在墙上出门，以利交通。有的租了一所富人所建的别庄,华美玲珑的三层楼洋房,把装有精美的火炉的客间及装有绮窗及洋台的卧房作为教室,西厢东厢作为教务室,会客室汽车间作为阅报室。——我每逢走进这种学校的时候,必起一种异常的感觉。我的感情非常混淆、散漫,又不自然。

然而我并非赞成一般的特建校舍——牢狱式的校舍。我想起了幼时住过五年的师范学校,每晨七点钟寝室长狂吹警笛,把百数十人从眠床中吹出,"砰"地关上了寝室长廊的总门,加上铁锁——我想起了这情状,到现在还觉得可怕!我曾经在某处参观一所学校,是袭用旧时的书院的房屋为校舍的。低小,曲折,而朴雅。其自修室中有明窗、净几,窗外有帘影、草色。当时我颇觉得留连不忍遽去,现在回想起来更好,那真是读书的地方!那校舍真有使其学生大家好学的亲和力。

戊辰〔1928〕七夕于石湾平屋

答询问口琴吹奏法诸君并 TY 君[1]

近两月来,我接到十余封询问《口琴吹奏法》消息的信。今又从开明书店转来 TY 君的信,提及关于《音乐入门》的三个疑问之外,也询及《口琴吹奏法》消息。现在我总答复在这里。

先复询问《口琴吹奏法》诸君:

《口琴吹奏法》是黄涵秋先生编述,上海望平街开明书店印行的。现在尚在刊印中,听说不久就可出版。口琴即在开明书店兼售。其口琴听说都是经过黄先生的鉴定的。发心学习口琴的诸君,于购书时带买口琴,最为便利。口琴每只价约二元余云。

次答 TY 君:承询关于《音乐入门》的三个疑问,谨答复于下。

(一)这疑问中含有两层意思,今分别答复:(A)来示说:"高音部的五线谱与低音部的有什么关系?丰先生仅在讲它在披雅娜〔钢琴〕上的应用,而忽略了梵珴玲〔小提琴〕及其他的乐器。"这是因为披雅娜是最一般的,又最正大的乐器,普

---

[1] 本篇原载 1928 年 10 月 10 日《开明》第 1 卷第 4 期。

通学校中的音乐科，总用披雅娜（风琴同）。西洋历来的大音乐家，差不多十分之八九是披雅娜家，就是梵珴玲家等，其最初亦必是习披雅娜的。这只要一翻音乐家传，即可证明。还有更重要的原因：发心学音乐的人，最初先要理解音乐所用的各音（即音阶上各音）在谱表上怎样记录，而音乐上所用各音最分别清楚的莫如有键乐器（披雅娜与风琴），因为它们以一块小板管一个音，音乐需要七八十个高低不同的音，它们竟齐备七八十块小板，其分别再清楚没有了。回顾别的乐器，例如梵珴玲，只有四根光光的弦线，全靠手指去摸出音的位置来，又如喇叭类，也全靠嘴上分别各音。所以拿有键乐器来说明各音在谱表上的位置，最为便利。故谱表与梵珴玲等的关系，懂了谱表与披雅娜的关系之后，自能悟得。不然，在百五十八页上的图也可聊供参考。惟此书系音乐的最初步的知识，且篇幅有限，要说明各种乐器，收罗得十分详尽，势有所不可能，亦无必要。且初学音乐，总是习唱歌，弹风琴或披雅娜的，极少有最初就拉梵珴玲，或吹喇叭等者。故在《音乐入门》的名目之下，似乎不妨尽管讲披雅娜上的应用。况且这书，其实是我从前教中学音乐时的讲义（在序文中说明着），故当然以学生的音乐为标准。不过一般人的学音乐，仍逃不出学生的学习法，所以不妨作为音乐入门。（B）来示说："而且翻开 *Volga Boatman's Song*〔伏尔加船夫曲〕来看，高音部与低音部两五线谱是每小节都同时有音符的——这层丰先生未曾说及，害我猜了许久。"这在第三十七页末行起的一段中说明着。例如就披雅娜说，右手弹高音部谱表上的音乐，左手弹低音部谱表上的音乐，可知当然是"两五线谱每小节都同时有音符的"，决不会左右两手交互轮流而弹奏。不过我以为这是当然的事，故不曾特别提出来说，害先生猜了许久，实在是很抱歉的。我忘记说了这样一段话："弹披雅娜是两手同时弹奏，且左手所奏的音与右手所奏的音不同（普通小学生弹风琴，两手所弹相同，是浅薄的弹法，不是正式的器乐），所以要用两只五线谱重叠起来，上面的高音部谱表上记录右手所弹的音，下面的低音部谱表上记录左手所弹的音。"先生说"四版时可添附一章，作为遗补"，但这补遗似乎分量太少，且不甚必要（因为不但 *Volga Boatman*，一切披雅娜曲都如此），不便特为添设一章。将来四版时在相当之处添入几句，或者可以。对于先生希望这书完全的好意，我很感谢！又承询及两谱表每小节同时有音符，是否同中乐中的"花子"一样？"花子"是什么？我不详悉，以致未能解答，甚歉！

（二）来示说："逢长音阶变调时，各音符的相差的音的距离说，是必须变动的；但不知披娜雅[1]之外，其他乐器的奏演上有什么关系？"这疑问意思不十分明了。只得笼统答复：一国或一地的音阶是一定的，其一切乐器的音阶皆相同。即一切乐器以同一的音阶为标准而构造，故可以合奏而为"管弦乐"（orchestra）。上文"距离"两字恐是"地位"两字之误，不知然否？

（三）来示说："梵哑玲所奏的指法如何能从五线谱上推测

---

[1] 应为"披雅娜"。

出来呢？"请看一百五十八页最上面的一图：例如第四弦放弦为 G（sol）音，即可知食指搭上去是 A（la）音，中指搭上去是 B（si）音……只要认定四个放弦的音在五线谱上的地位，即可知五线谱上无论哪一音符都有一定的手指了。我记得似乎不曾说过"梵哦玲指法可从五线谱上推测"的话（然而并未查过书），然这话道理亦说得过去。

把开明当作电话机，长谈你我二人的事情，实在对不起其他的读者！我本想写信寄回给先生，奈来示不曾注明通信处，只得在此地答复了。我的通信处是"上海江湾立达学园"。以后如有赐教，请直接写信给我。

《现代艺术十二讲》[1] 序言

立达学园开办西洋画科凡三年。今年暑假第一次毕业后，即行停办。我为此三班美术学生译述三种关于艺术知识之讲义：为一年级生述艺术概论，为二年级生述现代艺术，为三年级生述西洋美术史。一年级与三年级两种讲义稿，已蒙开明书店排印为《艺术概论》及《西洋美术史》两书，于两月前出版。今再将二年级讲义稿付印，即此《现代艺术十二讲》。

日本京都帝国大学文学教授上田敏先生曾为该大学一般学生演讲现代艺术，分十二回讲毕，由桑木严翼君速记其演讲稿。先生逝世后，其友人森林太郎君等欲保留先生在讲坛上之面影，将此速记稿加以修整，刊行为《现代的艺术》。今所译者即此书。上田先生对于各种艺术均有丰富之趣味与见识；此演讲系为理工科医科学生及一部分公众而开，浅明而多兴味，与专门讲义异趣。又因上田先生系文学专家，对于文学兴味更深于别种艺术，故其论文学较别种艺术，尤为津津，且在论别种艺术中亦时时回顾文学。全书几以文学为中心。故此稿与其作

---

[1] 《现代艺术十二讲》（日本上田敏著，丰子恺译），1929年5月上海开明书店出版。

美术学生讲义，实不如作一般读物之为适当也。

　　此中有数篇曾刊登《民铎》杂志及《贡献》杂志。又因原为立达学生讲义，故间有视情形而略加删节之处，不必直译原文。复有欲附志于此者：立达西洋画科仅有三年之生命。回想此中日月，三四教师与十余学生优游于杨柳栏杆边之小画室中（现改为中学教室），今已成为陈迹矣！我以此三种讲义稿刊行于世，聊示三年之遗念，几与森林太郎同其心情，良可慨已！

戊辰〔1928年〕重阳后二日记

修裴尔德百年祭过后[1]

> 倘能好好地享乐现在,
> 过去或可成为回想的欢乐;
> 未来就不会来打静观的钟。
>
> ——修裴尔德

这是 Schubert〔舒伯特〕一生的自述。他所以能在三十一年的贫贱而坎坷的短生涯中作出七百余首乐曲,恐怕是为了他能抱定这态度的原故吧。他乐想涌起的时候,不管日里或夜里,路上或咖啡店里,就如入梦一般地沉浸在这"现在"中而作曲;难得赚着几块钱,就如数拿去买音乐会的入场券,不顾管明朝的饭钱。过去的辛苦和未来的烦虑,都不能妨碍他的现在的静观,结果他在三十一年的贫贱而坎坷的短生涯能作出了七百余首的乐曲。

Schubert 于一千七百九十七年一月三十一日生于维也纳,一千八百二十八年十一月十九日死于维也纳。今年十一月十九日正是他的百年忌辰。本星期一(十一月十九日)这一天,世

---

[1] 本篇原载 1928 年 11 月《一般》杂志第 6 卷第 3 号。修裴尔德今译舒伯特。

界上不知数的都市中,都有他的音乐的声响(我从报纸上晓得欧美各都市及日本等处,这一天都有他的百年祭纪念演奏会),中国的上海也有英国人在南京路的市政厅里演奏他的《未完交响乐》。这一天晚快,我不管疟疾的将至,抱了病来到市政厅门前。一看时候只有六时半,演奏要九点十五分开始。徘徊了一歇,疲倦起来。到对面的先施公司里吃了一杯咖啡,仍是敌不得身体的疲倦,终于搭上电车,改坐火车回家。在火车中果然发冷起来。轮不着坐位,把身子靠在 W.C.[1] 的门上。抬头看见 C 坐在车箱的角里,他晓得我病,让我坐了。"你怎么生病也跑出来?""想来听修裴尔德,但终于……""什么修裴尔德?""百年前的大音乐家。今天是他的百年祭,市政厅在演奏他的音乐。""近来纪念日真多,上礼拜一是孙中山先生的诞辰,今礼拜一又是大音乐家的百年祭……"不久我的身体已躺在床上,包在棉被中,向梦中去听修裴尔德了。

到现在我还记得 C 的话:"上礼拜一是孙中山先生诞辰,今礼拜一又是大音乐家的百年祭。"孙中山先生诞辰那一天我正在故乡石门湾,那偏僻的小镇上的人,几日前头就预备纪念会,演剧庆祝,差不多妇孺皆知。这世界的大音乐家的百年祭我在上海,上海的人差不多全不知道,连我的朋友 C 都茫然,而用"大音乐家"的普通名词来称呼他。比较之下,不禁为这坎坷而短命的音乐家感伤不已。这样说来,那天晚上徘徊在他的演奏会场门前的水门汀上的,一个抱病的中国人的我,虽然

---

[1] 英文 water closet(盥洗室、厕所)的缩写。

终于没有做他的听众，比较的已经算是对得他起了。

去年三月二十六日是裴德芬〔贝多芬〕（Beethoven）的百年祭，今年十一月十九日是修裴尔德的百年祭。这两位同样伟大的音乐家，是在百年前相差二十个月而相继逝世的。然我私淑修裴尔德，在裴德芬之上。大概是为了裴德芬专作长大的器乐曲，交响乐（symphony）、朔拿大（sonata），不易引起非专门者的我的兴味；修裴尔德多作小小的歌曲，为莎翁、贵推〔歌德〕（Goethe）、席勒（Schiller）、谋勒〔缪勒〕（Müller）、史考德〔司各特〕（Scott）、哈伊尼〔海涅〕（Heine）的诗谱出哀愁而美丽的旋律，容易使一般人爱好的原故。

然而不但如此，平心论来，修裴尔德在现代确有比裴德芬更可称颂的地方：一则裴德芬是古典音乐与浪漫音乐的过渡期的作家，近代音乐与现代音乐的桥梁；修裴尔德则是浪漫音乐的先锋，现代音乐的始祖，与现代的关系较切。二则在裴德芬等专作长大的器乐的"庞大狂"（jambolism）的时代，修裴尔德独能不顾世间的冷遇，而委身于歌谣曲的研究，终于使欧洲乐坛从庞大狂的梦中醒觉，而移其注意于小小的歌曲的真价，其"革命的"精神可佩！三则歌曲是文学与音乐的结合，即两种艺术所合成的"综合艺术"，合于现代艺术的"综合"的倾向。四则歌谣曲是小形的艺术品，犹之文学中的小品文、短篇小说，绘画中的 sketch〔速写〕、漫画，多带"民众的"性质。

"浪漫的"，"革命的"，"综合的"，"民众的"，都适合于"现代"的时代精神。故爱好修裴尔德过于裴德芬的，在现代恐怕不止我一人。

这样说来,我们所以爱好修裴德尔者,因为他是"现代的"音乐家的原故;他的"现代的",因为他主作歌谣曲,是"歌谣曲之王"("King of Lieder")的原故。所以说起"修裴尔德",容易使人们立刻联想"歌谣曲";说起"歌谣曲",容易使人们立刻联想"修裴尔德"。

在中国的上海,纪念修裴尔德的百年忌辰而为他开演奏会的,恐怕只有英国的市政厅一处吧。这在我们原是欢喜又可感谢的事。然而过后我在朋友处看了那天晚上市政厅的演奏的曲目,觉得与我那天晚上抱了病而盼望的,微有不合。市政厅所奏的,器乐(交响乐,室乐〔室内乐〕)居多,声乐(歌谣曲)甚少。修裴尔德虽然也有很优秀的交响乐与室乐(chamber music),但他的毕生的主要事业,他的音乐的精华,是"歌谣曲"。换言之,他的音乐的"现代的"意义,全在于"歌谣曲"。他是以"歌谣曲之王"的美名垂芳在音乐史上的。"歌谣曲之王"的百年祭的纪念演奏会,照我想来,似乎应该多配几曲歌谣曲。——然而我并不是非难他们。他们门前揭着"Symphony Concert"("交响乐演奏会")的招牌,他们是管弦乐团(orchestra),不是声乐的专门者。况且他们的曲目中也已选入了七个歌谣曲,《青年的尼僧》〔《年青的修女》〕,《夜曲》〔《小夜曲》〕,《魔王》,《春梦》,《邮便》〔《邮车》〕,《鸦》,《春》,《往何处?》,也已表明修裴尔德的特征了。即使他们因为自己是管弦乐团,为自己的方便而多选修裴尔德的器乐的作品,也无妨于这纪念演奏的体裁。因为修裴尔德的器乐(未完交响乐,弦乐四重奏)也是极优秀的世界的名曲,也很有列入纪念演奏的曲目的资格。不过我特爱修裴尔德的歌谣曲的现代的意义，意中希望有偏重歌谣曲的纪念演奏，对于他们所选的七曲觉得不够而已。

修裴尔德一生所作歌谣曲共有六七百首，现今世界上到处歌咏的约有六七十曲。倘要精选最胜之杰作，可举下列诸曲。打了折扣，再打折扣，还有四十曲之多，所以我嫌市政厅的演奏会中歌曲太少。

《魔王》（*Erlkönig*）——Goethe〔歌德〕诗

《纺车中的格雷欣》》〔《纺车旁的甘泪卿（玛格丽特）》〕（*Gretchen am Spinnrad*）——Goethe：Faust〔《浮士德》〕

《野蔷薇》〔《野玫瑰》〕（*Heidenroslein*）——Goethe 诗

《彷徨者》（*Wanderers Nachtlied*）——Goethe 诗

《不息的恋》（*Rastlos Liebe*）——Goethe 诗

《少女的悲叹》（*Des Mädchens Klage*）——Schiller〔席勒〕诗

《死与少女》〔《死神与少女》〕（*Der Tod und das Mädchen*）——Claudius〔克劳迪乌斯〕诗

《听哪，云雀！》（*Hark! Hark! the Lark*）——Shakespeare〔莎士比亚〕诗

《亚凡马利亚》〔《圣母颂》〕（*Ave Maria*）——Scott：*The Lady of the Lake*〔《湖上夫人》〕

《米浓》〔《米侬》〕（*Lied der Mignon*）——Goethe 诗

《青年的尼僧》（*Die Junge Nonne*）——Craigher〔克赖格赫尔〕诗

《夜曲》（*Ständchen*）——Rellstab〔雷尔施塔布〕诗

《冬之旅》（*Winterreise*）第一集（共二十四曲，择其最佳者列下）

《再会》（《晚安》）（*Gute Nacht*）
《冻泪》（*Gefrorne Tränen*）
《凝结》（*Erstarrung*）
《菩提树》（*Der Lindenbaum*） 〕Müller 诗
《洪水》（*Wasserflut*）
《春梦》（*Frühlingstraum*）
《鸦》（*Die Krähe*）

《冬之旅》第二集（共十二曲，全部系最高作品，择其尤者列下）

《邮便》（*Die Post*）
《灰色的头》〔《白发》〕（*Der greise Kopf*）
《村中》（*Im Dorfe*）
《岚之晨》〔《风暴的早晨*》*）〕（*Der stürmische Morgen*）
《引路者》〔《路标*》*）（*Der Wegweiser*）   〕Müller 诗
《旅舍》（*Das Wirtshaus*）
《元气》〔《勇气》〕（*Mut!*）
《重阳》〔《虚幻的太阳》〕（*Die Nebensonnen*）
《琴游者》〔《老艺人》〕（*Der Leiermann*）

《水车场中的美少女》〔《美丽的磨坊女》〕（Die Schöne Muellerin）歌集（共二十五曲，择其最佳者列下）

《往何处》（Wohin？）
《晨礼》（Morgengruss）
《面粉坊〔磨坊〕中的花》（Des Müllers Blumen）
《枯萎的花》（Trocken Blumen）
《爱之色》〔《心爱的颜色》〕（Die Liebe Farbe）
《小川子守歌》〔《小河催眠曲》〕（Des Baches Wiegenlied）

⎫ Müller 诗

《辞世》〔《天鹅之歌》〕（Schwanengesang）歌集（共十四曲，全部皆最悲痛之歌，择其最佳者列下）

《吾之宿》〔《栖身之地》〕（Aufenthalt）
《远方》（In die Ferne）

⎫ Rellstab 诗

《地图》〔《地神》〕（Der Atlas）
《君之姿》（Ihr Bild）
《都》〔《城市》〕（Die Stadt）
《海边》（Am Meer）
《影》〔《我的影子》〕（Der Doppelgänger）

⎫ Heine 诗

读者倘费五块钱，到上海南京路谋得利乐器店去买一册 Fifty Songs, Franz Schubert（《修裴尔德名歌五十曲》），则上列诸曲的歌与音乐,差不多统可看到了。

我今春曾作《歌曲之王修裴尔德》一文,登在《小说月报》上。纪念祭那天晚上,我因为没有听音乐,半夜里起来写了一点关于修裴尔德的感想,登在《大江》杂志上。过了几天在朋友处看见了市政厅的演奏目录,又起了一点感想,就再写这一篇,投登在《一般》杂志上。

修裴尔德的百年祭已经过去了!

一九二八年十一月二十四日深夜

《近代二大乐圣的生涯与艺术》[1] 序言

去年三月二十六日为 Beethoven〔贝多芬〕百年祭,今年十一月十九日为 Schubert〔舒伯特〕百年祭。这两天上海南京路的市政厅均有英国人开纪念演奏会。我亦曾在《小说月报》上介绍二乐圣的生涯与艺术,聊表纪念之意。

现在这已成过去的事。然回想二乐圣的事业的伟大,及其在近代音乐上地位的重要;又观其百年祭在外国的热闹,与在我国的冷淡,觉得不肯让这两篇介绍文字就此湮没在旧报纸堆里。就把它们重新整理,编辑,又增补,删改,出版为这册书。它们现在是从旧报纸堆里改装逃出,想到世间来再找寻几个读者。

一九二八年岁暮子恺记于江湾缘缘堂

---

[1] 《近代二大乐圣的生涯与艺术》系 1930 年 5 月上海亚东图书馆出版。

《生活与音乐》[1] 译者序言

我前年在书中读到某音乐者的格言:"凡艺术是技术（technique）；但仅乎技术，不是艺术。"曾经把这两句书成一个小小的条幅，揭在壁上，到现在还依然存在。且在谈起或想起关于艺术的问题的时候，心中常常浮出这格言，觉得这道理对于一切艺术都可实证。美术学校的课程表上每天是实技，然而熟达画技的外国漆匠不是画家；音乐会完全是技巧的表现，然而三弦拉戏的人不能说是音乐大家。其他一切艺术，都逃不出这规范。我现在译完了田边尚雄先生的《现代人生活与音乐》，临到握笔写几句序言的时候，心中又立刻浮出这格言，就拿它做话题。

凡艺术是技术。则音乐似乎只事练习实技，用不到理论的知识。那么这册《生活与音乐》也是多事了。"但仅乎技术，不是艺术。"故可知技术必须再添加一种某物，方能成为艺术。这某物是什么？说来很长，不便简单答复。倘勉强要答复，就说"生活"吧。

---

[1]《生活与音乐》（日本田边尚雄著，丰子恺译）系1929年10月上海开明书店出版。

这册书不是"技术",也不是能使技术成为艺术的那种添加物。这只是一个指示路径的人。你们要游"音乐"的公园,全靠自己拔起脚来走,仅听曾游者的描摹、指点,决不能达到目的。然倘全不预询途径,而一味盲从,或恐走错了路,不入公园而误入了公园隔壁的荒冢,自己以为到了公园了,也是难免的事。在这意义上,这书可说是音乐公园游览指南。换言之,这册书也可说是上述那句格言的音乐方面的解释。

这书虽名为译本,然而译者的目的,无非要借日本人的指示方法来指示中国人,故凡与这目的无关的部分(例如关于日本特有情形,或者为日本读者而说的话,为我们所不必听者),均由译者酌量删节,或改易,或附注(其改易及附注之部分,书中均有注明)。这不是田边先生的文艺作品或诗集,想来不致有什么妨害。惟既名为译本,则非对原著者及读者声明不可,故特记之。又第一章上半部,前年曾节译,而借用在拙著《音乐入门》(开明书店出版)的卷首。然那时仅节取大要,并未照译。此次是重新从原文译出的。

此书之读者,倘全然未具关于音乐的知识,可参读拙译《音乐的听法》(开明书店出版)及拙著《音乐入门》。倘对于此书中关于音乐的术语有所不解,可检查拙著《音乐的常识》(上海五马路亚东图书馆出版)后面索引。复有欲窥本书后面译者所改易的曲例的全豹者,可参看《中文名歌五十曲》(开明版)。倘因读此而发心练习洋琴〔钢琴〕者,可购备《洋琴弹奏法》(开明版)。这等书都是我所译著的,本不敢自荐;但关于音乐的一般知识的书籍,在现在的中国出版界中似乎尚少得很,只得先把这几册介绍于读者,暂供参考之用。

一九二九年元旦后三日译者记于江湾缘缘堂

《谷诃生活》[1] 序

十九世纪以前，西洋画风与东洋画风完全异趣，向有不可超越的鸿沟。自十九世纪末叶以降，西洋画忽蒙东洋画的影响，东西洋美术渐呈综合的状态。这不但是绘画上的一种变迁而已，在欧洲现代艺术思潮上，世界文化研究上，一定也是一个很可注目的问题。

欧洲现代绘画的元祖是赛尚痕〔塞尚〕（Cézanne）。赛尚痕的艺术观是"万物因我的存在而诞生"。赛尚痕的作画态度，落笔不改，一气呵成。这是对于向来西洋的写实派印象派等客观主义的艺术的革命，又是西洋画中采入东洋画的主观趣味的初步。这种画风到了谷诃的艺术而更加明显。线条的飞舞，色彩的鲜明，表现法的单纯，显然是西洋画的东洋画化了。谷诃的画室中陈列着日本的版画，及中国的墨画。他原是东洋艺术的爱好者。

自从赛尚痕与谷诃等始创了这种画风之后，现代的西洋画家大家舍弃从前的冰冷死板的描写法，而加入他们的主观艺术的运动了。故现代西洋的画坛，大概可说是赛尚痕、谷诃的

---

[1] 《谷诃生活》系1929年11月上海世界书局出版。谷诃现今通译凡·高。

延长。

艺术倾向客观的时候,艺术家的人与其作品关系较少。反之,艺术注重主观表现的时候,作品与人就有密切的关系,作品就是其人生的反映了。在作品中,我欢喜神韵的后者,而不欢喜机械的前者;在人中,我也赞仰以艺术为生活的后者,而不赞仰匠人气的前者。谷诃的全生涯没入在艺术中。他的各时代的作品完全就是各时代的生活的记录。在以艺术为生活的艺术家中,可说是一个极端的例。东洋画家素尚人品,"人品既高,气韵不得不高",故"画中可见君子小人"。在这点上,谷诃也是一个东洋流的画家。

一九二九年三月记于石湾

附白:此书所用参考书为黑田重太郎著《谷诃传》。

看展览会用的眼镜[1]
——告一般入场者

我们幼时在旷野中游戏,经验过一种很有趣的玩意儿:爬到土山顶上,分开两脚,弯下身子,把头倒挂在两股之间,倒望背后的风景。看厌了的田野树屋,忽然气象一新,变成一片从来不曾见过的新颖而美丽的仙乡的风景!远处的小桥茅舍,都玲珑得像山水画中的景物;归家的路,蜿蜒地躺在草原之上,似乎是通桃源的仙径。年纪大了以后,僵硬起来,又拖了长袍,身子不便再作这种玩意儿。久不亲近这仙乡的风味了。然而我遇到风景的时候,也有时用手指打个圈子,从圈子的范围内眺望前面的风景。虽然不及幼时所见的那仙乡的美丽,似乎比平常所见也新颖一点。为什么从裤间倒望的风景,和从手指的范围内窥见的风景,比平时所见的新颖而美丽呢?现在回想起来,方知这里面有一种奇妙的作用。其关键就在于裤间的"倒望"和手指的"范围"。因为经过这两种"变形",打断了景物对我们的向来的一切"关系"(例如这是吾乡的某某桥,这是通林家的路),而使景物在我们眼前变成了一片素不相知的全新的光景。因此我们能撇开一切传统实际的念头,而当做一

---

[1] 本篇原载1929年4月25日《美展》杂志第6期。标点系编者所加,原文为句读。

种幻象观看，自然能发见其新颖与美丽了。这"变形"的力真伟大！它能使陈腐枯燥的现世超升为新奇幻妙的仙境，能使这现实的世界化为美的世界。

现在我可以不必借助于这种"变形"的力。我已办到了一副眼镜。戴了这眼镜就可看见美的世界。但这副眼镜不是精益、精华等眼镜公司所发卖的，乃从自己的心中制出。牌子名叫"绝缘"。

戴上这副"绝缘"的眼镜，望出来所见的森罗万象，个个是不相关系的独立的存在物。一切事物都变成了没有实用的、专为其自己而存在的有生命的现象。屋不是供人住的，车不是供交通的，花不是果实的原因，果实不是人的食品。都是专为观赏而设的。眼前一片玩具的世界！

然而我在料理日常生活的时候，不戴这副眼镜。那时候我必须审察事物的性质，顾虑周围的变化，分别人我的界限，计较前后的利害，谨慎小心地把全心放在关系因果中活动。譬如要乘火车：看表、兑钱、买票、做行李、上车，这等时候不可以戴那副眼镜。一到坐在车中的窗旁，一切都舒齐[1]了，然后拿出我那副"绝缘"的眼镜来，戴上了眺望车窗外风景。……在马路上更不容易戴这副眼镜。要戴也只能极暂时的一照，否则防被汽车撞倒。如果散步在乡村的田野中，或立在深夜的月下，那就可以尽量地使用这眼镜。进了展览会场中，更非戴这副眼镜不可了。

---

[1] 作者家乡话，即拾掇好、安定的意思。

这眼镜不必用钱购买，人人可以在自己的心头制造。展览会的入场诸君，倘有需要，大可试用一下看。我们在日常的实际生活中，饱尝了世智尘劳的辛苦。我们的心天天被羁绊在以"关系"为经"利害"为纬而织成的"智网"中，一刻也不得解放。万象都被结住在这网中。我们要把握一件事物，就牵动许多别的事物，终于使我们不能明白认识事物的真相。譬如看见一块洋钱，容易立刻想起这洋钱是银币，可以买物，可以兑十二个角子，是谁所有的，对我有何关系……等种种别的事件，而不容易认知这银板浮雕（洋钱）的本身的真相。因此我们的心常常牵系在这千孔百结的网中，而不能"安住"在一种现象上。世智尘劳的辛苦，都是这网所织成的。

　　习惯了这种世智的辛苦之后，人的头脑完全受了理智化。在无论何时，对于无论何物，都用这种眼光看待。于是永远不能窥见事物的真相，永远不识心的"安住"的乐处了。山明水秀，在他只见跋涉的辛劳；夜静人闲，在他只虑盗贼的钻墙。人生只有苦患。森林在他只见木材，瀑布在他只见水力电气的利用，世界只是一大材料工场。——甚至走进美术展览会中，也用这种眼光来看绘画。一幅画在他的眼中只见"某画家的作品"，"定价若干"，"油画"，"画的是何物"，……各种与画的本身全无关系的事件。有时他赞美一幅画，为的是这幅画出于大名家的手迹，或所画的是名人的肖像。荣华富贵的象征（凤凰牡丹等），颜貌类似其恋人的美女。……有时他非难一幅画，为的是这幅画中的事物画得不像，看不清楚，或所画的是褴褛的乞丐，伤风败俗的裸女，……他只看了展览会的背部，没有看见展览会的正面；只看了画的附属物，没有看见画的本身。

假如有这样的入场者，我奉劝他试用我前面所说的那副"绝缘"的眼镜。

一九二九年清明写于石湾

看展览会场的壁[1]
——告一般入场者

世间面积的贵重,无过于展览会场的壁了!无论几十块钱一码的上等罗绫,几万块钱一亩的上海地皮,……都不及展览会场的壁的可贵!

因为展览会场的壁,是画所挂的地方。而画面的地位,至为贵重:画中所描的形象,其地位不能随便移动。而且各种形象的地位都有相互的密切的关系。移动一处必影响其他各处。又不但描形象的地方贵重而已。就是不描形象的空地(余白),也都同描形象的地方一样贵重,不能随便增减。——总之,画中没有一块面积可以随便移动,没有一块面积不与全局有关,没有一块面积是无用的空地。上等的罗绫,上海的地皮,哪里有这样的贵重呢?

试看展览会的入场者,没有一人不注目于其壁。大都反绑了手[2],把鼻子钉着壁上。近看远望,细审详观。又指点批评,论斤计两。真是所谓十目所视,十手所指!世间的壁,最受人青眼的,最荣幸的,也无过于展览会场的壁了。现今法国表现

---

[1] 本篇原载1929年5月10日《美展》杂志第8期。标点系编者所加,原文为句读。

[2] 作者家乡话,即反剪了手。

派大画家马谛斯〔马蒂斯〕(Matisse，1869—〔1954〕)曾经有这样的话："在一张白纸上落一点墨，这点墨就同其周围的白纸发生了微妙的关系。"从这句话很可悟到画面的地位的贵重了。绘画的研究，有许多条件。例如用笔描形，敷彩，布局，都完善的时候，其画便是佳作。然就中"布局"最为根本的第一条件。因为绘画的本体是"空间的艺术"。"布局"就是"空间的分配"。用人体来比方，布局犹之骨胳。其余的用笔，描形，敷彩等犹之筋肉皮肤，必先有正确的骨胳，然后施以丰满美丽的筋肉皮肤，方能成为一个健全美好的体格。倘然绘画的布局不佳，无论笔法与色彩描得何等精美，终有残废的缺陷。一点墨尚且对于周围有微妙的关系，可知画中所描的形象，其地位当然很重要，不能随便移动的了。

凡一幅画中，无论所描的物体何等杂多，其中必有一个主体，其余的客体都以它为中心而布置。犹之会议的席上，无论议员何等众多，其中必有个议长，其余的议员都以他为中心而就座。画中的主体不一定位在画的正中。有时稍偏左右一点，反而怪好看。譬如一个人立在门口。倘其门是衙门，其人是一个冠冕堂堂的大老爷，严正地立在门的中央固然有威仪而好看；但倘其门是偏门，其人是一个纤纤的女子，那就不宜矗立在

门的中央。斜欹在一边的门框上,望去怪有样子。"去年今日此门中"的人面,我虽然没有看见,但猜想起来一定不是矗立在门的中央而斜欹在门框上的。这"偏斜"似乎是不规则的,可以随便的;其实有不规则的规则,决不可以随便。据研究者之说,大约画中的主体,位在画的横长三平分的地方,最为适宜。过于接近正中,或过于处在边上,都不妥当,这也是自然之理;那桃花人面过于靠近门的中央固然不宜,但把全身贴切在门框上也很不自然。总之,"自然"二字是不易之理。不但主体的位置要自然,画面各物的布置的均衡也逃不出自然的法则。例如有一个母亲带两个小孩——一个已落地的阿大,一个尚在手抱里的阿二——母亲当然右腕抱了阿二,左手携着阿大。这配置在画中也是十分安定而均衡的。阿二在母亲的右腕中,地位又高又近;阿大在母亲的左旁,地位又低又远。倘两个是一样大的小孩,照秤的道理想来,左右的重量当然不平衡了。但已经落地的阿大,总比尚在手抱里的阿二大得多,在绘画上的分量也重得多。所以远离支点的阿大与迫近支点的阿二,在母亲的左右恰好保住了均衡。这真是天造地设的,又自然又美观的布局!又如汲水的女子,左手提了一桶很重的水,右手自然会像蝴蝶翅膀一般地擎起来,头颈也自然会像怕羞的小孩子一般

地弯向右边来，巧妙地造成了她全身的均衡。这又是怪好看的一种画面的布局。至于群众的团集，更有趣了。拥挤得不堪的上午的小菜场中，无数的出市者以各叫卖者为中心，而自然地区分为许多群。各群以叫卖者为主体；以倾向他、环绕他的各出市者为客体。越是拥挤，各群的团结越是巩固。不拘何等混乱，何等杂沓，各主体总有绝大的势力，能吸引又支配其周围的无数的客体，使他们都像行星环绕太阳一般地倾向他，在混乱杂沓之中作出头绪与系统，而造成布局极精当的许多幅绘画。我每每在小菜场中发见德国现代画家李裴尔芒（Liebermann）的下层生活的绘画。其他如演说场中，教室中，也都自然造成很团结的局面。至于赌博，相骂，殴打，救火，杀人……其主体的吸引力更大，群众的团结的势力更是强得怕了。

　　看到了这种情形之后，画中所描的各种形象都有相互的密切的关系的道理，也可以自明了。再要说得明白一点，可举写字来比方。一幅画虽然面积广大而物体复杂，但从前述的"集中""团结"的意义上想来，总归只有一个焦点，成为一个系统。故不妨看作一个字。字都是只有一个焦点的。例如"美"字，许多笔划凑集于一个焦点，造成美字特有的一种相貌。"衒"字虽然更加复杂，但也只有一个焦点。彳与亍夹着一个术。犹之周仓和关平侍卫一个关夫子。我们只望见一个左有关平右有周仓的关夫子，三位一体。总不会把他们分作三体看。一切的字，都有其特殊的相貌与表情。看书的人，全靠从字的相貌与表情上认识。倘然看惯了的"美"字，缺少了最后的一点，或把最后的一点改写为一个勾,"美"字的相貌就完全变更。虽然其余的笔划依旧不会变动,但为了一点的缺少与变动,就给很大的影响于全体,使"美"字不能成立。画家的惨淡经营的杰作,画面一切地位都有相互的密切的关系,决不能任意增减或改变,正与有定规的字一样。一幅画虽然面积广大而事象复杂,然我们看了总得到一个大体的印象。这大体的印象便是画的相貌,画的气势。

说起相貌,我又想用人的颜面来比方画,以补足上面的说明。画面中各物保住相互的密切的关系而造成画的气势,恰好比颜面中的眉眼口鼻保住相互的密切的关系而造成颜面的相貌。例如笑,不是口或眼部分的笑,乃颜面全体的笑。有一部分不笑,就破坏全体的笑。哭、怒等亦复如是。在画也是这样:例如雄浑,不是一部分的雄浑,乃画面全体的雄浑。有一笔不雄浑,就破坏全体的雄浑。优美,清逸等亦复如是。画家的惨淡经营的杰作,都同颜貌一样。故曰:一笔中含孕全体;一气呵成,不能增一笔,不能减一笔。

说到了颜面的比喻,画中的空地(余白)的所以贵重的道理,也可以思过半了。前述的马谛斯的话,一点墨"同其周围的白纸发生了微妙的关系"正是很有力的证据。原来绘画不是报告、说明或记述,而是形状与色彩的美的表现。静物画中的果物、器皿等,都是日常惯见的东西,无须画家来报告,说明,记述。画家的可贵的手腕,正在于这等果物器皿在画面中的美的表现上。而表现的第一要点是画面的布局。布局就是"空间的分配"。一张白纸上画一瓶花,花瓶的上下左右所留的余地,对于花瓶都有烘托、陪衬的作用。有时余地的经营比物体的描写更费苦心。故质言之,画家是"借"了花瓶的形状与色彩而在一张白纸上显示其空间分配的巧妙的手腕的。这也可以用颜面来比方:眉眼口鼻在人的颜面中,不是数目的记述,而是位置的分配。所以数目同是二眉二眼一口一鼻,而位置千差万别。即眉眼口鼻以外的余地的形状千差万别。人的相貌亦因此而千差万别。梅兰芳的颊上(余地)倘然削去了一块,便不能成为名角。同样,绘画的天地头(余地)倘然裁去了一条,也不能成为名作了。

从前英国开展览会,大画家忒涅〔透纳〕(Turner)与坎斯塔布尔〔康斯太布尔〕(Constable)二人的作品并挂在一处。陈列完毕之后,坎斯塔布尔独自在展览会场中审阅自己的作品,结果在画中补描了一点红色而去。明天,忒涅到会场来,一看自己的作品,惊讶道:"谁把我的画损坏了?"原来色彩在展览会场的壁上效果非常伟大:坎斯塔布尔的画中添描了一点红,其作品忽然增光,竟影响于挂在旁边的忒涅的画,使它顿时减色!展览会场的壁,本来是世间最贵重的地方。所以一点的变动,也有非常巨大的效果与影响。

《音乐的听法》[1] 序言

我曾经说过,一切的音乐理论的书籍,都不过是音乐的注解。因为音乐的本身决不能完全记录在纸上;故欲学习音乐,必须由实地的练习及听赏着手,决不能单凭书籍而学得。不过实地练习及听赏,犹之四书五经的白文,在老先生们都已懂得,但在初学者则必求助于注解。音乐理论的书籍,犹之音乐的经文的朱注[2]。

假如有仅载注解而不录本文的四书五经,在从前的文士一定认为不便,因为他须得另求本文,对阅两者,然后能收得其效果。这在文学上原是不会有的事,但在音乐上却非如此不可。因为如前所说,音乐的本文是不能完全记录在纸上,必待演奏而方始出现的。故一切音乐理论的书籍,都是演奏的注解部。学者必须对阅两者,然后能收得其效果。

演奏决不能在纸上实行(谱表仅不过是演奏的不完全的记号)。所以兼备本文及注解的音乐的书籍,在事实上是不可能的。但也可有一种较胜的办法。就是以名作的实例而说述音乐

---

[1] 《音乐的听法》(日本门马直卫著,丰子恺译),1930年5月上海大江书铺出版。
[2] 指南宋朱熹编注的《四书章句集注》。

的理论。例如说"幻想曲风朔拿大〔奏鸣曲〕",举裴德芬〔贝多芬〕的《月光曲》为实例(本书第六十节);说 violin〔小提琴〕的 pizzicato〔拨奏〕的技巧,举萨拉萨谛的《西班牙舞曲》为实例(本书第二十三节)。则读者虽不能看到音乐的实体,犹可有探求实体的线索。这是较胜的办法。

本书的特点,就在于此。音乐史上大部分的名作家及名作品,都被当作说理的实例而引用在本书中(看页中原名便知)。虽然我国目下音乐演奏会极少(经常的简直没有。上海只有市政厅,但是英国人所办的),读者一时无从找求这种实例的演奏,不妨暂时仰给于蓄音机〔唱机〕。世界的名作,现今大都已制成蓄音片〔唱片〕了。但我希望这音乐的黑夜总不是永久继续的。看了目下音乐书籍的风行,与音乐专门学校的出现,我预觉我生前(我今年三十二岁)一定能在国内听到本书中所援引的一切世界名作的中国人的演奏,心中充满了一种希望的慰安——赖有这一点慰安的鼓励,使我两三个月以来屏绝了窗外的春红夏绿的风光,而埋头在这厚帙的原稿纸中,今日居然写完了十万言而搁笔。

本书全部根基日本门马直卫的《音乐解说》。然而又不是完全的翻译。这是记述说明的书,不是文学作品,不妨视我国情形而节译或删改。然而名义上却有些困难;倘称"译",实际不是照译的,深恐得罪于门马先生;倘称"编"或"著",实际又不是我所编或著的,我不免窃功之嫌。所以另取了"述"的名义。这书是我读了门马氏的著作,删改其对于我们不必要的部分,而为我国的爱好者说述的。门马氏在《音乐解说》的序文中冒头说:"本书的目的,在于为音乐初步者说述音乐的听法。"我觉得"音乐解释"不及"音乐的听法"的妥当,故选用了这名称。

一九二九年七月十三日子恺记于江湾缘缘堂

眼 与 手[1]

凡美术修养,都是眼与手的磨练。例如学图画先用眼感得了,然后用手表出。故学图画就是练习眼光与手腕。

欧阳修说:"作文有三多,多读多作多商量。"在图画上也是同样,不过思索的读换了感觉的看。即"图画有三多,多看多描多商量"。

看有两种,一是查看自然之姿态,即平心静气,用谦恭的态度而静静地观察自然界的微妙的美。二是参看名家或先进者的作品,即观摩他人的表现方法,以资自己的参考,但又不是模仿。

但自然物与艺术品,都含有深刻微妙的神秘性,不是凡有眼的人都能同样地看见的。这好比一面镜子,各人对镜,因自己的相貌的美丑而所见各不相同。例如一盘苹果,在现代法国的大画家塞尚痕(Cézanne)〔塞尚〕能发见自然的生命,但在卖水果的人只看见几个铜板,在馋食的小儿只觉得垂涎。又如冬尽春归,早梅乍萼,在诸位看见了觉得有无限的欢喜与生意,可以画一幅图画或做几首新诗;但在一种无知识的市井鄙

---

[1] 本篇原载 1930 年 1 月 1 日《中学生》创刊号,署名"子恺"。

夫，就茫然无所感觉。因为诸位读过书，有了修养，知道青春的可贵，芳菲的可爱，故能在梅萼中看出无限的美感与生意；无知的市井鄙夫虽然同样地有一双眼睛，却梦也不能见到这些微妙的事。

这样说来，看的修养就是吾人的精神的修养，眼的锻炼就是吾人的人格的锻炼。换言之，吾人的眼有两副，即肉眼与心眼。图画所用的眼，正是心眼。看自然物与看艺术品，都要用我们的心眼。而心眼的练习，就非常广泛。诸位在学校里读书，求学问，养品性，可说全部是心眼的练习。故所谓"多看多描多商量"的看，所用的不是肉眼而是心眼。倘然不事心眼的修养而仅用肉眼，无论你游遍了天下一切名山大川，看遍了世间一切大美术馆，犹之不看，于美术修养上全无裨益。

讲到描，这是我们对于自然美感动后的发表。因了发表，而感动更加切实，更加深刻了，所以要"多描"。在专门的画家，当然以描为主要目的；但在普通学生，宁可说描画是美感涵养的一种手段。因为我们的图画课，目的并不在于产出画幅，而在于修得对于形色的美恶的辨别力，而美化全般的生活。不过因为描与看有互相补助的关系，所以要多描。上图画课，便是描的练习的时间。但须平心静气地、谦逊地、忠实地描写对于自然所感得的美，却不在于所描成的一幅画。我们不要得这幅画，但要得这两小时间的实习。实习是主目的，这幅画是副产物，保存它固然好，不保存也无妨，故所谓"多描"，是说描的时间多，不是描的画幅多。前述的现代法国大画家塞尚痕，一天到晚，不绝地描画，稍不满意，就把画塞在火炉里，不塞在火炉里的，也只抛弃在身旁。一经脱稿，不再回顾。他的友人们常给他收拾，保存，或从火炉口中拦夺他所要烧毁的画幅。这些就是今日流传于全世界上的名画。塞尚痕的作画的态度，真是千古的模范！专门的画家尚且如此，普通学生岂可抱了功利的心而学图画？从前有一个好学的青年，拿了一册装订精美的自己的图画成绩，去请一位见解精深的先生指教。先生翻开他的成绩来看，见他描得十分工致，可是所描的大半是从画帖，甚至香烟牌子上临摹来的；即有几幅写生画，也是刻划难堪的机械工作，全然不是从美的感动而来，全然不是自然的忠实的写生。先生看了，一时对他无言可说。那青年得意扬扬地静候先生的指教，他料想起来多半是褒美，因为他画了这样工致的一大册。可是先生尽管默默不语。青年不耐烦了，开口问道："先生，请指教，我的画如何？"先生仰起头来，看见玻璃窗上一只苍蝇，正嗡嗡地在玻璃上钻，努力想飞出去。先生就指着这苍蝇说道："你的画同这苍蝇一样。它十分努力，一心想到庭中去飞翔，但不知道有玻璃在拦阻它的前程。所以它的努力完全是徒劳！它已经攒了好久的工夫，然而一步也不曾走进庭中。你也十分努力，一心想到艺术的殿堂中去遨游；可惜走错了方向。你积年累月地描了这一大册，然而一步也不曾跨进艺术的殿堂。"那青年听了这话，脸色立刻青白了，没精打采地挟了那画册回家而去。

这青年是抱了功利的思想而描画的人。功利的念头犹之那块窗玻璃，在拦阻他的前程。我说学图画要"多描"，但切不可像那个青年那样地多描。诸位中倘有用过这青年那种工夫的人——例如注重成绩，欢喜小成，或醉心于名誉；因而不耐忠实的写生，专好依赖他人的作品，而从事刻划临摹——务请立刻觉悟。打破那拦阻在你前面的玻璃。不然，就同那只苍蝇一样了。

眼多看，手多描，是图画练习的主要工夫。此外还要"多商量"。那个青年挟了画册请先生指教，便是商量。倘这青年有悟性，听了这先生的逆耳的忠言而悔悟了，从此改变其描画的态度，因而探得了正当的门径，这便是从商量而得到的益处。诸位阅读我这美术讲话，也是一种商量。万一我这些话对于世间的学生们的图画课业上有了一些影响，则我虽不能帮助诸位的图画练习的主要工夫，尚可效辅助之劳，不算白白地占了许多篇幅。

上面已把图画上的眼与手的练习说过了。世间人们的眼与手的美术的修养，有深有浅，各人不同，因而眼与手的能力的高下也有各种形式。约计之，不外四种：

一、眼高手高

二、眼高手低

三、眼低手高

四、眼低手低

第一种，眼高手高，当然是艺术修养最深的人。自来的大画家，大美术家，都是属于这类的。他们有伟大的人格与高远的眼光，能窥察天地的心，同时又有微妙的手腕，能够表现宇宙的真相。例如米叶〔米勒〕（Millet），有强大的宗教心，卓越的人格。故能不受当时法兰西的贵族艺术的诱惑，而独自发见平凡的伟大,与自然的美趣。不顾世人的嘲笑与饥寒的交迫,而独自运用其坚秀的画笔,以描写农人的生活与田园的风景。所以他是近代绘画的始祖。又如塞尚痕,有热烈的主观,坚强的个性,故能在自然物中发见形体与色彩的独立性。不为当时盛行的印象派所诱惑,决然舍弃了裕福的银行业,而没头在形与色的研究中。终于用了他的力强的手腕,在静物画中创造了形与色的独立的世界。所以他是现代新兴艺术之父。

第四种,眼低手低,与第一种正反对,不消说是艺术修养最低陋的人了。那种人对于美术,既不会鉴赏,又不能创作。实在是与艺术无缘的人。这种人大概过于执着于理知,或萦心于利害。故其头脑完全理知化,而生活枯寂无聊。他们对于周身的事物,但求利于实用,而不讲形式。他们的生活,只有打算,而没有趣味。他们欢喜种菜,不欢喜种花;欢喜养鸡,不欢喜养鸟。这种人在世间,只可派他们做一种机械的工作,实在不可请他主掌某种事业。他们只能做车站里的售票人,或邮政局里的邮务员,但不可请他们当站长或局长。因为在文化生活的社会中,美感是何等重大的要素!故凡一个机关的主宰者,必须具有审美的眼光,与对于人生的丰富的趣味,方能适合于文化生活的社会。

第二种与第三种,孰优孰劣?我们要费心较量一下了。

眼高手低者,眼的修养丰富而手的练习缺乏。即精神的修养多而技术的练习少。即能赏识艺术,而不能描画,文人便是其例。他们所研究的文学也是艺术,他们大都富于精神的修养,有高尚的眼识,与风雅的趣味。他们虽不执笔描画,但对于形色的世界都有情缘。有的欢喜写字,有的欢喜刻印。他们在书法金石上吐露着其极精微的美术心。所以他们对于画,大都能赏鉴。但是他们到底不曾受过专门美术的基本的训练,故其赏鉴力必有一个限度。关于技术上的事,例如色彩的谐调,线的势力,形状的感情,笔致(touch)的情味等,到底是专门的工夫,不是 dilettante〔艺术爱好者〕所能深入的境地。但他们能着眼于画的意味、风韵、气品、趣致,故其绘画鉴赏大体是不错的。

眼低手高者反之,眼的修养缺乏而手的练习纯熟。即精神的修养少而技术的练习多。即能描画而不能赏识艺术。画壁上广告的漆匠司务便是其例。他们并无何等非凡的抱负,也无何等伟大的人生观、艺术观,不过是一个职业的画工,全为了生计而描画。但他们大都略具感觉的天才,对于形色有敏巧的手腕,能描得十分逼真。试看西洋的杂志上的广告画,颇有几幅惹眼的作品。然而仔细一看,即可知其为表面的手上的模仿,与心灵是全无交涉的。上海各马路上的广告牌中,尽有几幅惹眼的画(大都是西洋漆匠画的),也是这一类的东西。

严格地说来,在美术上,眼与手是相连关的。眼不能离了手而独进,手亦不能离了眼而自高。上文所谓眼高手低,或眼低手高,原是比较的说法。即文人对于画,眼力比手力高;漆匠司务对于画,手力比眼力高。文人与漆匠司务,在美术上孰优孰劣?现在我们可以来评判一下:

原来眼与手,在美术上的性质与地位不是同等的。眼是感受的,手是表出的。故眼是主动的,手是助成的。眼的修养是人生全部的精神的修养，手的练习是一部分的技术的练习。这样想来，眼高手低应比眼低手高为合理。因为照理，手低的人眼尽可高；而眼低的人手决不能高。所以文人虽不弄丹青，而"诗中有画"，漆匠司务虽日事描摹，而其去画家几甚远也。

美术修养	眼高手高	眼高手低	眼低手高	眼低手低
精神修养	深	深	浅	浅
技术修养	深	浅	深	浅

诸君在学校里学习图画，在上表中应占居哪一格的位置？第四格不必说，最好当然是占居第一格，以大画家为模范。——诸君是普通学校的学生，非专门的美术研究者，在分量上当然不能拟大画家。但在性质上必须取法大画家。你们的图画须是你们的审美心的表现，人生观的发露。详言之，你们要平心静气，用忠实谦恭的态度，仔细地观察自然美；心中有了感动，然后拿起笔来描画。你们的画虽然不如米叶与塞尚痕，但你们的态度同他们一样伟大了。万一不能取第一格，则莫如取第二格，但切勿取第三格。我情愿见你们不上图画课，不描画；但不愿见你们像前述那个青年的描画。因为不上图画课，不描画，我还可希望你们占居第二格；倘像前述那个青年的描画，我就眼见你们变成一个小漆匠了。

一九二九年十一月，

立达学园初中图画月话栏

《世界大音乐家与名曲》[1] 序言

此书中十二篇曾分载一九二九年《一般》杂志，今纂集成册，定名为《世界大音乐家与名曲》。

西洋音乐在十八世纪以前全无可观。故音乐史自十八世纪开始。但此二百年中，乐圣辈出，名曲多如渊海，使好乐之士，欲瞻仰欣赏而莫知所适从。此书中所录十二家，为此二百年来乐坛上中坚人物；所举诸名曲，皆其代表作，而为现今世间所传诵者。好乐之士，读此书而知乐圣之作风与名曲之大意，以临音乐会，以听蓄音片〔唱片〕，而获得辅导之益，则本书出版之大愿也。

本书所用参考书，为前田三男著《西洋音乐十二讲》，服部龙太郎著《百大音乐家的生涯与艺术》，大田黑元雄著《自Bach 至 Schönberg》〔《自巴赫至勋柏格》〕，小泉洽著《泰西名曲的知识》，服部龙太郎著《蓄音片的选法与听法》等。本书中所用音乐上术语，读者如有不解，可检查拙著《音乐的常识》（上海五马路亚东图书馆出版）后面索引。

一九二九年基督降诞节子恺记

---

[1] 《世界大音乐家与名曲》系 1931 年 5 月上海亚东图书馆出版。

《最新口琴吹奏法》[1] 序

艺术之园中,有文学美术音乐诸宫殿,世人竞往游焉。文学美术之宫,其第一重门皆公开,人人可得而入。惟音乐之宫,门禁最严,非持有入场券者,不得践其庭径也。其入场券代价甚高,欲购之者,必以"先天""时间""金钱"三物为代价,缺其一不可。券分表门券、堂门券、室门券数种,价以次递增,似火车票然。不能多偿代价者,只能购得表门券一枚,徘徊观望于庭园之中,而不得升其堂,入其室也。故音乐之宫,在诸宫之中,游人最为寥寥。他宫之游者,亦多过门而不入也。盖券之代价,必三者具备,缺其一即不得入。其有"先天"而无"时间"与"金钱"者,低徊叹息于门外,有"时间"与"金钱",而无"先天"者,则胡闹于其门,而终不得入也。宫中之客,睹此现状,深为惋惜,中有慈心之人,不忍独乐于其中,议辟一小门于宫墙之侧,廉其价券,以为墙外之人便。其门名曰"口琴"。于是向之禁苑,今一变而为文王之囿,刍荛者,雉兔者,皆得由此而瞻仰音乐之宫,其功德亦大矣

---

[1] 《最新口琴吹奏法》,王庆勋著,商务印书馆1931年12月初版。

哉！王君庆勋，其门之卖票人之一也，嘱书其事以告世人，遂为此记。

一九二九年除夜，子恺时居石湾

《作曲法初步》[1] 序

予去秋在松江女子中学任讲时,其高中师范科曾设"小学乐歌"一科,嘱为讲小学乐歌之教法及教材,以资毕业后应用。予对于此学科全无教授经验,遂杜撰教程,以小学音乐教授法,歌曲作法,及西洋名歌曲选为此科之三种讲义。第一种小学音乐教授法,摘取音乐教授要旨,以为讲义;第三种西洋名歌曲选,则从美国出版之 Book of a thousand songs 中选取佳作,抄发讲义,令学生将英文歌试译为中国文,或依旋律自作歌词,俾对于西洋名曲增多见闻,且磨练其歌词之制作。然此课每周仅一小时,每种讲义只能略述大要,而不能作详细之教授。故对于第二种歌曲作法,编讲义甚感困难。因作曲法材料丰富,且与其他和声等科有密切之关系。欲在此一小时之三分之一中讲述作曲法,必须用极简明而得要领之讲义,方能给学生以作曲之基础概念。否则徒使以管窥豹,而终无益于实用也。以故先讲第一第三两种,而作曲法讲义迟迟不发。

时稣典、小涛二兄合编《作曲法初步》方脱稿,托开明书店为之刊印。予在开明编译所中得见其原稿,通读一遍,觉其

---

[1] 《作曲法初步》系朱稣典、徐小涛合编,1931年3月开明书店初版。

内容简明而得要领,洵为初学作曲之善本。予于松江女中之作曲法讲义迟迟不发,似正待此稿之出世也。遂商诸著者及编译所,乞以原稿暂借,付松江女中抄写油印讲义,为学生述之,适于年终讲完。予之任课因此得塞责矣。

今此书将排竣,稣典兄嘱为作序,因书此因缘,以志感谢之忱。

十九〔1930〕年初冬,病中记于
嘉兴杨柳湾之缘缘堂。丰子恺

告音乐初步者 [1]

音乐是什么

音乐是最善于表现感情的艺术。

有人问:"言语也很能表现我们的感情,何以见得音乐最善于表现感情呢?"

答曰:人们以为心中有了思想,就可用言语把这思想说出来。其实言语所说出的,只是这思想的外部的事实,并没有详细表出其内部的感情。因为一个思想之中,在外部的是事实,在内部的是感情。言语善于记录事实,而难于表现感情。例如昨晚做了一个奇妙的梦,早晨醒来,把梦中的情形说与别人听,这时所能说出的,大部分是梦中的事实,而难能把梦中的感情如数传达于他人的心中。别人只能知道你在梦中走进什么奇怪的地方,遇见什么奇怪的人,遭逢什么奇怪的事,但不能完全领会你这梦的滋味。近代德国有一位大音乐家,名叫修芒〔舒曼〕(Schumann)。他做了一个梦,醒后就把这梦中的感情用音乐来表现,作成一曲,名曰《梦幻》(*Traumerei*)。这

---

[1] 本篇是上海北新书局《音乐初步》的序章,根据 1930 年 5 月初版本。

是世界著名的杰作。现在我国学习音乐的人，几乎没有一人不弹过这首名曲（或提琴，或洋琴〔钢琴〕）。诸君中恐怕很有人听到过。未曾听到的人，也不难找求听赏的机会。试听那梦幻的乐曲，曲中所表现的全是梦的情绪，虽然并没有梦中的事实告诉我们，但梦时的感情，使我们大家都体验到了。故听了一遍，犹如与修芒同了一次梦。任凭你是何等雄辩的演说家，任凭你是何等妙手的文学家，决不能在口上或纸上，把梦的感情表现得同修芒的音乐一样详尽。所以说："音乐是最善于表现感情的艺术。"

根据上述的道理，可知哭泣和太息，比言语的诉说，所表现的感情更为详尽。虽然哭泣和太息只是一种无意义的声音，并不说明其所苦痛的事实，但我们听了哭声和叹声，比听人诉苦，更容易感动。便是因为声音最善于传达感情的原故。

故在传达感情的一点上，音乐比别的艺术，要优胜得多；比其姊妹艺术的诗歌文学，也要优胜得多。诗歌文学，因为有这个缺点，所以人们想出种种的符号来弥补它。例如！？！？等，都是用以补助言语的腔调的，即在言语中添加音乐的分子的。

大家读过白居易的《琵琶行》么？"凄凄不似向前声，满座重闻皆掩泣。"倘使这薄命的女子不会弹琵琶，而仅在口头诉说她的命苦的事实，白居易听了恐怕也不过慨叹而已，满座一定不致掩泣。由此可见音乐比言语容易传达感情。白居易哭湿了青衫之后，用他的美妙的文笔，苦心地写成了这篇《琵琶行》。但我们读了这篇诗，普通人总不会掩泣。由此可知音乐比诗歌文学，也要容易传达感情。

感情犹之滋味。甜酸苦辣等字，不过是一种虚空的名目，不能完全表出滋味；滋味必须实际地用舌尝过，然后感到。感情也是如此。喜怒哀乐等字，也不过是一种虚空的名目，不能完全表出感情；听了抑扬顿挫的音乐，就能实际地知道作曲者的感情的状况。故音乐可说是"感情界的言语"。我们普通所用的言语，是"理智界的言语"。理智界的言语只能传达外部的思想，感情界的言语可以传达内部的心灵。吾人处世，赖有这感情界的言语，故各人得舒展其感情，露示其心灵，而互相理解，互相赏识。倘然没有了音乐，人类的生活将何等隔膜而枯燥！世间将何等荒凉而寂寞！

尊崇器乐

音乐对于人生，有上述的功德。所以我们都要学习音乐。

但初步的学习者，往往不明正当的学习法，容易误走错路。所以我现在有三句话，要忠告音乐的初步者。务望初学音乐的人，先觉悟了这三事，然后用功。这三事便是：（1）尊崇器乐，（2）勤练音阶，（3）辨别曲趣。现在逐一说明在下面。

什么叫做器乐？学习音乐为什么要尊崇器乐？

音乐分声乐与器乐二大类。声乐就是用人的喉音来唱，所唱的音乐名为"声乐曲"。器乐就是用乐器（譬如风琴，洋琴，提琴）来奏，所奏的音乐名为"器乐曲"。声乐与器乐，各有长处，故专门的音乐学校，大部分设这两科，养成两种专门的音乐家，都是很费工夫的。但声乐曲与器乐曲，有一点很显著的差异：即声乐曲的曲谱下附有"歌词"，而器乐曲则没有歌词而只有曲谱。歌词是一种诗歌，这诗歌合了曲谱上的音的高低而唱出。普通学校中所唱的歌，有曲谱又有歌词，便是声乐曲；又如前述的《琵琶行》中的女子所弹的琵琶曲，没有歌词而只有音，便是器乐曲。

歌词是诗歌，诗歌便是文学。故可知声乐曲是音乐与文学的合并，不是纯粹的音乐。全然不用文字的器乐曲，方是纯粹的、正式的音乐。因为文学与音乐的合并，换言之，便是"在文学中加些音乐的分子"，使文学可唱；也可说是"在音乐中加些文学的分子"，使音乐能表出事实（例如花之歌，鸟之歌，花鸟便是事实）。但如前所说，记录事实，不是音乐的本分，这是言语（文学）的本分。所以声乐曲，严格地说来，不是正格的音乐，而是一种综合艺术。唯有器乐曲，全不靠文词的帮助，由声音用自己的力量来表现感情，方为正格的音乐，方为音乐的本体。

学习音乐的人，无论普通学生，或专门学生，都应当尊崇器乐，由此而认识音乐的本体。换言之，听乐的时候，务须注意于音的高低强弱长短（即曲谱），由音的高低强弱长短上探求音乐的兴味。不可把兴味集中在声乐曲的歌词上。歌词只能当作音乐的一种附属的装饰品，不可由歌词而评价音乐。倘使你根据歌词而评价音乐，就有许多流弊；假如你听到一曲《春景》（见开明书店出版《中文名歌五十曲》[1]第三十二页），看

---

[1] 《中文名歌五十曲》系1926年上海开明书店出版，丰子恺编著。

见了"南园春半踏青时,风和闻马嘶……"的歌词,就由此而肯定其曲谱的情趣是同这歌词一样和平的;听到一曲《秋夕》(同上第三十一页),看见了"银烛秋光冷画屏,轻罗小扇扑流萤……"的歌词,就由此而肯定其曲谱的情趣是同这歌词一样清幽的。这便是依赖歌词,而不能独自认识音乐的真面目了。况且曲上所配的歌,有的很不适合,送葬曲上配了结婚歌,结婚曲上配了送葬歌,那时你便上了他的当!送葬曲上配结婚歌,结婚曲上配送葬歌,恐怕是世间不会有的事;但近来各处的营业的音乐队,竟有这类可笑的错误。不拘迎亲,送丧,或新开张,他们所奏的同是这几个乐曲,有时听者很不自然!平日依赖歌词而决定曲趣的人,听到那种可笑的音乐队的演奏时,便不易辨别其是非。平素注意于音乐本体的人,一听到音的高低强弱长短,就容易知道曲的情趣,而发见其错误了。

不识音乐的本体的人,还有一种可笑的事实:有一班人批评音乐,也只依据文词,并未说到音乐本身。一人说这是淫乐,因为曲中有某某的淫词。另一人说这是俚乐,你看曲中的某某文句何其粗蠢。这都是隔靴搔痒,在实际上,现在的一般人们,认识五线谱的人还极少,怎样会有中肯的音乐批评呢?他们不识五线谱,没有音乐的(起码的)素养,不能亲近音乐的本体。看了五线谱底下的文词,也就信口批评起来。故他们的批评可说是与音乐没有关系的。我希望后起的青年,人人具有读五线谱的常识,人人能亲近音乐的本体。那时我们的音乐界,批评界,就一齐进步了。

如前节所说,音乐的本领在于表现感情;其所以善于表现感情者，正因为其不用具体的言语文字而仅用声音的原故。所以我们要受得音乐的最大的功德，必须从音乐的本体上研究，即必须尊崇器乐。

有人质问："学习音乐既然要尊崇器乐，为什么学校中不先授器乐，而专门教人唱歌呢？"

学校中所以必先教唱歌者，因为"无论研究何种音乐，必须从唱歌入手"。不拘普通学生，专门学生，初步学习音乐，必须唱歌。经过了相当的唱歌练习之后，然后可以分科，或者专修声乐，或者专修洋琴，或者专修提琴，无有不可了。其理由何在？因为欲研究音乐，必先在胸中确立音的观念，使知音的世界中的大体的组织。例如甚样是音的"高低"，甚样是"强弱"，甚样是"长短"，甚样是"音阶"，甚样是"旋律"，甚样是"和声"，甚样是"节奏"——这等便是音的世界中的大体的组织。这等知识，仅听口说，或仅看书籍，决不能获得；必须亲身用自己的喉子去练习唱歌，方才能实际地了解。故唱歌练习，可说是音乐的世界的一幅形势图。未看这地图以前，只觉音乐的世界混沌无边，不可捉摸（没有音乐素养的人，听乐时都有这种感觉）；看了之后，就觉得其有范围（音域），有疆界（音阶），有中心（主音），有道路（旋律），而了然于胸中了。

因此之后，不但普通学校的学生要练习唱歌，就是专门音乐学校的学生，初步之时，亦必注重唱歌；既专修器乐之后，也有时常练习唱歌的必要，因其可以互相辅助而进步。

普通学校的学生，本来不限专习唱歌。现今的学校终始只教唱歌，是设备简陋之故，并非不许练习器乐。其实青年之人，都应该学习一种器乐。由此可以多获音乐的陶冶，促进身心的健全，利益甚大！但在学校方面，为数十百人安排时间，设备乐器，聘请教师，原也是为难的事。除了特别理解音乐的教育者以外，恐怕即使有力，也不赞成这种办法。所以现今的普通学校，大都只设数小时的唱歌。其简陋者，只设一小时，聊以充数。青年们除了这一小时间亲近音乐以外，不是埋头在书本中，便是像赌博一般地弄球。其实是很苦痛的学校生活！

初学音乐必须练习唱歌，其理由已如上述。但这一点仍须注意：即唱歌之时，不可集注其兴味于歌词，必求理解音乐的本体——乐谱。不要贪歌词的有意义而以为好听，不要嫌"独来米法扫拉西"的无意义而以为难听。须知音乐的本体，正寄托在"独来米法扫拉西"的七个字上。所以我更要劝请诸君，勤练音阶！

勤练音阶

修佛法的人有六字经，即"南无阿弥陀佛"。习音乐的人也有"七字经"，即"独来米法扫拉西"。佛徒说："多念南无阿弥陀佛，可以往生西方。"音乐者也说："多唱独来米法扫拉西，可以进于音乐的世界。"

你们不要看轻独来米法扫拉西的七个字：这七个字的确是渡向音乐的世界的宝筏！这七个字叫做"音阶"。音阶唱得正确了，一切音乐都可以唱得好，奏得好。所以在音乐教课上，如下的音阶练习，叫做"每日练习"（daily exercise）。

独来米法|扫拉西独‖独西拉扫|法米来独‖
独　　米|扫　独‖独　　扫|米　　独‖

每日练习者，就是每日每次唱歌的时候，必须先把这练习唱一两遍或数遍，然后唱歌。仿佛现在的学校，开会的时候必先恭读遗嘱[1]一般。

读遗嘱的时候不见得人人皆"恭"；但唱歌之先的每日练习，人人的态度非"恭"不可。身体要有一定的姿势，唱每个字，嘴巴要有一定的形状（详见《音乐入门》[2]第一百三十一页）。非如此就不能收得效果。

但征目前的诸事实，恰与我所说的相反。试看现在的学校的音乐课，有几处在正确地实行这种练习？现在的学生，有几人肯像念佛一般地实行这种枯燥的工作？他们都是聪明过度，不肯作呆板的工作，他们都想取巧，贪图兴味：一上唱歌课，立刻想唱有兴味的歌，华丽轻佻的歌，油腔滑调的歌，或有实用的歌。——所谓有实用的歌，例如目下流行的小歌剧，容易牵惹没有音乐教养的人的兴味，而容易上口。学会了一首歌剧，就可在游艺会，同乐会等的舞台上表演。这是又容易，又有兴味，而又适于实用的。所以有的小学校，竟不教别的唱歌而专唱小歌剧，真是太会取巧，太会打算了！这实在不是稳当的办法。表演本来不是坏事，学校中教练歌剧原也是通行的。

---

[1]　指孙中山先生的遗嘱。
[2]　《音乐入门》系1926年上海开明书店山版，丰子恺著。

但偏重过甚，逐末舍本，流弊甚大！须要先使学生获得正式的音乐教养，待其根柢稳固，然后以其余力演习歌剧，从事表现，亦课业兴味之一端，颇有价值。若以功利为心，而舍本逐末，就完全失却教育的意义了。希望普天下的学校，教师与学生，大家留意这一点！

音乐课中，为什么一定要像念佛一般地勤练音阶呢？其理由是这样的：

因为一切音乐，都不过是这七个字的交互返复的连续。这七个字自独至西，渐次增高，而各字间相差的距离，又种种不同，并不像扶梯步一般地平均分为七步。其中间隔有大有小，即高低的相差有多有少。因此这七字的相互关系中，自成一系统，仿佛一个家庭：独是主人，扫是主妇，其余各字，各为家庭的一员，而地位各不相同。一切音乐，犹之这家所演的一切生活。故研究音乐的人，初步必须先把这家庭的内容关系，详细探明。——这功夫便是"音阶练习"。对于其家庭的内容关系愈熟悉，则愈能充分理解他们的生活。同理，音阶愈熟练，则愈能充分理解音乐。所以研究音乐的人，必须"勤练音阶"。

从独到来，到米，到法，到扫，到拉，到西，距离各不相同。唱歌者必须用自己的声带，实际地测量各种距离。须使我们的声带对于音阶上从任何一字到任何一字的距离，都能正确地适应而发音，然后可以正确地歌唱一切的歌，正确地理解一切的音乐。——这功夫便是"音程练习"（参看《音乐入门》第一百二十七页）。

音阶练习，音程练习，普通都认为是坚苦而枯燥的功课。

因为它们不成腔调,没有意义,而且很不容易正确,只有苦难而没有兴味。因此一般学者,都不欢喜这种基本练习。一到唱歌课,立刻想唱华丽婉转的小曲。这不是正当的研究态度。这都是学者不耐劳苦,贪图小成,而趣味低浅之所致。凡事不耐劳苦,决不能得丰富的收成;贪图小成,往往失去大利;趣味低浅,决不能亲近高尚的艺术。勤修基本练习的人,虽然消受了若干的坚苦的工作,但其报应,是深知音乐的妙味,亲近高尚的艺术。初学音乐立刻要求兴味而喜唱小曲的人,虽然快乐了,但其趣味常是低浅,不能梦见高尚的艺术的境地。前者犹如吃橄榄,后者犹如吃糖。糖,上口是甜蜜的,但止于甜蜜而已,更无何等好处。橄榄上口虽然苦涩,但经过了苦涩之后,自有一种微妙而深长的异味,决不是糖的浅薄甜蜜所能比拟的。请读者依此比喻,自定取舍。

凡艺术研究,都需要基本练习。不但音乐是如此,图画也是如此。音阶与音程的练习,是音乐的基本练习;木炭石膏模型及人体的写生,是图画的基本练习。基本练习愈久,其艺术修养愈加深造,同时所得的欢喜也愈加深长。所以这一点,是研究无论何种艺术的人都要知道的事。

辨识曲趣

曲趣,就是乐曲的趣味。例如某曲雄壮,某曲愉快,某曲优美,某曲悲哀,都是曲趣。辨识曲趣,全靠用各人的感情,除此以外没有别的机械的方法。这又好比口之于味,欲知各物之味，只有用舌头来尝，此外没有别的办法。辨识曲趣，第一须分别其高尚与卑浅。讲到曲趣高尚与卑浅，我又要用橄榄与糖来比方：听曲趣高尚的乐曲，好比吃橄榄，其味隽雅；听曲趣卑浅的乐曲，好比吃糖，其味浅俗。又有一种显著的区别：凡曲趣高尚的乐曲，初听时稍感其美，再听时觉得更美，三听，四听，愈听愈加感激，至于百听不厌。曲趣卑浅的乐曲，适与之相反，初听时觉得华丽，圆滑，热闹，甘美，委婉曲折，淋漓尽致，再听时就觉得老调可厌，三听时将不堪入耳，甚至令人欲呕。

贪图表面的兴味的人，对于乐曲大都欢喜其复杂华丽，而不喜唱简单朴素的歌。其实艺术的价值的高下，并不在乎乐曲的复杂与简单。寥寥数音的简单的乐曲，尽可有极深刻而高尚的趣味。今举二例于下。（为未识五线谱的人顾虑，权用简谱。）

其 一

```
5 | 3 — 2 | 1 — 5 | 7 — 6 | 5 — 5 |
1 — 1 | 2 — 2 | 3 — — | 3 — 5 |
3 — 2 | 1 — 5 | 7 — 6 | 5 — 1 |
6 — 2 | 1 — 7 | 1 — — | 1 — ‖
```

其　二

```
5 - 6 | 4 - 3 | 2 - - | 1 - - |

6 - 5 | 4 - 3 | 2 - - | 2 - 0 |
3 - 3 | 2 - 1 | 4 - - | 3 - - |

2 - 5 | 7 - 6 | 5 - - | 5 - 0 |
3 - 3 | 2 - 1 | 1 - - | 6̣ - 1 |

5̣ - 7̣ | 6̣ - 5̣ | 1 - - | 1 - 0 ‖
```

　　试看这两曲，所用的音寥寥无几，且拍子缓慢，毫不装饰，表面上看来，这是平淡无奇的乐曲，全无好处。但请正确地试唱数遍看，你就要发见它们的价值了。第一曲庄严而幽远，使人肃然正襟。其二曲含有一种深刻的哀怨，如有无限的感伤。——但这些话，只能略示其一端。全部的曲趣，非言语所能形容，只有请大家各自用感情去尝味，"冷暖自知"了。

　　由此可知繁弦急管，不一定是好的音乐。现今的人，大多数欢喜浮华富丽的音乐，例如《梅花三弄》，以及有几种流行的小歌，实在是趣味堕落的一种现象，深为可虑！例如这样的乐句：

```
6̇ 1̇ 2̇ 3̇  1̇ 2̇ 1̇ 6̇ | 5 6 5 3  2 3 2 1 | 6̣ 1 5̣ 6̣  1 ‖
```

可说是这种音乐的特征,也便是一般人所最赏赞的地方。原来这样的旋律,并不一定是下等的音乐。但滥用之,就容易变成油腔滑调,不堪入耳。而一般人的耳朵,未经音乐的训练,容易受这种浮华的音节的迷惑,其趣味就会堕落起来。语云:"从善如登,从恶如崩。"在音乐上也是如此。要理解高尚的曲趣,犹如登山,很要费力;而受下等的音乐的迷惑,犹如下梯,全不费力。现在倘执一途人,把上面所举的三个例,唱给他听,问他欢喜听哪一种,恐怕他的回答,多份是"第三"。我们倘要劝请他改变好尚,回心转来欢喜第一二种,除了请他受良好的音乐教育外,没有他法。又请看学校里的无师自通的风琴家,即没有先生教他正式的弹琴法,全凭他自己的本能的乐才而擅长(?)于风琴弹奏的学生。他们弹琴的时候,每喜"加花"。所谓加花者,就是在一乐句上附加浅薄的装饰,使乐句变得十分华丽。例如原曲中有这样的一句:

<u>1 3</u> <u>2 1</u> | <u>6 5</u> 1 ‖

在那位风琴家一定要显他的本领,把它变成这样:

<u>1 2 3</u> <u>2 3 2 1</u> | <u>6 1 5 6</u> 1 ‖

不知者,又从而赞赏之,全校中就造成一种浮薄的乐风。华丽本来不是坏的。但用之不得其当,就变成油腔滑调,不可不戒。

唱歌,弹琴,以正确为最要。十九世纪最大的洋琴家褒洛〔比洛〕(Hans Von Bülow)说,"洋琴练习有三要事,即用正确的方法,按正确的时间,演奏正确的音符。"作曲家的作品,决不容演奏者任意增删伸缩。唱歌,弹琴,都应该按照乐谱的记录，正确地演出。不但不许乐谱任意增删伸缩，连口的形状，手的姿势，亦都有正确的规则，不可随意变更（参看《音乐入门》第一百三十一页及《洋琴弹奏法》[1]第四页）。正确是通达音乐的唯一道路。

浅薄的人，听到了那种油腔滑调的靡靡之音，就容易地满足了他们的音乐欲。但趣味高尚的人，都不要听。倘有邻人高声地唱奏那种不良的音乐，使你不得不听的时候，怎么办呢？我可借马援诫儿子的语调告诉你："吾欲汝曹闻曲趣卑下之音乐，如闻父母之名，耳可得闻，口（手）不可得唱（弹）也。"

---

[1] 《洋琴弹奏法》系1929年上海开明书店出版，丰子恺与裘梦痕合编。

关于儿童教育[1]

一　儿童的大人化

卢骚〔卢梭〕的《爱米尔》〔《爱弥儿》〕的序文中说："他们常在孩子中求大人,他们不想一想,未成大人时的孩子是甚样的一种人。"这话的意思,是说大人因不理解孩子,而强迫孩子照大人自己一样地做人。这是一般的儿童教育上的病根。

大人和孩子,分居两个不同的世界。所以不同者,是为了我们这世界里有不可超越的大自然的定理,有不可破犯的人为的规律,而在孩子的世界里没有这些羁网。孩子要呼月亮出来,要天下雪;这便是因为他们不曾懂得这世间的月有朔望,天有冬夏的原故。我们在这等时候,只能为他解说,想法移转他的注意,使他忘却刚才的要求,或者禁止他的要求。然而这是忘却,是被禁止,不是他们已经懂得朔望、冬夏的道理。我在这等时候,往往感到一种悲哀:我实在不愿意阻遏他的真挚热

---

[1] 本篇选自《艺术教育》一书。其中《儿童的大人化》曾连载于 1927 年的《教育杂志》第 19 卷 7 月号、8 月号,《童心的培养》原载同卷 12 月号,收入书中时略有改动。

烈的欢喜和要求，然而现实如此，我又实在无法答允他的真挚热烈的要求。我对他只有抱歉我们的世界的狭窄、挛痉，又不自由，无以应付他的需要。这真是千古的憾事，千古的悲哀！

如果强迫或希望孩子懂得大人的世界里的事，便是卢骚所说的"在孩子中求大人"，那更是可悲哀的事了。例如据我所见的实例：有的父母教孩子储蓄金钱。有的父母称赞孩子会节省金钱。有的父母见孩子推让邻人给他的糖果，说他懂得礼仪而称赞他。有的父母因被孩子用手打了一下，视为乖伦，大怒而惩罚孩子。有的父母教孩子像大人一样地应酬，装大人一样的礼貌。有的父母称赞孩子的不噪而耐坐。——这等都是不自然的、不应该的；都是误解孩子、虐待孩子。因为金钱的效用、孝的伦理、谦让的礼貌，以及自己抑制的功夫，都是大人的世界里所有的事，在孩子的世界里是没有的。孩子的看法，与大人完全不同：在他们看来，金钱是一种浮雕的玩具，钞票是同香烟牌子一样的一种花纸。明明欢喜糖果，邻人给他，为什么假装不要？他们不听父母话的时候，父母打他们；父母不听他们话的时候，他们也不妨打父母（打的一动作的意义，他们还没有明白。孩子的动作都是模仿大人的。如果大人不曾打骂过孩子，孩子决不会打骂别人）。又揖让进退，实在是一种虚饰的、装鬼脸之类的动作，他们看来如同一种演剧、游戏、运动，在他们是出于自动的、最幸福的生活；而不喧噪，或耐坐，在他们看来，是同被拘禁一样的。往往一般大人称赞孩子的会储钱，懂礼貌，不好动，说："这真是好孩子！"我只觉得这同弄猴子一样。把自己的孩子当作猴子，不是人世间最悲惨的现象么?

　　猴子与人类的差别,大家都可以想到,是猴子不像人地有理性,猴子群不像人类社会地有组织,有道德,有法律。变戏法的人把猴子捉住,强迫它学人的态度。起初教练的时候,对猴子杀一只猫。即假作教猫,猫不会学,就把它一刀杀死,以警戒猴子。以后教练猴子,猴子就慑服而勉学人的举动了。这种现状,谁也知其为悲惨的;独不知人们的教练自己的孩子,正与做戏法的人教练猴子一样!无理的威吓、体罚,在孩子看来,同猴子看杀猫一样。例如我所见闻,父母们教诫孩子时,常用种种威吓语,如"老虎来了!""拐子[1]来了!"等语。这等话在大人听来,都晓得是说说而已,然而全未阅世的孩子听了,是确信为真的!试设身处地为他们着想,这种威吓何等有伤害他们的小心!这全与杀猫给猴子看一样。凡此种种残酷的待遇,都由大人不理解孩子,而欲强迫孩子照大人一样做人而来。这种教练的结果,是养成许多残废——精神的废残——的儿童。大人像大人,小孩像小孩,是正当的、自然的状态。像小孩的大人,世间称之为"疯子",即残废者。然则,像大人的小孩,何独不是"疯子""残废者"呢?世间有许多父母们在把自己的孩子养成"疯子""残废者"!疯子的儿童,残废者的儿童,长起来,一定不会变健全的大人,一定不能为人类造福。

　　常常听人说述古今名人或伟人的传略,有许多人幼时是不轨的狡童,有的怎样会玩弄私塾先生,有的怎样会闹祸,有的

---

[1] 拐子,作者家乡话,此处指拐骗小孩的骗子。

怎样不肯用功……我想来这确有可信之处。玩弄私塾先生,闹祸,不肯用功,正是健全的儿童的表征。服从、忍耐、不闹祸,终日埋头用功,在大人或者可以做到,但这决不是儿童的常态。儿童而能循规蹈矩,终日埋头读书,真是为父母者的家门之不幸了。我每见这种残废的儿童,必感到浓烈的悲哀。有的孩子会代父母敲打丫头。有的七岁已经缠足,挂下一双小脚,端坐在高大的太师椅子里。有的八岁还要人抱。有的九岁已经戴瓜皮帽穿长衫马褂。有的十二岁已会吸烟。世间被虐待的儿童不止我所见的几个。啊,悲惨的世界!

这种"儿童的大人化"的实例,据我所见,可分四种,即:儿童态度的大人化;儿童服装的大人化;玩具的现实化;家具的大人本位。今逐述之于下:

数年前我曾经在一个国民小学里教图画。我跑去上课的时候,许多七八岁的孩子在室外游戏,对我笑、叫、跳。忽然一个主任先生在后面喊骂着说,"先生来上课了,还不晓得进来对先生行礼?"于是孩子们像一群老鼠地钻进了教室去。最后我跨进教室的时候,看见孩子都已坐得很整齐。忽然一个尖小的声音叫"一——",许多孩子像机器地一律站了起来。又听见这尖小的声音叫"二——"的时候,孩子们一齐向左右跨出一步(因为两人合坐一长桌,在长桌前不便鞠躬,各向左右跨出一步,则前方已空,鞠躬时可无阻碍),像兵操一样。再来一个"三——",大家深深地向黑板鞠一躬。这时候我正从教室后面走来,还没有走到讲桌近旁。我对于这种机械式的行礼,大为不快。我那时觉得孩子们个个变成木头人,或机械的一部分。刚才对我笑、叫、跳的时候的真挚可爱的态度，现在已完全消灭，而变成了这个机械的、冷酷的、无情的、虚文的"一——二——三——！"这叫做"礼"？我实在不愿受你们这个"礼"，因为你们对我的敬礼，反而使我悲哀！

后来我又到一家人家去，家里的大人拉过一个三四岁的孩子来，用指推他的小头说，"叫声伯伯，鞠个躬！"那孩子像鹦鹉地喊出"伯伯"，对着我身旁的桌子脚像猴子地打了一躬，茫然地跑了开去。这回又使我回想起那小学校里的"一——二——三——"，又增加了我的不快。这是我所见的儿童态度大人化的一例。

我看报的时候，常常瞥见一个头极大而身极短小的时装女子，似乎是清导丸的广告画。这种目的在惹人注意的滑稽的广告，我觉得实在太恶劣，太不雅观，不应该每天堂堂地登在报纸上。不过药商专为引人注意，报馆专为收得广告费，雅观不雅观向来不计，别人自然也不必过问了。可是我常常看见，总觉得讨厌。

不料这头极大而身体极短小的时装女子，近来我竟看到了实物。上海滩上所见的装束，前襟之短仅及脐部，下端浑圆如戏装的铁甲，两袖像两块三角板，裙子像斗篷，是极时髦的女装，穿的是极时髦的明星之类的女郎。不料现在这种装束竟不仅用于女郎，连七八岁的女孩也服用了。我常常看见，马路上有这样装束的母亲携着这样装束的女孩，望去宛如大型小型的两个母亲，而小型的更奇形可怕。

现在要先就服装的美恶谈一谈：这种服装，本来是适于大人而不适小孩的身体的。为什么原故呢？因为大人身体长，头长与身长的比例大概是一比七或六；小孩的头很大，身躯很短，其长度比例七八岁的是一比五，五六岁的是一比四，二三岁的是一比三。这是绘画上的 figure drawing（人体描法）所实验得来的定规。根据这定规，可知大人头小而身体长，孩子头大而身体短。依照美学上或图案上的方法，身体长的，衣服不妨全身分作两段（例如马褂、长袍），可使全身各部的长短比例相差不致太远，即头部（头）、胸部（马褂）、腿部（长袍）各部大小长短互相近似，又互相不同。凡长袍马褂、旧式女装、西式女装、西式男装，都根据这个法则，把全身分为三部，使各部形状各异（多样），而又相差不远（统一），就合于美学上的所谓"多样的统一"的法则。这是东西不约而同的一般大人服装的原则。

至于小孩子呢，前面已经说过，头部比身部大约是一比五、一比四之数。这比例已经调和，即已经互相变化而差异又不太远，即已经适合"多样的统一"的法则了。所以小孩服装，宜乎用直统的长衣，下方露出一段脚胫，如一般的洋装。如果也照大人把全身分为三段，因为分得太琐碎，各部的比例过于近似，即"统一"太多而"变化"太少，就不好看了。所以我国寻常小孩的装束（即短衣裤），实在不及长袍下露脚胫的西洋装好看。以上是我对于服装的美恶批判的根据。

现在把七八岁的小孩子装成同母亲一样，实在是很不合理的、硬做的"孩子的大人化"。试看孩子的很大的头，与缩短的上衣，大小几乎同样，下面的裙子也不过略长一点，最下方又有琐碎的两点小脚，这是何等比例不恰好、何等乱杂、何等散漫无章的章法！

不但不美观，我对之实在生起一种非常的恶感：这望去明明是一个女郎，但这是残废的、奇形的、清导丸广告画中的女郎！她的母亲携着她走，我不肯相信这一对是母亲与女孩，只觉得是一个大型妇人和一个小型妇人。她走近我身旁的时候，我觉得非常可怕，不期地起了一阵战栗，我似乎看见了做戏法里的矮人，不敢逼近她去。我打量这女孩的面貌，想象她包在这服装里的裸体的身材，其实是很美的女童的肉体，一定也有与画中的安琪儿一样美的曲线，一样美的肉色。这本是很可使我亲爱，很可使我接近的一个女孩子；但是现在包在这奇怪的服装内，不但我觉得可怕而不敢接近，恐怕有目的人，谁都要对她起恶感的——除了把她装成这般模样的人以外。

把她装成这般模样的人，大约是她的父母，居心用意何在呢？这又不外乎出自"孩子的大人化"的心理。

与这奇形女孩配对的,有前述的戴瓜皮帽、穿小马褂、小大衫的七八岁的男孩,这种小型男子在中国到处常有,大都由大型男子——他的父亲——携着走路。这两人真是"佳偶"。这是我所见的儿童服装大人化的一例。

我曾寓居在火车站旁边,火车每天来往十几次,一小时以内,窗外总有一次火车经过。又车站上常有汽车来去。因此家里的小孩子,对于火车汽车,印象特别深刻,每天的游戏,总离不了火车汽车的模仿。譬如两只藤椅子连接起来,当作汽车,前面的开龙头,后面的坐汽车。又如积木,六面画,接长起来,一端高起一张,就当作火车,口中叫着"汪——汪——"在桌子边上开驶了。四岁的那个孩子,对于车的想象力更强。凡看见一长列而一端高起的形象,都想象作火车,口中叫起"汪"来。凡看见"乙"字形的形象,都想象作汽车,口中叫出"咕,咕,咕"来。甚至有一次四个人携手成横列,我在一端,三个小孩在他端,他们就想象我是火车龙头,他们是三辆客车。

我因为他们对火车汽车这样憧憬,有一天到上海去,晚上就在永安公司买了铁叶制的一辆汽车,一个火车龙头,和一部客车,回来给他们。我在途上预料,他们一定非常满足,而且可玩不少的时日了。哪晓得回家已经黄昏,给他们一弄,到就睡的时光,他们已经厌倦了。明晨我起来的时候,看见铁叶制的实形的小汽车火车被委弃在桌子的一角,而孩子仍在桌子边上开驶他的积木的火车。

因了这事实,我恍然悟到现实化的玩具的失败。想象的世界是最广大的,尤其是在小孩子,阅世未深,想象的翅膀任意翱翔,毫无拘束,其世界尤为广大。故他对于积木堆成火车,可以在小小的每一张上想象出车窗,车梯,窗内的乘客,乘客中的母亲,母亲怀里的孩子,孩子身上的新衣服,新衣服上的蝴蝶花……无穷尽的兴味。如今买到了一辆照实形缩小而会走的铁叶制的小火车,现实毕露在眼前,况且设备远不及实物的完备,行走远不及实物的自由,贫乏、枯燥、毫无耐人寻味的地方,难怪他们不到一黄昏就要厌弃了。因为前者是"无限",后者是"有限";前者是"希望",后者是"实行"。这虽然是我的孩子的实例,然而这个是人类共通的道理,所以我敢决定一般的孩子都有这种心理,即一般的孩子都不欢喜现实化的玩具。

玩具可以分作下列三类:

玩具 { （1）运动玩具——小脚踏车、毽子、皮球、……
　　　（2）玩赏玩具——摇鼓冬、轻气球、棋、……
　　　（3）模拟玩具——人形、小火车、……

其中第一种，目的在于运动练习。如小脚踏车、小汽车等；自然也含有模拟的分子，但注重运动，故不妨称之为运动玩具。第二种与第三种，分类法似觉欠妥，因为一切模拟实物的玩具，是供玩赏的，都可叫做玩赏玩具。然我的意思，凡模拟实物的玩赏玩具，特别提出来，称之为模拟玩具。其不模拟实物的之部分，称之为玩赏玩具。例如人形（这是日本名称，在中国有的叫做泥菩萨，有的叫做洋团团，然均不妥。不得已，暂时袭用日本名称），是模拟人的形状的，小火车是模拟火车的形状的，虽然统是供玩赏之用的，但可特别称为模拟玩具。至于轻气球、摇鼓冬、吹叫子、六面画、菊花折（一厚纸制的折子，放开时每两板之间开一菊花）等，并非完全模仿实物，或世间没有同样的大形的实物，统名之曰玩赏玩具。玩具之中，模拟玩具居大多数，玩赏玩具与运动玩具次之。

模拟玩具最多，然良好者最少。有的质料不佳，有的形式不佳。而其重要的缺陷，在于形式的不佳，即形状过逼近于实物。因为过于逼近实物，就像前述地如数表出，不复留下任儿童想象的余地，而玩具的兴味就容易穷尽了。

我觉得所见的模拟玩具中，无论东西洋货或中国货，都有模拟太甚的缺陷。大人有火车，小孩有照样的小火车的玩具；大人有椅子，小孩有照样的小椅子的玩具；大人有大菜台，小孩有照样的小大菜台的玩具；甚至有银制的小船，黄杨木雕刻的小车，做得各部分都与实物一样，各件都不缺少。近来市上有技工极巧的冥器店，纸糊的面盆、热水壶、箱子、水烟筒，远望去光泽色彩全与真物一样。模拟太逼真的玩具，真同这等冥器一样。

做玩具或购玩具的人，第一要明白，这是玩具，是孩子们玩的玩具，不是实用的，也不是冥器。如果他明白了是儿童的玩具，他就应该再想儿童是甚样的人？玩具对儿童有何效用？儿童是甚样的人，在前面我也略略说过；玩具对于儿童有何效用，大致如下：

玩具无非是给儿童练习身心的发达的，所以一切玩具，在效用上说来，可分类如下：

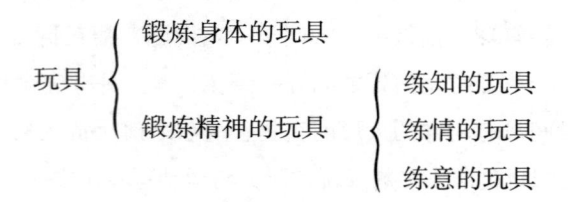

玩具 { 锻炼身体的玩具 锻炼精神的玩具 { 练知的玩具 练情的玩具 练意的玩具

锻炼身体的玩具，是运动玩具。练知的玩具与练情的玩具，是模拟玩具与玩赏玩具。练意的玩具，有属于运动的，如毽子、球等，有属于玩赏的，如棋等。

以上四种练习中，以练情为最复杂、最暧昧。因为练身体，目的专在给孩子以适宜的运动；练知，给以种种世间的知识；练意，养成其坚确向上的意志；至于练情，混统地说，养成其健全的感情，然而这"健全"二字，所包含太广，所指太泛，不易认定目标，不易指定目的。形色能给儿童的眼以很深的印象，声音能给儿童的耳以很大的影响，这等印象与影响，都能左右他的感情。所以广泛地说，一切玩具的形色声音，都与儿童的感情有影响。

"想象",是儿童的一切感情之母。凡审美、同情、信仰、爱慕等,都因想象的发达而进步起来。所以制造玩具,须一面求形式的美好,一面给以引起想象的机会。即模拟玩具宜取大体的轮廓,大体的姿势,即不可如数如实地表出,而须任其一部分于儿童的想象。换言之,即宜用暗示的形式。

常见江北穷民之旅食于南方者,以卖简单的玩具为业。他们的材料很粗陋,不外乎泥、纸、竹、铁丝。形色也很简单,价也很廉,不过二三个铜板。然而我看见这种叫卖玩具的江北人,总留心选买。他们这种粗陋简单的玩具中,尽有许多价值极高的玩具,真是值得赞美,应该奖励的。例如旋动的鼓手、会叫的泥鸡、不倒翁、大阿福,比较起黄杨木制、银制、明角制的蠢笨的写实的玩具来,玩具的价值、美术的价值,都要高到数百倍呢!

蠢笨的、写实的玩具的造出与购买,也是因于"孩子的大人化"的心理。他们以为小人是"小形的大人",所以该用小形的车、小形的船……

家庭生活的大人本位,是大人蔑视孩子的最明显的证据。例如家庭间的日常谈话,起居饮食,家具设备,都以大人自己为本位,孩子为附属,或竟不顾孩子。

第一,家庭间的日常谈话,是孩子所最苦的。大人们虽然有时理睬小孩,例如喊他"来洗脸",禁止他:"花采不得!"然在他都是冷酷的、命令的、干涉的。即使有似稍温暖的话,也都是断片的、非诚意的。例如偶然问他:"你的糖好吃否？""今年几岁？"在大人是当作游戏，同他开了玩笑，讲不到一二句话，大人就舍弃不顾，管自己谈儿童所不懂的别的话了。一般的家庭间，难得有一个大人肯费一刻钟工夫，同小孩子讨论一件小孩子的事，或为他们讲一节在他们有兴味的童话故事。

尤其是客人来的时候，那种客气的态度，客气的说话，更是小孩子所莫名其妙的了。当那时候，小孩子如要询问大人或恳托大人一点小孩子的事，就要遭大人的暗斥，或置之不理了。而且有的客人，与小孩子素不相识，却唐突地要来抱弄他，发出犬吠狼嗥似的怪声，对小孩子调笑。更有一种女客，硬要给他几个铜板或角子——在小孩子是无用的铜板或角子。

第二，家庭间的起居饮食，自然统是大人本位的。大人睡眠八小时，每天吃三餐，但小孩子是不足的。因此小孩要早睡或午睡，要吃小食。但是大人以为这是非正式的，往往不给他们规定时间、分量。小孩多疳积病，全是为了大人只顾规定自己的餐数，而不为小孩规定食的时间与分量，因而致病的。

第三，一般家庭间的家具设备，如房屋、门、梯、桌、椅、床、栏杆、杯、碗、筷、瓢，都照大人的身体的尺寸而造，自然不适合于孩子。孩子不能自由开门，不能自由上梯，不能自由在桌子上做事，椅子很不容易爬上，爬时又容易跌交。孩子不能自由在栏杆上眺望，杯、碗、筷、瓢，在孩子都太重、太大。也有专为小孩子置备几件用具的，然普通也不过摇篮、小凳而已。

且一家中陈设最好的房室，小孩子总是无份的。例如客堂、书斋,甚至禁止小孩子进去。摇篮、小凳所放的地方,只在廊下等处而已。据我所见,有多数的家庭只顾面子,而不讲究卧室内房等客人所不到的地方。例如厅堂,大都陈设得非常清洁、华丽;而入其卧室,就像猪栏一样,只要可睡,可坐,可放置物件,就好,全不讲究其形式。小孩子的住室,当然就在这猪栏里。这种虚饰的家庭,最不应该!这实在是牺牲小孩子的幸福来装大人的面子!大人在装面子,小孩子在为大人偿价!

上述四端,即态度、服装、玩具、家具,是我所见到的儿童的大人化的实例。这种不自然的现象的来源,在于大人的世界与孩子的世界不相交通。大人不能理解儿童,视儿童为小形的大人,种种奇怪的现象,就从此而生。

我常想谋大人的世界与儿童的世界的交通。有一天,我第一次窥见了他们的世界。这是我同情于儿童苦的开始。

有一天,我正在编明日要用的讲义,我的四岁的孩子闯进房间里来,要我抱他到车站上去看火车。我因为这讲义很要紧,不答允他,他哭了。我对他说:"现在我要写字,明天再抱你去。"他哭着回答我说:"写字不好,看火车好呀!"我就放下笔,勉强抱他出去了。一到铁路旁边,他就眉开眼笑,手舞足蹈地欢喜,两点很大的泪珠还挂在两颊上。我笑不出,我心中挂念着明日的讲义,焦灼得很。但看了他那种彻底的欢喜,我又惊讶小孩子的心的奇怪。怕人的汽车,嘈杂的火车,漫漫的田野,不相干的路人,在我看来与我毫无关系,毫不发生兴味;在他眼中究竟如何美丽,而能破涕为笑呢?我由惊讶而生疑问，由疑问而想探索，我想同他交换一双眼睛，来看看他所见的世界看，然而用什么方法可以行呢？

终于我悟到了：我的看事物，刻刻不忘却事物对我的关系，不能清楚地看见真的事物。他的看事物，常常解除事物的一切关系，能清晰地看见事物的真态。所以在他是灿烂的世界，在我只觉得枯寂。犹之一块洋钱，在我看了立刻想起这是有效用的一块钱，是谁所有的，与我有何关系……等事；而在他看了，只见一块浑圆闪白浮雕，何等美丽！因为如此，对于现在这车站旁的风景，我与他所见各不相同了。我就学他一学看，我屏去因果理智的一切思虑，张开我的纯粹的眼睛来一看，果然飞驰的汽车，蜿蜒的火车，青青的田野，幢幢的行人，一个灿烂的世界！我得到了孩子们的世界的钥了。

我得了这钥，以后就常常进他们的世界。才晓得他们的世界原来与"艺术的世界"相交通，与"宗教的世界"相毗连，所以这样地美丽而且幸福。

世间的大人们，你们是由儿童变成的，你们的"童心"不曾完全泯灭。你们应该时时召回自己的童心，亲身去看看儿童的世界，不要误解他们，虐待他们，摧残他们的美丽与幸福，而硬拉他们到这枯燥苦闷的大人的世界里来！

二 童心的培养

家里的孩子们常常突发一种使我惊异感动的说话或行为。我每每抛弃了书卷或停止了工作，费良久的时光来仔细吟味他们的说话或行为的意味,终于得到深的憧憬的启示。

有一天,一个孩子从我衣袋里拿了一块洋钱去玩,不久,他又找得了一条红线,拿了跑来,对我说,"给我在洋钱上凿一个洞,把线穿进去,挂在头颈里。"我记得了:他曾经艳羡一个客人胸前的金的鸡心,又艳羡他弟弟胸前的银锁片。现在这块袁世凯浮雕像的又新又亮的洋钱,的确很像他们的胸章。如果凿一个洞,把红线穿起来,挂在头颈里,的确是很好看的装饰品。这时候我正在编什么讲义,起初讨嫌他的累赘。然而听完了他的话一想,我不得不搁笔了。我惊佩他的发见,我惭愧我自己的被习惯所支配了的头脑,天天习见洋钱,而从来不曾认识洋钱的真面目,今天才被这孩子提醒了。我们平日讲起或看到洋钱,总是立刻想起这洋钱的来路、去处、效用及其他的旁的关系,有谁注意"洋钱"的本体呢?孩子独能见到事物的本体。这是我所惊奇感动的一点。

他们在吃东西的时候,更多美丽的诗料流露出来。把一颗花生米劈分为两瓣,其附连着胚粒的一瓣,他们想象作一个"老头子"。如果把下端稍咬去一点,老头子就能立在凳子上了。有一次,他们叫我去看花生米老头子吃酒。我看见凳子上一只纸折的小方桌,四周围着四个花生米老头子,神气真个个活现,我又惊佩他们的见识不置。一向我吃花生米,总是两颗三颗

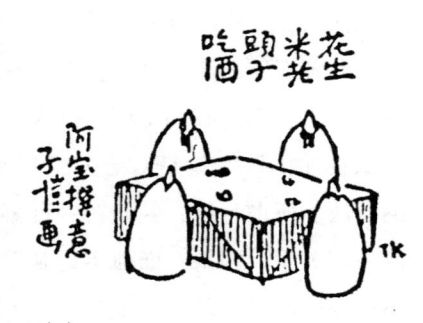

地塞进嘴里去,有谁高兴细看花生米的形状?更有谁高兴把一颗花生米劈开来,看它的内部呢?他们发见了,告诉我,我才晓得仔细玩赏。我觉得这想象真微妙!缩头缩颈的姿势,伛偻的腰,长而硬的胡须,倘能加一支杖,宛如中国画里的点景人物了。

他们吃藕,用红线在藕片上的有规则的孔中穿出一朵花来,把藕片当作天然的教育玩具的穿线板。吃玉蜀黍,得了满握的金黄色的珠子。吃石榴,得了满握的通红的宝石。

他们的可惊的识力,何止这几点?在平凡的日常生活中,他们能在处处发见丰富的趣味,时时作惊人的描写。

我于惊奇感动之余,仔细一想他们这种言语行为的内容意味,似乎觉得这不仅是家庭寻常的琐事,不仅是可以任其随时忘却的细故,而的确含着有一种很深大的人生的意味。觉得儿童的这一点心,是与艺术教育有关系的,是与儿童教育有关系的。这是人生最有价值的最高贵的心,极应该保护、培养,不应该听其泯灭。

这点心,怎样与艺术教育有关?怎样与儿童教育有关?何以应该培养?我的所感如下:

儿童对于人生自然,另取一种特殊的态度。他们所见、所感、所思,都与我们不同,是人生自然的另一方面。这态度是什么性质的呢?就是对于人生自然的"绝缘"("isolation")的看法。所谓绝缘,就是对一种事物的时候,解除事物在世间的一切关系、因果,而孤零地观看。使其事物之对于外物,像不良导体的玻璃的对于电流,断绝关系,所以名为绝缘。绝缘的时候，所看见的是孤独的、纯粹的事物的本体的"相"。我们大人在世间辛苦地生活，打算利害，巧运智谋，已久惯于世间的因果的网，久已疏忽了、忘却了事物的这"相"。孩子们涉世不深，眼睛明净，故容易看出，容易道破。一旦被他们提醒，我们自然要惊异感动而憧憬了。

绝缘的眼，可以看出事物的本身的美，可以发见奇妙的比拟。上面所述诸例，要把洋钱作胸章，就是因绝缘而看出事物的本身的美；比花生米于老头子，就是因绝缘而发见奇妙的比拟。

上例所述的洋钱，是我们这世间的实生活上最重要的东西。因为人生都为生活，洋钱是可以维持生活的最重要的物质的一面的，因此人就视洋钱为间接的生命。孜孜为利的商人，世间的大多数的人，每天的奔走、奋斗，都是只为洋钱。要洋钱是为要生命。但要生命是为要什么，他们就不想了。他们这样没头于洋钱，萦心于洋钱，所以讲起或见了洋钱，就强烈地感动他们的心，立刻在他们心头唤起洋钱的一切关系物——生命、生活、衣、食、住、幸福……这样一来，洋钱的本身就被压抑在这等重大关系物之下，使人没有余暇顾及了。无论洋钱的铸造何等美，雕刻何等上品，但在他们的心目中只是奋斗竞逐的对象，拼命的冤家，或作福作威的手段。有注意洋钱钞票的花纹式样的，只为防铜洋钱、假钞票，是戒备的、审查的态度，不是欣赏的态度。只有小孩子，是欣赏的态度。他们不懂洋钱对于人生的作用，视洋钱为与山水草木花卉虫鸟一样的自然界的现象，与绘画雕刻一样的艺术品。实在，只有在这种心理之下,能看见"洋钱"的本身。大人即使有偶然的欣赏,但比起小孩子来,是不自然的、做作的了。小孩子所见的洋钱,是洋钱自己的独立的存在,不是作为事物的代价、贫富的标准的洋钱;是无用的洋钱,不是可以换物的洋钱。独立的存在的洋钱,无用的洋钱,便是"绝缘"的洋钱。对于食物、用品,小孩子的看法也都是用这"绝缘"的眼的。

这种态度,与艺术的态度是一致的。画家描写一盆苹果的时候,决不生起苹果可吃或想吃的念头,只是观照苹果的绝缘的"相"。画中的路,是田野的静脉管,不是通世间的路。画中的人,是与自然物一样的一种存在,不是有意识的人。鉴赏者的态度也是如此。这才是真的创作与鉴赏。故美术学校的用裸体女子的模特儿,决不是像旧礼教维持者所非难地伤风败俗的。在画家的眼中,——至少在描写的瞬间,——模特儿是一个美的自然现象,不是一个有性的女子。这便是"绝缘"的作用。把事物绝缘之后,其对世间、对我的关系切断了。事物所表示的是其独立的状态,我所见的是这事物的自己的"相"。无论诗人、画家,都须有这个心、这副眼睛。这简直就是小孩子的心、小孩子的眼睛!

这点心在人生何以可贵呢?这问题就是"艺术在人生何以可贵",不是现在所能草草解答的了。但也不妨简单地说:

涉世艰辛的我们,在现实的世界、理智的世界、密布因果网的世界里,几乎要气闷得窒息了。我们在那里一定要找求一种慰安的东西,就是艺术。在艺术中,我们可以暂时放下我们的一切压迫与担负,解除我们平日处世的苦心,而作真的自己的生活，认识自己的奔放的生命。而进入于这艺术的世界，即美的世界里去的门，就是"绝缘"。就是不要在原因结果的关系之下观看世界，而当作一所大陈列室或大花园观看世界。这时候我们才看见美丽的艺术的世界了。

哲学地考察起来，"绝缘"的正是世界的"真相"，即艺术的世界正是真的世界。譬如前述的一块洋钱，绝缘地看来，是浑圆的一块浮雕，这正是洋钱的真相。为什么呢？因为它可以换几升米，换十二角钱，它可以致富，它是银制的，它是我所有的，……等关系，都是它本身以外的东西，不是它自己。几升米、十二角钱、富、银、我，……这等都是洋钱的关系物，哪里可说就是洋钱呢？真的"洋钱"，只有我们瞬间所见的浑圆的一块浮雕。

理智，可以用科学来代表。科学者所见的世界，是与艺术完全相反的因果的世界。譬如水的真相是什么？科学者的解答是把水分析起来，变成氢与氧，说这就是水。艺术者的解答，倘是画家，就把波状的水的瞬间的现象描出在画布上。然而照前面道理讲来，这氢与氧分明是两种别物，不过与水有关系而已，怎么可说就是水呢？而波状的水的瞬间的现象，确是"水"自己的"真相"了。然而这是说科学的态度与艺术的态度，不是以艺术来诋毁科学。科学与艺术，同是要阐明宇宙的真相的，其途各异，其终点同归于哲学。但两者的态度，科学是理智的、钻研的、奋斗的，艺术是直观的、慰安的、享乐的，是明显的事实。我的意旨，就是说现实的世间既逃不出理智、因果的网，我们的主观的态度应该能造出一个享乐的世界来，在那里可得到 refreshment〔精神爽快，神清气爽〕，以恢复我们的元气，认识我们的生命。而这态度，就是小孩子的态度。

艺术教育就是教人这种做人的态度的，就是教人用像作画、看画的态度来对世界；换言之，就是教人绝缘的方法，就是教人学做小孩子。学做小孩子，就是培养小孩子的这点"童心"，使长大以后永不泯灭。申说起来：我们在世间，倘只用理智的因果的头脑，所见的只是万人在争斗倾轧的修罗场，何等悲惨的世界！日落，月上，春去，秋来，只是催人老死的消息；山高，水长，都是阻人交通的障碍物；鸟只是可供食料的动物，花只是结果的原因或植物的生殖器。而且更有大者，在这样的态度的人世间，人与人相对都成生存竞争的敌手，都以利害相交接，人与人之间将永无交通，人世间将永无和平的幸福、"爱"的足迹了。故艺术教育就是和平的教育、爱的教育。

人类之初，天生成是和平的、爱的。故小孩子天生成有艺术的态度的基础。小孩子长大起来，涉世渐深，现实渐渐暴露，儿时所见的美丽的世界渐渐破产，这是可悲哀的事。等到成人以后，或者为各种"欲"所迷，或者为"物质"的困难所压迫，久而久之，以前所见的幸福的世界就一变而为苦恼的世界，全无半点"爱"的面影了。此后的生活，便是挣扎到死。这是世间最大多数的人的一致的步骤，且是眼前实际的状况，何等可悲哀呢！避死是不可能的，但谋生前的和平与爱的欢喜，是可能的。世间教育儿童的人，父母、先生，切不可斥儿童的痴呆，切不可盼望儿童的像大人，切不可把儿童大人化

(参看本卷第七第八两期《教育杂志》的我的文字[1]），宁可保留、培养他们的一点痴呆，直到成人以后。

这痴呆就是童心。童心，在大人就是一种"趣味"。培养童心，就是涵养趣味。小孩子的生活，全是趣味本位的生活。他们为趣味而游戏，为趣味而忘寝食。在游戏中睡觉，在半夜里要起来游戏，是我家的小孩的常事；推想起来，世间的小孩一定大致相同。为趣味而出神的时候，常要做自己所做不到的事，或不可能的事，因而跌交，或受伤，也是我家的小孩子的常事。然这种全然以趣味为本位的生活，在我们大人自然不必，并且不可能。如果有全同小孩一样的大人，那是疯子了。然而小孩似的一点趣味，我们是可以有的。我所谓培养，就是做父母、做小学先生的人，应该乘机助长，修正他们的对于事物的看法。助长其适宜者，修正其过分者。最是十岁左右，渐知人事的时光，是紧要的一个关头。母亲父亲的平日的态度，在这时期中被他们完全学得。故十三四岁小孩子，大都形式与内容完全是父母的化身。这是我所屡次遇见的实在情形。过了十三四岁以后，自己渐成为大人，眼界渐广，混入外来的印象，故内容即使不变，形式大都略有更动，不完全是父母的模仿了。然而要根本改造，已是不可能了。所以自七八岁至十三四岁的时期，是教育上最紧要的关头。

一般的父母、先生，总之，是以教孩子做大人为唯一的教育方针的，这便是大错。我尝见有一个先生对七八岁的小孩子

---

[1] 即前节《儿童的大人化》。

讲礼貌、起立、鞠躬、脱帽、缓步、低声、恭敬、谦虚……又有母亲存款于银行里，银行送一具精小的铜制的扑满，她就给五岁的孩子储藏角子。并且对我说这孩子已怎样懂得储钱，以为得意。又有一种客人，大都是女客，是助成这件事的。他们提了手帕子（里面包几样糕饼等礼物，我们的土语叫"手帕子"）来做客人，看见孩子，又从身边摸出两只角子来赏给他，当他的父母亲面前，塞进他的小袋袋或小手手里，以为客气又阔气。我们乡间，凡稍上等□[1]的人家的客人来往，总有此习惯。因此小孩子无论两岁三岁，就知储蓄，有私产了。这种都是从小摧残他的童心。礼貌、储蓄，原非恶事，然而在人的广泛伟大的生命上看来，是最末梢的小事而已。孩提的时候教他，专心于这种末梢的小事，便是从小压倒他，叫他望下，叫他走小路。这是何种的教育？

然则所谓培养童心，应该用甚样的方法呢？总之，要处处离去因袭，不守传统，不顺环境，不照习惯，而培养其全新的、纯洁的"人"的心。对于世间事物，处处要教他用这个全新的纯洁的心来领受，或用这个全新的纯洁的心来批判选择而实行。

认识千古的大谜的宇宙与人生的，便是这个心。得到人生的最高的法悦的，便是这个心。这是儿童本来具有的心，不必父母与先生教他。只要父母与先生不去摧残它而培养它，就够了。

---

[1] 此处字迹模糊。

《西青散记》的作者史震林，在这书的自序中，有这样的话：

> 余初生时，怖夫天之乍明乍暗，家人曰，昼夜也。怪夫人之乍有乍无，曰，生死也。教余别星，曰，孰箕斗；别禽，曰，孰乌鹊；识所始也。生以长，乍明乍暗，乍有乍无者，渐不为异；间于纷纷混混时，自提其神于太虚而俯之，觉明暗有无之乍乍者，微可悲也。襁褓膳雌，家人曰，其子犹在。匍匐往视，双雏睨余，守其母羽。辍膳以悲，悲所始也。……

我对于这文章非常感动：原来人之初生，其心都是全新而纯洁，毫无恶习与陈见的迷障的。故对于昼夜生死，可怖可怪。这一点怖与怪，就是人类的宗教、艺术、哲学、科学的所由起。"生以长，乍明乍暗乍有乍无者，渐不为异"，便是蒙了世间的迷障，已有恶习与陈见了。"间于纷纷混混时，自提其神于太虚而俯之"，是"童心"的失而复得。"辍膳以悲"，于是发生关于宇宙的、生灵的、人生的大疑问了。人间的文化、宗教、艺术、哲学、科学，都是对于这个大疑问的解答。

《艺术教育》[1] 序言

这书中所载的十篇论文,中有八篇是外国的艺术教育论者所著而我所译的。计有日本著者四人,即阿部重孝、岸田刘生、北村久雄,及关宽之;德国著者二人,即 Ernst Weber〔恩斯特·威柏〕与 Franck Damrosch〔弗兰克·达姆罗施〕。其余二篇,是我自己所作的。这等文字,都曾在最近二三年来的《教育杂志》上发表过,本来不须保留;因见国内关于艺术教育的论著绝少,遂纂而刊印为这册书,使在岑寂的中国艺术教育界中暂作一个细弱的呼声。

民国十九年〔1930〕十二月丰子恺识

---

[1] 《艺术教育》(日本阿部重孝著,丰子恺译著)系 1932 年 9 月上海大东书局出版。书中只有《序言》和《关于学校中的艺术科》《关于儿童教育》三文为作者所著,其余皆译文,故未收。

关于学校中的艺术科 [1]
——读《教育艺术论》

现在的所谓"艺术科"——图画、音乐等——处于与二十年前的"修身科"同样的情形之下了。善与美,即道德与艺术,是人生的全般的修养,是教育的全般的工作,不是局部的知识或技能。故分立一修身科,似乎其他的教育与道德无关;分立一艺术科,也似乎其他的教育与艺术无关。循流忘源,终于大悖教育之本旨与设科之初意,于是产生了一种机械的、不合理的图画音乐科的现象。先生都应该负训育的责任,善的教育可以融入一切各科中,这是合理的教育法。同样,描画与唱歌弹琴的练习尽管有,但先生照理也应该都负艺术的陶冶的责任,艺术科不限于图画音乐,艺术教育也应该融入一切各科中,方为合理的教育法。

试翻阅教育部所规定的课程标准,或各学校的学科细则等,在艺术科的宗旨的项下,必定有"涵养美感""陶冶身心""养成人格"一类的话。这原是正当的、堂堂的艺术教育的宗旨。请先就其教育的原理约略检点一下:

教育,简言之,就是教儿童以对于人生世界的理解,即教

---

[1] 本篇选自《艺术教育》一书。

以对于人生世界的看法，换言之，即教以人生观、世界观。人生非常崇高；世界非常广大。然看者倘然没有伟大的心眼，所见就局限于一面，必始终不能领略这崇高的人生与广大的世界，而沉在黑暗苦恼之中，相与造成黑暗苦恼的社会与世界了。这崇高、广大的人生与世界，须通过了真善美的理想而窥见。教育是教人以真善美的理想，使窥见崇高广大的人世的。再从人的心理上说，真、善、美就是知、意、情。知意情，三面一齐发育，造成崇高的人格，就是教育的完全的奏效。倘有一面偏废，就不是健全的教育。

　　科学是真的、知的；道德是善的、意的；艺术是美的、情的。这是教育的三大要目。故艺术教育，就是美的教育，就是情的教育。学校中各种知识的学科都是真的方面的；各种教训都是善的方面的。所谓艺术科，就是美的方面的。故艺术科在全体学科中，实占有教育的三大要目之一，即崇高的人格的三条件之一。这是人生的很重大而又很广泛的一种教育，不是局部分的小知识小技能的教授。如何重大，如何广泛，可从人生的根本上考察而知。

　　原来吾人初生入世的时候，最初并不提防到这世界是如此狭隘而使人窒息的。只要看婴孩，就可明白。他们有种种不可能的要求，例如要月亮出来，要花开，要鸟来，这都是我们这世界中所不能自由办到的事，然而他认真地要求，要求不得，认真地哭。可知人的心灵，向来是很广大自由的。孩子渐渐大起来，碰的钉子也渐渐多起来，心知这世间是不能应付人的自由的奔放的感情的要求的，于是渐渐变成驯服的大人。自己把以前的奔放自由的感情逐渐地压抑下去,可怜终于变成非绝对服从不可的"现实的奴隶"。这是我们都经验过来的事情,是谁都不能否定的。我们虽然由儿童变成大人,然而我们这心灵是始终一贯的心灵,即依然是儿时的心灵,不过经过许久的压抑,所有的怒放的炽盛的感情的萌芽,屡被磨折,不敢再发生罢了。这种感情的根,依旧深深地伏在做大人后的我们的心灵中。这就是"人生的苦闷"的根源。我们谁都怀着这苦闷,我们总想发泄这苦闷,以求一次人生的畅快,即"生的欢喜"。艺术的境地,就是我们大人所开辟以发泄这生的苦闷的乐园,就是我们大人在无可奈何之中想出来的慰藉、享乐的方法。所以苟非尽失其心灵的奴隶根性的人,一定谁都怀着这生的苦闷,谁都希望发泄,即谁都需要艺术。我们的身体被束缚于现实,匍匐在地上,而且不久就要朽烂。然而我们在艺术的生活中,可以瞥见"无限"的姿态,可以认识"永劫"的面目,即可以体验人生的崇高、不朽,而发见生的意义与价值了。故西谚说:"人生短,艺术长。"艺术教育,就是教人以这艺术的生活的。知识、道德,在人世间固然必要;然倘缺乏这种艺术的生活,纯粹的知识与道德全是枯燥的法则的网。这网愈加繁多,人生愈加狭隘。即如前面所述,知识、道德、艺术,三者共相造成崇高的人格,一面偏废,就不健全。故学校中有知识科、训育科,同时必有艺术科。所以说:艺术教育,是人生很重大的一种教育,非局部的小知识、小技能的教授。

所谓艺术的生活,就是把创作艺术、鉴赏艺术的态度来应用在人生中,即教人在日常生活中看出艺术的情味来。对于一朵花，不专念其为果实的原因；对于一个月亮，不专念其为离地数千万里的星；对于一片风景，不专念其为某县某村的郊地；对于一只苹果，不要专念其为几个铜板一只的水果。这样，我们眼前的世界就广大而美丽了。在我们黄金时代，本来不曾提防到这世界里的东西是这样枯燥无味的，所以初见花的时候要抱它、吻它，初见月的时候要招呼它、礼拜它，哪晓得它们只是无知的植物的生殖器，与无情的岩石的大块。如今我们在艺术的世界中，即"美的世界"中，可以重番梦见我们的黄金时代的梦。倘能因艺术的修养，而得到了梦见这美丽的世界的眼，我们所见的世界，就处处美丽，我们的生活就处处滋润了。一茶一饭，我们都能尝到其真味；一草一木，我们都能领略其真趣；一举一动，我们都能感到其温暖的人生的情味。艺术教育，就是授人以这副眼睛，教人以这种看法的。所以说，艺术教育是人生的很广泛的教育，不是局部分小知识、小技能的教授。

要之，艺术教育是很重大很广泛的一种人的教育。所以如前所述，课程标准或各学校的学科细则等，在艺术科宗旨的项下，必用"涵养美感""陶冶身心""养成人格"一类的堂堂的话，原是十分正当、十分远大、十分认真的宗旨。

然而在目下的学校中，对于这正当远大的目的的手段，只是一小时的图画与一小时的音乐。一学校中，除了课程表上的"图画""音乐"几个字以外，别无艺术的香气了。似乎这一小时的图画与一小时的音乐，已能充分达到艺术科的教育的目的了。但我很怀疑。我以为（一）艺术教育，——倘要切实地达到所定的目的，——不是图画与音乐两种课业所能单独施行的。（二）况且学校中所实施的所谓图画音乐，有许多是与艺术无关的工作。

一般学校之所以定图画音乐为艺术科者，是因为图画音乐易于养成人的艺术的趣味的原故。然而这只能说是"艺术科"，不是"艺术教育"。现在一般学校，在"艺术科"项下用"艺术教育"的宗旨，即把艺术教育的责任全部卸在图画音乐的肩上。倘艺术科果能完全代表艺术教育而奏圆满的效果，那当然是无所不可。然而图画音乐只能说是"直接的艺术的教科"，决计不能使艺术教育的全部通过了图画音乐而达到其目的。何以言之？例如图画，教儿童鉴赏静物、鉴赏自然，不念其实用的、功利的方面，而专事吟味其美的方面，以养成其发见"美的世界"的能力；教儿童描写这美，以养成其美的创作的能力。希望这能力能受用于其生活上：即希望其能用鉴赏自然、鉴赏绘画的眼光来鉴赏人生、世界，希望其能用像美的和平与爱的情感来对付人类，希望其能用像创造绘画的态度来创造其生活。这是"直接"用"艺术"来启发人的"艺术的"心眼，故可说是"直接的艺术科"。然而如前所说，艺术教育的范围是很广泛的，是及于日常生活中的一茶一饭、一草一木、一举一动的。故不但学校中的各科，凡属人生的事——倘要完全地、认真地施行"艺术教育"，否，"教育"——，都应该时时处处"间接"地教以艺术方面的意义，先生——尤其是小学校的先生——应该时时处处留意指导儿童的美的感情的发达，与时时处处留意其道德品性的向上同样。然而在现今的学校中，这点是不行的。他们只有图画音乐,除了图画音乐以外,——假定这图画音乐的先生是真懂得艺术及艺术教育的,——一校中全无艺术的香味,与"爱"的面影。不美的校舍,丑恶的装饰,功利的先生,哪里去找寻"爱"的面影呢?故图画音乐的不奏真的教育效果,原是难怪的事。

请仔细想想看,人生之有赖于美的慰藉、艺术的滋润,是很多的。人生中无论何事,第一必须有"趣味",然后能欢喜地从事。这"趣味"就是艺术的。我不相信世间有全无"趣味"的机械似的人。劳动者歇在荫凉的绿荫下面的时候,口中也要不期地唱出山歌;农夫背了锄头回家的时候,对于庄严灿烂的夕阳不免要驻足回头。何况于初出黄金时代的儿童?故先生对于儿童,实在可以时时处处利用其固有的"趣味",以抽发其艺术的感情,则教育的进行的道路必可平滑得多。国文、英文,自不必说,就是博物、理化、数学,岂仅属冷冰冰的机械的知识?艺术地看来,都有丰富的温暖的人生的艺术的情味,都是艺术教育的手段。艺术教育岂限于图画音乐?今限于图画音乐,而分立这二科为艺术科,使之独担艺术教育的责任,即使该二科的先生充分理解艺术与艺术教育,无奈只有二小时,且环境都无艺术的香气,众寡不敌,一曝十寒,其所奏的直接的艺术教育的效果也微乎其微了。

以上所说,"艺术教育不是图画音乐两种课业所能单独施行",是假定这图画音乐正确奏效的话。然而现今有的学校,所实施的所谓"图画、音乐",大都是与艺术无关系的、无意义的或卑鄙的东西。结果学校中全无"艺术教育"的一回事,却另外添了几种无意义的或卑鄙的怪观象。图画,请一个"会画"的教师;音乐,请一个"会唱"的教师;校长先生的能事已毕了。先生到校上课,教务长领导入教室,说几句介绍辞,跑出教室,关上门,教务长的能事也已毕了。至于设备,音乐教室中,一块黑板是当然有的,一口小风琴是特别的。图画可以用普通教室。学生个个空手端坐,似乎图画用具是不成问题的。叫他们拿出用具来,拍纸簿、道林纸、邮政局里用的或电车卖票用的铅笔。这上课完全是不诚意的。同时艺术科教师,也就被轻视。"艺术科教师",如果当作"艺术教育的教师",或"教儿童以艺术的教师"解说起来,是非常重要的人,且艺术科以外的其他各科中既然全无艺术的香味,全不负艺术教育的责任,而叫图画音乐两科来共负"艺术科"的名称,那么,艺术的陶冶的责任应该是限于图画音乐教师所负的了。然而试观现在的学校,似乎图画音乐教师并不重要;不但如此,又似乎是最轻易的。图画音乐二科在课程表上,犹之药方上的轻头药味,为凑成一个汤头的形式而附加的。国文、英文、数学,是切实有用的知识,所以最尊;至于画画与唱歌,在办学者,在学生,都似乎觉得是轻头功课。故其教师,薪水也比别科教师薄一点。别科要考试,图画音乐不要考试;别科不及格要留级,图画音乐不留级。在这种情形之下,分明艺术科教师是很不重要的。

所以办学者聘请艺术科教师,但以"会画""会唱"为选择的标准。其教师也以教学生"会画""会唱"为最高目的。故一旦请到了一个专门的"画家"来担任图画,似乎是最优待学生了。在"画家"的教师,也以为我是专门画家,教你们普通学校的中学生与小学生是绰绰有余的了,是委屈的了。于是教的时候,就以自己为模范,一味课以专门的技巧,似乎希望中学生小学生要个个像他一样地做了专门的画家才好。在这种教课之下,不知浪费了多少儿童与青年的努力!"画"是一事,"教画"又是一事。即"画家"与"图画教师"是不同的两种人。如前所述,依艺术教育的原理,图画科的目的不在作成几幅作品,即不在技巧的磨练,而在教以美的鉴赏力与创作力的,以养成其美的感情,使受用于其生活上。故但以"会唱""会画"为音乐图画教授的目的,是大错的见解。又是普通最易犯的误谬。

然而请真的专门的画家教图画,比较的是犹可的。因为画家终究是艺术家,虽然不谙熟教育与教授法,然其与教育家的相去还不很远。最可虑的,是充其"会画""会唱"的目标的极致,全无教养的戏子可为音乐教师,全无教养的漆匠司务可为图画教师了。

仅以"会画""会唱"为目的,上图画课就像广告画匠的教徒弟,上音乐科就像教鹦鹉。模写,擦笔肖像画,都可为图画的教材;小调、京调,都可为音乐的教材。然而普通中小学校的学生,是学做人而来的,不是要做画家与音乐家而来的,更不是学做广告画匠与戏子而来的!倘然毕业后真能做广告画匠与戏子,倒也可以吃饭;然他们每星期只有一小时的教练,恐怕不能修成画匠与戏子吧!这样看来,这种图画科与唱歌科是全然无用的徒劳,是与教育完全没有关系的玩耍。他们聚数十青年于一堂。堂皇地摇铃、上课、点名、批分，试问所干何事？图画音乐的上课，实在太滑稽了！做人，不一定要会画画，不一定要会唱歌。不画画、不唱歌，尽能做一个很好的"人"。"生活"是大艺术品。绘画与音乐是小艺术品，是生活的大艺术品的副产物。故必有艺术的生活者，方得有真的艺术的作品。从这意义着想，就可明白怎样才是真可称为"艺术科"的"图画"与"音乐"了。

要之，"艺术教育"与普通所谓"艺术科"，意义不是一致的。学校的艺术教育，是全般的教养，是应该融入各科的，不是可以机械地独立的，也不是所谓艺术科的图画与音乐所能代表全权的。即美的教育，情的教育，应该与道德的教育一样，在各科中用各种手段时时处处施行之，就中图画或音乐，仅属其各种手段之一，即直接用艺术品来施行艺术教育的一种手段而已。全般的艺术教育是"大艺术科"，图画音乐是"小艺术科"。平素有大艺术科的教养，小艺术科的图画音乐方得有真的意义。否则图画与音乐决不能独立而奏圆满的效果。这又可拿修身科来比方：艺术教育犹之训育的全部，图画音乐犹是修身科中的礼法实习。今置全般的艺术教育于不问，而但授两小时的图画音乐，犹之平素全不注重训育，对于学生的日常生活的行为、品性全然不问，而仅设一小时的作法，使在这一小时中做戏似地演习道德的礼仪，岂非无理之事？

怎样把艺术教育融入教育的全部中呢？就是最近德国教育学者 Ernst Weber〔恩斯特·威柏〕的所谓"教育艺术"（"Erziehengskunst"）。他在一九二四年发表《艺术教育与教育艺术》一书。书中分理论与实例两部。理论部说明教育艺术的意义,实例部提示历史、地理等各科教授的实例。Weber 的所谓"教育艺术"的主张的大意,可从下列的几段话中窥得。

"美的要求,包拥着全体的教育问题。这是与伦理的要求和论理的要求同样地从教育学的基础科学上派生的。这是前提,是全体的建筑物所立的基地。……"

"唯有能用孩子似的直感与孩子似的感情来体验,而能忘却自己为一个已经成熟的大人的人,能像孩子地游戏的人,能做教育的艺术家。……"

"我们要把教育、教授的教师的全活动,人间教育的全行为,当作近似于一种艺术活动、艺术行为的东西而着想。……"

"一切教育行为,倘要实行其充分地有价值的任务,应该不但取伦理的、论理的方向,必须又取美学的方向。……"

"有艺术的性质的科目,即文学、作文、唱歌、图画、体操、手工等科目,自不必说;就是读法、讲话法、书法、算术等非艺术的科目,——倘要奏教育学的效果,——也必需那种艺术的加味。……"

该书的日译者相良德三的日译本的序言中,也有这样的一段话:

现代艺术教育的先驱者的 Weber，在今日，对于所谓艺术教育似乎已经不甚有兴味，不甚置重了。这在他这书的《序曲》（即理论部）中已经表示着。他以为今日的所谓艺术教育，只是就几种艺术的科目，例如图画、唱歌、作文等上所行的教育而已；别的大部分的科目，依然根据于兴味索然的、记忆偏重的教育法。Weber 对于这现状似已感到非常的不满意与教育的罪恶。据他所说，真的艺术教育，不是仅行于几种科目上的，是普施于小学校的全科目上，历史、地理、理科自不必说，即在算术、讲话法、读法、书法、手工、体操及其他一切科目上，也必普遍地施行。不然，全科目的学习必终于不能成为儿童的有生气的体验，不能收得真的效果。他在这书里，发表他的新意义的艺术教育，真意义的艺术教育，换言之，即教育艺术的主张。……

聪明的读者，看了上揭几段话，早可会得所谓教育艺术的全部的意义，不必再读我的拙劣的译文了。

Weber 的教育艺术的主张，在今日未为定论，反对他的人也有。但在现代的艺术教育论坛上，他是最热心的一个倡导者。他的主张，乃根本于热诚的教育心而发。故在事实上或有难于实现之点，但其目标高远，论旨深广，实为现代艺术教育界之警钟。

为妇女们谈绘画的看法[1]

在绘画展览会中,与其自己看画,不如看别人看画,更有趣味,而且在我又觉得更有意义。各种各样的鉴赏者,在各种各样的作品前面通过,他们的领略这等作品,有各种各样的态度,这真是最有画意的一般光景。有的人一幅一幅地仔细玩赏。有的人走马看花地巡视一周。又有的人特别留连于某一幅作品的前面,只管对它出神。有时走近去细看,有时退后几步而远眺。退得太快,不提防踏了后面的老女士的小脚尖,便演成一幕滑稽的喜剧。

然而我所觉得有意义的,是看女子们的看画。她们总欢喜走近去细看,把一幅大画一部分一部分地细看。踏脚尖的喜剧,在她们是不会演的;但她们欢喜谈话,因了她们的谈话,我更确实知道她们的看画是欢喜一

---

[1] 本篇原载 1931 年 4 月 1 日《妇女杂志》第 17 卷第 4 号。

部分一部分地细看的。因为她们所谈的,总是关于一幅画中的某一部分的事,例如"这个脸孔画得怕来!""这朵花画得好来!"

但我并不是说她们的看法完全不对。世间的绘画,有各种各样的画法,故看画也有各种各样的看法。有一种画,原是宜乎一部分一部分地近看的。但另有一种画,不宜近看而宜远眺;又有一种画,不宜一部分一部分地分看,而宜乎就全体而总看,这也不可不知道。倘对于一切的画都用同一的看法,便不对了。故我在展览会中看见女子们的看画都欢喜一部分一部分地近看,便知道她们是爱好那一种画的。这也很好,但只爱好一种画,享乐的范围岂不太狭小么?所以我今天的谈话,想把各种的绘画和各种的看法告诉爱好绘画的女士们。也许她们听了这话,对于别种的画也会爱好起来。《妇女杂志》的读者诸君当然不是个个和我在展览会中所见的女士们一样的;但关于世间各种绘画的看法的话,不妨来对大众谈谈。

世间的绘画可大别为三种。明白了这三种绘画的差别,便懂得绘画的看法了。但要明白这三种绘画的差别,必先知道画家对于所描的东西的观察法。故现在的话,须根本地从画家的观察法谈起。

画家在画中所描的东西是什么?谁也能回答:"是世间的种种物象。"不错,除了极少数的特殊的画家欢喜描世间所看不见的鬼神妖怪以外,大多数的画家是描写世间的种种物象的。他们观察世间的种种物象,例如景色、人物、花鸟、果物、器具,把所见的样子描在绘画中,便成为山水画、风景画、人物画、肖像画、花卉画、翎毛画、静物画等。但画家对于这等物象的观察法，各人不同，因而所见的样子各人不同，因而所描出的画也各人不同；因而我们对于这种画的看法，也应该各画不同了。

画家对于世间的物象的观察法，大约可分为三种：

第一种观察法，其观察物象的时候，就物象的一部分一部分而逐次细看，把这物象的全体各部都看得十分详细而周到。他们不是同时看见物象的全体的，他们是就物象的各部分分作数次而逐一细看的。例如看一个人，先细看其头部，次细看其衣服，最后细看其手足等。看头部的时候，也不是同时看见头的全体的。在头部中又分作数次而逐一细看。例如头发如何，眉毛如何，眼鼻口耳等各如何，一一细看。故他们所见的这个人的样子，十分周到而详细：连衣服上的模样，首饰上的花纹，皮鞋带的结法，都看清楚——几乎连眼睫毛共有几根都数清楚。

第二种观察法，与第一种相反，他们就物象的全体而作一次总看，只见物象的大体的样子。即他们把眼睛微微地合拢来，从睫毛中间观望物象的全部，而不许把眼睛注视在物象的任何一部分上。故所见的样子，都是模糊的，与上述的第一种观察法所见恰好相反。因为他们把物象的全体作一次总看，即要在一秒钟之间看到物的全体，就不能像第一种观察法的看见物的各部的详细点，故所见的只有一个大体的模糊的样子。例如要看一个人，他们必须从这人离开一点，远远地眺望，自顶至踵，全部看见，但全部都不清楚。上述的两种看法，在我们的日常生活中是常用的。例如我和友人坐在室中晤谈，彼此相对，这时候大多是用第一种看法的。即有时注看对手的颜面，有时注看对手的衣服，有时不妨注看对手的胸章上的花纹。又如我在室内，从窗中望见我的友人远远地走来，这时候我对他是用第二种看法的。即远远地望见友人的全部的模糊的姿态，而不见其身体各部的详细点。又如友人急忙地从我面前跑过，或者我突然回头向坐在一隅的友人一瞥，这时候我所见的也是友人的全体的模糊的姿态，也是属于第二种看法的。原来画家也就是人，故画家的对于物象，并非另有一种特殊观察法的，也不过是我们日常生活中所惯用的看法而已。

第三种观察法，较为特别：观察物象的时候，既非逐次分看，又非一次总看，而是只看物象的某一方面的情形。即有时只看物象中的一块一块的形状的构成，有时只看物象中的一条一条的界线的结合。例如看一个人，有时只见其头发、脸孔、身体的一块一块的形状的构成，有时只见其脸的轮廓线，眉目等的曲线，和衣服上的皱纹线等的结合。故由这种观察法所见的物象的样子，也非常特别：因为只看物象中的某一方面的情形，故所见的也只是物象的某一种的状态，而不是完全的实际的物象。这物象的某一种的状态，比较起完全的实际的物象来，一定要简单。因为简单，故不肖似实际的物象，而是一种奇形的状态。这种看法虽然较前二者为特别，其实也是我们日常生活中所常用的看法。试想像：假如有一群时装的女子通过我们的面前。我们倘不想到其为女子，而仅当作一种"形状"的构成而观察，便觉得刺激我们的眼帘的，只是茅篷似的一簇一簇的东西（发），莲花似的一瓣一瓣的东西（脸），丝瓜似的一条一条的东西（身），棍棒似的一对一对的东西（腿）。倘仅当作一种"线"的结合而观察，便觉得刺激我们的眼帘的，只是括弧形的线，S形的线，葫芦形的线，种种的线的交错。这时候我们所见的样子，比实际的女子们的样子简单而奇怪。因为这是她们的一方面的状态，而不是她们的完全的实际的模样，故不肖似实际的女子了。然而我们在日常生活中往往爱用这种看法。例如我们形容一个人，说他是"矮胖子"或"瘦长子"。这时候我们脑际所浮出的这个人的印象，便是用这第三种观察法所见的样子。

要之，画家对于世间的物象的三种观察法，是（1）逐次分看物象的各部，（2）一次总看物象的全体，（3）只看物象的某一方面。画家对于物象有这三种观察法，故其所描的画也有三种：

用第一种观察法而描画：即把视点逐次注集于物象的各部分，所见的是物象各部的详细的样子；故其描画时也是把视点逐次集注于画面的各部分，而详细描写的。无论衣服上的模样，首饰上的花纹，皮鞋上的带结，都要一一仔细描写，不容一笔苟且。画面全部都详细而清楚，没有一处模糊的地方。故描一幅画，要费很久的时间，和很深的工夫。这种画的特色，是工致而肖似实物。我们可称它为"工致的画"。

用第二种观察法而描画：即视点不集注于物象的任何一部分，而平均分散于物象的全体，所见的是物象的大体的模糊的样子；故其描画时也把视点平均分散于画面的全体，而描出物象的大体的模糊的样子。在这种画中，各物都不清楚，甚至不能辨认其所描的为何物。描一幅画，不费长久的时间，也不费艰深的工夫。看来似乎是容易描的，其实也不容易。因为这种画又要糊涂而又要表出物象的姿态，另有一种困难之处。第一种描法可以多费时间和工夫，第二种描法却全靠观察的灵敏与手法的巧妙，时间和工夫没有用。故良好的作品，近看虽然非常模糊，但远眺时姿态生动，比第一种画更加逼真。我们可称之为"模糊的画"。

用第三种观察法而描画：即视点专注于物象的某一方面，所见的是形的构成或线的结合。故其描画也专重"形状"和"线条"，而仅表出物象的某一方面的姿态。这是一种较为特别的描法。画家竟不依照物象的实际的样子，而只顾描写自己所偏重的一方面，故所描的画，与前两种迥然不同。前两种画虽然有的精致，有的模糊，但总是肖似实物的。现在的第三种画，竟把物象改造为简单而奇怪的样子，使与实际全不肖似。但这所谓简单与奇怪，并非像小孩子的画的幼稚或乱涂，而是根据于一定的观察法的。故其画法也很困难。看似粗率而不近实际，却另有一种新鲜强烈之感，为前两种画中所不能见。我们可称之为"奇形的画"。

以上已就画家对于物象的三种看法和画的三种描法凭空地说过了。先请读者明白了这三种话的概念，然后举实例来证明。

一　工致的绘画

西洋的古典派以前的绘画，都是属于这一类的。现在可举意大利画家波的契利〔波提切利〕（Sand Botticelli，1444—1510）的《圣母戴冠》为实例。试看这幅画中，全体都描得非常详细而精致。圣母衣服上的花边，圣婴基督的脚爪，诸天女的卷发，和衣服上的模样，圣母的冠上的纹样，都描得很清楚；连那册书上的一行一行的文字也几乎历历可辨。这真是"工致的绘画"的确切的实例。波的契利描这幅画时，是把视点逐次集注于圣母圣婴及天女等的各部而分别仔细观察，然后一部一部地描写的。故我们看这幅画的时候，也不妨把视点逐次集注于各部而分别细看。但读者便要笑问："圣母圣婴及天女，真果能出现于世间，演成戴冠的模样，而让波的契利仔细观察且描写的么？"不错，圣母和圣婴等原来不是实际的存在，原

契利：《圣母戴冠》

是人们所想像出来的神。但人们所想像出来的神，一定依照人们自己的形态。故哲学家叔本华曾说："倘牛们有神，其神必作牛形。"其意思就是说："人们的神是作人形的。"即人们在人类中选择一种最端正的相貌，认为是神的相貌；选择一种最健全的体格，认为是神的体格；选择一种最高贵的衣饰，认为是神的衣饰。所以结果，人们的描写天神，仍是观察了人们自己而描写的。波的契利在描这幅画以前，先向世间留意观察，选择最端正的相貌，最健全的体格，和最高贵的衣饰，而在心中造出天神的模样来。他把平时所见的可取的材料都牢记在心头。例如最高贵的衣边的花纹是怎样的，最美丽的卷发的形状色彩是怎样的，一一牢记在心。材料搜集完备了，然后动手描画。这时候不是观察了实际的模型而写生，乃是观察了心中的记忆及想像的模型而写生。故虽然没有实际的圣母和圣婴，但波的契利的画仍是从逐次细看的观察法而描出的。西洋在中世纪时，因为基督教盛行，画家统是虔敬的基督教徒。故中世纪的西洋画，大半是神像的画。神像的画，不一定要像波的契利的全凭想像而描写，实际写生的描法也是可行。例如画家要描圣母，便向人类中选择一位相貌体格最近于十全的女子，请她穿了圣母的服装，扮演为圣母，然后由画家观察而描写。如要描基督，也可选择一位相貌体格最端正健全的男子，使扮演为基督而给画家作模特尔（model）。不过这办法，不及凭想像而描写的好。所以技术高妙的画家，大都不欢喜写生真的模特尔，而欢喜凭自己的想像，即写生自己心中的模特尔。写生自己心中的模特尔，可比写生真的模特尔更为自由完美而精致。

因为真的人所不能扮演的神态，真的世间所不易办到的设备，在画家的心中都可扮演而设备出来。例如波的契利这画中的圣婴，世间哪里找得到这样十全美秀的婴孩？这是波的契利从平日所见的许多美秀的婴孩中采取众长而集成的，故十全美秀而异常精致。盖此种工致的绘画，大都不是写生实物，而是采取众长而集成的，故能如此工致。这等画家的观察物象，不但把视点逐次集注于同一物象的各部分上，又把视点逐次集注于许多物象的各部上，采取各物的各部的美点，使集成一种完美的物象，而描入画中。我们普通对着了实物而描画，名曰"写生画"；反之，这等画家不看实物而描写心中所记忆或想像的样子，可名曰"理想画"。如前所述，理想是使绘画工致的一个原因。故工致的绘画，大都是理想画。西洋绘画的正式成立，始于中世纪意大利的文艺复兴期。自文艺复兴期已降，直至十九世纪初叶法兰西的古典画派，期间许多大画家所描的画，都是这种理想画，即都是工致的绘画。上述的波的契利便是其中的一人。现在可把这期间所有的最大的画家及其杰作一一检点一下看：

西洋绘画的正式成立，始于十三世纪的意大利文艺复兴初期画家契马波〔契马布埃〕（Cimabue，1240—1302？）。故西洋人称这画家为"绘画之父"。但契马波没有作品流传于后世，我们只知道他是善描极工细的绘画的。他有一天散步于野中，看见一个牧羊童子用碳条在石上描羊，描得极好，就收他为画弟子，教他学画。这牧羊童子后来成为西洋第一代传世的大画家，即乔笃〔乔托〕（Giotto，1266—1337）。乔笃的传世的杰作,现存于意大利的寺院中,即《圣弗朗西斯一代记》及《马利亚的生涯》。这二杰作都是很详细而很工致的画。前者由二十八幅联合而成,后者由三十八幅联合而成。描写关于圣弗朗西斯及马利亚的传说,用以引诱基督教徒的信仰心。故他的画全是精致的理想画。

其次的大画家是安琪理柯〔安吉利科〕(Fra-Angelico,1387—1455)。他是意大利的僧侣,平生最喜描写天使。(见开明版《西洋美术史》第八十二页。)他的名字 Fra-Angelico,便是"天使的兄弟"的意义。他常常在梦幻中看见天使下降。他有一次描画,疲倦起来,打个瞌睡,有天使下来,把他所未描完的画续成了。因了这段奇迹,他更加努力于天使的描写了。天使当然是理想的画。

入了十五世纪,西洋的大画家要推马萨乔(Masaccio,1401—1428)。他也是意大利人。他所描的也都是《圣书》里的神话。他的杰作有《乐园逐放》图。(见《美术史》第九十一页。)即人类的始祖亚当和夏娃偷食了伊甸乐园中的智慧果,而被上帝逐出来的光景。承继马萨乔的西洋大画家,是李比(Lippi,1406—1469),他的杰作是《圣母戴冠》图。李比的弟子,就是前面所述波的契利,他和他的先生选取同样的题材,也描《圣母戴冠》图。但他和以前的画家,有一点不同:前述画家只管取材于基督教的《圣书》,波的契利却又描《希腊神话》中的光景。他有一幅杰作,名曰《Venus 的诞生》,(见《美术史》第九十五页。)即描写希腊的爱美之神 Venus,在荷叶中诞生的光景。当时的人虔信基督教,视《希腊神话》为异端邪说，故当时的画家大家攻击他。后来他就改变方向，也描《圣书》中的题材，前揭的"圣母戴冠"图便是其一幅。所以他的画有二种，一种是描写希腊神话的，一种是描写圣书的。但希腊神话和圣书，同是理想的东西，故波的契利的画也纯然是精致的理想画。

波的契利之后，经过了曼德捏〔曼坦那〕（Mantegna，1431—1506）和裴理尼〔贝利尼〕（Bellini，1400—1464）两大画家而入文艺复兴盛期。曼德捏善画基督像。其名作《死的基督》，从躺卧的死骸的脚后描写其全身，远近法非常正确。（见《美术史》一百零一页。）裴理尼善画有翼膀的小天使。他们都是善描理想画的画家。

到了文艺复兴盛期，西洋美术史上出了三个鼎鼎大名的大画家，即辽那独〔列奥纳多·达·芬奇〕（Leonard da Vinci，1452—1519），米侃郎琪洛〔米开朗基罗〕（Michaelangelo，1475—1564），和拉费尔〔拉斐尔〕（Raphaelo，1483—1520）。辽那独的杰作，有《最后的晚餐》（见《美术史》第百零五页），与《莫拿丽萨》〔《蒙娜·丽莎》〕（见《美术史》第百零七页）。这些画都是很工致的。《最后的晚餐》所描写的是耶稣受刑的前晚和十二个弟子们会餐的光景。画中十三个人物，都描得非常精致，全画费了两年的日月而描成。《莫拿丽萨》是一个女子的肖像画，辽那独描写她口上的笑颜，曾费不少的心血。后人称这笑颜为"神秘的微笑"。这小小的一幅画，竟费了五年的日月而描完，其描写的精致，可想而知了。从辽那独起，描画不全凭想像，而渐渐重用实物写生的方法了。《莫拿丽萨》便是辽那独请他的女友坐在面前,看着了真的人而描写的。但《最后的晚餐》当然不能实物写生。这画的描法,仍和以前的画家同样,或全凭想像,或令人扮演画中的一部分,以供参考;但全体仍是根据于想像的。辽那独常携带了速写簿而散步于田野之中,看见了农人的工作,就把他们的样子速写在簿子上。回家作画的时候,参考速写簿中的记录,而配成一幅大画。可知这时候的画家已经很注重实物写生了。米侃郎琪洛的绘画,更为巨大而精致。他的杰作是罗马 Sistina 寺院中的大壁画。这壁画分为三大部,即《人类创造》《伊甸乐园》,和《乐园逐放》(见《美术史》第百零九页)。每部中描着极复杂的光景。就中"人类创造"一部,最为伟大力强,画中共有人物三百余人,个个描得非常精致而逼真,其想像力的丰富,实在令人惊骇!后来他又为该寺院作一幅大壁画,名曰《最后的审判》(见《美术史》第百十页),布局更加伟大,全画费了七年而描成。第三位画杰拉费尔,善描"圣母"(Madonna)(见《美术史》第百十二页)。他所描的圣母,容貌十分优美柔和而端庄;在她身旁的圣婴、天使等,也都十分玲珑活泼,实际的世间决不能找到这样十全的女子和婴孩。就中有一幅圣母的画,下方添描两个生翼膀的天使。(见一九三〇年《教育杂志》八月号插画)这两个天使的姿势,是拉费尔从邻家的两个小孩中看来的。由此可知古人的描画,是把平日在各处所见的各种样子凑集拢来,而成为一幅完全的作品的。换言之,即视点逐次注集于画中的各部而描成的。故其物象都是理想的,其描法都是工致的。

三杰以后，便是文艺复兴衰期。西洋美术界沉默了二百余年，然后再有近代古典派美术的兴起。但这衰期中也有许多画家出世。就中最有名的，是柯雷乔〔柯勒乔〕（Correggio，1494—1534），谛谛昂〔提香〕（Titian，1477—1576），丁笃雷笃〔丁托列托〕（Tintoretto，1518—1594）。柯雷乔善描壁画，题材也都是宗教的。谛谛昂善描女子，又善用色彩，其名作有《花灵》〔花神〕（Floro，见《美术史》第百十五页），描写花的女神，娇艳而有生气，笔法非常精美。丁笃雷笃善描大壁画，其名作《天国》为世界最大的壁画，画中所描的都是天国中的想像的状态。而在极大的书画中，处处描写得十分精致。

　　此后便是近代美术的勃兴了。近代美术始于十九世纪初叶法兰西的大画家达微特〔大卫〕（Louis David，1748—1825）。他的画中所描的物象，不复是宗教的想像的世界，而是关于当时法国大英雄拿破仑的实际的光景了。但他的描法仍与古代的画家大致相同。即不必看着了实物而写生，只要凭自己心中的记忆和想像而描写。例如他的大杰作《戴冠式》〔《加冕式》，（见《美术史》卷首插画）〕。是为了拿破仑即皇帝位而作的，画中有数十百人集会于宫殿中，行戴冠的礼式。这等人物，个个描写得非常工致，宫殿的建筑也描得非常华丽精美。这是不能看着了实物而写生的，其画法和古代的画法一样，也是凭着记忆和想像而描写的。达微特所创的画法，即用精致的笔法描写现实的光景的画法，名曰古典派。古典派中最大成的画家，是昂格尔〔安格尔〕（Ingres，1780—1867）。昂格尔善描裸体的女子。他所描的女体,形状色彩都非常柔丽。例如他的杰作《土耳其浴场》(见一九三〇年《教育杂志》四月号),描写浴场中的许多裸体的女子,个个人体格圆满而丰肥,相貌端正秀美,好像一群天上的仙女,决不是实际的土耳其浴场中所能见的光景。这便是因为他的画不是实物的写生,而是由平日所见或所想像的最美丽的女体所凑集而成的理想画。

与昂格尔同时的大画家特拉克洛亚(Delacroix, 1799—1863),其描画也用详细精致的笔法,不过特别注意于光线与色彩,故其作品大都鲜丽而更有生气。他的画法另名曰"浪漫派"。但在大体上,与古典派同一性质,同是根据了记忆或想像,而用精致的笔法仔细描写的。例如他的名作《市街战》(见一九三〇年《教育杂志》二月号),描写"自由女神"引导了巴黎的市民而赴战争的光景。这当然不能看着了实物而写生,是全凭他的记忆与想像描成的理想画。这幅画描得非常工致,前面地上躺着的战死者的尸体,非常逼真,令人惨不忍睹。

我从十三世纪一直说到了十九世纪的初叶,把这期间的西洋最大的画家一一检点过了。他们的画,虽然各人有各人的特色,但大体同一画法,都是不写生实物而根据理想的"工致的绘画"。他们的观察物象,取同一的态度,都是把视点逐次注集于物象的各部分,而在画面上一部一部地精细描写的。我们看这种绘画的时候,也可以把视点逐次注集于各部分而分别细看。西洋美术史上的名画中,这种"工致的绘画"实在占居着大多数。但这画法在现代早已不通行了。现代所最通行的画法,是以下所述的两种。

二　模糊的绘画

近代印象派风的绘画，都是属于这一类的。现在可举法兰西新印象派画家西涅克（Signac，1863—〔1935〕）的《风景》为实例。试看这幅水面的风景画，全体都十分模糊。但读者请勿冤枉商务印书馆的制版不良，这是原画就生成如此模糊的。这里面描着许多东西，但你倘张大了眼睛而向画中仔细探索，便越看越模糊；反之，你倘把眼微微合拢，而从相当的距离眺望，便知道这是一片水上的风景，犹之上海的黄浦滩一类的地方。近处水面有许多轮船，许多小船，和二三艘小帆船。远处又有大铁桥和建筑物。但都是只描写一个影象，而没有一样东西看得清楚。这便是因为画家观察这风景的时候，其视点平均分布于风景的全体，而不集注于任何一部分上，其所见的是大体的模糊的风景全体的样子，就把这样子描写在画布上。画家所欲表出的，不是各物的详细的样子，而是这风景的"全体"的姿态，即笼统的印象。他们把两眼微合，看取"全体"的光线色彩的印象，便把这印象照样移写在画布上。但求表出"全体"，各部分的详细点便不计较，即使看不出什么东西，也无妨害。故看这种画的人，也要特别注意这一点，即必须从画的"全体"着眼，领略其"全体"的印象，万不可探索各部分所描的是什么东西。即使画面各部模糊到看不出什么东西，也决不是画的劣点。故看画的时候，必须从画面离开相当的距离，把两眼微合，而远远地眺望画面的全体。万不可接画在手，而用鼻子去嗅。故这种画对于近视眼的人没有缘分，实在很抱歉了。

关于这种画的看法，有一段故事可以证明：所谓印象派绘画，是法国画家莫内〔莫奈〕（Claude Monet，1840—1927）和马内〔马奈〕（Edward Manet，1833—1882）所首创的。当时西洋的画家，还是在描写工致的绘画（虽然比古典派以前的画已不工致了）。莫内等独创这模糊的画法。所以他们的作品，大受时人的反对和攻击。一般人都骂他们是乱涂，是邪道。能赏识这种画的人极少。有一个富人，名叫卡友鲍德（Caillebotte）的，非常崇仰莫内等的画风，他收罗印象派作品，和家里的古玩宝器一同珍藏。后来他发愿将家中所藏一切珍贵的美术品全部送给巴黎的国立的美术馆，给公众玩赏。国家当然很欢迎，派员去向卡友鲍德接收。但卡友鲍德提出一个条件，即要请国家允许将他所收藏的印象派绘画一概陈列于美术馆中，供公众观览，否则连古玩也不肯赠送。这条件使得国家左右为难。因为印象派绘画，在当时被视为邪道，国家决不肯宣传；但卡友鲍德所藏的古代美术品，实在非常珍贵，国家是极愿接收的。后来双方谈判，国家终于容纳了他的条件。但巴黎美术学校的教授们得知了这消息，大为不平，全体同盟罢教，以示反对。国家再三调解，结果议定将卡友鲍德所赠的印象派作品移陈于罗森浦尔美术馆。卡友鲍德但求陈列，亦不计较地点。但罗森浦尔美术馆的人也是大畏印象派绘画的。他们阳为承受，而暗中虐待，即将印象派大幅的绘画陈列在一间极窄小的房间中，使观者不能远眺。但如前所说，印象派绘画是描写景物的大体的模糊的印象的，故其画宜于远眺而不宜近看，近看便莫名其妙。于是参观罗森浦尔美术馆的人走进此室，因地位狭窄，不能远眺而只能近看，即见画中乱涂着各色的颜料，而看不出画的好处，就没有一人不唾骂印象派绘画为乱涂。这虐待也可谓恶计了。

倘用前述的女子们的参观展览会的态度，而看印象派作品，便冤枉中了这虐待的恶计了。即如我所见，女子们参观绘画欢喜走近去细看，把一幅大画一部分一部分地细看，而分别议论其"脸儿描得怕来""花描得好来"，便辜负了这些作品，到底不能看出它们的好处了。我们看这种绘画的时候，务须退至相当的距离，把眼睛微微地合拢，而总看画的全体。我们所赏玩的，不是画中所描的"各物件"，而是各物件所凑成的一种"气象"。例如看春景的画，不是分看其中的桃花、杨柳和蝴蝶，而是总看其桃花杨柳与蝴蝶等所凑成的一种"春光"。又如看秋景的画，不是分看其中的白云、红叶与雁字，而是总看其白云红叶与雁字所凑成的一种"秋色"。因有这个道理，即使其画描得非常模糊，连局部的东西都看不清楚，但只要能表出全体的气象，便是佳作了。

印象派绘画虽受这种恶计的虐待，但因其根据着艺术上的正当的道理，故有恃无恐。一时虽受迫害，不久终于广受世人的理解，而变成当然的画法。今日世间的画家，还是大半受着印象派的支配，而在应用印象派的描法的。足见其确有正当的根据，故颠扑不破。其所根据的道理是什么？可略解之如下：

据印象派的画理看来，以前的画法，即逐次细描各部的工致的画法，都是不合于"自然"之理的。因为不合自然之理，故以前的一切绘画都没有表出自然的"真相"。何以言之？绘画是表现视觉的美的艺术；我们的眼睛对于自然的景色，决不是像偷儿的眼睛的对于腰包，或侦探的眼睛的对于偷儿似地，钉住了一部分而窥探的。我们观赏自然的美景的时候，一定是放眼于景色的全体，而领略其总和的气象的。例如这里来了一个小孩，我们看了这小孩的姿态，觉得其为"天真烂漫"。但这"天真烂漫"的气象，决不是存在于小孩的一部分的头上、手上，或脚上，而是其身体全部所表出的总和的气象。可知我们的眼睛是平均分布于对象的全体，不是钉住在对象的一部分上的。平均分布于全体，所见的当然是一个模糊的大体的印象，决不能看见各部分的详细点。这样的看法，正是合于"自然"之理的；由这看法所见的全体的印象，正是对象的姿态的"真相"。自然的生气（例如小孩的"天真烂漫"），正寄托在这全体的印象中，故能表现这全体的印象的绘画，正是最上乘的艺术。艺术是表现美感的，不是传授智识的。故绘画的功能，在于表现自然之美，决不是像博物馆的标本图或地图似地授人以一种知识的。故绘画没有逐步细写的必要；逐步细写一切的详细点，反而扰乱了观者的视觉，而蒙蔽了最重要的全体的气象。由此可知，以前的画法，都是不合"自然"之理，不能表出自然的"真相"，因而缺乏艺术的价值。

这种绘画理论，确有真实的根据，确是比前进步。所以印象派画法能支配十九世纪后半的全世界的画坛，而一直影响于现今的画界。

从这种理论看来，可知印象派绘画是根据实物写生的。以前的画，不根据实物写生，而但凭心中的记忆与想像。这是古今绘画的实技上的一个显著的异点。但我们须要注意，古典画并非绝对不用模特尔，印象画亦并非绝对非看着实物而描写不可。二者的异点，仍是归根于对于物象的"观察法"的问题。即如前所说，古典画家有时亦用模特尔；但其对于眼前的模特尔，仍用"逐步分看"的观察法。又印象画家有时亦不看实物而在画室中描写眼前所无的物象，（例如印象派画家罗诺亚〔雷诺阿〕（Renoir）善用印象派技法，描写在池中水浴的裸体女群，及舞台上的舞女的活泼的姿态。这等物象都是不能看着了实物而写生的。）但其对于心中的记忆或想像的姿态的看法，仍是用"总看全体"的观察法——换言之，即须积了很深的印象派写生法的经验，然后始能不看实物而描印象风的绘画。

试检点西洋最有名的印象派大画家的作品，除了先驱者莫内不甚显著而外，其他的人的作品都是模糊的绘画。莫内喜写雾景，有《太晤士河上》的雾景的名作。又喜写水景，有《水上的睡莲》的名作。又喜写稻草堆，曾把同一的稻草堆在不同的光线之下连描十余幅画。这等画都很模糊，只求表现造成气象的光线与色彩，而不问所描的为何物，故《水上的睡莲》只见一片水色，上面点缀着一丛一丛的花的颜色，骤见不辨其为何物。"稻草堆"题材更为枯燥，描来描去只是荒冢似的几个草堆，惟光与色各画不同。其目的全不在乎题材，不过借了题材（草堆）而表现其光线与色彩而已。

除了这印象派首领以外，当时法国有印象派四大画家，即比沙洛〔毕沙罗〕（Pissairo，1830—1903），西斯雷〔西斯莱〕

（Sisley，1839—1899），窦格〔德加〕（Degas，1834—1914），和罗诺亚（Renoir，1841—1920）。前二人是风景画家，后二人则长于人物描写。他们的描画，不管物象，而专用一条一条的色彩，并列在画布上，以表出强烈的光度；不过其色彩的条子凑成某种物象的大约的模样而已。例如黄的色条与蓝的色条并列一处，远望时这两种色条即合成强烈的绿色，表出树木的形象。故这种绘画，近看时只见无数的色彩条子，历乱地排列着，全不见物象的形状；但远远眺望，即见一片有生气的景色，而物象亦隐约可辨了。——这班用色条的画家，评者称之为"前印象派画家"。

还有比前印象派更为模糊的画法，名曰"新印象派"。新印象派的画家，最著名的有二人，即前例的作者西涅克，与修拉（Seurat，1860—1891）。他们以为色条的画法还不强烈，故改用色点，故又名曰"点彩派"。试看前揭的西涅克的《风景》，水面、天空、烟雾都用一点一点的色彩缀成，其船只桥梁，亦是由色点结合而成的。这等画近看时只见无数的色点，犹如一堆散沙，而全不见物象。距离隔远，其色点即在我们的眼的网膜上融合，而显出物象的姿态来。例如红点色点和蓝点色点的色点混杂在一块，映入网膜，这两种色点即融合而变成一种鲜明的紫色，而表出物象的形状。其色彩的效果，比用色条的前印象派绘画更为强大。但画面的模糊亦比前更甚了。

这种画法，是近代画技的一种自然的趋势。因为这是根据了近代艺术上最有力的"自然主义"的思想而产生的。所以印象派以后的画家固然普遍地承受它的影响，但印象派稍前的画家的画中也已隐隐地暗示着印象派画法倾向了——换言之，即印象派稍前的画家的画，也已渐渐地模糊起来了。例如称为罢皮仲派的米叶〔米勒〕（Millet，1814—1875），可洛〔柯罗〕（Corot，1796—1875），卢骚〔卢梭〕（Rousseau，1812—1867），称为写实派的柯裴（Courbet，1819—1877），独米哀（Datumier，1808—1879）。英国的自然派的泰纳（Turner，1775—1851）与康斯坦勃尔（Constable，1776—1837），英国的拉费尔前派的洛赛谛（Rossetti，1828—1882）与莫理斯（Motris，1834—1896），美国画家辉史勒（Whistler，1834—1903），德国画家裴克林（Böcklin，1827—1901）——他们的画大致是工整的；但早已显露出模糊的痕迹了。这班可说是古典画派与印象派之间的画家，他们的画可说是半工致而半模糊的画。

至于印象派以后的画家，其所蒙印象派的影响更深。我们东亚的西洋画家，大多数是印象派的流亚。虽不明白表明为印象派画家，但其描写中自然流露出印象派的笔法来。而在鉴赏方面，亦以印象绘画为最易受一般的理解，最普通地脍炙人口。其实例便是第三例，即日本西洋画家三宅克己所作的《纽奥伦斯之街》。三宅克己是日本一位最通俗的西洋画家。但他的画的通俗，决不是迎合无知者的俗好的时装美女月份牌的通俗。他的画是在美术学习上，是引人入胜的最好的鉴赏品。没有美术修养的人，令骤看高深的作品，往往不易入门。若令先看这一类的通俗的画，则可循序渐进，而体验绘画上的高尚的"美"的滋味。试看这幅画中，全部是历乱的涂抹，没有一笔详细的描写；但就全体而总看，真是极繁华的都会的一般模样，犹如上海北四川路邮政总局一带地方的光景。而在他的草率而乱涂似的笔法中，似乎隐隐约约地可以看见招牌上的字，窗上的百叶，栏杆上的花纹，汽车上的轮子，人物的衣服和帽子……非常完全而详细的一幅市街风景图。最是下方右边的人物似是上海滩上时常见惯的穿皮毛大衣的西洋胖子老太太。我看了她这背影便可想像出她的颜貌来。但就近去仔细一看，好像是无心溅上的一堆墨渍，她的两只脚竟像是偶然带毛的污痕。于此更可惊佩画家的灵敏的眼光与巧妙的手腕了。

三宅克己的描画，完全是看了实物而写生的。他是水彩画的专家。现在所举的一幅本来也是水彩画。描写这样的一幅水彩画，在他只费头二十分钟功夫。他的技术真是非常熟达的。这位画家前年曾来我国西湖上描写风景，我曾经亲见过他的作画。现在所举的一幅，（是日本大美术讲座所选载的，）可说是他的最良的作品之一。这画对于初学美术的人，是最良的导师。

三　奇形的绘画

西洋的新兴艺术的绘画，和东洋的绘画，都是属于这一类的。现在先举"新兴艺术之母"的赛尚痕〔塞尚〕（Cézanne，1839—1906）的作品为实例，即第四例的《赛尚痕夫人肖像》。看惯了前述的工致的画及模糊的画，续看这种画的时候，便对它发生一种异常的感觉。这画过于简单,似乎是未完成的草稿。前述的三宅克己的作品中,笔法也简单,但没有未完成的感觉。因为那是手法简单而观察法不简单的;这是根本的观察法简单的。所以那种画虽简单而仍肖似实物,这种画简单而不肖似实物,就使人发生未完成与奇形的感觉。试看赛尚痕夫人的头发、脸孔、衣服、背景,都是各种形状的块的构成。这不是自然的模仿,而是由画家改造过的自然,所以不能肖似自然的实物。以前的绘画,或工致,或模糊;但忠实于自然的模仿,是两者共通的方针。现在这第二种绘画,根本的方针和前两者不同了。赛尚痕对于自然,不肯用谦虚的态度而忠实地照样模仿。他偏要在自然中选择自己所欢喜的一方面,而在画中表出这一方面的特相。当他对着了他的夫人而写照的时候,他不肯依照了夫人的样子而忠实地模仿,而特别注意于夫人身体各部的形。在他眼中的夫人,不是一个人,而是各种各样的形的构成。他便在画布上描写这等形的构成。故描出来的画当然不肖似实际的夫人。这是夫人的某一方面的特相,即夫人的神气的特点。赛尚痕捉住了她这特点,而在绘画中放大夸张地描写,使变成这奇

赛尚痕:《赛尚痕夫人肖像》

形的姿态。故这肖像虽然不肖似实际,但因其表出着神气的特点,故另有新鲜强烈之感。看了这画之后,回想前面的圣母戴冠的画,便觉得前面的是剧的,现在的是诗的;前面的是实际的,现在的是艺术的。在这一点上,西洋的新兴艺术具有最高贵的艺术的价值。

这种奇形的画法,始创于赛尚痕。故赛尚痕有"新兴艺术之母"的称号。赛尚痕以后,西洋画法日渐趋向于奇形的方面。直到后来(约距今十年前),竟有不成物象的绘画出世,即所谓立体派、未来派、表现派、抽象派等是也。现在可把这进程略述之:

与赛尚痕同时同调的画家,有谷诃〔凡·高〕(Gogh, 1853—1890),果刚〔高更〕(Gauguin,1848—1903),亨利·卢骚(H. Rousseau,1844—1910)三人。评者称他们为"后期印象派画家"。谷诃喜用粗大的线和强烈的色彩来描写各种人物的颜面,自己的肖像,或粗枝大叶的向日葵,火焰似的郁金香树,和烈日之下的田野。他所描的颜面,用普通感觉看来,非常丑陋,甚至可怕。他在研究画的时候,把人呼为"两足动物",可见他的感觉根本异常了。他的研究,便是努力表出这些两足动物的颜貌的特相。特相放大而夸张的时候,便是为丑陋而可怕的姿态。果刚是他的同志的朋友,这人不喜文明社会而喜描野蛮人的状态。他的画法和他的好尚一样地野蛮而粗率。后来他逃出巴黎,到南大西洋的海中的一个荒岛上,自己也做了野人。他的作品中,有不少是这荒岛上的野人的描写。最后的卢骚,画风另有一种奇形,他的画好像贴纸手工,都是平面的形的集合。上述四人的作品的实例，在我所著的《西洋画派十二讲》和《西洋美术史》（皆开明版）中均有选载着。

比这等人的画更加奇形一点，就有所谓"野兽派"的马谛斯〔马蒂斯〕（Matisse，1860— ）的绘画。"野兽"两个字，已足表出他的画的奇形了。他的画中，都是粗大的线，不正确似的形状（见《西洋画派十二讲》及《美术史》第二百十七页，卷首）。他的画派中最有特色的画家，可举下列四人，这等都是正在世间活动的画家。

房童根〔凡·童根〕（Van Dongen）——作例见《美术史》二一八页。

洛朗赏（Lourencin 女画家）——作例见卷首。

罗尔〔路奥〕（Leouh）——作例见《美术史》二一九页。

奥德芒（Othman）——作例见《美术史》卷首。

就中洛朗赏是女画家，现在是五十岁的中年妇人，正在欧洲的画坛上活动。她对于女子的姿态的描写，最有特长。例如第五例《持扇的女子》，其瘦削的颜面，深黑的瞳孔，纤细的肢体，显然违背解剖学的规则而不肖似实际的人物。奇形的特相，比赛尚痕等更为露骨了。但其画富有强烈的刺激与清新的感觉。洛朗赏生于巴黎，是中流家庭的一女子，她幼时从师学画，后来与当时的新派画家相交游，就加入了野兽派的群画家中。千九百零七年，她的制作初次出品于巴黎的独立展览会。到了千九百十二年，制作更丰，就开个人作品展览会，表示其独得的画才。从此就闻名于世。在一切野兽派画家中，这位女画家的画风最为新颖，与后来的更新的画派最为接近。其实她也不过是一个寻常的巴黎女子,只因其具有特异的眼力,对于世间能做特殊的观察,故不肯随附大众的画法,而求自己的特殊感觉的表现,终于成为野兽派中最新的画家。

现今我国研究西洋画的青年男女,大多数欢喜后期印象派与野兽派的绘画。他们的作画,大都不肯忠于自然的模仿,而倾向于奇形的方面。弃旧而向新,舍过去而从现在,废模仿而重表现,原是可惜可嘉的事。但我欲寄语这等青年男女的洋画研究者:学习此种绘画,切勿徒事表面的皮毛的模仿!研究绘画的第一要事,必须从自己对于世间的观察力出发,决不可向别人的作品中学习。你们对于世间,必须果真具有特殊的感觉与观察法,然后可以用特殊的画法而表现自己的特殊的世间观。倘没有修练观察的眼力,而仅从新派的画集中模仿色的调法,线的用法,或更从局部模仿颜面的描法,手的描法,树木的描法等,而用以凑成自己的作品,则对于你们的艺术事业的前程,是非常的不幸。这样的模仿,远不如忠实模仿自然而作旧派的画为稳健而有益。总之,观察是表现之母,即眼是手之母。欲联系用手表现,先须练习用眼观察。欲修绘画,先须修养自己的人生观与世间观。这是艺术研究上第一要事。故我在说了野兽派绘画之后,特地插入这段忠告。希望青年画家注意。

野兽派之后,欧洲各国的画坛上便有许多奇形怪状的绘画出现了。即在约二十年前,千九百十年左右,欧洲新兴绘画蜂起:法兰西有"立体派",意大利有"未来派",德意志有"表现派",俄罗斯有"抽象派"。这大都是画面上看不出物象的绘画。

立体派的提倡者名曰比卡索〔毕加索〕（Picasso，1881—1973）。他的主张是欲把物的形体解散而重行组织。故描写一间房子时，四面的墙壁都画出来。又把物的形体分析为形的原质，即三角形、四方形、圆锥形、圆筒形等几何形体。故他的画面上，不见物象而只见各种几何形体。这一派中著名的画家有勃拉客（Blaque）、雷琪（Reger）、芳宁格尔（Feininger）等。他们的作例，在《西洋画派十二讲》中有几幅选载着。

未来派的提倡者名曰马利内谛〔马里内蒂〕（Marinetti。1878—[1]）。他的主张是欲在绘画中表出时间的经过。故他的画中，马有二十余个足，弹琴的人有四五只手。又常在墙外描出室内的事物，在女子的衣服的外面描出乳房，墙壁和衣服好像都是玻璃制的。未来派画家中有名的人，有赛佛理尼〔赛维里尼〕（Severini）、罗索洛（Russolo）等。他们的作例，也选载在《西洋画派十二讲》中。

表现派的提倡者名曰彼希斯坦（Pechstein，1881—1955）。他的主张与后期印象派及野兽派大致相类，不过奇怪的程度比他们为深。为欲表出主观的意力，不顾物象的形似，故又与未来派立体派相接近。这种画在现代的德国非常流行。德国社会上各种装饰图案，例如商店的样子，窗的装饰，舞台上的装饰等，都取表现派的画风。表现派画家中著名者，有可可修卡〔考考施卡〕（Kokoschka），罗德尔夫（Schmidt-Rottli）等。

---

[1] 生卒年为"1876—1944"。

其作例在《西洋画派十二讲》中亦有揭载。

抽象派的提倡者名曰康定斯基（Kandinsky，1866— ）。他的主张显然认为绘画不必描写物象，只要用形状和色彩来表出抽象的美。故他的画中大都只有一种构图，而不描写事物。其画亦大都没有话题，而只称为"构图第一""构图第二"等。故他的画派又称为"构图派"。《西洋画派十二讲》中载着他的作例。

这等是奇形的绘画的极端的例。欲研究这等绘画，需要特殊的意识。这不是人人皆能理解或学习的绘画。现在我们试举一例，以表示绘画的奇形的倾向的极致，即如第六例，立体派画家芳宁格尔的《桥》（见卷首插图）。试看这幅奇形的绘画，竟好像是许多三角板和米突尺的堆积。其中隐约露出桥的形迹和对岸的建筑的模样。要理解这种绘画，实在很不容易。但我们可以知道，这也是由于前述的对于物象的特殊的观察而来的结果。即画家的观察这桥的时候，仅注意于桥的某一方面的相（形），又把这特相用自己的心来加以改造而描表之，即成为这奇形的幻象。

芳宁格尔：《桥》

以上是就西洋画的新兴艺术而说的。我们中国的绘画，也是奇形的绘画的适例。中国的绘画，在现今的旧式住宅的厅堂中常可看到，不须揭示实例。试回想这种绘画中所描的物象:无论其为粗笔或工笔,比较起实际的物象来,总觉得简单而不肖似实物。因为处处用线,故其物象简单;又处处经过改造,故不肖似实物。这便是因为中国画家对于自然物象的观察法,注意其某一方面的相(线)。西洋的新兴艺术家特别注意物的"形",中国画家则特别注意于物的"线"。中国画家的观察物象,只有其轮廓及界线,而不看其别的部分。他们观察人的颜貌,只见脸的轮廓,眉目口鼻的线等,而不注意于其线所包成的脸。那[1]们描画的时候,也就把这种线揩得特别显著。故中国画中的人物,都好像是用铁丝弯成功的,只有轮廓而没有肉。其他的物象的描写,也都如此。例如工笔画中,描桌子只描轮廓及木料交接的界线,而不描写木料上的色彩或纹路。描地方砖只描菱形的格子线(即砖的交接的界线),而不描砖的本身。故无论其为何等工笔的画,但其所描的依然只有物象的一方面的相,而不是完全的实际的物象。所以中国画都是奇形的。

且中国画家对于物象的观察,有更特殊的眼光。即不但在一物象中仅看其一方面的特相,又能在许多物象中仅取其某一种物象,而描表之为绘画。例如在一很大立幅中,孤零零地描一块石头,或两株白菜。这块石头后面有什么背景?这些白菜放在什么地方?他们都不看见了。描人物也是如此,在一幅中堂中,孤零零地描一个钟馗。这钟馗站在什么地方?他的后面有什么背景,他们都不见。这钟馗仿佛是吊在空中的,但上面

---

[1] "那"应为"他"。

又没有吊线。这真是奇形的绘画！

但我们不要讲理，而但用感情来欣赏这些中国画，便觉有一种异常清新而强烈的趣味。因为省略物象上其他一切的琐屑点，而努力表现其某一方面的特相时，其物象就单纯化，奇形化；即由"现实的"一化而为"非现实的"。隔离现实，是艺术成立的必要条件之一。故"非现实的"就是"艺术的"。故西洋的新兴艺术，比旧派艺术更为"艺术的"；中国的绘画，比西洋的绘画更富于艺术的香气。

以上已就世间的三种绘画的特点叙述过了。要之，绘画的相异，完全就是画家对于自然物象的观察法的相异。视点逐次注集于物象的各部而观察，即描出全部详细而工致的绘画，例如西洋古典派以前的绘画便是。视点平均分布于物象的全体而观察，即描出全部粗率而模糊的绘画，例如西洋的印象派绘画便是。视点专注于物象的某一方面而观察，即描出简单而奇形的绘画，例如西洋的新兴美术和中国画便是。——所以学习绘画，不可仅从手的描写临摹上练习，必须从眼的观察上学起。而绘画的看法，亦不可仅从画幅中探索，必须从自然物象观察上学起。

十九〔1930〕年十二月十七日写于嘉兴杨柳湾之缘缘堂

《近代艺术纲要》自序[1]

此书大部分为日本京都美术学校教授中井宗太郎氏著《近代艺术概论》的节译。内容以自然主义为中心，上至十九世纪初叶，下至现代，以绘画为代表而论述近代艺术展进的概况。

艺术在人类文化中具有最微妙的意义。故解释艺术，不能仅据其表面的状态而浅说。中井氏此书，依据时代精神及观照心理而论证艺术的变迁，最为根本的说法。我自己曾经受他的书的启示。现在节译下来，以辅助国内学子的研究。以前我曾编《西洋画派十二讲》，已在开明书店出版。该书与本书题材相类似。惟本书以理论为主；该书则以实例为主，而叙述较详，与本书有表里的关系，故特介绍于此。

二十年〔1931〕三月三十日子恺记

---

[1] 《近代艺术纲要》（丰子恺编）系1934年9月上海中华书局出版。

《音乐入门》[1] 九版序言

这稿子本来是我在立达学园教音乐时所用的讲义。当时把讲义稿托开明书店排印,半为避免每学期抄写油印讲义的烦劳起见。不料出版以后,五年内重印了八版[2]。但我在这五年中因家庭多故,生活烦忙,又因本书出版后我就不教音乐,竟没有仔细校阅本书内容的机会。最近承交通大学冯可君来函,指摘本书中笔误或排误各点,并蒙造一勘误表见惠。这方始惹起我的注意,就把本书校阅,请书店重排而印行这九版,尚幸以前八版中所错误的,大都是排误或笔误,细心的读者——例如冯君——都能看出。现在我所校正的,差不多就是冯君所惠的刊误表中的几点。对于以前的读者或无重大的贻误。惟鲁鱼豕亥,实有妨于读书的兴味。校毕以后,我回顾自己的疏忽,不得不向以前的读者道歉,并向冯君道谢。

二十年〔1931〕五月二十日子恺记

---

[1] 《音乐入门》系 1926 年 10 月上海开明书店初版。

[2] 据了解,此书在建国前共印二十八版,建国后又重印近十次。香港、台湾也在出版。

维多利亚女皇的害怕[1]
——唱歌的话

在第三回的讲话中,我们曾经谈过,德国大音乐家孟檀尔仲〔门德尔松〕(Felix Mendelssohn-Bartholdy,1809—1847)有可惊的记忆力,能默写管弦乐的总谱的故事。今天再来讲一段关于这大音乐家的逸话吧。

孟檀尔仲的名字叫做 Felix,这字的意义是"幸福"。这真是名副其实,他的一生完全是"幸福"的日子。他的父亲是犹太族的富豪,为当时有名的银行家;而且他对于子女的教育,非常注意。如第三讲中所说,这父亲为了儿子爱好音乐,曾特聘种种教师来教授他;并在家庭中创办管弦乐队,以供给他的练习。孟檀尔仲幼年学习时代的幸福于此便可想见。

学成以后,他享受更光荣而幸福的生活。他的音乐的天才,一早就被世人所认识而赞仰。十七岁时所作的《中夏之夜的梦》〔《仲夏夜之梦》〕(*Midsummer Night's Dream*)作成后,立刻开演,受大众的拍手与喝彩。此后孟檀尔仲便成了世界的大音乐家,不但在德国著名,全欧各国的乐坛上都有他

---

[1] 本篇是《西洋音乐楔子》的第五讲,原载 1931 年 5 月《教育杂志》第 23 卷第 5 号。

的面影,他的作品在到处的音乐会中都演奏了。当时英国的维多利亚女皇及皇婿阿尔罢德亲王对于这位青年的音乐家十分敬爱。孟檀尔仲每游伦敦,必受皇室的亲切的招待。感情丰富的维多利亚女皇,非常的爱好音乐,常在宫中开音乐会。她自己就出席唱歌。她所唱的歌,有许多是孟檀尔仲的作品。

有一次,孟檀尔仲来游英伦,访问维多利亚女皇。女皇殷勤地招待他,预备为他唱一阕他所作的歌,以表示爱慕之心。她平日在宫中的音乐会里独唱,技术非常纯熟,表演非常自由。但这一天在这大音乐家的面前,觉得十分拘束,似乎唱不出来。她看见室中挂着鹦鹉的笼,便亲自起来除去这鹦鹉笼,把它移到里面的室中去;孟檀尔仲来帮她挂笼。这使她觉得更不自然。她便请孟檀尔仲先弹一阕洋琴〔钢琴〕,然后由她唱歌。孟檀尔仲遵命先弹了洋琴。随后女皇就唱出孟檀尔仲所作的一阕歌来。但她唱的时候,态度异常局促,发声很不自然。唱完之后,女皇自己似觉很不满意,她带着羞惭的笑容对孟檀尔仲说道:

"我本来唱得很好呢……你可以去问拉勃拉修君……但是你在这里,我觉得害怕……"

女皇在孟檀尔仲的面前唱歌,真是所谓"班门弄斧",自然觉得羞惭;她见孟檀尔仲,犹如学生见了老师,自然觉得害怕。可见艺术有超越世间一切荣华的尊贵性。在政治上,维多利亚是皇帝,孟檀尔仲不过是一个客民;但在艺术上却相反,孟檀尔仲犹如是皇帝,而维多利亚犹如受他支配的一个人民。但孟檀尔仲并非是专门的声乐家,他是一个作曲家。他所作的乐曲，大都是洋琴曲、歌剧、交响乐和歌曲。但声乐的唱歌是一切音乐研究的基本，故孟檀尔仲虽然不是专门的唱歌者，但作曲家对于声乐的唱歌一定是有锐利的批评力。况且女皇所唱的歌正是这作曲者所作的乐曲，女皇在他面前演唱，自然不免害怕了。

声乐是一切音乐的基本，这话在前讲中已经说过了。所以凡学音乐的人，无论其将来要作演奏家或作曲家，必须从唱歌练习开始。今天我们可专就唱歌练习而谈谈。

唱歌和弹琴比较起来，最显著的异点，是唱歌有乐曲又有歌词；弹琴则只有乐曲而没有歌词。歌词是文字作成的，就是文学中的诗歌。故严格地说来，唱歌不是纯粹的音乐艺术，而是音乐与文学合并而成的一种综合艺术。唯有全无文词的弹琴曲等器乐，方是纯粹的音乐艺术。人们常常说文学与音乐有密切的关系，这密切的关系就在于唱歌。唱歌是以文学中的诗词为材料，以音乐中的歌曲为方法而合并表现。在这合并的表现中，诗词与歌曲有怎样的关系，是学习唱歌的人所不可不知的事。我们可以先把唱歌中的诗词与歌曲的性质检点一下：

唱歌既是以文词为材料而以乐曲为方法的表现，可知文词是唱歌的本体。所以作歌曲的时候，必先作文词，然后在文词上加以乐曲。文词不限定自作，选取古人或别的诗人的作品亦可；总之，必先有文词而后作乐曲。例如有名的歌曲作家修裴尔德〔舒伯特〕（Schubert）常选取诗人哥德〔歌德〕（Goethe）、莎士比亚（Shakespeare）等的诗为歌词，在其上加以旋律，而作成有名的歌曲。他的作法，先拿诗句反复诵读，充分理解了这诗句的情调与精神，然后配以相当的音乐，作成一首歌曲。他平日常常手执哥德等的诗集一卷，在室中漫步而朗诵。一面加以深刻的吟味，以体验诗人作这诗的时候的心情。等到完全体验了的时候，他便能从这诗的音节中发见一个相当的旋律，旋律的情趣与诗的情趣完全相符合。于是他立刻拿起笔来，在五线纸上记录这个旋律。这样作出来的歌曲，其乐曲与文词的结合，在音节上，在情趣上，都十分融和而圆满。这便是文学与音乐最自然的结合，即最良好的综合艺术。倘颠倒顺序，先有曲而后作歌词，方法不及前者的自然，因而难得那样融和而圆满的结合。因为如前所说，文词是歌曲的本体，我们所唱的到底是几个文字联成的诗句，不过加以音乐的旋律而已。故先作歌而后作曲，为根本的方法。现今一般学校中的作歌曲，例如作校歌、运动会歌、开学歌、级会歌等，往往先请音乐教师选或作一首曲子，然后在曲子下面用圈子表明句读字数，再请会做诗词的人依照了圈子的句读字数像填词一般地作一首歌。倘作歌的人也是理解音乐的人，能依照了乐曲的音节与情调而配上歌词，当然也能产生佳作；但倘作歌的人是不曾学过音乐的人，这歌曲的结合一定很生硬而不调和，或竟有可笑的错误。故最妥当的办法，是先作歌而后作曲。

歌曲的产生既如上述，故学习唱歌的人，必先明白理解歌词的意义、情调与音节，然后合上音乐而唱歌。学习唱歌的顺序，原是先练乐曲，然后把歌词合上去唱奏。但在合上去唱奏之前，必先吟诵歌词，务须充分理解了歌词的内容、意义与情趣，然后唱歌。

"文词是歌曲的本体",故练习唱歌必先充分理解歌词的内容意义。但倘过分偏重文词,而忽略其乐曲,就发生更大的误谬。故同时我们又须记牢这一句话:"乐曲是歌曲的精神。"

乐曲,就是高低长短强弱各异的许多音的组织。这些音的组织不能表出意义,而只能表出一种情趣。但这情趣就是歌曲的精神。我们学习一首歌曲,犹如认识一个人。理解文词犹如认识其身体姿态,理解乐曲犹如认识其精神思想。对于人,身体姿态容易认识,而精神思想不易知道。对于歌曲亦然,文词容易理解,而乐曲不易理解。文词由字句组成,字句表出具体的意义,人们可用智力去辨别。乐曲由音组成,音不能表出具体的意义,而只能表出一种抽象的"乐语"("music language")。乐语不能用智力去辨别,而必须用感情去尝味。乐语比普通的言语为深刻。故在歌曲中,乐曲比文词更为重要。

故练习唱歌,不可专重歌词,必须把兴味集注在乐曲上,而努力表演其音乐的效果。仅能理解歌词而不能理解乐曲,其唱歌犹如肉体发达而精神不振的人,一定没有生气。必须理解文词的意义,同时又理解乐语的情趣,然后可以合成圆满的唱歌表演。

唱歌是用人的声音来表现的,即用喉代替乐器而演奏。人们的喉虽然都会发出声音,但普通说话时所需的声音,只求清楚,而不讲求其音色。要把声音当作乐器而演奏,则必须用特殊的方法,而加以磨练。磨练声音的方法,根本的有三种,即呼吸练习、声区练习与发韵练习。学习唱歌的人,必须勤修这三种练习。

所谓呼吸练习者,就是空气的呼出与吸入的方法的练习。肺脏呼出的空气触动喉头的声带,使之振动而发生声音。所呼出的空气的分量的多少,与声音的音量的大小有关。故欲发健全的声音,必须练习相当的分量的空气的呼吸法。呼吸的方法不正确,决不能发生健全的声音。故唱歌练习的基础正是呼吸练习。

呼吸练习有四种方法,即缓吸缓呼法、缓吸急呼法、急吸缓呼法与急吸急呼法。

缓吸缓呼法,先取直立的姿势,头部正直,胸廓充分张开,两肩向后方,口稍张开,徐徐将空气吸入,至肺中充满空气,不能再吸为止。此时肺中所充满的空气须留意勿使漏出,令暂在肺中存储一两秒钟,然后徐徐将空气呼出。其吸入及呼出,愈缓愈佳。——如此反复,即缓吸缓呼法的练习。

缓吸急呼法,吸入的方法同上,不过空气在肺中存储一二秒钟后,急速地喷出。即吸入时愈缓愈佳,呼出时愈急愈佳。

急吸缓呼法则反之,急速地吸入,空气在肺中储存一二两秒钟之后,徐徐地喷出。

急吸急呼法,即急速地吸入,存储之后,又急速地喷出。

练习呼吸,最初宜请教师指导。请教师用指挥棒或教鞭调节呼吸的速度,比学者独自练习稳当得多。即教鞭扬起的时候表示吸入,教鞭放下的时候表示呼出。教师已有相当的唱歌修养,其对于时间的调节必然适宜。若初学的练习者,则缓急之度每每不匀,因之其练习不易获得良好的效果。由教师指导若干时之后,学者渐渐习惯其方法,便可独自练习。每日清晨在空气新鲜的园林间行这呼吸练习,不但有益于唱歌上,而且于身体的健康上很有补益。

凡歌曲的开始及有休止符的地方,唱者宜行充分的吸入,以准备唱歌时的呼出。在歌曲的进行之中,倘没有休止符,宜在乐句交替的地方的音符中借用历时的几分,行迅速的吸息。这方法最要迅速敏捷。不可因吸息而延长拍子,又不可因急速的吸息而在唇间发出噪音。

第二种磨练声音的方法,是声区练习。人的声音的性质,因其发声的方法的不同而有"地声""上声"及"里声"的三种区别。这就叫做声区。但普通男声仅分为地声及上声两种。

我们唱歌的时候,发高声时与发低声时,并非是常用同样的发声法的。发低音时所用的,名曰地声;发高音时所用的,名曰上声;发更高的音时所用的,名曰里声。在唱歌上巧妙地应用这三种声区,使唱歌的表演十分优美完全,即名曰声区适用法。

凡音,因其共鸣状态如何而音质各异。人的发声机关的构造,犹如风琴类的乐器。肺脏犹如兴风机,声带犹如发音的簧。气管(胸部)、咽喉(后头部)及口腔等,都是作成共鸣的空窝。声区的分别,主由于这等空窝的共鸣状态而来。上述三声区的音质,其共鸣部分的差等,大致如下:

(一)地声 地声为最强固广阔的音,发声时喉头及气管皆大扩张,声带全部振动,胸部全体起共鸣,故或称为胸声。地声是男子的最主要的声区。

（二）上声　上声的音质比地声稍细，呼吸的压力及分量亦稍减少。其共鸣部分主在于喉部及口腔。上声又称为中声，为女子的最主要的声区。

（三）里声　里声的音质比上声更细，呼吸的压力及分量亦更少。其共鸣部分主在于后头的内部（喉头），故又称为头声。

要之，声区的差别，在于发声机关的形状及作用、呼吸的方向、分量及压迫的多少等。简言之，即声音或从胸出，或从口出，或从头出。最初须请教师实地指导而练习。以后可凭自己的生理的感觉，辨别声音出发的来源，而自行练习。

第三种磨练声音的方法，就是发韵练习。唱歌所唱的是歌词中的语言文字。语言文字的正确的读法，便叫做发韵法。文字的音，大都有音头及音尾，其音头称为子音，其音尾称为母音。例如一个"花"字，用西洋字母拼起来便是 HWA。这时候头上的 HW 即为子音，后面的 A 即为母音。只有 A, E, I, O, U 等母音，其发音始终不变；其他由子音拼成的，其发音的最开始及其延长一定不同，即开始处为子音，延长处为母音。例如将"花"字延长起来，到后来就变成 A（阿）音。唱歌与普通说话的异点，即普通说话大都音尾短促，唱歌则音尾多延长。因之，唱歌中的母音，比会话中更为重要。故唱歌中特重"母音练习"。发韵法的主要的练习，便是母音练习。

母音的差别，大致由于开口的度（下颚放下之度）、舌的位置（详言之，舌的前部、中部、后部或全部，装置在口腔内的下段、中段或上段，因而上颚与舌之间所生的空隙的差异）

及唇的形状（或向下开，或向横伸，或圆，或突出等）而生。音乐上所练习的母音有五个，即 A（阿），E（哀），I（衣），O（屋），U（乌）。各母音的发声法大致如下：

A —— 先把口张大，齿间的广度约可插入二指。把舌放平，装置在口腔的下部，然后发声。

E —— 口作扁平形而张开，齿间的广度约可插入拇指。舌的中部装置在口腔的中段，然后发声。

I —— 口作扁平形而张开，但比前更狭，齿间的广度约可插入小指。舌的前部（但非舌尖）装置在口腔的上段，然后发声。

O —— 口形稍窄而开作圆形，齿间的距离宜比拇指之幅稍广。舌的后部装置在口腔的中段，然后发声。

U —— 口仍开作圆形，不过稍狭，齿间的距离以插入小指为度。两唇突出。舌的后部装置在口腔的上段，然后发音。

上述五个母音的发声法，就口的形状而言，不外圆形与扁形两种。但开度的广狭不同。即

广圆——A

中圆——O

狭圆——U

中扁——E

狭扁——I

初学唱歌的时候，宜用小镜子一面，照着自己的口，而练习母音的正确的发声法。母音练习有两种利益：第一，母音发声法正确之后，唱歌的发声也便正确。因为一切唱歌中所用的

字，都是子音和母音拼成功的。第二，练习乐曲的时候，不用 do，re，mi，fa 等字而用母音，则于音程练习上大有利益。例如仅用 A 音来练唱一乐曲，则乐曲中所有的音都唱作 A 字，仅由 A 各字的高低表出乐曲的旋律。这时候各 A 字的高低的相差，非仔细辨别而表明不可。这比较用 do，re，mi，fa 等字练习乐曲更为困难而严格。故对于音程的练习上很有利益。同时其对于乐曲的理解，也可得不少的帮助。因为如前所说，歌曲的精神在于乐曲上，即在于音的高低强弱长短上，故屏去别的字眼而仅用一种字（例如 A）来表出音的高低强弱与长短，即歌曲的精神的纯粹的表现。这纯粹的表现可以促进学者对于音乐的理解。

以上，关于声音磨练的三种基本的练习法大致已经说过了。但这种练习，宜在教师的指导之下实行，要完全个人独习，颇有困难之处。因为凡是技术，不能全凭讲义的说明而自习，都需要实地的指导。讲义的说明，不过是实技练习的一种补助而已。

学习唱歌，除了上述的三种练习必须勤修之外，还有几点不可不知的事，现在也得讲一讲。

凡美是由于真实与正确的技术而产生的。不真实不正确的技术，即使有人欢喜，一定不是正当的美。唱歌的材料是声音。故求声音的真实与正确，是唱歌研究上的第一大事。世间有几种音乐，表面听来非常华丽悦耳，但其中没有真实与正确的技术，故其性质卑俗。对于艺术的理解力浅薄的人，往往爱唱那种华丽悦耳的音乐，而对于真实正确的基本练习，觉得枯燥无味而不愿实行。这是趣味的堕落，为艺术研究上的致命伤，须知真实正确的练习，一时虽若枯燥无味，但入门以后，即可感到深刻而广大的兴味，为那种华丽悦耳的音乐所万不能及。这时候你便发见向艺术的国土的道程了。

音乐是耳的艺术，音乐的训练是耳的训练。唱歌虽然由于喉音，但喉音不过用为表现工具而已，歌声的正误与美恶，全靠耳朵来辨别，故唱歌仍是归根于耳的训练。以上所说的磨练声音，可说是唱歌的乐器（喉）的用法的磨练。倘喉音健全而耳朵没有辨别力，终于不能唱出完美的音乐。故耳的训练是一切音乐训练的基本。训练耳力，除了多听以外没有别的办法。例如临音乐会，开蓄音机〔唱机〕，或听教师的范唱，都是耳力训练的良好的机会。但听的态度非认真不可。倘用听戏的态度，全以自己的娱乐为本，或仅依自己的偏好而取舍乐曲，则虽多听，亦少利益。必注意倾听，用感情体验音乐的滋味，全不执着偏见而广泛地鉴赏一切的音乐，则其艺术研究的道程自会宽大而进步。现今最进步的蓄音机，其发音与真的肉声几乎没有差别。办取世界著名的声乐家的蓄音片〔唱片〕，以为唱歌练习之助，比听教师的范唱当得更多的利益。

唱歌是人声的演奏，即以人的身体为乐器的。故唱歌者的身体的姿势，也是一项重要的练习。姿势不正当，犹如乐器的构造不良，便不能发出美的音乐。唱歌的正当的姿势，第一胸廓须充分张开，两手下垂，身体直立。练习时坐唱亦可，但总不及立唱的合理。故正式的出席唱歌，总是立唱的。又唱歌者的衣服，不宜太紧。胸部尤不可略有束缚。束缚则吸入的空气的分量减少,其唱歌即不自由。唱歌者的颜貌宜温雅而从容,口形宜略作微笑。唱歌中头的位置不可变动:发高音时不可把头仰起,发低音时不可把头俯下。手足亦不可动摇。但为求拍子正确,不妨用一足尖轻轻扣拍——总之,唱歌者的姿势与态度,须十分郑重而认真,不可略有轻佻放浪之态。现今一般社会对于唱歌一事,视为一种游戏,因而取轻忽的态度。但他们是不解艺术,侮辱艺术,艺术上的唱歌是严肃而尊贵的一种事业,我们应当取郑重而认真的态度去研究。

《儿童生活漫画》[1] 序言

我做了有六个儿童的家庭的家长,而且天天和他们一同住在家里,儿童生活的状况在我是看饱了,虽然烦躁的时候居多,但发见他们生活中可咏可画的情景的时候,也觉得欢喜。那时候我便设法记录我的欢喜。这些画便是记录的一种。陶渊明止酒诗中有句云:"大欢止稚子。"在这里我要拜借他这句话。

之佛[2]兄为儿童书局索稿,因捡箧中稍完成者三十六幅付之,并书此序言。

二十年〔1931〕八月十日子恺记

---

[1] 《儿童生活漫画》系作者的画集,1932年3月上海儿童书局出版。
[2] 指陈之佛。

为中学生谈艺术科学习法 [1]

总　说

我回想自己做学生时的经验，觉得艺术科最容易上课，同时又最难学得好；回想自己做教师时的经验，也觉得艺术科最容易塞责，同时又最难教得好。艺术科在性质上是一种难学难教的课业。我在《美术讲话》栏中，在《音乐入门》中，在《西洋名画巡礼》（皆开明版）中，曾经零零星星地说过关于艺术学习法的各方面的话；现在不过概括而作系统叙述，愧无新颖的捷径可以指示读者。但想来想去，这样难教难学的课业，恐怕不会有特别新颖而速成的捷径。艺术科学习上倘有捷径，其捷径一定是丰富的先天与切实的功夫所造成的。

先天的厚薄听命于造物，非我们所能左右。所谓功夫，便是本文所指示的数点；能身体力行，便是切实了。现在先就一般艺术科学习法上的三要点叙述之。

---

[1] 本篇选自《艺术丛话》。原载 1931 年 10 月 1 日《中学生》第 18 号。

第一　须耐劳苦

学习一切功课都要耐劳苦，这是谁也知道不必多说的话。但现在说艺术科学习法而第一指示这一点者，另有特别用意。第一，现今有一班学生误认艺术科为娱乐玩耍之事，以为习英文演算学必须着力，而唱歌描画可以开心，故不耐劳苦。第二，又有一班学生误认艺术科为性质暧昧而好歹没有确实凭据的东西，以为英文算学不用功须缴白卷，但图画唱歌没有缴白卷之理，无论如何描些总可缴卷，无论如何唱些都可过去；他们以为画的好歹，唱的高下，大半任先生随意说说，哪有像英文算学一般确实的证据呢，因此也不肯耐苦学习。因为现今的学生间盛行这两种误解，所以现在我要第一提出"须耐劳苦"的一事。这种误解的来由，一则由于现今我国艺术文化不发达，展览会稀少，音乐会尤罕，工艺品恶化，一般美育废弛，社会人们不得认识艺术对于人生的切实效果，遂轻视艺术研究。二则因上述的原故，学校中的艺术科变成没有背景的孤单的科学，办学者也不过在课程表中添注这一项学科，具文而已，少加注意。遂养成一般学生轻视艺术科而不肯耐苦研究的习惯。普通人们的研究，全靠有社会背景在那里鼓舞、奖励、劝勉，方才肯出力耐劳。现在我国没艺术文化的背景，故一般学校中的艺术科难免废弛，一般学生对于艺术科学习难怪不肯出力。但废弛与不肯出力是互相为因果的。社会背景的成立实有俟于青年学生的研究的出力。故我们可从这方面鼓励劝勉。

凡艺术必以技术为本。不描不成图画，不奏不成音乐。凡技术以熟练为主。技术不能像数学地凭思考而想出，也不能像哲学地一旦悟通，必须积蓄每日的练习而入于熟达之域。对于技术没有宿慧，无论先天何等丰富的人，要熟达一种技术也得积蓄练习，不过较常人快些。对于技术没有良书，无论何等著名的《画法》，《唱法》，《奏法》，其对于学习者的效用也只有像地图对于游历者的效用。地图无论何等精详，游历仍靠自己拔起脚来走，不过有了地图可少走些错路。技术是日积月累的功夫，不是可以取巧的。试看完全没有学过画的人，天天看见世间的人，而不能在纸上描出一个完全的人形；完全没有学过音乐的人，天天在说话呼啸，而不能唱出一个正确的音程。倘要导之使能描写完全的人形，使能歌唱正确的音程，除了使他循步图画音乐的基本练习以外，没有别的方法。可知形的世界与音的世界自有门径，非日积月累地磨练技术无从入门。尝闻有记忆力强大的人，在一星期内完全谙记一部西洋史。但无论天分何等丰富的人，决不能在一个月内完全通过绘画音乐的基本练习而修得自由表现的技术。

　　故学习艺术科第一须有恒心而耐劳苦。技术练习须每日为之，不可间断，故必须有经常继续的恒心。技术练习必须熟达一课而进于次课，不许躐等，故必须耐劳苦。愈能耐劳，所得进步愈多。这犹似种田，怠于耕耘者少得收获，勤于耕耘者多得收获。

第二　须涵养感觉

艺术科性质与别种学科不同，英文数学等须用智力而记忆理解，图画音乐则须用眼和耳的感觉而摄受。艺术必须通过感觉而诉于吾人的心，故学习艺术科必先涵养其感觉，使之明敏而能摄受艺术。若感觉不明敏，则艺术无从而入。感觉的明敏与否固有关于先天，但一半是人类的习惯使它闭塞的。人类日常生活的习惯，重用智力而忽略感觉。譬如走进一室，眼睛感觉到了室内的光景之后，心中立刻分别其为某人、某器具、某物件，及其人在室中所干的事情等而忙于运用思虑；极少有平心静气而用视觉鉴赏这室中的人物器什的姿态、形状、色彩的机会。又如听人说话，耳朵感觉到了其人的声音之后，心中立刻分别其所说的话的意义与作用而忙于运用思虑，绝少有平心静气而用听觉鉴赏其声音的高低，长短，强弱的机会。这原是当然之事：入室若不分别室中的人事而一味呆看，其人就近于疯痴；闻人说话若不分别意义而一味听赏，其人便像聋子了。但习惯之后，思虑因常常磨练而与年俱进，感觉则没有磨练的机会，仅为知识收得的方便，而本身的机能几乎闭塞了。

艺术科便是磨练感觉本身的机能，使之明敏而能摄受美与艺术的学科。但欲受磨练，必须先有准备。准备者，就是练习屏除思虑而用纯粹的耳或眼来感觉自然界的声或色的功夫。切实言之，果物写生时须能不念其为可食的果物而但用净眼感受其形状色彩的姿态，唱歌听琴时须能不究其歌曲的意义而用净耳感受其高低长短强弱的滋味。总之，能胸无成见，平心静气地接待自然，用天赋的官能而感受自然的滋味，便是艺术科学习的最好的素地。艺术中并非全然排斥理智的思虑，艺术中也含有且需要理智的分子，不过艺术必以感觉为主而思虑为宾，艺术的美主在于感觉上，思虑仅为其辅助。具体言之，果物的写生画的主意是示人以果物的形状色彩之美，并非告诉我们世间有这样一种果物（博物图却正是这样的，故博物图不能成为艺术）。不过我们鉴赏了形状色彩之美而又附带地知道其为果物，所感的美可更确实。至于音乐则本质上与思虑关系更少，几乎全是感觉的事业了。

故学习艺术科须用与学习其他学科不同的态度。学习其他学科重用智力，学习艺术科则重用感觉。前者是钻研的，后者是吟味而摄受的。知识学科上课时需要理解，思索，记忆。上课的所得不在于上课时间，而在于其理解，思索，记忆的知识。艺术科上课时只要感受，这一两小时的经验正是艺术科的所得，打了下课钟以后其所得即便完结。前者所得是过后的结果，后者所得的是当时的经验。前者犹似听报告，后者犹似看戏；报告可以托人代听，看戏不能托人代看。故艺术科的上课时间特别贵重。别的功课可于下课后自修；艺术科则自修甚不方便，其修习时间大都只限于上课的数小时内。故在这数小时内，学者务须充分准备而享用。准备者，就是屏除思虑，平心静气地摄受形色声音的感觉；享用者，就是通过了明净的感觉而尝到艺术的美。

尝见有一种学生，抱了要学某种绘画的成见而学画，或抱了要学某种唱歌的成见而学音乐。又有一种学生，注重每学期描几幅画,唱几曲歌,似乎幅数与曲数的多便是艺术科的成绩的进步,因而上课时力求画的完成与歌的唱会。照上述的涵养感觉之说看来,这等都是不正当的学习法。这便是感觉的不明净,学习法的歧途。

第三 须学健全的美

所谓不健全的美,第一是卑俗的美。例如月份牌式的绘画,以及一种油腔滑调的音乐,其美都是不健全的。然而这种卑俗的东西,都有一种妖艳而浓烈的魅力,能吸引一般缺乏美术教养的人的心而使之同化于其卑俗中。这实在是美术界上的危险物。加之投机的人善能迎合俗众的好尚而源源地制造这种艺术品,故其流行甚速,风靡极易。纯正的美术经人尽力提倡而无人顾问,卑俗的美术则转瞬间弥漫于到处。这是因为凡纯正的进步的美,不是仅乎本能所能感受的,必伴着理性的分子,有相当的理性的教养的人方能理解其美。卑俗的美则以挑拨本能的感情为手段,故无论何等缺乏理性的教养的人也能直接感受其诱惑。欲享受高深的快乐,必费相当的辛苦。全然不费辛苦而享受的快乐,必是浅薄的快乐;所费的辛苦愈多,所享受的快乐亦愈深。人们接近卑俗的美术品时,往往因为这是自己所能懂得的,故竭力称赞而爱好之。但他们忘记检点自己眼力。他们把自己固定在低浅的程度上了。倘能回想自己的眼力的深浅与正否,而虚心地窥察美术全野的状况,必能舍弃现在的浅薄的美而另求进境了。爱好高尚的美犹如登山,费力较多,但所见的景象愈远愈广;爱好卑俗的美犹如下山,顺势而下，全不费力，但所见的景象愈近愈狭，其人愈趋愈下了。凡卑俗的美必全部显露，反之，高尚的美则必有含蓄。卑俗的美，一见触目荡心，再看时一览无余，三看令人欲呕。高尚的美则初见时似无足观，或竟嫌其不美，细看则渐入佳境，终于令人百看不厌。外国漆匠所绘画的广告画是其一例，《孟姜女》一类的俗乐又是其一例。那种广告画画得形态逼真，色彩艳丽，能惹起远近行人的注目。但细看其画法，完全出于机械的模仿与做作，浮薄令人可厌。《孟姜女》一类的俗乐，初听时觉得其旋律婉转悠扬而甘美，但多听数次便感厌倦、肉麻，因厌恶其乐曲而一并鄙视其唱奏者。故显露与含蓄，可说是美的深浅高下的分别的标准。但这仍须用主观去判别，主观缺乏教养的人，仍不能知道何者为显露，何者为含蓄。游戏场里不绝地在那里唱奏《孟姜女》一类的俗乐，可见听众中定多对于《孟姜女》百听不厌的人。大书坊大公司正在努力征求而大批发行广告用的时装美女月份牌，可见社会上定多此种绘画的欣赏又崇拜者。这样看来，上述的分别标准徒托空言，不能实际有效用于学习者。故欲教人辨别美的高下深浅，不能从客观上着手，只能先教人自己检点其主观。自己检点是困难的事。但一方面能虚心而不固执，一方面再能信仰美术的先进者而容纳其指导，即使最初不正确的人，后来也能体会健全的美。

第二种不健全的美是病的美。偏好某种性质的美而沉溺于其中，不知美的世界的广大，便是病的美的作祟。例如趋于"优美"的极端的抒情的绘画，悲哀的音乐，往往容易牵惹多烦闷的现代青年的心，使他们沉浸于其中，不知世间另有"庄美""崇高美"等的滋味。又如一种客观性狭小的新派的艺术，故意反对常识的艺术，而作众人所不解的奇怪，神秘，暧昧的表现，往往容易牵惹思想混乱的现代青年的心，使他们趋附炫奇，借口新派而诋毁常识的艺术为陈腐背时。这两种都是病的美。成熟的艺术家不妨因其个性的特殊的要求而倾向某一方面。例如德国画家裴克林〔勃克林〕（Böcklin）的倾向神怪，法国画家沙畹（Chavannes）的倾向幽玄，作曲家修裴尔德〔舒伯特〕（Schubert）的倾向悲哀。但普通学生的学习艺术科是欲得艺术的常识而受艺术的陶冶，不是欲在艺术界独树一帜而为艺术家。他们应该虚心容纳各种的美，由正当的途径而受健全的美的熏陶。艺术的正当与偏执，可视其客观性的广狭而判定之。凡多数有教养的人所能共通理解的艺术，为客观性广大的艺术，即正当的艺术。反之，少数有教养的人所爱好而为大众所不能理解者，为客观性狭小的艺术，即偏执的艺术（但现在所谓有教养的人即有正确的鉴赏力的人。不然，前述的卑俗的美术便可说是客观性最广而最正当的艺术了。请勿误解）。趋好偏执的艺术的人大都是好奇，热情，或精神异常的人。艺术所及于人的影响，不仅一种知识或经验，又能从心的根元上改变其人的性情。故趋好偏执的艺术的学生，其生活亦往往随之而陷入不健全的境地。或者阴郁、孤独，或者狂妄、自大，或者高扬自己的偏好而忽视其他一切的学业。学校中因偏好艺术科而放弃其他学业的人很多，但因偏好一种知识学科而不顾其他学业的人少有所闻。可见艺术科与其他学科性质特异，富有左右人的性情的力量，学者不可以不审慎从事。

昔孔子观明堂的壁画而称"此周之所以兴也",闻郑卫的音乐而叹为"亡国之音"。则艺术的健全与否,不但影响于人的性格,又关切于国家的兴亡。现今社会上那种不健全的画图与歌曲的流行,暗中在斫丧我民族的根气。欲匡正此弊,只能从学校的艺术科着手。

图画学习法

学习画图要注意二事:第一要辨别门径,第二要磨练眼光。说明于下。

第一　辨识门径

画的种类可就三方面分别。从画的用具上分别之,有铅笔画、木炭画、毛笔画、水彩画、油画、粉笔画、蜡笔画、钢笔画……等。从画的题材上分别之,有花卉画、翎毛画、人物画、仕女画、山水画、静物画、动物画、风景画、历史画、风俗画……等。从画的方法上分别之,有写生画、记忆画、想象画、工笔画、粗笔画、略笔画、东洋画、西洋画、新派画、旧派画、素描、彩画、漫画、图案画……等。画的方面如此其纷歧,画的种类如此其复杂。故初学画图的人欲选择几种应习的画,而对此纷歧复杂的光景,茫茫然无从知道其中的系统,心烦惑而不能决定选择的途径。因此往往有人不明大体,任自己的爱好而倾向某一种绘画。有的说"我欢喜学钢笔画",有的说"我欢喜学漫画",而致力于这方面练习。以若所为,求若所欲，结果都入歧途而无有成功者。何以故？因为学画有一定的步骤与途径，必按步骤而由正道，方可得成功。若躐等而进或从旁门而入，必不得良好的结果。

画的种类虽然复杂，但能从根本上探求学画的门径，其实简单明了。学者诚欲解除心中的茫乱烦惑而探得图画学习的门径，请屏弃一切先入观念，而试听吾根本之说：

根本地说，所谓描画者，是吾人有感于天地间的美的景象，观赏之不足而用丹青描写此感激的光景于平面的纸上的一种工作。专门的大画家的创作与初习图画的小学生的练习，其程度虽然高低悬殊，但描写的定义无不相同。若有不合于此定义的描画，其所描的一定不是正当的画，不能成为正当的艺术（例如临摹别人的画，或用格子及放大尺等机械地模仿照相或画片等，皆非有感于天地间的美景而描写自心的感激的工作，故其所描不成为艺术的绘画，仅属一种游戏）。如前所述，画的种类甚多，但都是根据了这定义而发生的：例如因美的景象的种类而发生花卉画、翎毛画、人物画、仕女画、静物画、动物画、风景画……等；因丹青的种类而发生木炭画、铅笔画、毛笔画、水彩画、油画……等；因描写的方法而发生写生画、记忆画、想象画、工笔画、粗笔画、东洋画、西洋画……等。花样虽多，道理唯一。学画的人切勿眩目于其花样，只要按照其唯一的道理而选定根本的练习法，便探得学画的门径而一通百通了。

所谓"根本的练习法"如何？请回想前述的定义："有感于天地间的美景而用丹青描写此感激于平面的纸上。"可知图画的实际的工作是学习把立体的景物描写为平面的形式的技能。换言之，图画的技术是把眼所见的物象用手描出在纸上。学得了这一种能力，图画的技术即已完备了。学图画的人必须根本地从这点上探求路径，不可另觅歧途旁门。临摹画谱，用放大尺模仿照相等，都是歧途旁门。因为用那种方法学会一种画具或一种物象的描法，只是一种，不能活用。方法画具有种种，天地间物象更是不计其数，要一种一种地分别学会其描法，恐怕用毕生的时间也不能完全学会。况且那不是由于自己的感激而来的，先已违背图画的定义了。然则我们有什么一通百通的活用的练习法可以根本地学得用各种画具描写森罗万象的技能呢？其法如下：

万象虽多，不过是各种的形状、线条、色彩的种种的凑合。我们只要选定一种完备一切形状、线条、色彩的物象，作为练习描写的模型。熟达了这种物象的描写之后，对于天地间一切物象都能自由写出了。——这物象便是"人体"。

画具虽多，不过是为欲变化画的表面的趣味而造出的，但描法的道理唯一不二。我们只要选定一二种最正当又最便于练习的画具，由此学得了描法的唯一不二的道理，则其他一切画具都能自由驾驭了。——这画具是"木炭"和"油绘具"。

故根本的学画法，是最初用木炭描写石膏模型（即人体的部分的石膏模型），其次再用木炭描写真的裸体人，最后用油画描写裸体人。三步的练习充分熟达以后，画家的基础即已巩固了。——普通学校的学生的学习图画并非欲做专门画家，为什么我在这里讲专门画家的技术修练法给普通学生听？因为画法道理唯一，普通学生与专门画家的所学，不过分量轻重不同，性质并未变更。凡为学问，必从大处着眼，方能达得正当的门径。读者请先明白画法的大道，然后再计自己的课业。

为什么特选木炭和油绘具的两种画具和人体的一种题材？其理如下：

第一：凡要描写物象的形似，分析起来可有四方面的研究，即形状、线条、明暗、色彩。拿制造风筝来比方，形状犹似风筝的形式，线条犹如风筝的骨子，明暗犹似风筝上所糊的纸，色彩犹似纸上的花纹。要风筝放得高，先须注意其形式、骨子、和所糊的纸，花纹则有无听便。同理，要把物象描得像，先须注意其形状、线条、和明暗，色彩则不妨从缓研究。试看照相及活动影戏，只有形象及浓淡，只用黑白二色，而物象均能毕肖。可知形状、线条、和明暗，实为物象构成的基本材料，研究了这些基本材料之后，则眼所见的物象即能用手正确地描表于纸上，而图画的基本的技术即已学得了。故初学绘画必用黑的木炭描写在白纸上，不用其他的色彩。这画叫做"基本练习"。专门的美术学生一入学校即专习木炭画，习至一二年之久，然后试作彩画。木炭画的基本练习历时愈久，作彩画愈感便利而成绩愈良。何以故？因为对于形状线条明暗的研究愈加充分熟达，即作彩画时愈可专心顾到色彩方面的描表法，其成绩容易完美了。故笃志好学的画家终身不离木炭画。虽已熟达油画水彩画等技术，犹时时用功木炭画的基本练习，以求技术的深造。如上所述，木炭画是绘画上最基本最重要的一种画具，故学画的门径必由此而入。

第二：彩画种类甚多，何以必以油画为主？因为油画有种长处，在一切彩画中为最优秀；又绘画的最完全的表现是彩画，故彩画中最优秀的油画为最正当最完全的画具，可说是学画的最后的目的地。油画的长处如何？约言之有三：（1）油画的材料与技法均最进步，故不拘画面大小，均宜用之。小至数寸的小品（例如 miniature〔小画像、密画〕），大至寺院宫殿的壁画，油画均能适用。别的彩画就不然，水彩画虽有轻妙淡雅之长，然其性质不宜于作大画，只供小品之用。画报纸大小的水彩画已是最大的画面了。色粉笔画虽有柔和鲜丽的特色，然更不宜于大画面，只能够作精致的小品。又如古代壁画所用的鲜画（fresco〔壁画法〕）固专长于作大画，但因其颜料的性质的关系，只宜于大画而不适于小画。且作大画时也不及油画的便于使用，故一切彩画之中，惟油画宜大宜小，最为便利。（2）油画的颜料大都是不透明的，黑的地子上可以用白的油画颜料来掩覆，故作油画时有改窜自由的便利，为其他一切彩画所不及。作画是表现自心所感激的自然景象，故画具宜力求便于使用，可以挥毫自由而无顾虑之烦。关于画具的操心愈少，则画者愈得专心于观察、想象、表现的功夫上，而制作的成绩更加良好。油画的颜料均有掩覆性，不但调子色彩的明暗可以任意修改，即已画成山，亦不难改描为天空。回顾别的彩画，水彩画非把明的部分留出白的地纸不可，且色彩一经涂上，不易洗去，洗过就留下不自然的痕迹。色粉笔画虽然亦稍有掩覆性，但使用及改窜远不及油画的自由。（3）油画以帆布为地子，以漆类的胶质为颜料，故质地坚牢，永不退色，可以永久保存。文艺复兴时代的大作油画，历三四百年之久，至今色泽依然如故地保存在各国的美术馆里。鲜画虽也有古代的遗留品，但色泽均逊，不复保留当时的真面目，殆已成为古董了。水彩画易因风吹日曝而退色，且其地子为纸，根本难于久存。至于色粉笔画，则粉末最易脱落，在彩画中要算最难保存的了。——油画兼有上述的三种长处，故在一切画具中占有最完全最正大的地位。自来的画家，除了极少数的特殊爱好者以外，几乎无人不研究油画。水彩画及色粉笔画仅偶用之以作画稿或 sketch〔速写〕而已。故学画的正途，是以木炭画为预习的阶段而以油画为目的地。

第三：既已说明了画具的所以选定木炭与油画的理由，次述题材的所以选定人体的原因。学画的正当的门径，是最初用木炭描石膏模型，其次易石膏模型为真的裸体人，最后易木炭为油画。石膏模型者，就是雕塑家依照人体而作的雕刻品，有头像、胸像、半身像、全身像，及手足等的模型。因为真的活人姿态易变，且色彩复杂，不便供初学者练习观察而作素描，故先用人的石膏模型。取其静止不动，可供初学者仔细眺望而从容描写；又取其色纯白，可使初学者容易辨别其明暗的调子。这是专为初学练习的方便而设的。实则学画所选定的题材始终是"人体"。这恐怕是一般人所认为最难理解的绘画上的奇特的现象。我们乡下人的俗语，称描画为"画花"。恐怕这不限于我们乡下如此，这话并非无因，中国画的题材的多取自然界的花卉，或有以养成这习惯。现在学校里的图画科是取用西洋画的方法的。我们鉴赏到西洋的绘画作品时所最感奇特的,是画的题材的多取人物,尤多取裸体的人。名家的作品集中几乎没有一册不载裸体画,展览会场中触目是裸体的人。这一点东洋与西洋相反,前者多取自然,后者多取人物。倘使西洋人也有俗语,应是称描画为"画人"了。为什么西洋人喜描人而东洋人喜描花?这事牵涉东西洋思想文化的背景,是言之甚长的一个问题,现在无暇论述。现在我只能说明绘画上所以多描人物的理由,以为初学图画的人解惑。其理由有二:(第一)即如前所说,人体中包含一切形状线条与色彩。故在森罗万象中,人体的形色最为复杂,最为俱足,同时亦最为难描。故熟达了人体的描法之后,万象无不能描。在没有训练的眼看来,花、蝴蝶、孔雀,何等美丽,远胜于肉色而羞耻的裸体。其实那些不过五彩绚烂炫耀人目而已,细究其构成,远不及人体的巧妙变化而复杂。就形及线而说,花瓣上的曲线,在人体上都可找到。反之,人体的曲线,花卉中不能尽备。就色彩而说,蝴蝶与孔雀的色彩不过强烈而艳丽,但幼稚浅薄,一览无余。反之,人体的肉色粗看似乎平淡,但在光线之下变化无穷;宇宙间色彩的复杂,无过于肉体。故裸体描写,研究愈久则发见愈多。凭空难说,读者能看几幅大画家的作品,然后再看人体,自能渐渐理解其被选作基本的画材的理由了。(第二)绘画中所以多取人体为题材,尚有一点更内面的原因:如前所说,描画是吾人有感于自然界的美景而用丹青描写其感激于画中的一种工作。可知我们对于所欲描的物象,心中必然感激赞叹。这时候我们的心必迁居于这物象之中,而体验其美,名曰"迁想"。

当然不是像孙行者变法地把灵魂移入物体中而使之变成妖精。只是想象自己做了物象,把心跟了物象的姿态而活动,以体验其美,故曰迁想。迁想的程度的深浅,因物象的类别而异。我们自己是有生命的人,对于无生命的山水花草器什,因为物类之差最远,迁想最不易深。其次,对于有生命而异类的犬马,物类之差稍近一些,迁想亦较易深。最后,对于同类的人,则最易同情共感,迁想亦最深。即万象之中,人体最易得描画者之迁想。换言之,即人体最富于"生命之感"。这是绘画中所以多取人体为题材的一个更内面的原因。在这里我们便可知道中国画与西洋画的差异:西洋画家善迁想于生命感最丰富的人体,中国画家则善迁想于生命感最缺乏的自然。于此可知中国画比西洋画高远。西洋画比中国画浅近而易于入门,故现今世间的学校的图画科都取用西洋画的方法。

学画的根本的方法及其理由,已尽于上述。要之:熟达木炭及油绘的画具之后,一切画具皆能应用;研究人体的描写之后,一切物象皆能描写。此即所谓一通百通的活用的方法。

或问曰:于上所述,皆专门学画之道,需要悠长的年月与复杂的设备。普通学生的图画科每周只有数小时,又没有油画及裸体人的设备,或竟连石膏模型也无之。虽欲遵行,如何可得?

答曰:此言诚然。但凡为学问,必从大处着眼,则免入歧途。读者对于上文宜勿拘其"事",而取其"理"。事者,木炭,油画,石膏模型,裸体人是也。理者,先用素描研究形状、线条、明暗,后用彩画兼写色彩是也,悟通此画理之后,铅笔可以代木炭，水彩或色粉笔可以代油绘，静物可以代石膏模型，着衣人可以代裸体人。但普通学生与学校的图画的设备决不宜如此其简陋。木炭容易置办，石膏模型应该设备几个；油绘、sketch〔素描，速写〕的描写也是文明人应有的常识，岂必专门家而后可学？至于人体的研究，则普通学生有石膏模型已足，自不妨省却裸体人的设备了。故上述的话，并非全是专门学画之道，普通学生都可在相当程度内遵行。惟对于只有长台板凳的教室的学校的学生，上文完全是空话了。

第二　磨练眼光

普通称图画科的练习曰"描画"，因为其总是用手练习描写的。但你倘拘泥于这名称，而埋头于"描"的工作，你的图画一定学不成。学图画不宜注重手腕的工作，应该注重眼光的磨练。因为手是听命于眼而活动的。舍眼而练手，是忘本而逐末，其学业必入于旁门歧途。故图画虽称为"描"，而其磨练必从"看"入手。能看然后能描，有眼光然后可有腕力。有了眼光即使没有描写能力，亦不失为解艺术而知画的人；反之，仅有描写能力而没有眼光，其人就是画匠。

磨练眼光之道有四：第一是观察自然，第二是练习作画，第三是鉴赏名画，第四是阅览书籍。说明于下。

第一，观察自然：图画是吾人有感于天地间的美景而用丹青描写之于纸上的工作。则对于美景的感激是画的动机。一切绘画都是从"自然"中产生的，故自然可说是艺术之母。学图画必先练习观察自然美的眼力。怎样能在自然中发见美的姿态？其法有二：

（1）切断关系的观念，而看取物象的独立的姿态，即容易发见其美。关系就是物象对世间的关系，对我的关系。例如在故乡的田野中眺望景色，心中不能打断其村为我的故乡，其田为我的产业等关系的观念、理智活动而感觉障蔽，对之只感利害得失而不易发见其美景。反之，一旦忽入素未曾到的异乡中眺望景色，便不起关系的观念，即理智停息而感觉旺盛，即容易发见美景。异乡风物胜于故乡，一半固由于不见惯之故，但一半由于切断关系观念之故。郊野散步的时候，用手指围成一圈，而从圈中窥眺一部分的景色，其所见必比普通所见更美。俯身从两股间倒窥背景后的景物，天天惯见的乡村亦能骤变为名胜佳景。这也是因为圈子的范围与倒景的变化，打断了其物象的关系，使成为独立的姿态，故容易发见其美。关系是障蔽物象的美的姿态的。学画者对于静物、果物、人物、景物，都要练习切断关系的看法，然后能发见其美的姿态，而从中感得"画意"。

（2）把立体的景物当作平面看，便易发见其美。例如吾人入郊野中，举目望见白云、青山、曲水、孤松等景物。若用心一想，即知道白云最远，青山次之，曲水较近，孤松则距吾不过百步。又在观念中显出一幅鸟瞰地图，上面排列着此四物的距离与位置。这便不感其美而不能发见"画意"了。反之，不要用心去想，只是张开眼来，像照相干片似地摄受目前的景物，则白云、青山、曲水、孤松没有远近之差，而在于同一平面之上，眼前即是一幅天然的画图了。桌上放着一只茶杯和几个苹果,观者若想念其距离而作鸟瞰的看法,便无可画之处;倘能当作平面看,即成为一幅静物画。图画原是把立体的美景描写于平面的纸上的工作。故物象的平面的看法最宜注意练习。但平面的看法仍是根据了打断关系的作用而来的。能打断关系即能作平面的看法了。上述两种对于自然的观看法名曰"艺术的观照"。诗人对于景色善作艺术的观照。杜甫诗云:"落日在帘钩",王维诗云:"树杪百重泉"。落日与帘钩相距极远,山间的流泉与地上的树亦隔着距离。两诗人切断了这些景物的关系而用平面的看法,故能见到这绘画的境地。

第二,练习作画:画是用手作的,但倘专重用手而闲却眼光的磨练,便不是正当的图画学习法了。由作画磨练眼光之法:我们对着一幅素纸而动笔描写静物的时候,心中不可抱着"我现在要把一只茶杯和三只苹果描出在这素纸上"的想念,必须经营"如何把目前的景象(茶杯与苹果)安稳妥帖地装配在这长方形的空间(素纸)中"。倘使抱着前者的想念,其描写就变成记录,其画便成为博物标本图,而不成为艺术的作品了。必须不念物象的内容意义,而苦心经营空间的分割布置的工作,然后素纸上可以显出空间美而成为艺术的作品了。初学图画的人所缴来的画卷,往往在一张广大的图画纸的中央或角上精细刻划地描着几件静物,而把余多的空白纸置之不顾。这些都不能称为绘画。绘画是空间艺术,空间在绘画上是非常贵重之物,画面中岂容任意留出空地?画面中的地皮比上海的屋基地还贵重;画面中的尺寸比美人颜貌上的尺寸更为严格;所谓"增之一分则太长,减之一分则太短"的话,在布置安稳妥帖的画面中非常适用。故画面中没有空地，不描物象的地方不是无用的空地，乃有机的背景。这背景对于物象有陪衬、显托的作用。其形状、大小、粗细、阔狭、明暗，和色彩，均与物象有重大的关系，不是任意留出的。今于大幅的素纸中孤零地描写几件静物，是蔑视画面的空间及背景的作用，而作非美术的说明的图解，不是图画科的功课了。作画第一要重视空间。长方形的图画纸内的空间处处均发生效力而作成美的表现，是作画的第一要义。故作画是一种能动的、切实的眼光磨练。

第三，鉴赏名作：自己作画是能动的眼光磨练，鉴赏名作是受动的眼光磨练。由前者可以切实理解美的法则，由后者可以广泛理解美的性状。两者在图画修养上是并重而不可偏废的。但鉴赏名作必须郑重选择其作品。若任意浏览，弊害甚大。初学美术的青年，自己的眼光当然缺乏正确的批判力，指导者切不可任其随意鉴赏。不然，在极幼稚的眼中看来，一般镜框店中所售的下级的西洋画（例如日本富士山雪景图、森林、瀑布、夜景图等，在茶园、酒肆、商店，及俗客的家庭中的壁上时有所见），时装美女月份牌，甚至香烟匣中的画片，比大画家杰作更可赞美。其眼光反因此而堕落了。故鉴赏名作，指导者不可任学者自选，同时学者亦宜自己觉悟，虚心信受指导者的忠告。学者最初对于指导者所选定的名作或有不能发现其好处而抱反感，但切不可过于自信而信口批评。须平心静气，仔细观赏，再三吟味，或请先进者解说其鉴赏法。倘指导者所选定的确为佳作，则学者久后自能发现其美,自己的眼光即受此等佳作的熏染而进步了。信口批评是求学的青年们最宜忌避的恶习。每见青年人观画,喜信口褒贬,有的说"这画不好",有的说"那画好极了",这种狂妄的态度,实足以自封其学业的前途。我并非不许青年学生发表其对于美术的意见及好恶。他们极应该对指导者或先进者发表其鉴赏名作以后的感想。他们尽可说"我欢喜这幅画",或"我看不懂那幅画",而就正于有道;但不宜妄评其"好"与"不好"。好与不好是评定其艺术的价值的。老练的美术批评家尚且不敢直截痛快地断定名作的价值,普通学生岂可信口褒贬?名画乃各画家的精心结构之作,皆富有美的价值。鉴赏者与某画家性情接近,便容易理解而爱好其作品;与某画家性情隔远,即不容易理解而不爱好其作品。故万人皆得发表其对于名作的理解的程度及好恶的心情。但非确有见识,不宜妄评其好坏。这一点不但有关于美术修养,又有关于德业。总之,鉴赏名作第一要虚心静观,然后可以广泛地理解美的性状,而增进其眼光。

第四,阅览书籍:上三项是直接磨练眼光的,此一项是间接磨练眼光的。我国大画家有谓学画须"读万卷书,行万里路"。因作画从手腕出,手腕听命于眼光,眼光根据于胸襟。故读万卷书行万里路以修养胸襟,即从根本上修养作画。普通学生的学习图画,用不到这高谈阔论;但深浅虽殊,道理同一。故图画的进步自与全体修养的进步相一致。例如上文所述,诗人常作绘画的描写。则吾人研读诗文,非特修文学而已,又可获得绘画的理解。但我现在所谓阅览书籍,拟舍远就近,劝学者于描画看画之外，宜阅览与绘画直接有关的书籍，以辅助其画图课业的进步。例如画的描法、色彩法、远近法、构图法，美术鉴赏法，美术知识，美术史，艺术论一类的书籍，都是于图画的眼光磨练上有益的读物，都是图画科的参考书。读者如欲我介绍一二，我可推荐我自己的译著：最宜为图画科课外读物的，是少年美术读本《西洋名画巡礼》（开明最近出版）。这书内载西洋名画二十四幅，及讲话十二篇。名画为四百年来的西洋大画家的代表作；讲话则从此等名画的鉴赏法及其作者的事略说起，附带述及图画的学习法，绘画的理论，以及关于美术的知识。其次，《西洋画派十二讲》（开明版）亦可为理解绘画之一助。该书内载西洋近代各派代表作四十二幅，每派为文一讲，说明其画风，提倡者，及群画家的生涯与艺术。以上两部都是与绘画关系较切的书籍，其次则《西洋美术史》，《艺术概论》，《现代艺术十二讲》（皆开明版）；有余暇及兴味之人均可一读。

　　我所能忠告读者的图画学习法，即如上述。总之，辨别门径与磨练眼光，是图画之门的二重关键，非探此关键不得入门。

音乐学习法

　　音乐学习法的要点有二：第一也是辨识门径；第二是确修技术。说明于下。

第一　辨识门径

音乐表现可大别为二类，其一是用人声唱歌，名曰"声乐"。其二是用乐器演奏，名曰"器乐"。声乐中虽然也有种种组织法，但表现器具只是人声一种，概称之曰唱歌亦无不可。器乐则种类繁多，所用乐器有数十种，组织方法亦变化复杂。普通学生学习音乐，应取道于如何的门径，不可不先辨识。

现今普通学校中的音乐科大部分的工作是唱歌；或只限于唱歌而不修器乐。音乐科的工作的范围究竟如何？照教育部所定课程标准，初中一年生即须兼习唱歌和器乐基本练习。但实际奉行的学校似乎极少，大都仅教唱歌而音乐科的能事已毕。学校的实际虽然如此，但学者应该明白学习音乐所应走的正道。其道如何？答曰："宜以声乐为基础，以器乐为本体。"在小学校受了唱歌训练之后，基础略具；初中一年生自当进而接近音乐的本体。声乐何以为音乐课业的基础？器乐何以为其本体？其理如下：

第一：音乐是人的感情的发表。声乐是用人声演奏的音乐，故声乐的发表感情最为直接。最直接的表现最自由，且最易感染。因这理由，声乐在音乐上有根本的价值。器乐原是由声乐发展而来的，即因人声的音域有限，不够应用，遂用乐器代替喉音而作更广大的表现。换言之，声乐是直接用自己的身体直接发表心中的音乐，器乐是在心中默唱而以乐器代替身体发表。故声乐为器乐的根本。无论学习何种乐器，必须从声乐研究（唱歌）开始。凡擅长器乐演奏的人，同时必擅长声乐；

不过其喉音未经磨练，不能用口直接表现而在心中默唱而已。故中学校的音乐科须以唱歌为主而乐器练习为副，以冀其基础巩固。

第二：音乐是表现音响的美的艺术。音乐与言语不同，言语含有意义，音响则只有高低强弱长短而没有意义。唱歌的歌词是用言语表示意义的，故唱歌不是纯粹的音乐，是音乐与文学的合并的表现。不用言语表示意义而仅由音响的高低强弱长短表出音乐的美的，正是器乐。故曰器乐是音乐的本体。近世音乐发达以来，器乐勃兴而大进。大音乐家的作品大多数是器乐曲，音乐演奏会所奏的大半是器乐曲。故近代称为"器乐时代"。器乐时代的人对于器乐必须具有相当的理解。故中学校的音乐科不可止于唱歌，而必兼修器乐，使学生具有器乐鉴赏的能力，而接触音乐的本体。

音乐的门径较图画的简明。学者只须先修唱歌，略具基础，则兼习器乐，如是而已。唱歌是团体练习的，材料自有先生选配。器乐是个人练习，其材料亦有基本练习书或教本排定，不须自己探求。所修的乐器，则不外二种，即风琴与洋琴〔钢琴〕。因为风琴与洋琴是最完全的独奏乐器，既可奏旋律，又可奏和声。故初习器乐舍此莫由。如欲修习怀娥铃〔小提琴〕、笛、喇叭等其他乐器，亦须以键盘乐器（即风琴与洋琴）为基本。但普通学生的音乐课业时间有限，事实上不能专修多种的乐器。故其音乐练习的工作不妨指定为唱歌与弹琴二事。

第二　确修技术

音乐的门径很简明，容易辨识；但音乐学习的难点在于技术的修练上。流动的音过去即行消灭，不比形状色彩的留下凭据，故音乐修练最难正确。不正确的修习，虽门径无误，尽可流入邪道歧途，而不能入门。故图画学习的要点在于门径与步骤，音乐学习的要点则在于技术修练的态度上。现代音乐进步发展已达于极高深的程度。故研究音乐必取极严格，郑重而正确的态度。古人教人写字态度必端庄严肃，曰："非是要字好，只此是学。"这不是道学先生的迂阔之谈，确是深解技术的人的循循善诱的教训。凡技术修练，态度正确者技术必多进步，习字与习音乐同一道理。但说明理由，学者必抱功利心而盼待效果。今不言明态度正确的效果，则学者无功利心于其间，而可在不知不觉之中渐渐进步了。学习音乐正宜取这样的格言："弹琴唱歌，态度必端庄严肃。非是要音乐好，只此是学。"近世进步的音乐，技术非常高深。无论声乐的唱歌，器乐的弹琴，都不许当作消闲娱乐之物而任意玩弄，须用严肃的态度而勤修基本练习。音乐的基本练习如何严肃，请为读者略述之。

声乐的基本练习，首重发声。声有地声、上声、里声三种声区。唱歌者必须充分练习这等声区，使唱时善于变换。声区的变换名曰"换声"。换声是唱歌上极困难的一种技术。熟达这技术的唱歌者，其换声不见显明的痕迹，而自然移行。声区的优劣，全由于唱歌法的基础的"发声法"的学习态度而定。学习态度不严正，决不能练成优秀的声区。发声的要点在于呼吸。须使呼出的空气皆为歌声，全不夹杂一点别种的声响，明快、澄澈而自由，方为最上的发声法。又声量的变化也须练习。唱歌时所发之声，须先由弱声开始，次第加强，再次第减弱，终于消失。这声量调节的方法名曰 Messa di voce〔渐强渐弱唱法〕。还有声的进行也有种种的技术。例如从一音移到别音时，欲其不分明界限而圆滑进行，名曰"贯音"〔"连音"〕（"legato"）；由此更进一步，欲使两音完全接续，名曰"运音"〔"延音"〕（"portamento"）；反之，各音短促而分离的唱法，名曰"顿音"（"staccato"）；使歌声震颤，名曰"颤音"（"vibrato"）。这等唱法各有其巧妙的用处，练习声乐的人均须一一认真地修习。唱歌者的最初步的功夫是练习发音字眼的明确。在唱歌上，无论何国言语，其发音必须明白清楚而正确，不得稍有模糊。练习者须置备小镜子一面，照着自己的口而校正发各种母音时的口的形状。母音有五，即 A（阿），E（哀），I（衣），O（恶），U（乌）。发 A 音时口作大圆，E 作阔扁形，I 作狭扁形，O 作小圆形，U 作合口形。歌词中所用的字眼都是各种子音和这五个母音的结合，故五种母音正确练习之后，就能正确地唱奏一切歌词中的字眼了。母音练习之法，先用 A 音唱出音阶上的各音，及各种音程练习课。顺次及于其他四音的练习。同时由指导者或由自己从镜中检点口的形状，每唱一音，务使口始终保住同样的形状而发同样的声音。不厉行这种严正的练习，带着笑而任意唱歌的，都不是正当的学习者。他们是以唱歌为游戏，他们是侮辱声乐，他们的学习是徒然的。

弹琴的基本练习更为严密繁复。例如练习洋琴，则须依据原册的基本练习书而一课一课地弹练。每课中都有艰难的指法与迅速的拍子。一课弹练十分成熟，然后进而弹练新课。这不比看书，不是以懂得其意义为目的，而以学得其技术为目的。要懂得意义，可用理解力及记忆力；但要学得技术，理解与记忆都无用，而全靠"熟练"。熟练不能速成，除了一遍一遍地多弹以外没有别法。中等天才的人要熟练一个小小的洋琴曲，至全无停顿与错误而流畅地演奏的地步，至少也须弹练数十遍。但这种实技的功夫，必须身入其境，然后知道其难处。平日在小风琴上随意乱弹小曲的人，听了如此严肃的话未必能相信。他们不知道弹琴有一定的指法，音乐有复杂的和声。不讲指法，不用和声，而仅在琴键上弹出一道旋律，原是容易的事。但现今的进步的洋琴音乐决不能就此满足，必须用复杂的和声与正确的指法。我们只有十个手指，要同时按许多键板而敏捷地继续进行，自非精研指法不可。但这仍不过是局部的技术而已。就全体而论，名家的作曲都有一定的速度与表情。弹奏的人必须充分理解其乐曲全体的内容，用了相当的速度而表现其曲趣，方为完全的演奏。故学习洋琴须用极认真的态度。演奏者的身体的姿势，手指的弯度，足的位置，头的方向，都须讲究，必须用恭敬严重的态度，方能探得洋琴音乐的门径。否则止于音乐的游戏。

二十年〔1931〕八月十六日，为《中学生》作

《续口琴吹奏法》序[1]

四年之前,涵秋作《口琴吹奏法》,我曾经为他写一篇很长的序言,详细地说明口琴的性状,热心地介绍这简便的乐器给读者。现在涵秋适应口琴音乐界的要求,又编这《续口琴吹奏法》,仍要我写序。我对于口琴很是生疏。四年前为涵秋所诱惑,曾置备乐器开始练习。但不久,为了肺力不能胜任,终于废弃。现在他编述这更进步的《续口琴吹奏法》,我却不能再说更进步的序言了。因为四年以来,中国口琴音乐更进步十分显著。我上次作序的时候,上海的商店的样子窗内还没有口琴的出现,报纸上还没有登载口琴的字样,学校里还没有口琴的音响,和我通信的音乐爱好者们从未说起口琴音乐的问题。我所以在前书的序文中详细地说明介绍者,便是为此。可是现在情形不同了:现在的上海乐器商店无论矣,书店、洋货店样子窗内,到处有口琴的陈列了;报纸上时时有口琴演奏会的新闻

---

[1] 《续口琴吹奏法》,黄涵秋编著,开明书店 1932 年 4 月初版。同《口琴吹奏法(续编)》序,见《(正续合编)口琴吹奏法》,黄涵秋编译,开明书店 1929 年 1 月初版、1933 年 8 月七版。(此处 1929 年 1 月初版应指《口琴吹奏法》,开明书店 1929 年 1 月初版。)

了；学校里常有口琴研究会的组织了；朋友们的通信中常有关于口琴音乐的说话了。在这样生气蓬勃的口琴音乐界中，我这门外汉还有甚么话可以贡献呢？

  所以现在涵秋再嘱作序，我只能表示我的庆贺之忱。口琴音乐在中国已经生气蓬勃地抽芽了。它的培植者，我所知道的是《口琴吹奏法》的作者黄涵秋君和中华口琴会的创办者王庆勋君。两君的著述，都有着我的序言。我眼看口琴音乐生气蓬勃地抽芽，也感到无限的欣慰！聊把这点感想写付涵秋，以代序言。

二十〔1931〕年九月丰子恺记于嘉兴